CB003912

PEQUENOS TERREMOTOS

Outra obra da autora publicada pela Record

Em seu lugar

Jennifer Weiner

Pequenos Terremotos

Tradução de
FABIANA COLASANTI

EDITORA RECORD
RIO DE JANEIRO • SÃO PAULO

2006

CIP-Brasil. Catalogação-na-fonte
Sindicato Nacional dos Editores de Livros, RJ.

W444p

Weiner, Jennifer, 1970-
Pequenos terremotos / Jennifer Weiner; tradução de Fabiana Colasanti. – Rio de Janeiro: Record, 2006.

Tradução de: Little Earthquakes
ISBN 85-01-07410-1

1. Maternidade – Ficção. 2. Romance americano. I. Colasanti, Fabiana. II. Título.

06-2978

CDD – 813
CDU – 821.111(73)-3

Título original norte-americano:
LITTLE EARTHQUAKES

Capa: Necas

Impresso no Brasil

ISBN 85-01-07410-1

PEDIDOS PELO REEMBOLSO POSTAL
Caixa Postal 23.052
Rio de Janeiro, RJ – 20922-970

EDITORA AFILIADA

Para Lucy Jane

— O que é REAL? — perguntou o Coelho um dia, quando estavam deitados lado a lado perto da porteirinha do quarto de crianças, antes que Nana viesse arrumar o quarto.

— Será que significa ter coisas que zumbem dentro de você e uma alça que se estente para fora?

— Real não é como você é feito — disse o Cavalo de Couro. — É algo que acontece com você. Quando uma criança o ama por muito, muito tempo, não apenas para brincar, mas REALMENTE o ama, então você se torna real.

— Dói? — perguntou o Coelho.

— Às vezes — disse o Cavalo de Couro, pois ele sempre dizia a verdade. — Quando você é real, não se importa de se machucar.

— MARGERY WILLIAMS
The Velveteen Rabbit

Abril

LIA

Eu a observei durante três dias, sentada sozinha no parque, debaixo de um elmo, ao lado de um chafariz seco, com vários sanduíches intactos em meu colo e minha bolsa ao lado.

Bolsa. Na verdade, não é uma bolsa. Antes, eu tinha bolsas — uma bolsa Prada falsificada, uma bolsinha de mão Chanel verdadeira que Sam me deu de aniversário. O que tenho agora é uma sacola Vera Bradley gigantesca, cor-de-rosa e florida, grande o bastante para caber uma cabeça humana. Se essa bolsa fosse uma pessoa, seria a tia grisalha e desleixada de alguém, com cheiro de naftalina e balas de caramelo, que insiste em beliscar suas bochechas. É horrenda. Mas ninguém a nota, tanto quanto não me notam.

Há muito tempo, eu teria me esforçado para ser invisível: um boné de beisebol enterrado na cabeça ou um moletom com capuz para me ajudar a evitar as perguntas que sempre começavam com "Ei, você não é?" e sempre terminavam com um nome que não era o meu. "Não, espere, não me diga. Eu já não a vi em algo? Não sei quem você é?"

Agora, ninguém fica encarando, ninguém pergunta e ninguém olha duas vezes para mim. Eu podia ser uma peça de mobília. Na semana passada, um esquilo passou correndo por cima de meu pé.

Mas tudo bem. Isso é bom. Não estou aqui para ser vista; estou aqui para observar. Normalmente, são mais ou menos três horas quando ela aparece. Ponho meu sanduíche de lado e aperto a bolsa contra o corpo, como um travesseiro ou um animal de estimação, e fico olhando. No princípio, eu não podia dizer nada, mas ontem ela parou um pouco depois de meu chafariz e se alongou com as mãos, pressionando o cóccix. "Eu fazia isso", pensei, sentindo minha garganta fechar. "Eu também fazia isso."

Eu costumava adorar este parque. Quando estava crescendo, na parte nordeste da Filadélfia, meu pai me levava à cidade três vezes por ano. Íamos ao zoológico no verão, à exposição de flores todas as primaveras e à Wannamaker para o *show* de luzes de Natal, em dezembro. Ele me dava algo para comer — um chocolate quente, um sorvete de morango — e nos sentávamos em um banco, e meu pai inventava histórias sobre as pessoas que passavam. Um adolescente de mochila era um astro do *rock* disfarçado; uma senhora de cabelo azul, usando um casaco de peles até o tornozelo, estava carregando segredos para os russos. Quando eu estava no avião, em algum lugar sobre a Virgínia, pensava nesse parque, e no gosto de morangos e chocolate e nos braços de meu pai em volta de mim. Achei que me sentiria segura aqui. Estava errada. Sempre que eu piscava, sempre que eu respirava, podia sentir o chão balançar e escorregar para os lados. Eu podia sentir as coisas começarem a se quebrar.

Tem sido assim desde que aconteceu. Nada conseguia me fazer sentir segura. Nem meu marido, Sam, me abraçando, nem o terapeuta gentil e de olhos tristes que ele me arrumou e que me dizia "Só o tempo vai ajudar; você só tem de viver um dia de cada vez".

É o que tenho feito. Sobrevivido aos dias. Tenho me alimentado sem sentir o gosto, jogado fora os invólucros de isopor. Escovado os dentes e feito a cama. Numa quarta-feira à tarde, três semanas depois de ter acontecido, Sam sugeriu irmos ao cinema. Ele separou roupas para eu vestir — uma calça capri verde-limão que eu ainda não conseguia fechar direito, uma blusa de seda marfim enfeitada com fitas cor-de-rosa, um par de chinelos rosa. Quando peguei a sacola de fraldas perto da porta, Sam olhou de um jeito estranho para mim, mas não disse nada. Eu já a havia usado como bolsa e continuei a usá-la depois, como um ursinho de pelúcia ou um cobertor de estimação, como algo que eu amava e do qual não conseguia me desfazer.

Eu estava bem quando entrei no carro. Estava bem quando paramos no estacionamento e Sam segurou a porta para mim e me acompanhou ao saguão de veludo vermelho que cheirava à pipoca e margarina. E então, fiquei parada ali, sem conseguir me mover um centímetro.

— Lia? — Sam me chamou.

Balancei a cabeça. Estava me lembrando da última vez em que tínhamos ido ao cinema. Sam comprou bolinhas de chocolate, minhocas de gelatina e a Coca gigante que eu queria, mesmo que a cafeína fosse proibida e que cada gole me fizesse arrotar. Quando o filme terminou, ele precisou usar ambas as mãos para me puxar do assento. "Eu tinha tudo naquela época", pensei. Meus olhos começaram a arder, meus lábios começaram a tremer e eu podia sentir meus joelhos e meu pescoço balançarem, como se estivessem cheios de graxa e bolinhas de chumbo. Coloquei uma das mãos na parede para me apoiar e não começar a escorregar para os lados. Lembrei-me de ter lido em algum lugar sobre como uma equipe de TV havia entrevistado alguém que estivera no terremoto de 1994 em Northridge. "Quanto tempo durou? perguntou o jornalista insípido e bronzeado. A mulher, que perdera a casa e o marido, olhou para ele assombrada e disse: "Ainda está acontecendo."

— Lia? — Sam perguntou de novo.

Olhei para ele — seus olhos azuis que ainda estavam vermelhos, seu maxilar forte, sua pele lisa. "A beleza vem de dentro", minha mãe costumava dizer, mas Sam sempre fora tão gentil comigo, desde que o conheci. Desde que acontecera, ele não fora nada além de gentil. E eu lhe trouxe tragédia. Sempre que ele olhava para mim, eu via a mesma coisa. Eu não podia ficar. Não podia mais ficar e magoá-lo.

— Eu já volto — falei. — Só vou ao banheiro.

Pendurei minha Vera Bradley no ombro, passei pela porta do banheiro e saí pela porta da frente.

Nosso apartamento estava como o havíamos deixado. O sofá estava na sala, a cama estava no quarto. O quarto no final do corredor estava vazio. Completamente vazio. Não havia nem uma partícula de pó no ar. "Quem fez isso?", pensei enquanto entrava no quarto, pegava algumas calcinhas e camisetas e colocava na bolsa. "Eu nem percebi", pensei. "Como posso não ter percebido?" Num dia, o quarto estava cheio de brinquedos e móveis, um berço e uma cadeira de balanço, e, no dia seguinte, nada. Será que havia algum serviço que a gente pudesse chamar, um número que você pudesse discar, um *website* que pudesse acessar, homens que viriam com sacos de lixo e aspiradores de pó e levariam tudo embora?

"Sam, eu sinto muito", escrevi. "Não posso mais ficar aqui. Não posso vê-lo tão triste e saber que é minha culpa. Por favor, não me procure. Ligarei quando estiver pronta. Me desculpe..." Parei de escrever. Nem existiam palavras para me expressar. Nada chegava nem perto. "Me desculpe por tudo", escrevi, e saí pela porta.

O táxi estava esperando por mim do lado de fora da porta da frente de nosso edifício e, para variar, a autopista estava livre. Meia hora depois, eu estava no aeroporto com uma pilha de notas novinhas de um caixa eletrônico, estalando.

— Só de ida? — a moça atrás do balcão perguntou.

— Só de ida — respondi e paguei por minha passagem para casa. O lugar onde tem de ser aceita. Minha mãe não pareceu muito feliz a respeito, mas também nunca tinha ficado muito feliz com nada que dissesse respeito a mim, ou na verdade com nada, desde que eu era adolescente e meu pai fora embora. Mas havia um teto sobre minha cabeça, uma cama para dormir. Ela até me deu um casaco para usar num dia frio na semana anterior.

A mulher que eu estava observando atravessou o parque, cachos louro-avermelhados empilhados na cabeça, uma mochila de lona na mão, e eu me inclinei para a frente, me segurando nas beiradas do banco, tentando fazer o rodopio parar. Ela botou a bolsa na borda do chafariz e se curvou para acariciar um cachorrinho de manchas brancas e pretas. "Agora", pensei, e enfiei a mão na minha sacola enorme e tirei o chocalho de prata. “Será que devemos monogramar?”, Sam havia perguntado. Eu só revirei os olhos e disse que havia dois tipos de gente no mundo: os que mandavam monogramar coisas na Tiffany’s e os que não mandavam, e nós, definitivamente, éramos do segundo tipo. Um chocalho de prata da Tiffany’s, sem monograma, nunca usado. Andei cuidadosamente até o chafariz antes de me lembrar de que havia me tornado invisível e que ninguém iria olhar para mim, independentemente do que eu fizesse. Enfiei o chocalho em sua bolsa e fui embora.

BECKY

Seu telefone celular vibrava enquanto ela endireitava as costas. O cachorro deu um latido agudo e se afastou, e a mulher de cabelos compridos e louros usando um casaco azul longo passou por ela, andando tão perto que seus ombros roçaram. Becky Rothstein-Rabinowitz afastou os cachos dos olhos, tirou o telefone do bolso, estremeceu quando viu o número que apareceu no visor e guardou o telefone sem atendê-lo.

— Merda — resmungou para ninguém em particular.

Aquilo marcava o quinto telefonema de sua sogra Mimi nas últimas duas horas. Ela e Mimi tinham uma convivência razoavelmente pacífica quando Mimi morava no Texas com o último de uma série de cinco maridos, mas o casamento não havia durado. Agora Mimi estava se mudando para a Filadélfia, e parecia não se dar conta do simples fato de que sua nora tinha tanto um trabalho quanto um bebê a caminho e, conseqüentemente, mais o que fazer do que "dar uma passada" na loja que o decorador de Mimi recomendara e "dar uma olhadinha" nas cortinas feitas sob encomenda de Mimi. Becky também não tinha "um segundinho" para dirigir meia hora até Merion e "espiar" como ia a obra (a sogra estava construindo uma minimansão ornamentada com pilastras que, aos olhos de Becky, parecia a residência de Scarlett O'Hara, se Tara tivesse encolhido na lavagem). Becky pegou a bolsa e atravessou o parque a passos rápidos até o Mas, seu restaurante.

Eram três horas da tarde e a pequena cozinha já estava enfumaçada e quente com o aroma de quantos dianteiros de porco refogados em um molho temperado com canela, coentro e molho de alho e pimentões assando para o flã de antepasto. Becky respirou profunda e alegremente e esticou os braços acima da cabeça.

— Achei que estava de folga hoje — disse Sarah Trujillo, sua sócia e melhor amiga.

— Só dei uma passada — respondeu Becky, enquanto seu celular vibrava novamente.

— Deixe-me adivinhar — disse Sarah.

Becky suspirou, olhou para o número, sorriu e abriu o telefone.

— Oi, querido — disse.

Estavam casados havia dois anos, tendo namorado por três anos antes disso, mas o som da voz de Andrew ainda a deixava nervosa.

— Oi. Você está bem?

Ela olhou para si mesma. Bolsa, seios, barriga, pés, todos presentes e verificados.

— Sim, estou ótima. Por quê?

— Bem, minha mãe acabou de me bipar e disse que está tentando falar com você, mas que você não estava atendendo o telefone.

"Merda", pensou Becky novamente.

— Olhe, sei que ela pode ser exigente. Eu tive de morar com ela, lembra-se?

— Eu me lembro — disse Becky. "E como você virou uma pessoa normal é um dos mistérios da História", ela se conteve para não dizer.

— Faça a vontade dela um pouco. Pergunte-lhe como vão as coisas com a mudança.

— Posso fazer a vontade dela — Becky respondeu —, mas não tenho tempo de fazer as coisas para ela.

— Eu sei — o marido retrucou. Becky podia ouvir barulhos de hospital ao fundo, algum médico sendo chamado. — Você não tem de fazer isso. Não espero que faça. Mimi também não.

"Então por que ela não pára de pedir?", Becky ficou imaginando.

— Só converse com ela — disse Andrew. — Ela está se sentindo só.

"Ela é louca", pensou Becky.

— Tudo bem — falou. — Da próxima vez que ela ligar, vou falar com ela. Mas vou ter de desligar o telefone em breve. Ioga.

Sarah levantou as sobrancelhas. "Ioga"?, falou sem fazer som.

— Ioga — Becky repetiu e desligou o telefone. — Não ria.

— Por que eu riria? — perguntou Sarah, sorrindo docemente. Sarah tinha olhos da cor de chocolate meio amargo, cabelos pretos e brilhantes e corpo de bailarina, ainda que não tivesse amarrado suas sapatilhas de ponta desde que estourara os dois joelhos, aos 17 anos. Era ela a razão do bar de seis lugares do Mas ter sempre três pessoas esperando nas noites de semana e quatro às sextas-feiras; a razão de, entre todos os restaurantes em Rittenhouse Square, o Mas conseguir manter cada um de seus 36 lugares ocupados a noite inteira, apesar da espera de duas horas. Quando Sarah punha batom vermelho e se esgueirava pela multidão, uma bandeja de pastéis por conta da casa nas mãos e sandálias de salto alto nos pés, os resmungos se evaporavam e as olhadas para os relógios cessavam.

— Qual é a sopa, novamente? — Sarah perguntou.

— Alho e purê de feijão-branco com óleo de trufas — disse Becky, enquanto pegava a bolsa e inspecionava o salão de jantar ainda vazio, cada uma das 12 mesas arrumadas com toalhas e taças de vinho e um pratinho de vidro azul com amêndoas temperadas no meio.

— E por que você acha que eu riria da ioga?

— Bem — disse Becky, pegando a bolsa de lona —, só porque não faço exercícios desde... — Becky fez uma pausa, contando os meses. Os anos. —...algum tempo. Sua última experiência com exercícios organizados fora na faculdade, onde ela tivera de passar em um semestre de educação física antes de se formar. Deixou Sarah convencê-la a fazer Dança Interpretativa, onde passou quatro meses balançando um lenço, fingindo ser, alternadamente, uma árvore ao vento, filha de alcoólatras e resignação. Tinha tido esperanças de que seu obstetra acabasse com essa história de exercícios e lhe dissesse para ficar em casa com os pés para o alto durante as últimas 12 semanas de sua gravidez, mas o Dr. Mendlow tinha ficado quase que indecentemente entusiasmado quando Becky ligara pedindo permissão para se matricular.

— Você deve achar que ioga é para molengas.

— Não, não! — disse Sarah. — Ioga exige muito. Estou impressionada por você estar fazendo isso por si mesma e, é claro, pelo seu querido pequerrucho.

Becky olhou para sua amiga e apertou os olhos.

— Você quer alguma coisa, não é?

— Pode trocar os sábados comigo?

— Tudo bem, tudo bem — Becky resmungou. Ela não se importava em trabalhar sábado à noite. Andrew estaria de plantão, o que, muito provavelmente, significaria que ela ficaria largada na frente da televisão pelo menos uma vez para que seu marido pudesse sair para cuidar do apêndice inflamado ou do intestino obstruído de alguém. Ou, mais provável, ela teria de se esquivar de mais telefonemas de Mimi.

Sarah raspou o inhame que estivera cortando em palitos dentro de uma vasilha, limpou a tábua de cortar e jogou a toalha em uma cesta no canto. Becky pegou a toalha e a jogou de volta para ela.

— Duas toalhas por noite, lembra-se? A conta da lavanderia no mês passado foi enorme.

— Mil perdões — disse Sarah, enquanto começava a tirar os grãos de milho de uma espiga para a salada de milho assado.

Becky subiu as escadas dos fundos para um quartinho no andar de cima — um armário convertido na velha casa geminada que era o Mas. Fechou as persianas e respirou fundo mais uma vez, apreciando o aroma do jantar sendo preparado — toda a fervura lenta, o peito de boi temperado assando devagar, o aroma suave do alho e as notas mais vibrantes do coentro e do limão. Ela podia ouvir os sons da equipe da noite chegando — garçonetes rindo na cozinha, os lavadores de prato mudando a estação de rádio da WXPN para a estação de salsa. Colocou a bolsa na mesa, em cima das pilhas de faturas e formulários de pedidos e enfiou a mão no armário onde guardara a roupa de ioga. “Roupas largas e confortáveis", dizia o panfleto do curso. O que, felizmente, era quase só o que ela usava.

Becky tirou as calças pretas com elástico na cintura, trocando-as por um par de calças azuis com elástico na cintura e acrescentou um sutiã que levara 45 minutos para encontrar na internet, em um *site* chamado, Deus que me perdoe, mamaezona.com. Vestiu uma camiseta comprida, enfiou os pés nos tênis e puxou os cachos num coque, que prendeu no lugar com um dos palitinhos que Sarah deixara na mesa. "Alongamento suave e ritmado", dizia o folheto. "Visualização e meditação criativa para a futura mamãe." Ela achou que dava conta disso. E, se não desse, simplesmente diria alguma coisa sobre azia e iria ao médico.

Enquanto enfiava as roupas na bolsa, os dedos encostaram em algo frio e desconhecido. Ela vasculhou e tirou da bolsa um chocalho de prata. Procurou um pouco mais na bolsa, mas não encontrou cartão ou papel de embrulho ou uma fita. Só um pequeno chocalho.

Ela o virou, deu uma chacoalhada e então dirigiu-se para a cozinha no andar de baixo, onde Sarah estava acompanhada do lavador de pratos, o *sous chef* e o confeiteiro.

— Isto é um presente seu? — perguntou a Sarah.

— Não, mas é bonito — ela respondeu.

— Não sei de onde veio.

— Da cegonha? — Sarah sugeriu.

Becky revirou os olhos e ficou de perfil em frente ao espelho ao lado da porta do salão de jantar para mais uma rodada do que estava se tornando seu jogo favorito: Grávida ou Simplesmente Gorda?

"Era tão injusto", pensou, enquanto se contorcia, se virava e chupava as bochechas para dentro. Ela sonhara com a gravidez como o grande equalizador, aquilo por que esperara a vida inteira, o momento em que todas as mulheres ficavam gordas, mas ninguém falava ou se preocupava com seu peso por nove gloriosos meses. Bem, sem a mais esquálida chance. Com trocadilho intencional. As garotas magrinhas continuavam magrinhas, exceto que desenvolviam adoráveis barriguinhas duras como bolas de basquete, ao passo que as mulheres do tamanho de Becky só pareciam ter comido demais no almoço.

E roupas de gestante tamanho grande? Pode esquecer. Mulheres de tamanho normal usavam roupinhas esportivas com *lycra* que anunciavam ao grande público: "Ei, estou grávida!" Enquanto isso, qualquer mulher grávida maior do que uma caixa de pão tem de escolher entre as ofertas de exatamente uma — é, uma — confecção de roupas para gestantes, cujas calças *fuseau* e túnicas enormes gritam: "Ei, eu sou uma viajante do tempo, vim de 1987! E estou ainda mais gorda que o normal!"

Olhou para si mesma de perfil, endireitando os ombros, empurrando a barriga para que ficasse mais protuberante que seus seios. Então, virou-se para Sarah:

— Eu pareço...

Sarah balançou a cabeça enquanto se dirigia à fritadeira com uma bandeja de bolinhos de milho que Becky preparara naquela manhã.

— Não estou ouvindo, não estou ouvindo — cantou, enquanto os bolinhos começavam a fritar. Becky suspirou, deu uma volta de noventa graus e olhou para Juan, o lavador de pratos, que de repente estava muito concentrado nos pratos que empilhava. Ela deu uma olhada em direção à grelha e viu duas garçonetes desviando o olhar, ocupadas misturando, picando e até mesmo, no caso de Suzie, lendo o cronograma da semana como se mais tarde fosse haver um teste.

Becky suspirou novamente, pegou a bolsa junto a uma cópia do cronograma e os pratos especiais do fim de semana e saiu pela porta para atravessar o parque, andar 18 quarteirões para leste, em direção ao rio e manter o compromisso com seu destino *New Age*.

— Bem-vindas, senhoras.

A instrutora, Theresa, usava calças pretas que acabavam debaixo dos quadris e um *top* marrom de alcinhas que exibia deltóides e bíceps extremamente definidos. Sua voz era baixa e tranqüilizante. Hipnótica, na verdade. Becky reprimiu um bocejo e olhou em volta do estúdio no quarto andar do sobradinho de Theresa em Society Hill. O aposento estava quente e aconchegante sem estar abafado. As luzes estavam baixas, mas velas votivas queimavam nos beirais das janelas altas voltadas para oeste acima da silhueta cintilante da cidade. Uma fonte borbulhava em um canto, um aparelho de som portátil em outro canto tocava o som de sinos de vento, e o ar também tinha um cheiro bom, como laranjas e cravos. No bolso, seu celular vibrava. Becky apertou "Não Atender" sem olhar, sentiu-se imediatamente culpada e prometeu a si mesma que ligaria para Mimi de volta assim que a aula acabasse.

Guardou o telefone e olhou em volta para as outras sete alunas, que pareciam todas estar em algum ponto do terceiro trimestre de gravidez. À direita de Becky estava uma moça baixinha, com o cabelo louro e liso preso em um rabo-de-cavalo e uma barriguinha empertigada. Estava usando um desses conjuntinhos de ginástica para grávidas que vinham em tamanho P e PP — calças de *jogging* com listras brancas, *top* preto com acabamento contrastando apertando sua saliência. Ela dissera um "oi" amigável para Becky antes de borrifar seu colchonete com uma garrafa de Purell.

— Germes — sussurrou.

À esquerda de Becky estava a mulher mais linda que Becky já vira sem ser em um filme. Ela era alta e tinha a pele cor de caramelo, com molares que poderiam cortar manteiga, olhos que pareciam topázios sob a luz das velas e uma barriga esticada empurrando um casaco de caxemira castanho-claro com capuz. Tinha as unhas da mão pintadas com perfeição e, quando tirou as meias, Becky pôde ver unhas do pé igualmente perfeitas e um diamante na mão esquerda do tamanho de um torrão de açúcar. "Eu a conheço", pensou Becky. Não conseguiu lembrar-se imediatamente do nome, mas conhecia sua ocupação. Aquela mulher — seu nome era meio exótico, Becky pensou — era casada com o homem pelo qual os Sixers haviam dado um pivô e um armador, um superastro do Texas com uma média de pontos por jogo ridiculamente alta que também, Andrew explicara durante o único jogo a que Becky assistira com ele, levara a Liga a se recuperar.

Theresa sentou-se no chão sem usar as mãos. "Até parece", Becky pensou.

— Vamos começar — disse Theresa numa voz lenta e tranqüilizadora que fez Becky sentir vontade de se enroscar e tirar uma boa e longa soneca. — Por que não seguimos o círculo? Cada uma pode dizer seu nome, com quantos meses está, como tem sido a gravidez e um pouquinho sobre si mesma.

O nome da Barbie Ioga era Kelly! Uma produtora de eventos! Essa era sua primeira gravidez! Ela tinha 26 anos e estava grávida de 27 semanas! E ela se sentia ótima, ainda que as coisas tivessem sido difíceis no começo, porque tinha tido sangramentos! E ficado de repouso! "Vamos lá, galera", pensou Becky, segurando mais um bocejo. Aí foi sua vez.

— Eu sou Rebecca Rothstein-Rabinowitz — disse — e estou grávida de 29 semanas e meia. Vou ter uma menina. É minha primeira filha e estou me sentindo bastante bem, a não ser... — olhou tristemente para a barriga. — Eu acho que ainda não está aparecendo, o que é meio chato. — Theresa concordou com a cabeça. — O que mais? Ah, sou *chef* e gerente de um restaurante chamado Mas, em Rittenhouse Square.

— Mas? — falou Kelly, ofegante. — Ah, meu Deus, eu já estive lá!

— Que bom — disse Becky. Opa. Nem sua própria mãe tinha ficado tão entusiasmada por comer no Mas. O restaurante, no entanto, tinha acabado de ser citado no *Philadelphia Magazine* como "um dos sete lugares pelos quais vale a pena morar no subúrbio", e havia uma foto muito bonita de Becky e Sarah. Bem, mais de Sarah, mas dava para ver o lado do rosto de Becky na borda da foto. Um pouco de cabelo também, se olhasse com atenção.

— Eu sou Ayinde — começou a linda mulher do outro lado de Becky. — Trinta e seis semanas. Esta também é minha primeira gravidez e tenho me sentido bem — ela cruzou os dedos longos por cima da barriga e disse, meio desafiadoramente, meio em tom de desculpas. — No momento, não estou trabalhando.

— O que você fazia antes da gravidez? — Theresa perguntou. Becky apostou consigo mesma que a resposta seria *modelo de biquíni*. Ficou surpresa quando Ayinde lhes disse que tinha sido repórter jornalístico.

— Mas isso foi no Texas. Meu marido e eu só estamos aqui há um mês.

Os olhos de Kelly se arregalaram.

— Ah, meu Deus — disse. — Você é...

Ayinde levantou uma sobrancelha perfeitamente arqueada. Kelly calou-se na mesma hora e suas bochechas pálidas ficaram cor-de-rosa. Theresa fez um sinal com a cabeça para a mulher seguinte, e o círculo continuou — havia uma assistente social e uma gerente de investimentos, uma curadora de galeria de arte e uma produtora de rádio e uma mulher de rabo-de-cavalo que já tinha uma criança de dois anos e que disse ser mãe e dona-de-casa.

— Vamos começar — disse Theresa. Sentaram-se de pernas cruzadas, as palmas das mãos nos joelhos, voltadas para cima, oito mulheres grávidas sentadas em um chão de madeira que estalava debaixo delas enquanto as velas bruxuleavam.

— Deixem a respiração subir da base de sua coluna. Deixem que ela aqueça seu coração — ela falou. Becky balançava da esquerda para a direita. "Até agora, tudo bem", pensou enquanto Theresa as guiava por uma série de rolamentos de pescoço e inalações cuidadosas. Não era mais difícil que a dança interpretativa havia sido.

— E agora vamos passar nosso peso para as mãos, levantar nossos traseiros para cima e lentamente ascender para o Cão Inclinado — Theresa entoou. Becky apoiou-se vagarosamente nos pés e nas mãos, sentindo o colchonete grudento de ioga contra as palmas das mãos e mandou o cóccix lá para cima. Ouviu a Barbie Ioga ao lado dela suspirar enquanto ficava na posição e a mulher linda, Ayinde, gemer baixinho.

Becky tentou fechar os cotovelos para que seus braços não tremessem. Ela arriscou uma olhada para os lados. Ayinde estava tremendo e os lábios estavam bem apertados.

— Você está bem? — sussurrou Becky.

— Minhas costas — sussurrou Ayinde de volta.

— Siiiiiiiintam-se enraizaaaadaaaas na terraaaaaaa — disse Theresa. "Eu vou me sentir *despencando* na terra a qualquer minuto", Becky pensou. Seus braços estremeceram... mas foi Ayinde quem caiu primeiro e rolou de joelhos.

Em um instante, Theresa estava ajoelhada ao lado dela, com uma das mãos nas costas de Ayinde.

— A posição era muito difícil? — perguntou.

Ayinde balançou a cabeça.

— Não, a posição era boa, já fiz ioga antes. Eu só... — ela encolheu ligeiramente os ombros — não estou me sentindo bem hoje.

— Por que não se senta quietinha por um momento? — Theresa falou. — Concentre-se na sua respiração.

Ayinde assentiu e rolou para o lado. Dez minutos mais tarde, depois do Guerreiro Altivo e da Pose do Triângulo e de uma posição de joelhos constrangedora que Becky decidiu chamar de Pombo Moribundo, que devia ser bem mais fácil se você não tivesse seios, o restante da classe juntou-se a ela.

— Shivassana — disse Theresa, aumentando o som dos sinos de vento. — Vamos segurar suavemente nossas barrigas, respirando profundamente, enchendo nossos pulmões com o rico oxigênio e mandar uma mensagem de paz para nossos bebês.

O estômago de Becky rugiu. "Paz", ela pensou, sabendo que não ia adiantar. Ela se sentira exausta no primeiro trimestre, às vezes enjoada durante o segundo e agora só sentia fome o tempo todo. Tentou mandar uma mensagem de paz para seu bebê, mas acabou com uma mensagem do que ia comer no jantar. "Costelinhas com *gremolata* de laranja vermelha", pensou e suspirou feliz, enquanto Ayinde respirava com dificuldade novamente.

Becky içou-se com um cotovelo. Ayinde estava massageando as costas com os olhos bem fechados.

— É só uma cólica ou algo parecido — sussurrou antes que Becky pudesse perguntar.

Depois que Theresa tinha juntado as mãos por cima de seus seios invejavelmente firmes e desejado *namaste* a todas, as mulheres desceram as escadas em caracol e saíram para o crepúsculo. Kelly seguiu Becky.

— Eu simplesmente adoro seu restaurante — falou efusivamente, enquanto andavam para o sul pela Third Street, em direção a Pine.

— Obrigada — disse Becky — Lembra-se do que pediu?

— Frango com molho de *mole** — Kelly respondeu com orgulho, pronunciando a palavra em espanhol com um floreio. — Estava delicioso e... Ah, meu Deus! — disse Kelly pela terceira vez aquela noite. Becky olhou para onde ela estava apontando e viu Ayinde apoiando-se com ambas as mãos na janela do lado do passageiro de um veículo utilitário do tamanho de um tanque com algo branco esvoaçando no para-brisas.

— Uau — disse Becky. — Ou ela está muito chateada com aquela multa ou...

— Oh, meu Deus! — Kelly repetiu e saiu correndo como um pato. Ayinde olhou impotente para elas enquanto se aproximavam.

— Acho que minha bolsa rompeu — falou, apontando para a bainha encharcada de suas calças. — Mas é cedo demais. Só estou com 36 semanas. Meu marido está na Califórnia...

— Há quanto tempo está tendo contrações? — perguntou Becky. Ela botou uma das mãos entre as escápulas da outra mulher.

— Não tive nenhuma — disse Ayinde. — Minhas costas têm doído, mas é só isso.

— Você pode estar tendo contrações lombares — falou Becky. Ayinde olhou para ela inexpressivamente. — Sabe o que é contração lombar?

— Íamos ter uma aula sobre isso no hospital no Texas — disse Ayinde, apertando os lábios —, mas aí Richard foi comprado e nós nos mudamos e tudo... — ela deu uma respirada, sibilando, com a testa apoiada contra a janela do carro. — Não acredito que isso esteja acontecendo. E se ele não chegar aqui a tempo?

— Não entre em pânico — disse Becky. — O primeiro parto normalmente demora. E só por que sua bolsa rompeu, não quer dizer que você vai ter o bebê logo...

— Oh — disse Ayinde. Ela arfou e procurou as costas com as mãos.

— Muito bem — falou Becky. — Acho que devemos ir para o hospital.

---

*Molho picante de chocolate típico da cozinha mexicana. (*N. da T.*)

Ayinde olhou para cima, fazendo uma careta.

— Pode chamar um táxi para mim?

— Não seja boba — disse Becky. "Pobrezinha", pensou. Entrar em trabalho de parto totalmente sozinha, sem o marido por perto, nenhum amigo para segurar sua mão, era uma das piores coisas que podia imaginar. Bem, isso e seu corpo aparecer em um daqueles documentários "Obesidade: uma epidemia nacional".

— Nós não vamos simplesmente colocá-la em um táxi e abandoná-la!

— Meu carro está bem aqui — disse Kelly. Ela ergueu o chaveiro, apertou um botão e um utilitário Lexus do outro lado da rua começou a apitar. Becky ajudou Ayinde a sentar-se no banco do carona e botou o cinto de segurança no banco de trás.

— Podemos chamar alguém para você?

— Meu médico é o Dr. Mendlow — disse Ayinde.

— Ah, ótimo, o meu também. — disse Becky. — O número dele está no meu celular. Mais alguém? Sua mãe, uma amiga, alguém?

Ayinde balançou a cabeça.

— Acabamos de nos mudar para cá — falou, enquanto Kelly ligava o carro. Ayinde virou-se para trás e agarrou a mão de Becky.

— Por favor — disse. — Escute. Meu marido... — A testa franziu. — Acha que o hospital tem uma porta dos fundos, algo assim? Não quero que ninguém me veja deste jeito.

Becky ergueu as sobrancelhas.

— Bem, é um hospital — falou. — Eles estão acostumados a ver gente que levou tiros e tal. Calças molhadas não vão inquietá-los.

— Por favor — disse Ayinde, apertando ainda mais a mão dela — Por favor.

— Está bem. — Becky puxou um grande suéter preto de dentro da bolsa, junto a um boné de beisebol.

— Quando sairmos, pode enrolar isto em volta da cintura e, se acha que consegue subir as escadas, podemos ir por ali para a triagem, assim você não tem de esperar pelo elevador.

— Obrigada — disse Ayinde. Ela puxou o boné de beisebol para cima dos olhos e então olhou para cima. — Sinto muito, não me lembro de seus nomes.

— Becky — disse Becky.

— Kelly — disse Kelly.

Ayinde fechou os olhos enquanto Kelly começava a dirigir.

AYINDE

— Bem, sua bolsa realmente se rompeu.

A jovem residente retirou as luvas de borracha com um estalo e deu a milionésima olhada em direção à porta, como se esperasse que o grande e glorioso Richard Towne entrasse a qualquer momento. "Não é algo absurdo para se desejar", pensou Ayinde, alisando a fina camisola azul por cima das pernas nuas. Nos últimos 45 minutos, ela deixara dúzias de mensagens em uma quantidade vertiginosa de números. Ligara para o celular e para o bipe de Richard, deixara mensagens com seu empresário e com seu treinador, no escritório da sede do time, com a empregada de sua nova casa em Gladwyne. Até agora, nada. Não era nenhuma surpresa, pensou desoladamente — era a primeira rodada das finais e todo mundo se concentrava nos jogos e desligava os telefones. Sorte a dela.

— Mas você só tem um centímetro de dilatação. Quando isso acontece, geralmente queremos que o bebê nasça dentro de 24 horas ou o risco de infecção aumenta. Portanto, você tem algumas opções — disse a residente.

Ayinde assentiu. Kelly e Becky também assentiram. A residente — DRA. SANCHEZ, dizia o crachá — olhou para a porta de novo. Ayinde desviou o olhar e desejou poder botar as mãos sobre as orelhas para bloquear o burburinho que vinha da cama ao lado da dela.

— Richard Towne! Dos Sixers! — Havia uma cortina entre a cama de Ayinde e a outra. Evidentemente, a vizinha de Ayinde decidira que uma cortina era equivalente a uma parede e estava falando em alto e bom som, apesar da placa que dizia PROIBIDO O USO DE TELEFONES CELULARES.

— É, é! Bem ao meu lado! — baixou bem a voz. Becky, Kelly e Ayinde ainda podiam ouvir cada palavra. — Não sei se ela é ou não. Mulata, talvez? — a mulher deu uma risadinha. — Ainda podemos dizer isso?

Ayinde fechou os olhos. Becky botou a mão em seu ombro.

— Você está bem?

— Estou — murmurou Ayinde.

Kelly encheu um copo de água. Ayinde tomou um gole e o colocou de lado.

— Não, não, aqui não — tagarelava a mulher na cama ao lado. — Eu ainda não o vi, mas ele deve estar por aqui em algum lugar, certo?

"Era de se esperar", pensou Ayinde. Balançou as pernas para o lado da cama e arrancou o monitor de pressão arterial. O som do velcro se abrindo fez sua vizinha calar a boca. A residente conseguiu tirar os olhos da porta.

— Posso ir para a sala de parto? — Ayinde perguntou.

— Ayinde, tem certeza? — disse Becky. — Você pode ir para casa, ficar andando, tentar dormir um pouco e descansar na sua própria cama. Sabe, estudos mostram que, quanto mais tempo uma mulher fica em trabalho de parto em casa, menos tempo ela passa no hospital e menos risco tem de fazer uma cesariana de emergência ou usar fórceps ou fazer curetagem durante o parto.

— O quê? — perguntou Kelly.

— Estou fazendo um curso sobre parto natural — Becky falou, soando um pouco na defensiva.

— Não quero ir para casa. Eu moro em Gladwyne — disse Ayinde. — É muita trabalheira ir até lá para voltar de novo — e, pensou, de modo algum ela poderia, como Becky havia dito?, "ficar em trabalho de parto em casa" na frente da cozinheira e da empregada e do motorista que estariam lá.

— Tem alguém para ficar com você? — Becky perguntou. — Podíamos ir buscá-la e trazê-la de volta para a cidade quando estiver pronta... ou você podia ficar um pouco lá em casa.

— É muito gentil da sua parte, mas vou ficar bem aqui — ela entregou seu celular à Becky.

— Incomoda-se de ir até o corredor e ligar para minha casa? — pediu. — E fale com Clara. Diga-lhe que preciso da minha mala; tem uma fita amarela amarrada na alça e está no meu quarto de vestir, e diga a ela para pedir que Joe a traga para o hospital.

— Tem certeza? — Becky perguntou. — Não há motivo para você ficar no hospital se não precisar. E isso pode levar horas.

A residente concordou com a cabeça.

— Primogênitos normalmente são lentos.

— Venha — disse Becky. — Moro a 15 minutos a pé daqui, ou podemos trazê-la de carro em um instante.

— Eu não poderia... — disse Ayinde.

— Eu também vou — disse Kelly. — É melhor do que passar mais uma noite sentada em casa lendo *O que esperar quando você está esperando*.

— Vai estar perfeitamente segura. Meu marido é médico — disse Becky.

— Tem certeza? — Ayinde perguntou.

— Você não deve ficar aqui sozinha — Becky falou. — Mesmo que seja apenas por algumas horas. Ligaremos para seu marido e você pode tentar relaxar.

— Eu daria o mesmo conselho — disse a residente. — Se quiser minha opinião, vá com suas amigas.

Ayinde não se deu o trabalho de corrigi-la.

— Obrigada — murmurou para Becky. Então, pegou suas roupas e desapareceu para dentro do banheiro, fechando a porta silenciosamente atrás de si.

"Amigas", pensou Ayinde, enquanto vestia as calças e alisava o cabelo com as mãos trêmulas. Ela não tinha uma amiga de verdade desde mais ou menos a segunda série. A vida inteira se sentira deslocada; meio negra, meio branca, nem bem uma coisa nem a outra, sem nunca se encaixar bem.

"Seja corajosa", seus pais costumavam lhe dizer. Lembrou-se deles se inclinando por sobre sua cama quando era pequena, seus rostos sérios na escuridão, o rosto de sua mãe da cor de leite achocolatado, o de seu pai branco como a neve. "Você é uma pioneira", explicavam, os olhos brilhando com as mais sinceras boas intenções. "Você é o futuro. E nem todos vão entender, nem todos vão amá-la como nós a amamos, portanto você tem de ser corajosa."

Era fácil acreditar neles à noite, na segurança de sua cama de dossel no centro de seu quarto, que ficava no segundo andar de seu duplex de oito quartos no Upper East Side. Os dias eram mais difíceis. As meninas brancas com quem ela freqüentara a escola particular e o internato tinham sido muito simpáticas, com algumas exceções notáveis, mas sua amizade sempre tivera um tom meio farto, como se Ayinde fosse um cão perdido que elas tivessem salvo da chuva. As meninas negras — as poucas que conhecera em Dalton, as ganhadoras de bolsas de estudo na escola da Srta. Porter — não queriam muita coisa com ela depois que se acostumavam ao nome exótico e descobriam que seu *pedigree* a tornava mais parecida com as garotas brancas ricas do que com elas.

Ela abriu a porta. Becky e Kelly estavam esperando.

— Tudo pronto? — Becky perguntou. Ayinde assentiu e a seguiu.

Ela sabia que havia riscos em se casar com um homem como Richard e, se tivesse alguma dúvida, sua mãe, a célebre Lolo Mbezi, *top model* dos anos 1970, estava ansiosa para lhe contar.

— Você não vai ter nenhuma vida particular — Lolo decretou. — Propriedade pública. É isso que os atletas são. As esposas também. Espero que esteja pronta para isso.

— Eu o amo — Ayinde dissera à sua mãe. Lolo inclinara o rosto, a fim de mostrar melhor a perfeição de seu perfil.

— Espero que seja suficiente — falou.

"Até agora", pensou enquanto Kelly ligava o carro, "tinha sido". Richard fora mais que o suficiente; seu amor mais que havia compensado tudo que ela perdera durante a infância.

Conhecera Richard no trabalho, quando era repórter da afiliada da CBS em Fort Worth, enviada para entrevistar um dos colegas de time de Richard Towne, um ala promissor de 18 anos chamado Antoine Vaughn. Ela entrou a passos largos no vestiário como se a própria Gloria Steinem estivesse segurando a porta aberta. Quase continuou andando até um armário aberto, quando o primeiro jogador passou devagar por ela ainda molhado do chuveiro, com nada além de uma toalha enrolada em volta da cintura.

— Só mantenha os olhos acima do equador — sussurrou Eric, o câmera. Ela engoliu em seco e limpou a garganta.

— Com licença, cavalheiros. Eu sou Ayinde Walker, da KTVT e estou aqui para ver Antoine Vaughn.

Ela ouviu o silêncio. Escárnio. Murmúrios que não chegava a entender.

— Finalmente arrumaram umas repórteres gostosas, hein? — gritou um homem que, graças a Deus, ainda vestia o agasalho.

— Está substituindo o velho Sam Roberts?

— Ei, gata, deixe o garoto para lá. Venha até aqui. Eu lhe dou uma entrevista!

— Fiquem calminhos, pessoal — gritou do canto o técnico assistente, um sujeito de meia-idade vestindo um terno amarrotado que não parecia ter muito interesse em manter a paz ou em se mexer.

Ela engoliu em seco novamente e olhou com os olhos meio fechados através do campo de corpos masculinos semivestidos que se moviam.

— Alguém sabe onde Antoine Vaughn está?

— Pode me chamar de Antoine! — disse o cara que perguntara se ela estava substituindo Sam Roberts, o repórter esportivo da estação. — Pode me chamar do que quiser, gracinha!

Ela lançou ao sujeito no canto um olhar desesperado, que ele fingiu não ver.

— Estou bem aqui.

Ela se virou... e lá estava Antoine Vaughn, deitado de costas em um dos bancos. Ela o reconheceu da foto que o time lhe havia mandado. É claro que a foto só mostrava a cabeça e os ombros. E ele estava vestido.

— Está vendo, é verdade — ele falou, apontando para o sul e começando a rir; obviamente havia preparado essa fala. — Tudo é maior no Texas!

Ayinde levantou uma sobrancelha e uniu os joelhos para que nenhum deles visse como estavam tremendo. A história toda lhe trazia más lembranças. Em sua escola extremamente exclusiva em Nova York, algumas das outras garotas (*garotasbrancas*, era como pensava nelas na época, uma palavra só) a haviam empurrado para dentro do banheiro dos meninos. Não acontecera nada — e, na verdade, os meninos haviam ficado mais perturbados que ela —, mas ela nunca havia se esquecido de seu terror inicial quando a porta se fechara atrás dela. Agora, no vestiário, ela respirou profundamente, como havia aprendido, para que as palavras saíssem de seu diafragma e fossem ouvidas.

— Se isso é verdade — falou —, você deve ser de outro lugar.

— Que fora! — gritou um dos outros jogadores.

— Ei, Antoine, cara, ela acabou com você!

Antoine Vaughn olhou fixamente para Ayinde com os olhos semicerrados e puxou uma toalha para cima da cintura.

— Não foi tão engraçado assim — resmungou, sentando-se curvado para a frente.

— Ei.

Ayinde virou-se e olhou para cima... e para cima.

— Pegue leve com o garoto — disse Richard Towne. O uniforme deixava seus braços e pernas nus. Sua pele castanha cintilava de suor e seus dentes brilhavam quando ele sorria. Mas ela ainda não ia recuar... nem mesmo se Richard Towne, que era um dos atletas mais famosos nos Estados Unidos naquele momento, que nunca dava entrevistas a ninguém e que era, pessoalmente, ainda mais atraente que nas fotos, lhe dissesse que deveria.

— Diga-lhe para se cobrir e pode ser que eu o faça.

— Vá se vestir, cara — Richard disse a Antoine Vaughn, que pulou do banco tão rapidamente como se o próprio Deus tivesse lhe dito para pôr o suporte atlético. Então, Richard voltou-se para Ayinde.

— Você está bem? — perguntou, falando em um tom tão suave que ninguém podia ouvi-lo a não ser Ayinde.

— Eu estou bem — ela respondeu, ainda que seus joelhos agora tremessem tanto que estivesse surpresa de não estarem batendo um no outro. Richard colocou uma das mãos mundialmente famosas nos ombros dela e a guiou para fora do vestiário até um dos assentos na beira da quadra no estádio que ecoava.

— Eles só a estavam provocando — falou.

— Não foi engraçado — ela piscava furiosamente para impedir as lágrimas que haviam aparecido do nada. — Só estou tentando fazer meu trabalho.

— Eu sei. Eu sei. Tome — ele disse, dando-lhe um copo d'água. Ela deu um gole, abanando os cílios, sabendo que, se uma só lágrima caísse, arruinaria seu rímel e ela ficaria horrorosa em frente à câmera.

Ela respirou fundo.

— Acha que ele vai falar comigo?

Richard Towne refletiu.

— Se ele eu lhe disser para falar, ele vai falar.

— Você vai dizer a ele?

Ele sorriu novamente, e aquele sorriso era como pisar numa praia após três meses de inverno rigoroso e sentir o sol tropical na pele.

— Se jantar comigo, eu falo.

Ayinde não disse nada. Ela não conseguia acreditar. Richard Towne, convidando-a para sair.

— Eu já a vi no noticiário — ele falou. — Você é boa.

— A não ser perto de adolescentes pelados.

— Ah, você estava ganhando aquela batalha — ele disse. — Eu só estava apressando as coisas. Então, quer jantar comigo?

Ayinde ouviu a voz de sua mãe dentro da cabeça, sua mãe falando com aquele sotaque quase britânico que ela forçava depois de passar dez dias em Londres quando Ayinde tinha uns 12 anos. “Faça-os correrem atrás”, Lolo ensinou.

— Acho que não — disse automaticamente. Ela teria dito isso mesmo que Lolo não tivesse escolhido aquele momento para surgir de seu subconsciente e sussurrar em seu ouvido. Richard Towne tinha má fama.

Ele riu.

— Então é assim, hein? Você já tem homem?

— Você não tem um jogo de basquete para jogar? — a voz dela era indiferente e ela se virou um pouco, mas não conseguiu reprimir um sorriso.

— Você está dando uma de difícil — ele lhe disse, enquanto deixava um dedo passear pelo dorso de sua mão.

— Não estou dando nada — ela respondeu. — Eu estou trabalhando.

Olhou bem dentro dos olhos dele, um gesto que exigiu toda a coragem que tinha.

— E, honestamente, não consigo me ver tendo um relacionamento com um homem que trabalha de *short*.

Houve um momento em que ele apenas a encarou e Ayinde sentiu seu coração afundar, pensando que havia forçado demais, que provavelmente ninguém nunca o provocava, que ninguém jamais ousaria... e que ela não devia ter dito “relacionamento” quando ele só a convidara para jantar. Então, finalmente, Richard Towne jogou a cabeça para trás e riu.

— E se eu prometer usar calças?

— Para trabalhar?

— Para jantar.

Ela olhou para ele por debaixo dos cílios.

— Uma camisa também? — ela queria ouvi-lo rir novamente.

— Até terno e gravata.

— Então... — ela esticou a voz, fazendo-o se esforçar, fazendo-o esperar. — Então, acho que vou pensar no assunto.

Ela gritou, chamando o câmera, que tinha saído para fazer tomadas extras com a equipe de animadoras de torcida, 12 mulheres balançando os quadris e os cabelos e parecendo que estavam tomadas por alguma forma comunitária de epilepsia.

— Eric, está pronto para tentar de novo com Antoine?

Eric desviou sua atenção das dançarinas e ficou todo deslumbrado ao ver Richard Towne.

— Ei, cara, belo jogo contra os Lakers!

— Obrigado, senhor — disse Richard e voltou sua atenção para Ayinde. — Sexta à noite?

"Um jogador de basquete", pensou consigo mesma. Como é que as meninas os chamavam? "Boleiros". Sua vida social nunca incluíra um. Tinha havido médicos e advogados e empresários e, uma vez, para felicidade do diretor de seu programa, um casinho com o âncora da estação da NBC, o que pôs os nomes de ambos nos jornais durante os três meses em que durou.

— Olhe — ela falou. — Quero ser clara em relação a uma coisa. Agradeço sua ajuda, mas, se está procurando por uma donzela em apuros, eu não sou uma.

Richard Towne balançou a cabeça. Ayinde viu-se intoxicada pela visão de seu corpo, o volume do bíceps, os antebraços fortes, aquelas mãos enormes.

— Não se preocupe — ele falou. — Não tenho nenhuma vontade de ser o salvador. Sou um homem simples — disse, abrindo as mãos. — Só quero jogar um pouco de basquete, talvez ganhar outro campeonato. Curtir a vida, entende? Você é uma mulher séria. Eu gosto disso. Mas até moças trabalhadoras têm de comer.

— Verdade — ela disse, permitindo-se um sorriso.

— Eu ligo para você no trabalho.

E, dizendo isso, fez uma meia mesura elegante e saiu andando pelo piso de madeira. Quando ela chegou à estação, havia um enorme buquê de lilases e lírios em sua mesa. "Isto é o que chamam de corte completa", dizia o cartão. Ayinde rira alto antes de pegar o telefone para ligar par Richard Towne e lhe dizer que sexta-feira à noite estava ótimo.

Ayinde fechou os olhos e tentou sobreviver à contração.

— Muito bem — disse Becky. — Respire... respire... você está indo bem, continue respirando...

— Ohhh — suspirou Ayinde, enquanto a contração finalmente diminuía de intensidade. Becky a tinha posto equilibrada em uma bola azul gigantesca no meio de sua minúscula sala de estar em uma das ruazinhas estreitas perto de Rittenhouse Square. Ayinde se balançava para a frente e para trás, tentando não gritar.

— Sessenta segundos — disse Kelly do canto do sofá onde aninhara-se enrolada num cobertor com um caderno e seu relógio.

— Vocês não deviam ir para o hospital agora? — perguntou uma voz vinda da escada.

— Mãe, você está andando para lá e para cá — Becky falou sem virar a cabeça.

— Não estou andando para lá e para cá — disse Edith Rothstein, que tinha estado, sem dúvida, andando para cima e para baixo da escada, sem nunca colocar o pé na sala de estar e torcendo as mãos praticamente desde que as três mulheres haviam entrado pela porta, cinco horas antes. — Só estou preocupada.

— Andando! — Becky disse. Sua mãe, uma mulher bem tratada, com um capacete de cabelos louro-avermelhados cuidadosamente penteados e um colar de pérolas, o qual tinha estado torcendo sem parar, franziu os lábios. Edith havia pretensamente vindo para o norte para o casamento de uma prima em Mamaroneck mas, Becky confidenciou, seu verdadeiro propósito envolvia ficar olhando para a barriga de Becky e conversar sem parar com sua neta ainda não nascida.

— Eu não me incomodaria tanto — disse Becky — se não fosse pelo fato de ela mal conversar comigo. É como se seu campo de visão acabasse no meu pescoço.

Ayinde enxugou a testa e olhou em volta. A sala de estar de Becky era mais ou menos do tamanho de seu quarto de vestir e ela tinha certeza de que nenhum decorador a havia ajudado com a escolha das estantes superlotadas e as mantas que ficavam por cima do sofá e das poltronas, mas, mesmo assim, o aposento era charmoso e parecia mais aconchegante e mais seguro que o hospital parecera.

Porém, não aconchegante e seguro o bastante para a mãe de Becky.

— Andrew — ela sussurrou alto o bastante para que as três mulheres pudessem ouvi-la —, tem certeza de que isso está bem?

— Está tudo bem, Edith — Andrew falou da cozinha no porão. — Parece que as moças estão com tudo sob controle.

— O que eles estão fazendo lá embaixo? — perguntou Ayinde, pensando em como Becky tinha sorte em ter um marido tão gentil; um marido que, mais importante, estava aqui e não a cinco mil quilômetros de distância. Andrew a fazia lembrar-se um pouco de seu pai... ou melhor, ela admitia, dos papéis que seu pai interpretava na Broadway ou ocasionalmente nas telas de cinema. Ele havia criado um nicho para si interpretando pais carinhosos e ternos e, mais tarde, até mesmo avôs.

— Andrew está na internet e Edith provavelmente está alfabetizando meus enlatados — Becky sussurrou de volta. — Nós estamos bem, mãe — gritou. — Sério.

Edith balançou a cabeça novamente e sumiu, como um coelho desaparecendo dentro da toca. Ayinde abaixou-se para pegar seu celular pelo que pareceu ser a centésima vez desde que sua bolsa havia rompido, apertou o botão para o número de Richard e prendeu o ar enquanto o telefone tocava e tocava e outra contração começava a triturá-la por dentro.

— Mais uma — disse, enrolando o corpo em volta da barriga.

O rosto de Kelly ficou pálido enquanto Ayinde tentava respirar através da dor.

— Qual é a sensação? — perguntou quando a contração acabou.

Ayinde sacudiu a cabeça. Era uma dor horrível, pior do que qualquer coisa que já tivesse sentido, pior do que o tornozelo que quebrara montando a cavalo quando tinha 14 anos. Era como se o meio de seu corpo estivesse cercado de tiras de ferro e elas a estivessem apertando cada vez mais, conforme as contrações aumentavam. Era como estar à deriva, se afogando num vasto oceano, sem terra firme nem resgate à vista.

— Ruim — ela ofegou, pressionado os punhos contra as costas. — Ruim.

Becky pôs as mãos nos ombros de Ayinde e olhou em seus olhos.

— Respire comigo — disse. Seus olhos estavam tão calmos quanto sua voz e suas mãos eram fortes e firmes. — Olhe para mim. Você vai ficar bem. Vamos dar um pouco de ar para seu bebê. Vamos lá, Ayinde, respire...

— Ah, Deus! — ela gemeu. — Não posso mais fazer isso... eu quero minha mãe. — A contração finalmente perdeu a força. Ayinde começou a chorar lágrimas infelizes, derrotadas.

Neste momento — finalmente — seu celular tocou.

— Querida? — Richard parecia arrasado e confuso. Ela podia ouvir o barulho da multidão ao fundo.

— Onde você está?

— A caminho do aeroporto. A caminho de casa. Eu sinto muito, Ayinde, desliguei o telefone quando o treino começou...

— E ninguém lhe disse?

Ela podia ouvir a porta do carro batendo.

— Não até agora.

Não até o jogo ter terminado, Ayinde pensou com amargura. Não até não precisarem mais dele.

— Venha logo — falou, apertando tanto o telefone que achou que ia quebrar em pedaços na sua mão.

— Estarei aí assim que puder. Você está no hospital, certo?

— No momento, não — ela disse, sentindo outra contração começar, sabendo que não teria tempo ou fôlego para explicar onde estava e como havia chegado ali. — Mas eu o encontrarei lá. Venha logo — disse novamente e desligou, dobrando-se em duas, uma das mãos apertando o telefone, a outra agarrando as costas, que pareciam estar pegando fogo.

— Sessenta segundos — disse Kelly, clicando o cronômetro.

— Muito bem — disse Becky com uma voz tão calma e tão melodiosa que poderia ter substituído a instrutora de ioga. — Acho que está na hora de irmos.

Ela ajudou Ayinde a voltar para o sofá.

— Quer que eu ligue para sua mãe?

Um risinho atravessou o corpo de Ayinde até chegar a seus lábios.

— Mãe — ela repetiu. — Eu nunca nem a chamei assim. Ela não me deixava. Queria que eu a chamasse de Lolo. Pessoas que nos encontravam e que não nos conheciam achavam que éramos irmãs. Ela também nunca as corrigia — fez um som abrupto, estrangulado. Kelly e Becky levaram um minuto para perceber que ela estava rindo.

— Sabem o que ela disse quando lhe contei que estava grávida?

Kelly e Becky sacudiram a cabeça.

— Ela disse "Sou jovem demais para ser avó". Não "Parabéns". Não "Estou tão feliz por você". "Sou jovem demais para ser avó".

Ayinde balançou a cabeça e então pôs as mãos nas costas e curvou-se novamente.

— Não... liguem... para ela — falou ofegante. — Ela nem viria.

A mão de Becky se moveu em círculos pequenos no centro das costas de Ayinde.

— Muito bem — falou. — Vamos para o hospital — ela disse baixinho.

Edith apareceu na sala como um boneco de mola saltando de uma caixa, tão rapidamente que Ayinde imaginou que ela tinha de ter estado sentada na escada, esperando que precisassem dela. "Não é justo", pensou. Becky tinha sua mãe, Becky tinha seu marido. Ayinde estava começando a sentir como se não tivesse absolutamente nada.

— Pode pegar algumas roupas extras, camisetas, essas coisas, caso fiquemos lá por algum tempo? E umas garrafas de água?

Edith saiu correndo. Ayinde sufocou um gemido enquanto Kelly se curvava e enfiava seus sapatos e a levava, com passinhos afetados, pela porta, onde Andrew Rabinowitz estava esperando com o carro.

— Kelly, vá na frente — Becky instruiu, ajudando Ayinde a entrar atrás. Um mendigo do outro lado da rua as observava, balançando-se nos calcanhares enquanto gargalhava.

— Ei! Vocês precisam é de uma calçadeira!

— Está ajudando muito — Andrew resmungou, segurando a porta para a esposa. Ayinde fechou os olhos, uma das mãos prendendo o cinto de segurança, a outra agarrada ao celular. A dor se movia por seu corpo como um predador, pulando das pernas para as costas e para a barriga, sacudindo-a entre suas mandíbulas como um leão sacode uma gazela semimorta. Ela sentia como se fosse voar aos pedaços se abrisse os olhos. Becky afastou seu cabelo das têmporas.

— Agüente firme. Estaremos lá em um segundo — Becky disse.

Ayinde assentiu, respirando, contando até cem de trás para a frente, chegando a zero e começando a contagem de novo, pensando que só tinha de sobreviver a isso tempo suficiente para chegar ao hospital e aí eles lhe dariam algo, algo para acabar com a dor e a humilhação que a atacava com mais força do que as contrações. "Embuchada, sem marido." É o que qualquer um que a visse pensaria, aliança ou não, porque onde estava seu homem?

Andrew encostou na entrada da sala de emergência no hospital Pensilvânia e as mulheres saltaram do carro — Ayinde de camiseta e com as calças de pijama que Becky havia lhe emprestado, Becky de *legging* e suéter, com seus cachos presos num coque. Kelly recusara a oferta de roupas de Becky e ainda estava usando sua roupa de ginástica chique para gestantes, as listras vivas e a *lycra* colante contrastando com o olhar assustado em seu rosto pálido.

— Triagem — disse Becky, guiando Ayinde e Kelly para o elevador. Então chegaram ao terceiro andar, e Ayinde estava se agarrando à beirada do balcão da recepção, tentando soletrar seu nome.

— A-Y-I-N...

— Amy? — adivinhou a enfermeira.

— É Ayinde! — Ayinde ofegou. — Ayinde Towne! Esposa de Richard Towne! — já tinha passado do ponto de se preocupar com quem sabia quem ela era. Passado do ponto de se lembrar se o assessor de imprensa havia dito para se registrar com seu nome de solteira ou não, passado do ponto de tudo, a não ser de fazer a dor parar.

— Ora, por que não falou logo, meu bem? — a enfermeira perguntou complacentemente, apontando na direção de um cubículo e entregando uma camisola a Ayinde.

— Tire tudo da cintura para baixo, deite-se na cama, o residente já vem. — Olhou por cima da cabeça de Ayinde, em direção à porta. — Seu marido está estacionando?

Ayinde agarrou a camisola e foi balançando para o banheiro sem dizer uma palavra.

— Ora — a enfermeira torceu o nariz —, belos modos! — Virou-se para Becky e Kelly. — Ele está vindo?

Kelly deu de ombros.

— Achamos que sim — disse Becky. O rosto cansado da enfermeira se iluminou.

Deixaram a enfermeira discando o telefone e encontraram Ayinde de joelhos no banheiro, as calças do pijama emboladas no chão, a camisola passada por cima dos ombros.

— Anestésicos — Ayinde falou. Enxugou a boca, procurou desajeitadamente a alavanca e conseguiu dar a descarga e se colocar de pé. — Por favor, me ajudem a encontrar um médico. Eu quero anestésicos.

— Está bem — Kelly disse.

— Venha, vamos botá-la na cama — ela abriu a porta do banheiro. Instantaneamente, um grupo de três pessoas de jaleco, um homem e duas mulheres, deu um passo para trás.

— É ela? — Ayinde ouviu um deles sussurrar. Ela fechou os olhos e deixou Becky guiá-la até a cama. Segundos depois, um médico sorridente apareceu.

— Olá, Sra. Towne! — falou, como se a conhecesse a vida inteira. — Eu sou o Dr. Cole.

— Eu quero minha peridural — disse Ayinde, enquanto enfiava as pernas nos estribos, sem ligar se ia chutar o médico no tórax enquanto fazia isso, sem se importar com quem via o quê.

— Bem, agora, vamos dar uma olhada — o médico disse animadamente, inserindo os dedos enquanto Ayinde sufocava um grito e tentava ficar parada.

— Está com seis centímetros de dilatação, talvez sete. Vamos chamar o Dr. Mendlow e trazer o anestesista imediatamente.

A enfermeira macilenta ajudou Ayinde a se sentar em uma cadeira de rodas e a levou para o quarto.

— É hora de dizer tchau — falou. — Só familiares próximos podem entrar na sala de parto, a não ser que tenham sido autorizadas previamente.

— Nós somos irmãs dela — Kelly disse.

A enfermeira ficou olhando para elas de boca aberta: três mulheres, duas brancas, uma negra, todas três grávidas.

— Foi um ano muito bom para nossa família — disse Kelly alegremente. Da cama, Ayinde conseguiu dar um sorriso.

— Bem, acho que podemos abrir uma exceção — disse a enfermeira. — Nada de celulares, nada de bipes, nada de comida.

Ayinde tomou um golinho do copo d'água que Kelly lhe dera. Podia ouvir a mulher no quarto ao lado, que parecia estar chegando ao fim.

— Vamos, querida, empurre, empurre, EMPURRE! — seu marido estimulava. Imaginou se o pai era treinador de beisebol infantil nos fins de semana, o tipo de homem que fica atrás de meia dúzia de meninos de seis anos e lhes mostra como colocar as mãos em volta do taco.

— Você está bem? — Kelly sussurrou. Ayinde assentiu, e então agarrou as beiradas do lençol, contorcendo seu corpo, tentando escapar da dor da maior contração que tinha tido.

— É melhor... ele... se apressar — conseguiu dizer. Becky agachou-se ao lado da cama, segurando suas mãos. Kelly massageou suas costas e ficou olhando a porta.

— Boas notícias — falou. — Sua peridural chegou.

Ayinde abriu os olhos e viu um homem atarracado e ruivo, que se apresentou como Dr. Jacoby, falou que estava encantado em conhecê-la e conseguiu mudar o assunto do ausente Richard Towne em menos de trinta segundos. Enquanto Ayinde descansava seu peso nos ombros de uma enfermeira, o Dr. Jacoby passou um algodão com Betadine em suas costas e pegou uma agulha tão comprida que fez com que até a valente Becky empalidecesse e saísse do quarto, falando algo sobre buscar água.

— Ei — disse a enfermeira na qual Ayinde estava se apoiando —, quando as coisas se acalmarem um pouco, será que seu marido poderia me dar um autógrafo?

— Tenho certeza de que isso não será problema — disse Ayinde, esforçando-se para ser educada, porque queria que as drogas fizessem efeito. Começou a inclinar-se para a frente, e tanto o médico quanto a enfermeira disseram "Não, não se mexa". Então, ela ficou reta, completamente imóvel, enquanto o calor e depois a bendita dormência espalhavam-se a partir de seus quadris.

Deixou seus olhos se fecharem e, quando os abriu, de alguma forma eram cinco da manhã e a porta estava se abrindo, deixando entrar uma lasca incômoda de luz.

— Veja quem chegou! — disse Becky.

Ayinde viu o Dr. Mendlow ao pé da cama, sua silhueta magricela e seu sorriso tranqüilizador, seu cabelo castanho e encaracolado enfiado num gorro cirúrgico, levantando a bainha de sua camisola. E atrás dele estava Richard, com a barba por fazer e exausto, todos os 2,06 metros, ainda vestindo o agasalho e sorrindo para ela, com uma tropa de enfermeiras em seu encalço. Ele procurou as mãos dela.

— Ei, gata — seus olhos se enrugaram nos cantos. Seu sorriso era igual ao da TV, onde vendia sucrilhos e refrigerantes e sua própria linha de tênis. Ayinde fechou os olhos, apoiando o rosto no couro quente de sua jaqueta, sentindo seu cheiro reconfortante de sabonete e loção pós-barba e o tênue cheiro de suor, independentemente de quanto tempo tivesse se passado entre os jogos e as sessões de ginástica...

Ayinde jogou a cabeça para trás com força.

O Dr. Mendlow olhou para cima por entre suas pernas.

— Eu a machuquei. Me desculpe.

— Shh, está tudo bem. O papai está aqui — disse Richard, inclinando-se para perto, sorrindo com sua própria piada. Ayinde respirou fundo e, sim, lá estava, um cheiro de algo diferente misturado ao aroma reconfortante de seu marido. "Perfume". Sua mente analisou a possibilidade e então a rejeitou rapidamente. Ele estava no jogo, depois provavelmente uma coletiva de imprensa, depois o avião de volta para casa. Repórteres... comissárias de bordo... fãs do lado de fora do estádio e do hotel, esticando o pescoço enquanto ele passava, enfiando pedaços úmidos de papel em suas mãos... podia até mesmo ter havido uma enfermeira que o emboscara no corredor. Ou talvez ela estivesse simplesmente tão exausta que tivesse imaginado a história toda e invocado um pouco de Chloe ou Obsession de nada além de sua própria dor e medo.

— Nove centímetros. Quase dez. Só falta um pouquinho — disse o Dr. Mendlow. Ele olhou do rosto de Ayinde para o de Richard. — Estão prontos para terem um bebê?

As enfermeiras investiram para dentro do quarto, desmontando a cama, retirando o terço inferior e escorando os pés de Ayinde para cima. Richard segurou uma de suas mãos, Becky apertou a outra.

— Quer que a gente vá embora? — sussurrou, enquanto ajudavam Richard a botar as luvas e vestir um jaleco. Ayinde apertou com força a mão de Becky e balançou a cabeça.

— Fique. Por favor — respondeu. — Você também — falou para Kelly, que estava observando da poltrona. Kelly parecia tão cansada. Ayinde imaginou que devia estar com uma aparência ainda pior. A noite parecia ter se esticado infinitamente e a parte mais difícil ainda estava por vir.

— Muito bem, vai começar uma contração — gritou o Dr. Mendlow. — Está pronta para começar a empurrar? — Ayinde assentiu e o quarto se encheu de barulho e de gente: o anestesista, as enfermeiras, a enfermeira que estava, inacreditavelmente, agarrando um caderno e uma caneta, máquinas que faziam bips e pings e alguém próximo à cabeça de Ayinde dizendo que era hora de "EMPURRAR! EMPURRAR! Abaixe a cabeça, respire fundo e force ao máximo, mais um pouco, mais um pouco, mais um pouco, vamos lá, vamos lá, agora, Anna... Anya..."

— Ay-IN-dê! — ela disse ofegante e deixou a cabeça cair no travesseiro, onde alguém deslizou uma máscara de oxigênio por cima de suas bochechas. — Do jeito como se escreve!

— Esta é minha gata — Richard disse. O orgulho em sua voz era indiscutível. Becky apertou a mão dela. Ayinde abriu os olhos e mirou nos olhos de seu marido.

"Bom trabalho — ele disse, inclinando a cabeça por cima da dela. — Agora, vamos lá, gata. Vamos ganhar este jogo.

— EMPURRE! — gritaram as enfermeiras. Ayinde fixou os olhos nos do marido e empurrou com todas as suas forças.

— Lá vem a cabeça! — disse o Dr. Mendlow.

E havia enfermeiras segurando suas pernas, Richard segurando sua mão, a enfermeira falando em seu ouvido novamente: "Vamos, force para baixo, agora, vamos, mais, EMPURRE, EMPURRE, EMPURRE."

— Toque embaixo! — disse Becky. Ayinde tocou, procurando cegamente, a máscara de oxigênio virada para o lado, os olhos bem apertados e, oh, lá estava, a cunha quente, sedosa e macia de sua cabeça, bem ali, tocando as pontas de seus dedos, mais viva do que qualquer coisa que ela jamais tivesse tocado ou sonhado em tocar. Ela agarrou a mão de Richard.

— Richard — falou. — Olhe. Olhe o que nós fizemos.

Ele se inclinou para baixo, pressionando os lábios contra a orelha dela.

— Eu te amo, gata — sussurrou.

Ela fez força para baixo mais uma vez, até estar quase sentada na cama, até o mundo começar a tremeluzir.

— Ah, Deus, eu não posso mais fazer isso! — gritou.

— Você pode, você pode, você está fazendo — disse uma das vozes em sua orelha. — Só mais uma, Ayinde, mais uma, você está quase lá, vamos, EMPURRE!

"Perfume", sussurrou a mente de Ayinde numa voz que soava suspeitamente como a voz da formidável Lolo Mbezi (nascida Lolly Morgan, mas sua mãe deixara esse nome para trás). "Ele voltou para você com o cheiro do perfume de outra mulher." E então ela fechou os olhos e cerrou os dentes e prendeu a respiração e empurrou com tanta força que parecia que estava se virando do avesso, força suficiente para calar a voz que sussurrava em sua mente, para esquecer o cheiro para sempre. Ela empurrou até não poder mais ver nem ouvir, e aí caiu em cima do travesseiro, exausta, esgotada e sem ar... e convencida. "Perfume".

Um murmúrio de vozes elevou-se à sua volta. "Muito bem, querida, com calma agora... devagar, devagar, calma... lá vêm os ombros."

Ela sentiu uma sensação de escorregada, de uma liberação grande e retorcida, um vazio súbito e chocante que a fazia recordar, de alguma forma, de seu primeiro orgasmo, como a havia pego inteiramente de surpresa e tirado seu fôlego.

— Ayinde, olhe! — o Dr. Mendlow gritou, sorrindo debaixo da máscara cirúrgica azul.

Ela olhou para cima. E lá estava seu bebê, coberto por uma camada de branco-acinzentado, a cabeça cheia de cabelos negros colados ao crânio, os lábios grossos entreabertos, a língua estremecendo, punhos tremendo de ultraje.

— Julian — ela disse. "Perfume", sua mente sussurrou. "Fique quieta", ela mandou, e esticou os braços para pegar o filho.

Maio

KELLY

— Muito bem, tem a Mary, o Barry, depois eu, Kelly, aí vêm Charlie, Maureen e Doreen — elas são gêmeas — Michael e Terry. Ela é o bebê — disse Kelly. — Maureen está em San Diego e Terry está na faculdade, em Vermont. Todos os outros ainda estão em Nova Jersey. Todos, menos eu. — Ela e Becky estavam havia meia hora na casa de Ayinde, derramando elogios ao bebê Julian, de dez dias de idade e dois quilos e novecentos gramas, e aceitando os agradecimentos de Ayinde e as sacolas de fralda de Kate Spade que ela dera às duas como presente ("Ah, sério, isso é demais", dissera Kelly, enquanto internamente estava vibrando e só queria que sua bolsa dissesse Kate Spade em letras maiores e mais visíveis). Então, fizeram um *tour* pela sala de estar no térreo da casa, sala de jantar, cozinha com bancada de granito, uma geladeira Sub-Zero e um fogão Viking, copa, solário. Finalmente, a conversa se voltou para a família antiquadamente grande de Kelly, cujos membros ela podia recitar num fôlego só — *MaryBarryeuCharlieMaureenDoreenelassãogêmeasMichaeleTerryelaéobebê* — e Kelly estava ansiosa para voltar a um assunto que a botaria em um nível mais equilibrado com suas novas amigas.

— Meu marido é um grande fã dos Sixers — falou. — Ele cresceu em Nova York e era torcedor dos Nicks, mas desde que foi para Wharton só fala de Allen Iverson. E Richard, é claro. — Ela se recostou, satisfeita por ter encontrado uma forma discreta de inserir Wharton na conversa.

— Há quanto tempo vocês são casados? — Becky perguntou.

— Quase quatro anos — respondeu Kelly.

— Deus, você deve ter se casado quando era criança — Becky falou.

— Eu tinha 22 anos — disse Kelly. — Acho que era bem nova. Mas eu sabia o que queria.

As mulheres estavam sentadas na sala de estar do-tamanho-de-um-cinema de Ayinde. Ayinde estava amamentando o bebê Julian, um embrulhinho minúsculo, com olhos sonolentos e fazendo beicinho, de pijama azul com pezinhos e um gorro azul combinando por cima de seus cachos. Kelly e Becky estavam lado a lado no sofá, bebendo chá e mordiscando os biscoitos que uma empregada de uniforme preto-e-branco havia trazido. Kelly não conseguia se acostumar com o aposento. Tudo dentro dele, dos tapetes ricamente estampados às almofadas ornadas nos sofás e o espelho emoldurado de dourado que ficava acima da lareira de mármore, estava absolutamente certo. Kelly queria ficar nessa sala para sempre ou, melhor ainda, ter uma sala igualzinha a essa um dia.

— Vocês também querem uma família grande? — Becky perguntou.

— Ah, Deus, não — disse Kelly, com um arrepio que não conseguiu reprimir por inteiro. — Quer dizer, não era tão ruim assim. Tínhamos uma *van* grande que a igreja nos vendeu a um bom preço — somos católicos, eu sei, que surpresa —, e tínhamos uma mesa de jantar muito grande e... — Ela encolheu os ombros. — Foi mais ou menos isso.

— Deve ter sido bom — disse Ayinde melancolicamente, enquanto afagava os cabelos do bebê com a mão livre. — Você sempre deve ter tido alguém com quem conversar.

Kelly assentiu, mesmo que não fosse exatamente verdade. Maureen era a única com quem realmente podia conversar. Seus outros irmãos e irmãs a consideravam mandona, dedo-duro e muito metida a besta quando ela tentava lhes dizer o que comer ou o que vestir ou como se comportar. Deus, se ela ganhasse uma moeda para cada vez que ouviu "Você não é a minha mãe!" de um deles. Como se sua mãe de verdade fosse o máximo. Kelly lembrou-se de como Paula O'Hara descobrira o álbum de recortes que ela fazia quando tinha 8 anos. O álbum de recortes era um velho álbum de fotografias que deveria ter sido o livro de bebê das gêmeas, mas sua mãe se cansara dele, portanto só havia algumas fotos de Maureen e Doreen quando elas vieram do hospital. O resto Kelly encheu com suas próprias fotos, algumas recortadas de edições do *Ladie's Home Journal* e *Newsweek* e *Time* que ela levava do consultório do dentista no final do quarteirão depois que a recepcionista deixava as revistas amarradas em fardos no meio-fio. Kelly não estava interessada em fotos de gente, só fotos de coisas. Ela recortava fotos de grandes casas coloniais onde a tinta das venezianas não estava descascando em longas tiras encaracoladas; fotos de mini-*vans* novas e brilhantes, onde não se viam ainda as palavras MARIA, MÃE DA PAZ pintadas nas laterais; fotos de vasos azuis cheios de narcisos e sapatos de sapateado de couro legítimo e uma bicicleta Huffy cor-de-rosa com um selim do tipo banana, com purpurina. Fotos de vestidos, fotos de sapatos, uma foto do casaco com pêlo de coelho de verdade no colarinho e nos punhos que Missy Henry usara para ir à escola no último inverno. Sua mãe acompanhara Kelly à sala de estar, onde nenhuma das crianças podia entrar normalmente, mandara a filha se sentar no sofá verde e dourado com capa de plástico e brandira o livro em seu rosto, sacudindo-o com tanta violência que a foto da cabana de caça de alguma duquesa se soltou e esvoaçou até o chão.

— O que é isso?

Não fazia sentido tentar mentir.

— São só fotos de coisas de que gosto.

Os olhos da mãe se estreitaram. Kelly secretamente cheirou o hálito de sua mãe, mas não, era só café. Até agora.

— A cobiça é um pecado.

Kelly abaixou os olhos e, ainda que soubesse que devia ficar calada, não resistiu e perguntou:

— Por que é errado querer coisas bonitas?

— Devia estar preocupada com o estado de sua alma, não com o estado de sua conta bancária — disse Paula. Seus cachos castanhos eram cortados curtos num estilo "lavou está pronto" que ela quase nunca se preocupava em pentear, e estava usando uma das velhas camisas xadrez de seu marido por cima dos *jeans*. — É mais fácil um camelo passar pelo buraco de uma agulha do que um rico entrar no Reino dos Céus.

— Mas por quê? Por que é ruim ser rico? Por que é ruim ter coisas bonitas?

— Porque Deus não liga para coisas bonitas — a mãe havia dito.

Paula estava tentando ser agradável, educativa também, como uma professora de escola dominical, mas Kelly podia ouvir que ela estava perdendo a paciência.

— Deus se importa com boas ações.

— Mas por que Deus não quer que as pessoas boas tenham coisas bonitas? — Kelly perguntou. — E se você tiver coisas bonitas e também fizer boas ações? E se...

— Já chega — sua mãe havia dito, enfiando o livro debaixo do braço. — Vou ficar com isto, Kelly Marie. Quero que vá para seu quarto e quero que conte isso para o padre Frank no domingo.

Kelly nunca contou a ninguém sobre o livro. Naquele domingo, ela só confessou seu suplemento normal de pequenas transgressões — "Perdoe-me, padre, porque eu pequei. Faz uma semana que não me confesso. Usei o nome do Senhor em vão e briguei com minha irmã caçula." O que ela devia dizer? Por que o que ela havia feito era tão errado? "Perdoe-me, padre, porque eu pequei. Recortei a foto da cozinha preta-e-branca de uma atriz de cinema de uma revista *Life* de três meses atrás?" Sua mãe escondera mal o livro de recortes. Só o enfiou no armário, debaixo do livro de courino branco com as palavras NOSSO CASAMENTO impressa em folheado de ouro na capa. O livro tinha algumas dúzias de fotos do casamento em St. Veronica e da recepção no salão Knights of Columbus depois. O *smoking* de seu pai tinha lapelas largas da era da discoteca; o vestido de cintura alta de sua mãe não conseguia esconder o volume que seria a pequena Mary cinco meses depois. Kelly resgatou seu livro de recortes na noite seguinte, e o guardou até ir embora para a faculdade.

Kelly recostou-se no sofá de couro de Ayinde, colocou a xícara de chá cuidadosamente no pires e ajeitou o cabelo. Sabia que, objetivamente, ela parecia bem, ou pelo menos tão bem quanto uma mulher grávida de sete meses e meio podia parecer. Pelo menos seu cabelo estava bonito. O Dr. Mendlow provavelmente pensara que ela era louca, porque a primeira pergunta que ela fez durante sua primeira consulta não foi sobre dieta ou exercício ou sobre o parto em si, mas "Posso fazer luzes no cabelo?" Mas também, Kelly pensou, o Dr. Mendlow não sabia que seu cabelo era exatamente da cor de água suja se ela não o mantivesse pintado.

Tomou mais um gole de chá. Ela mataria para ter o cabelo igual ao de Becky. Podia apostar que aqueles cachos eram naturais. O cabelo igual ao de Becky e a casa igual à de Ayinde e ela estaria feita.

— Então, fale-nos sobre planejamento de eventos — Becky disse. — Você faz casamentos?

— Só alguns e só os muito chiques. As noivas são loucas — Kelly falou, franzindo o nariz. — Quer dizer, elas têm o direito de ser, é claro, é seu grande dia e tudo o mais, só que é muito mais fácil lidar com empresas. Para eles, não é tão pessoal.

Becky revirou os olhos.

— Um dia eu lhe conto sobre meu casamento.

— Por quê? O que aconteceu?

Becky balançou a cabeça.

— É uma longa e trágica história. Fica para outra hora.

Kelly esperava que houvesse outra hora e que as três virassem aquelas mulheres que ela vira no parque ou nas calçadas, conversando sossegadamente enquanto empurravam seus carrinhos de bebê. Maureen sempre fora sua melhor amiga, mas Maureen havia se casado com um banqueiro de investimentos e se mudara para o Oeste, e nenhuma de suas amigas de faculdade já estava tendo bebês. Só algumas já tinham maridos.

— Vocês têm irmãos ou irmãs? — ela perguntou. Passou um dedo rapidamente pela borda dourada do pires e imaginou se seria cafona virá-lo ao contrário e ver quem era o fabricante. Decidiu, pesarosamente, que a resposta era sim. Ela e Steve haviam comprado Wedgwood para seu casamento, o mesmo desenho que uma de suas atrizes favoritas pusera na lista de casamento, de acordo com a revista *In Style*. Mas a louça de Ayinde era mais bonita que qualquer coisa que ela jamais tivesse visto em qualquer loja. Antiguidade, provavelmente.

Ayinde balançou a cabeça.

— Eu sou filha única — ela apertou os lábios e trocou o bebê de braço. — Acho que minha mãe não quis arriscar sua silhueta com mais ninguém além de mim.

— Sério? — perguntou Kelly.

— Ah, sim, sem dúvida — confirmou Ayinde. — Lolo leva seu corpo muito a sério. Ela foi modelo nos anos 1970. Foi a segunda mulher negra a sair na capa da *Vogue*. O que ela mesma lhe dirá, uns dez minutos depois de conhecê-la.

— E de onde vocês duas são? — Kelly perguntou. Ops. Péssima jogada. Kelly, a diretora do cruzeiro, seu irmão Barry costumava chamá-la. Nos jantares de família, depois de pedirem graças, sua mãe afundava na cadeira, olhando indiferente para o prato, e seu pai olhava fixamente de um rosto para outro, parecendo alternadamente furioso e desnorteado, como se não conseguisse entender como todas aquelas crianças haviam aparecido ali. Seus irmãos e irmãs só enfiavam comida na boca e Kelly era a que tentava manter a bola de chumbo da conversa no alto, com um esforço que fazia seus dentes doerem. "Como foi a escola hoje, pessoal?", ela perguntava. "Doreen, como foi o jogo de hóquei?" Sua irmã dizia "Cale a boca, Pollyanna. Você não é minha mãe" e Paula encarava Kelly de sua cadeira. "Não, você não é a mãe deles", ela resmungava às vezes, com uma voz tão zangada quanto de certa forma confusa, como se estivesse falando em voz alta para se convencer de que era verdade. Mas alguém tinha de ser a mãe deles, Kelly pensava; alguém tinha de pelo menos tentar e, depois das quatro da tarde, não havia como Paula estar apta para a tarefa. Então, ela tentava. "Michael, como foi sua prova de ciências? Terry, lembrou-se de pedir à mamãe para assinar a autorização?" Um a um, seus irmãos levavam seus pratos para a sala de estar para comerem em frente à televisão, deixando Kelly e seus pais sozinhos à mesa, numa sala que ficava tão silenciosa que você podia ouvir seus garfos e facas movendo-se no prato.

Becky lhes contou que crescera na Flórida e que viera acompanhar o marido durante a residência na Filadélfia. Ayinde nascera em Nova York, mas fizera o segundo grau na escola de Miss Porter, em Connecticut, depois faculdade em Yale, e passava seus verões no exterior. "Exterior". Kelly achava que jamais poderia usar essa palavra em uma frase, mesmo que, tecnicamente, ela pudesse, pois havia passado a lua-de-mel em Paris. Você tinha de ser linda para usar uma palavra como aquela. Também ajudava se você não fosse de Nova Jersey.

Ayinde apoiou Julian no ombro para fazê-lo arrotar e Becky mudou de posição no sofá, dando tapinhas na barriga, como se fosse um cachorro que tivesse se aninhado em seu colo e Kelly sentiu o silêncio se esticando desconfortavelmente. Havia um milhão de perguntas que ela queria fazer a Ayinde — "Como era realmente o trabalho de parto?" era a principal. Sua mãe tivera tantos bebês que Kelly achava que deveria fazer alguma idéia, mas não fazia. Paula saía ou no meio da noite ou no meio do dia e voltava para casa alguns dias depois, parecendo ainda mais exausta que o normal, com uma nova trouxinha nos braços para Kelly lavar, trocar a fralda e ficar arrulhando. Tentara fazer algumas de suas perguntas à sua irmã Mary, a única que tinha filhos, mas Mary a ignorara.

— Seu parto vai ser tranqüilo e seu bebê vai ser perfeito — dissera Mary, enquanto seus três filhos gritavam ao fundo durante a conferência telefônica das irmãs no primeiro dia do mês.

— E, se não for, devolva e peça seu dinheiro de volta.

— Haha, muito engraçado — dissera Kelly.

— Tenho de lhe dar um banho — Ayinde disse. — O umbigo caiu ontem à noite...

— Ah, está na hora de irmos — disse Becky, esforçando-se para se levantar do sofá suntuoso. Kelly se levantou.

— Muito obrigada pela bolsa — disse. — Você realmente não precisava.

— Na verdade — Ayinde disse, alisando o cobertor do bebê —, estava pensando se não poderiam ficar e supervisionar. As enfermeiras me mostraram como fazer no hospital... elas fizeram parecer tão fácil.

— Claro que ficaremos! — disse Becky.

— Eu posso ajudar — disse Kelly. Ela corou, esperando não ter soado ávida demais.

— Dei milhões de banhos em meus irmãos e irmãs — lembrava-se de ficar por cima da pia lascada da cozinha, das canções de ninar que cantava enquanto espremia um paninho em cima de suas cabecinhas para tirar o xampu.

— Fico feliz que uma de nós saiba o que está fazendo — disse Ayinde. Ela as guiou para o banheiro no andar de cima, que estava cheio de toalhas com capuz, paninhos e, Kelly ficou feliz em ver, a mesma banheira de plástico azul que a própria Kelly comprara quatro semanas antes. Becky encheu a banheira. Ayinde despiu o bebê, e então olhou para ele, nu em seus braços e respirou fundo.

— Vocês querem começar? — perguntou.

— Claro — disse Kelly.

Ela pegou Julian e o colocou devagar na água, os pés primeiro.

— Vamos lá, moço, seu primeiro banho. Isso não é divertido? Vá com calma — disse à Ayinde. — Assim não é um grande choque... pronto! — Ela ajeitou o bebê na banheira. Julian fez um barulhinho eh, eh, eh, e começou a bater com as mãos na água, dando gritinhos.

— Oi, gracinha — Kelly disse, derramando água na barriga de Julian. — Acho que ele gostou. Após uns minutos na água e algum trabalho com o paninho, ela abriu uma toalha por cima do peito, tirou o bebê da água e o embrulhou como um burrito antes de entregá-lo de volta para a mãe.

— Obrigada — Ayinde disse. — Às duas, muito obrigada.

Kelly chegou a seu apartamento no momento em que seu telefone começava a tocar para a conferência telefônica mensal só de garotas.

— Oi, mana — disse Doreen. — Como vai a gravidez?

— Está ótima! — disse Kelly. Ela colocou os sacos de supermercado no corredor vazio e carregou a caixa da Pottery Barn Kids pelas salas de estar e de jantar vazias até o quarto do bebê, que era, além de seu quarto, o único aposento no apartamento que tinha móveis. Kelly não queria comprar coisas baratas que eles simplesmente teriam de substituir, então decidiu esperar até que pudessem comprar exatamente as coisas que queria: o sofá com curvas perfeitas, estofado de verde-acinzentado, as cortinas de estampa de fazenda de Robert Allen, o consolo e os aparadores de mogno, o sofá de dois lugares Mitchell Gold de camurça cor de cogumelo, todos eles marcados e catalogados na lista de Favoritos no computador de Kelly. "Ainda recorta fotografias?", sua mãe perguntara da última vez em que Kelly a vira (sua mãe estava no hospital na época, exatamente do mesmo amarelo que uma banana madura). "Não preciso mais", Kelly respondeu. Lembrou-se da primeira vez que vira este apartamento, e, mais exatamente, do aluguel. "Steve, não devemos", dissera ao marido, e ele pegara sua mão e falara, "Nós merecemos. Você merece", e assinara o contrato na hora.

— Então, o que podemos lhe dar de presente? — perguntou Mary. — Do que você precisa?

— Nada, nada — Kelly falou apressadamente, sem nem querer imaginar o que constituía um presente adequado para um bebê na cabeça de sua irmã. — Na verdade, o quarto do bebê já está pronto há algum tempo.

Suas irmãs riram.

— Essa é nossa Kelly — disse Maureen.

Kelly franziu as sobrancelhas enquanto se sentava na cadeira de balanço, com sua almofada vermelha e branca feita sob encomenda. Lemon, o *golden retriever que* haviam comprado de um criador no ano anterior, enroscou-se satisfeito a seus pés.

— Eu só não queria arriscar. Mesmo se você fizer uma lista, as pessoas compram as coisas erradas. Como, por exemplo, digamos que você peça o lençol de algodão de xadrez vermelho na página 32 do catálogo da Pottery Barn Kids...

— Por exemplo — disse Mary. Seu riso estrondoso se transformou em um ataque de tosse. Ela estava tentando parar de fumar novamente, mas, pelo som, parecia não ter conseguido.

— Você põe isso na lista — Kelly continuou obstinadamente —, mas alguém pode decidir lhe dar um lençol vermelho de algodão de outro lugar ou até mesmo um lençol vermelho que compraram em uma liquidação...

— Ah, Deus que me perdoe — disse Doreen.

— Bem, aí você não pode devolver! — Kelly falou. — E aí tem de ficar com aquilo!

— Que horror — disse Mary, rindo estrondosamente de novo. Kelly fechou os olhos, amaldiçoando-se por ter dito qualquer coisa a suas irmãs. Mary, o marido e seus três filhos moravam na velha casa em Ocean City, onde tudo era encardido, caindo aos pedaços e tinha cheiro de cigarro. Mary não ligava para a cor do lençol, desde que estivesse limpo. E talvez não se importasse nem com isso.

— Deixe para lá — disse Maureen. — Se o quarto do bebê está pronto, do que você precisa? Algum brinquedo ou uma bolsa de fraldas ou alguma coisa?

— Tenho umas coisas usadas — Mary ofereceu. Kelly fez uma careta e mudou de assunto para o namorado de Doreen, Anthony, o policial, e o que Doreen devia levar quando fosse conhecer os pais dele.

— Flor é sempre bom — Kelly falou.

— Vinho não?

— Bem, você não sabe se eles bebem e não quer que pensem que você bebe.

— Mas eu bebo!

— Sim — Kelly falou pacientemente —, mas eles não precisam saber disso imediatamente. Compre um buquê bonito. Não gaste mais que 25 dólares ou vai parecer que você está se esforçando demais, e nada de cravos.

Quando o telefonema terminou, Kelly acendeu a luz e olhou com orgulho para o quarto do bebê. A cadeira de balanço era de madeira pintada de branco com almofadas listradas de branco e vermelho. A cômoda já estava cheia de roupas lavadas e dobradas — meias e macacões e touquinhas e cachecóis que ela vinha comprando e guardando muito tempo antes de ficar grávida, antes mesmo de ter conhecido Steve. Não de uma maneira enlouquecida como a Srta. Havisham, mas só um chapeuzinho adorável aqui, um macacão de *denim* Oshkosh perfeito ali. Para que ela estivesse pronta. Para que tudo saísse perfeito.

Kelly tirou os sapatos e passou os dedos dos pés em cima do tapete de Peter Rabbit, suspirando de satisfação enquanto Lemon lambia sua mão.

Novas amigas. Kelly fechou os olhos, a sala de estar de Ayinde ainda suspensa como uma visão por trás de suas pálpebras, e se balançou na cadeira. Ela tinha tido amigas na escola e na faculdade, mas, desde que conhecera Steve, perdera contato com elas. Ainda estavam vivendo a história de "solteiras na cidade" — *happy hours* e histórias de horror de encontros às escuras, gastando seus salários em maquiagem e sapatos. Kelly estava em outro momento agora. Um momento melhor. Nada mais de se preocupar se um cara ia ligar ou não ou se ficaria sentada em casa sozinha no sábado à noite. Ela se balançou para a frente e para trás, suspirando de contentamento, pensando em Steve e se ele chegaria a conhecer Richard Towne e se faria papel de bobo se o conhecesse. Steve ocasionalmente exagerava, mantendo um aperto de mão até passar do momento em que a outra pessoa ficava claramente desconfortável, falando por tempo demais ou alto demais a respeito de casamentos entre homossexuais ou sobre taxa única ou qualquer um das dúzias de assuntos sobre os quais tinha uma opinião formada.

Ela não gostava de pensar a respeito, mas a verdade é que conhecera o marido logo depois de outro relacionamento, depois que o cara com quem tinha namorado no segundo e no terceiro ano de faculdade terminara com ela. Seu nome era Scott Schiff. Ela tinha sido desesperadamente apaixonada por ele e achava que ele também estava apaixonado por ela. Então, uma noite, fora ao apartamento dele e tentara se sentar em sua cama e ele pulou assim que seu traseiro tocou na colcha. "Ah, Deus", ela pensou, enquanto seu coração afundava. "Isso não é bom."

Ele ficou andando pelo quarto, esfregando as mãos uma na outra como se estivessem frias, e ela soube o que ele estava dizendo sem, na verdade, ouvir uma palavra.

— Tudo bem! — dissera, cortando o discurso dele de como ele gostava muito dela, mas não achava que eles tinham um futuro juntos a longo prazo. Ele fez seu relacionamento parecer uma ação na qual não queria arriscar seu capital. — Está tudo bem!

Ela sabia por que ele estava terminando. Vira o olhar no rosto dele quando estacionaram do lado de fora da casa dos O'Hara para o velório de sua mãe. Percebeu a forma como suas narinas haviam inflado ao ver a velha *van* na entrada, o carpete puído nas escadas, o único banheiro no segundo andar que todas as oito crianças haviam dividido. As paredes de seus pais estavam cheias de aquarelas originais; as paredes da residência dos O'Hara eram decoradas com os retratos da formatura de cada criança em molduras de 20 por 25 centímetros e — ah, como ela havia se repreendido por não ter falado para Maureen tirá-lo — um crucifixo enorme com um Salvador sarado com um paninho minúsculo cobrindo a virilha e berrantes gotas de sangue pintadas em Suas mãos. Scott era um partidão, quatro anos mais velho que Kelly, fazendo seu MBA em Wharton. Ela não havia mentido, não exatamente, quando lhe dissera que crescera na costa. Tecnicamente era verdade, mas, obviamente, ele imaginara algo mais no estilo da casa de veraneio de seis quartos que os pais tinham em Newport, em vez dessa casa ordinária em uma cidade miserável de classe trabalhadora na costa de Jersey. Ela achava que devia ter se sentido grata por ele ter ficado com ela por um minuto que fosse depois que sua mãe fora enterrada.

— Você está bem? — Scott perguntou, enquanto ela pulava de sua cama.

— Estou ótima. Sabe, na verdade, é meio um alívio — ela falou. — Eu venho pensando a mesma coisa. Também não vi uma situação forte a longo prazo — forçou-se a olhar para ele, piscando rapidamente para que as lágrimas em seus olhos não caíssem em suas bochechas.

— Espero que você não tenha pensado em... você sabe... um futuro juntos. Porque eu não pensei.

Atravessou o quarto até onde ele estava, os pés afastados na largura dos ombros, as mãos juntas, o retrato perfeito do futuro CEO moderno, e pegou suas mãos.

— Sinto ter feito você pensar diferente.

Seu pequeno discurso o deixou desconcertado e em silêncio, como ela esperava que deixasse. Fez uma varredura rápida da casa, reunindo suas coisas — uma escova de cabelos, um par de tênis de corrida, sua cópia de *Mulheres inteligentes chegam primeiro* —, porque sabia que ter de vê-lo novamente com uma caixa com as coisas dela a faria desmoronar.

— Ei — ele disse, a voz tão suave que ela sabia que não podia olhar para ele ou começaria a chorar e imploraria para que ele a deixasse ficar.

— Não tem de fazer isso agora — ele parecia arrasado enquanto limpava a garganta. — Sei que foi um ano difícil para você. Sua mãe...

— Ah, já era esperado há muito tempo. Nós já estávamos conformados. Sério. Está tudo bem! — ela falou.

Escova de dentes. Fio dental. Perfume da Gap que ela pusera na garrafa de Boucheron que sua colega de quarto jogara fora. Ela foi até a cozinha buscar um saco plástico.

— A gente se vê por aí. Cuide-se!

Conseguiu chegar ao elevador do prédio alto antes de ter de se apoiar contra a parede. "Respire", disse para si mesma, como fizera quando o telefone tocara quatro meses antes e era Mary, 26 anos, mas parecendo ter seis, chorando e chamando-a pelo apelido de infância.

— Kay-Kay, mamãe se foi.

Kelly obrigou-se a desencostar da parede, no caso de Scott pensar em botar a cabeça para fora da porta à procura dela. Enfiou o saco plástico debaixo do braço, desceu de elevador até o térreo, atravessou o *campus* e encontrou um bar barulhento, quente e lotado. Abriu caminho por entre a multidão e pediu uma vodca dupla, pura e bebeu tudo como uma criança engolindo xarope. Ela não fazia disso um hábito. Só fizera uma vez desde o segundo grau, na noite antes do velório de sua mãe, em um bar em Ocean City com suas irmãs ao lado dela, e não fora vodca, mas Maker's Mark, a bebida preferida da mãe. Paula O'Hara o despejava na lata de Tab e estatelava-se na frente da televisão, a lata cor-de-rosa nas mãos, o brilho azulado pintando suas bochechas, assistindo a *Dinastia* e *Dallas* e fitas de *Days Of Our Lives* enquanto as oito crianças iam e vinham.

O *barman* segurou a garrafa no ar.

— Mais uma — Kelly disse.

"Burra." Deus, ela tinha sido tão burra achando que Scott Schiff era "o cara", dispensando os que a convidavam para sair, botando todos os seus ovos em um biscoito ou numa cesta ou no que quer que fosse em que você não devia botar todos os seus ovos. Ela engoliu a segunda dose, pediu a terceira e estava se esticando para pegar a bolsa, tentando se lembrar de quanto dinheiro tinha, quando de repente havia uma mão em cima da sua.

— Deixe que eu pago.

Kelly olhou para cima e viu um homem de terno azul-marinho. "É bonito o bastante", pensou — um pouco pálido e constrangido, os olhos um pouco intensos demais —, mas quem em toda a Universidade da Pensilvânia, com exceção dos professores, usava terno num sábado à noite? Um terno com — olhou para baixo, sentindo-se balançar no banco do bar — sapatos sociais?

Ela olhou através da fumaça de cigarro para ele, que tinha olhos azuis claros, lábios finos e vermelhos, cabelos cuidadosamente penteados que já estavam começando a escassear um pouco e um pomo-de-adão proeminente acima da gravata azul e dourada.

— Por que está de terno? — ela falou, gritando para que ele conseguisse ouvi-la acima da confusão de vozes e do Hootie and The Blowfish que saía da vitrola automática.

— Eu gosto de ternos — o homem gritou de volta. — Sou Steven Day.

— Parabéns — ela disse, e esvaziou o copo.

— Ei, vá mais devagar. — Ela olhou de soslaio para ele. Sua mente já estava meio turva.

— Não me diga o que fazer. Você não é meu pai. — "Porque, se fosse, teria uma barba por fazer de três dias e estaria preso a uma família que odeia e entregaria cartas para ganhar a vida e seu único terno teria 20 anos de idade."

Steven Day não pareceu nem um pouco envergonhado.

— Vamos lá para fora, Kelly — ele falou, segurando seu cotovelo com firmeza. — Vamos respirar um pouco de ar puro.

Ela fez uma careta, mas permitiu que ele a guiasse do banco para fora do bar.

— Como sabe meu nome?

— Eu a estive observando.

Ela o encarou, tentando localizá-lo.

— Esteve? Por quê? — ela percebeu que estava falando alto demais, estava barulhento dentro do bar, mas, do lado de fora, o ar de outono era frio e sua voz, alta.

— Por quê? — perguntou novamente mais baixo.

— Porque acho você linda — ele falou, ajudando-a a descer o meio-fio. Ela podia sentir sua respiração contra sua bochecha enquanto ele pronunciava cada palavra. — Nós fizemos o seminário de economia juntos.

Lembrou-se de ter conhecido um sujeito no seminário de Economia no período de graduação no qual ela convencera seu orientador a deixá-la participar, mas era Scott Schiff. Ainda que houvesse uma vaga lembrança — um cara de terno que se sentava no fundo da sala e podia transformar qualquer pergunta em uma defesa apaixonada do mercado livre, um cara que usava terno enquanto todo mundo ia para a aula vestindo *jeans*, moletons e tênis.

"Projeto de Alex Keaton", ela pensou, enquanto cambaleava de um lado para o outro, quase batendo num abrigo de ônibus. Steven Day ajudou-a a aprumar-se.

— Você está bem?

Meia dúzia de suas respostas típicas vieram a seus lábios. "Claro! Ótima! Sensacional! Em vez disso, Kelly inclinou-se contra ele e deixou seus olhos fecharem.

— Não, não estou. Nem um pouco.

— Está preocupada com as provas finais?

Ela balançou a cabeça.

— As provas são o menor de meus problemas no momento.

— Então, qual é o problema?

— Bem, para começar você não me deixou tomar outro drinque — ela empurrou a franja para longe dos olhos. Durante todo o segundo grau em Ocean City, ela fizera permanente no cabelo. No primeiro dia em Penn, percebeu que mais ninguém usava permanente. Não tinha dinheiro para alisar os cabelos, então, depois do segundo dia de aula, encontrou uma barbearia em West Philadelphia a algumas quadras do *campus*. Sentou-se na cadeira de couro preta de frente para o barbeiro atônito e disse "Corte tudo". Ela usou cabelo joãozinho durante o resto da faculdade. Era sua marca registrada e, a 12 dólares o corte, era um visual pelo qual podia pagar.

Olhou atentamente para ele. Seu rosto na escuridão pairava acima dela como a lua.

— Acha mesmo que eu sou linda?

Ele assentiu, muito sério.

— Venha, vamos para minha casa.

Ela se endireitou, reunindo o que restava de sua dignidade e sobriedade.

— Não vou para sua casa. Acabei de conhecer você.

Molhou os lábios, passou as mãos pelo penteado bagunçado e olhou para ele através da névoa da vodca

— Primeiro, você tem de me pagar um jantar.

— Sente-se aqui — instruiu Steven Day, e estacionou Kelly no banco dentro do abrigo de ônibus.

— Não se mexa.

Ela fechou os olhos e ficou completamente imóvel. Cinco minutos depois, Steven Day, sapatos sociais e tudo, estava de pé à sua frente, tendo nas mãos um saco do McDonald's perfumado e sujo de gordura.

— Tome — ele falou, puxando-a para que ficasse de pé. — Jantar.

Por dois quarteirões, Kelly cambaleou por grupos de estudantes que conversavam e garotas de irmandades todas em fila, jogando batatas fritas para dentro da boca e contando a Steven a curta porém trágica história de Scott Schiff.

— De qualquer modo, ele não era um cara tão legal assim — falou com a boca cheia de batatas fritas. Naquele momento, depois da vodca, ela sentia como se pudesse contar qualquer coisa a Steven Day, como se ninguém jamais a tivesse entendido como Steven Day entendia.

— Quer saber o que eu acho?

Steven Day ofegou e puxou Kelly para longe da pilha de folhas recém-varridas na qual ela estava tentando se deitar.

— Claro.

— Acho que ele queria uma garota rica, alguém com um sobrenome chique e um grande dote.

— Acho que as mulheres não têm mais dotes.

— Ah, você sabe o que eu quis dizer. Eu sou de Nova Jersey, sabe? Não é chique. Meu pai é carteiro. Minha mãe... — ela parou. Estava bêbada, mas não bêbada o suficiente para começar a falar da mãe. — Não é tão magnífica.

— Eu acho — ele falou — que os Estados Unidos são mais uma meritocracia hoje em dia.

Ela piscou até seu cérebro turvo arrumar uma definição para meritocracia.

— É, bem, a meritocracia ainda não chegou ao quarto de Scott Schiff.

Ela engoliu sua batata frita e começou a chorar. E ela nunca chorava. Nem quando Mary lhe telefonara, nem no enterro, nem depois, quando seu pai, recém-barbeado e enfiado em um terno do qual Kelly se lembrava da primeira comunhão de sua irmã caçula, lhe dissera que sua mãe deixara um testamento. Doreen ficou com os brincos de pérola de Paula, Terry com o colar com o solitário que seu pai lhe dera em seu décimo aniversário de casamento e Maureen com a pulseira de ouro que ganhara de sua própria mãe. Deixou para Mary as alianças de casamento. Sua mãe deixara para Kelly seu rosário e sua Bíblia. Quando seu pai lhe entregou a Bíblia, um cartão com a oração de São José caiu no colo de Kelly. O cartão marcava a página do Eclesiastes, os versos marcados com caneta de feltro amarela que Paula O'Hara queria que sua filha tivesse em vez de diamantes e pérolas: "Empreendi grandes trabalhos, construí para mim casas... Mas eis que tudo é vaidade e tormento do espírito, e não há nada de proveitoso debaixo do Sol".

— Eu sou tão idiota — Kelly chorava enquanto ele destrancava a porta de seu apartamento. Ela sabia que seu nariz estava escorrendo na lapela do terno de Steven Day, mas não conseguia parar. — Achei que ele me amava.

— Shh — disse Steven, afastando o cabelo do rosto dela. Ele tirou os sapatos e o suéter de Kelly e enfiou uma de suas camisetas por cima de sua cabeça. — Deixe que eu... — sussurrou, e ela piscou para ele.

O hálito dele cheirava a pasta de dente de menta e era fresco contra a bochecha dela. Naquele momento, ela estava tão esgotada, tão triste, tão completamente vazia — sem Scott, sem mãe, sem nada — que teria deixado ele fazer qualquer coisa, desde que ela não tivesse de ficar sozinha.

Sentou-se com as costas retas no quarto apinhado de Steven, com seus lençóis de xadrez azul embolados nas mãos.

— Deixar você o quê? — sussurrou de volta.

Ele a deitou devagar no travesseiro e a beijou, primeiro na testa e depois, de leve, nos lábios.

— Deixe que eu cuide de você.

Mais tarde, naquela noite, ela acordou sozinha na cama estranha e olhou para o outro lado do quarto para o homem que a trouxera até lá. Ele ainda estava completamente vestido, incluindo os sapatos, com um cobertor puxado até o queixo. Suas pálpebras luziam de leve no escuro. Eram cinco horas da manhã. "Você", ela pensou. Sabia que parecia uma dona-de-casa selecionando um melão no supermercado. Sabia que ainda estava bêbada, ainda estava desgostosa e furiosa com a lembrança de Scott Schiff — e, por falar nisso, com a lembrança de sua mãe e aquela escritura zombeteira. Nada daquilo importava. Ela já tomara sua decisão. E, quando Kelly decidia alguma coisa, era aquilo que ela conseguia. Era assim desde que tinha seis anos. "Você", pensou, e ponto final.

Na noite seguinte eles já tinham se beijado e naquele fim de semana dormiram juntos e, seis meses depois, logo antes da formatura, ficaram noivos e, seis meses depois disso, logo depois do vigésimo segundo aniversário de Kelly, eram marido e mulher, morando no apartamento de três quartos dele, no décimo oitavo andar de um prédio novinho em Market Street, onde a cidade toda estava espalhada, brilhando, aos pés dela. O aluguel era tecnicamente mais do que deviam estar gastando — de acordo com as fórmulas que ela vira, você devia gastar um terço de sua renda em moradia, e estavam gastando mais para a metade —, mas ela não conseguira resistir ao lugar. Havia dois banheiros completos, cada um com uma banheira de hidromassagem e piso de mármore. O carpete era novinho de parede a parede, assim como os eletrodomésticos, e as paredes não cheiravam a décadas de refeições de outras pessoas — só a tinta fresca. Verdade, a falta de móveis era um problema — suas irmãs quase explodiram de tanto rir quando viram a sala de estar vazia e reclamaram de terem de comer no chão — mas era um pequeno inconveniente, e Kelly sabia que não iria durar. Se Steve continuasse ganhando tanto dinheiro quanto ganhava, em um ou dois anos ela seria capaz de comprar exatamente o que queria. E Oliver teria o melhor de tudo — nada de coisas usadas, nada de casacos de inverno que cheiravam a fumaça de cigarro, nada de brinquedos que algum irmão mais velho tinha quebrado. Se ele quisesse alguma coisa, só precisaria pedir.

Ela ouviu a chave de Steve na porta e levantou-se. "Oliver James", sussurrou. Beijou as pontas dos dedos e os passou na cabeceira do colchão do berço. Perfeito. Ia ser perfeito.

LIA

Em meu primeiro vôo para Los Angeles, quando eu tinha 18 anos, peguei o assento do meio. O homem sentado perto da janela devia ter uns 30 anos, com cabelos louros cacheados e uma aliança e uma pasta cheia de doces — sua filha, disse, havia lhe dado um estoque antes de ele partir. Durante as cinco horas do vôo eu conversei com ele, jogando meu cabelo recém-pintado de louro por cima dos ombros, contando-lhe sobre os papéis que tinha feito nos musicais de minha escola, as aulas de teatro que ia fazer e o nome do agente que tinha conseguido. Durante cinco horas, o homem me dera bombonzinhos da Hershey's e balas de fruta, rindo e concordando com a cabeça, mostrando-se — o quê? Preocupado, eu achei. Com meu cabelo mal-pintado e minhas ilusões de como Los Angeles seria, eu devia ser uma visão preocupante. Quando o avião começou a descer, ele até trocou de lugar comigo, dando-me a janela para que eu pudesse ver a Califórnia — "a terra prometida", como ele a chamou — antes dele.

Meu vôo de volta para a Filadélfia 11 anos depois foi diferente. Cambaleei pelo aeroporto como um zumbi, pagando por dois assentos para não haver chance de voar com um bebê a meu lado. Na semana anterior, eu estava andando pelo Beverly Center, só para ter alguma coisa para fazer, e um bebê começou a chorar e meus seios começaram a vazar e eu queria morrer ali mesmo, morrer naquele momento. Paguei o aluguel do carro na Filadélfia em dinheiro, botando as notas no balcão enquanto o atendente da Budget olhava e me perguntava várias vezes seguidas se eu não preferia pagar com cartão. Mas o cartão faria com que fosse fácil Sam me encontrar e eu não estava pronta para ser encontrada. Ainda não.

Estava preocupada, achando que não me lembraria do caminho para casa, mas lembrei. Parecia que o Kia vermelho que eu alugara estava dirigindo sozinho — pela I-95, passando pelo *shopping* Franklin Mills, o estacionamento lotado como sempre, passando pela propagação de cadeias de restaurantes e condomínios de apartamentos baratos com faixas de ALUGUE-ME JÁ tremulando debilmente acima das valas cheias de lixo. À esquerda na Byberry, atravessando o Boulevard, à esquerda, à direita e à esquerda de novo, os pneus do carro alugado entrando em ruas que pareciam menores e mais escuras que quando eu morava aqui. As laterais de alumínio das pequenas casas de um andar e até o asfalto de minha rua haviam desbotado e as casas em si pareciam ter encolhido nas sombras das árvores, que haviam ficado mais altas. Mas algumas coisas não haviam mudado. Minha velha chave, a que eu mantivera no chaveiro durante aquele tempo todo, ainda virava na fechadura. Coloquei minha bolsa no pé da escada e sentei-me na sala de estar sem acender as luzes, observando os minutos passarem no relógio do videocassete.

Minha mãe chegou em casa às 16h15, o que era exatamente meia hora depois do último sinal tocar na sua escola. Sempre vinha para casa exatamente na mesma hora. No verão, ela simplesmente mudava um pouco sua rotina e, em vez de ir para a Escola Primária Shawcross às 7h15, ia a uma lanchonete para o café-da-manhã, à ACM para dar uma nadada e então para a biblioteca, onde chegava assim que as portas se abriam, às 9h, e saía pontualmente às 16h, com um intervalo por volta do meio-dia para sentar-se nos degraus da frente e comer o sanduíche (que alternava entre atum no pão de centeio e *cream cheese* e azeitonas no pão branco) que havia guardado na bolsa.

— O que faz aqui o dia inteiro? — perguntei-lhe uma vez, quando tinha uns 14 anos e ainda estávamos nos falando. Ela deu de ombros.

— Eu leio — respondeu. Talvez não tivesse falado com a intenção de criticar ou que eu imaginasse o inevitável "E não a mataria pegar um livro de vez em quando, em vez de se deitar de biquíni no jardim, passando suco de limão no cabelo", mas foi o que eu ouvi.

Ela entrou na sala de estar com sua sacola de livros de náilon preta em uma das mãos, a bolsa na outra. Piscou para mim duas vezes. Fora isso, seu rosto não mudou. Era como se eu passasse por lá todas as semanas para me sentar em sua sala de estar com as cortinas fechadas e as luzes apagadas.

— Então — ela falou —, posso descongelar mais um peito de frango para o jantar. Você ainda come frango? — suas primeiras palavras para mim. Suas primeiras palavras em 11 anos. Eu quase ri. Tudo pelo que eu havia passado, a distância que havia percorrido, só para terminar onde havia começado, sentada no mesmo velho sofá azul, com minha mãe me perguntando se eu ainda comia frango.

— Sim — falei —, eu como.

— Estou perguntando — ela disse — porque achei que talvez tivesse virado vegetariana.

— Por que você pensaria isso? Só porque me mudei para a Califórnia?

— Achei que tinha lido em algum lugar — ela resmungou. Fiquei imaginando o que mais tinha lido sobre mim, quanto ela sabia da história. Não muito, decidi. Ela nunca tinha sido muito de ir ao cinema ou de ler revistas sobre cinema. "Lixo", dizia. "Atrofia o cérebro." Era meu pai quem me levava ao cinema, que me comprava pipoca amanteigada e caixas chacoalhantes de Good & Plenty e que limpava cuidadosamente meu rosto antes de voltarmos para casa.

Ela passou por mim ao subir as escadas, tirou os sapatos e atravessou a cozinha com os pés enfiados nas meias-calças. Estava usando calças pretas — pantalonas, ela as chamava —, uma blusa branca com um laço no pescoço que eu achei que reconhecia de antes de sair de casa.

Eu a segui escada acima e a observei enquanto ela punha o frango no microondas, depois pegava a caixa de farinha de rosca, um ovo da geladeira, a tigela branca lascada. Mergulhou os pedaços de frango naquela tigela antes de os botar num tabuleiro que existia desde que o mundo era mundo. Ela encolhera na minha ausência, assim como o resto da vizinhança. Seu cabelo cor de areia havia desbotado, os ombros estavam caindo debaixo de sua blusa mista de poliéster e algodão e havia manchas castanhas nos dorsos de suas mãos. Ela estava ficando velha, eu vi, e aquilo me surpreendeu. O tempo passar abstratamente era uma coisa, mas vê-la era diferente. Abri a boca, pensando que tinha de começar em algum lugar, com alguém, que tinha de começar a descobrir como iria contar minha história. "Fui para a Califórnia e me apaixonei..." minha garganta parecia que ia se fechar. Imaginei Sam de pé no saguão do cinema, talvez segurando um saco de pipoca, imaginando aonde eu teria ido. Pisquei rapidamente, passei a língua pelos lábios, encontrei um pé de alface e comecei a rasgá-la em pedaços. Minha mãe olhou para minha monstruosidade da Vera Bradley dobrada na base da escada.

— Bela bolsa — falou, entregando-me uma garrafa de molho *light* para salada. — Então — ela continuou, depois que o frango estava no forno e um par de batatas estava girando no microondas —, o que a trouxe de volta à cidade?

Seu tom era cuidadosamente neutro. Seus olhos miravam os pés. A resposta estava na ponta da minha língua, mas eu não conseguia dizer as palavras. E eu podia estar errada, mas me parecia que ela estava tendo o mesmo problema. Ela abria a boca, depois fechava. Uma vez disse meu nome, mas, quando virei a cabeça, ela simplesmente deu de ombros e limpou a garganta e ficou olhando mais um pouco para o chão.

Pegou dois jogos americanos de plástico da gaveta onde os jogos americanos de plástico sempre haviam morado.

— Sua avó morreu — disse — enquanto você estava fora. Eu teria ligado, mas... — ela deu de ombros. Ela não tinha meu telefone e não sabia meu nome novo.

— Fincaram uma estaca no coração dela para ter certeza?

Ela franziu os lábios.

— Vejo que a Califórnia não mudou essa sua boca insolente.

Não falei nada. A mãe do meu pai havia morado em Harrisburg, virando a esquina da casa de sua outra filha e meus três primos. Nunca tivera muito tempo para mim. Eu a via uma vez por ano, no dia seguinte ao Dia de Ação de Graças. Ela sempre usava um suéter de moletom com três marcas de mão pintadas — uma para cada um dos meus primos. Quando eu tinha oito anos, perguntei por que a marca da minha mão não estava ali. Ela pensou a respeito, apontou para a mão menor e disse que eu podia fingir que aquela era a minha. Nossa, obrigada.

— Mãe — comecei, antes de perceber que não fazia idéia de como começar aquela história, não fazia idéia do que dizer. Olhei para o meu prato e cutuquei o frango.

— Você pode ficar, se quiser — ela disse suavemente, sem olhar nos meus olhos.

— Mãe — falei de novo. "Conheci um homem e nós nos casamos e uma coisa terrível aconteceu..."

— Você é minha filha — ela continuou — e sempre terá um lugar aqui. — Esperei que ela me tocasse, sabendo que não o faria. Ela nunca havia me tocado quando eu morava com ela. Meu pai dava os abraços.

— Você se lembra de onde fica seu quarto — falou, empurrando-se para longe da mesa, raspando seu prato praticamente intocado dentro da lata de lixo que era, eu juro, exatamente a mesma lata de lixo que ela tinha desde que se mudara para este lugar, há vinte anos. — Há lençóis limpos na cama.

E, com isso, ela se foi.

Meu quarto estava como eu o havia deixado — tapete de lã cor-de-rosa, pôsteres do Tom Cruise na parede, uma cama de solteiro minúscula que rangia e se inclinava para a esquerda quando eu me deitava. A cama estava coberta com uma colcha da Moranguinho, a colcha que eu cobicei e pela qual perturbei meus pais quando tinha 8 anos. Minha mãe me dissera que eu já tinha uma colcha perfeitamente boa e que eu estaria farta da Moranguinho em um ano. "Não", eu implorei. "Por favor! Eu quero muito, muito mesmo, e nunca mais vou pedir nada." No final, foi meu pai quem desistiu e comprou a colcha como presente de aniversário. Depois que ele foi embora, minha mãe me fez manter a colcha na cama durante todo o segundo grau.

— Colchas não dão em árvores — dizia.

Mas ela tinha dinheiro bastante para gastar em roupas para si mesma e para mim e, percebi, uma colcha nova para sua cama — bege com bege, estofada com algum tipo de enchimento de poliéster engomado, que fazia um barulho de arranhado toda vez que você o tocava. A questão não era o dinheiro. A colcha era meu castigo, um lembrete do que as meninas recebiam quando reclamavam e perturbavam — um pai que dava no pé, uma colcha puída manchada de Ki-Suco derramado, aturar o rosto de um personagem de desenho de quem ninguém mais se lembrava. No final do primeiro ano, parei de pedir uma colcha nova e parei de trazer amigos para meu quarto. Em vez disso, ficávamos na sala de estar enquanto minha mãe estava no trabalho, assistindo à MTV e surrupiando goles de Baileys Irish Cream das garrafas empoeiradas do armário de bebidas.

Espreguicei-me na cama e cobri os olhos com as mãos. Eram sete horas da noite, quatro da tarde na Califórnia. Pensei em meu marido em nosso apartamento, onde havia botões de rosa miniatura crescendo em vasos na sacada estreita e leves cortinas douradas no quarto e nada era bege. "Podemos comprar uma casa", Sam havia me dito quando assinou o contrato para a série de TV. "Talvez nas colinas. Nada muito grande, mas algo bonito." Fizemos planos para começar a procurar — ligamos para corretores, visitamos algumas casas, subimos as estradas cheias de curvas com o cinto de segurança esticado apertado por cima da minha barriga. Lembro-me do sorriso de Sam por debaixo do boné de beisebol, do modo como ele me fazia rir ao tentar pronunciar as abreviações exatamente como eram escritas nos classificados. Três qrts. Tbs Crrds! Prmr lcç! Vst Cn!

Eu o imaginei sentado sozinho à nossa mesa de jantar com o jornal ou com as pizzas congeladas que comia quando eu não estava, ou lá fora perto da piscina, um velho chapéu de caubói empurrado para trás na cabeça, pescando cada folha e inseto morto para fora da água com uma rede de cabo longo. O condomínio tinha um sujeito que vinha dia sim, dia não, mas Sam assumira suas funções.

— É como eu medito — ele me disse. — E é mais barato que ioga, certo?

Ele não conseguiria me encontrar aqui, da mesma forma como minha mãe não teria conseguido me encontrar na Costa Oeste. Como milhares de mulheres antes de mim, usei a mudança para Los Angeles para me reinventar. Escolhi um novo nome para combinar com meu novo corpo magro, os lábios que aumentei, o nariz que diminuí e o cabelo cuja cor eu mudava pelo menos três vezes por ano. "Lia Frederick", eu me chamava nos cartões de crédito e na carteira de motorista. Frederick era o primeiro nome de meu pai e Lia era meu próprio nome, sem um S. Dava a amigos e namorados — incluindo Sam — a biografia da garota com quem eu dividira o quarto durante duas semanas no acampamento das bandeirantes em Poconos. Até onde meu marido sabia, eu era de Pittsburgh, onde meu pai tinha sido gerente de banco e minha mãe era professora da quinta série. Eu tinha um irmão caçula e meus pais tinham tido um casamento feliz. *Tinham tido* era a frase operante. Quando percebi que Sam iria, naturalmente, ficar interessado em conhecer e passar algum tempo com esse clã amoroso e próximo que eu descrevera, matei todos em um acidente de carro quando estava fora durante o recesso de primavera no último ano do segundo grau. "Coitadinha", dissera Sam.

Mas eu lhe contei uma parte da verdade. Minha mãe era professora de quinta série e comandava a mesma sala, na mesma escola primária de tijolos vermelhos na qual eu havia estudado. Atravessando cortes de orçamento, demissões e seis diretores diferentes, minha mãe, Helen, mantivera o curso, ensinando estudos sociais, inglês e redação para classes cada vez maiores de crianças de dez e 11 anos. Ela guardava cópias emolduradas de todas as fotos de suas classes penduradas ao longo da escada, um passeio plastificado pelo tempo. A cada degrau para cima, minha mãe ficava mais velha e as turmas passavam de 18 crianças brancas para 28 crianças de todas as raças. Em cada uma das fotos, minha mãe usava uma versão do mesmo batom, da mesma roupa e do mesmo sorriso. A foto da minha turma também estava lá, emoldurada e pendurada no topo da escada. Eu não tinha sido uma menina bonita. Isso viria mais tarde. Na quinta série eu ainda era dentuça e usava aparelho e os cabelos castanhos escorriam até a cintura. Eu estava na sala de estar da minha mãe, mas esforçava-me para me colocar o mais longe possível dela. Na foto, eu usava um *kilt* vermelho e verde e blusa e meia-calça brancas, e ela estava usando pantalonas pretas e blusa branca. Está com seu típico sorriso frio enquanto segura a placa que diz QUINTA SÉRIE SRA. URICK e eu estou olhando de lado, sem sorrir, obviamente desesperada para estar em outro lugar, longe disso, longe dela.

Na cama, apertei as mãos por cima da pele da minha barriga, que parecia frouxa e pregueada. No andar de baixo, o aparelho de TV foi ligado. Primeiro, *Roda da Fortuna*, depois *Jeopardy!* Minha mãe dava as respostas enquanto atravessava a sala em sua blusa branca, pantalonas pretas e meias-calças. Eu podia imaginar a pilha de papéis em cima da mesa de cento, a caneca onde se lia A MELHOR PROFESSORA DO MUNDO cheia de café descafeinado no braço do sofá, ouvindo tudo o que a ABC tinha a oferecer até depois do noticiário das 21h. Nesta casa, o canal nunca mudava. Eu quebrara o controle remoto havia anos (em um acidente que provavelmente tinha algo a ver com aqueles goles roubados de Baileys) e ela nunca se dera o trabalho de substituí-lo.

Rolei para o lado, para que minha bochecha ficasse encostada contra a fronha do travesseiro. Ainda tinha o mesmo cheiro, de amaciante de roupas e ovos fritos. As mesmas marcas gastas na parede de quando eu tentara mudar a cama de lugar, o mesmo canto afundado na porta do armário que eu havia chutado em um ataque de fúria aos 18 anos.

— Você não me escuta! — eu gritara. — Você nunca me escuta!

Ela ficou de pé, me observando do corredor, os braços cruzados por cima do peito.

— Bela cena — falou quando dei uma pausa para respirar. — Já acabou ou vai ter bis?

— Dane-se! — gritei. Ela ficou olhando para mim, impassível. *Foda-se*! — eu disse.

Ela deu uma leve estremecida, aflita, como se tivesse dado uma topada.

— Eu te ODEIO! — nada. — E sabe de uma coisa? Você me odeia!

Isso, finalmente, fez alguma coisa real acontecer em seu rosto. Ela pareceu, por um breve momento, chocada e desesperadamente triste. Então seus traços se anuviaram e se transformaram em uma aparência de expectativa branda, como um espectador de teatro esperando a cortina cair para poder pegar seu casaco e ir para casa.

— Vou morar com o papai!

— Ótimo — ela disse. — Se você acha que ele a quer.

Foi aí que chutei a porta do armário. Três semanas depois, fui até uma casa de penhores em South Street e vendi a aliança de noivado de ouro e diamante que minha bisavó me havia deixado quando morreu. Dois dias depois disso, eu estava a caminho da Califórnia, aceitando balas de um estranho e falando sem parar, correndo em direção a meu novo rosto e a meu novo nome e ao futuro que me guiaria, inexoravelmente, a Sam. E, finalmente, aqui. De volta para casa.

No andar de baixo, minha mãe fazia perguntas ao aparelho de televisão. "Quem é Tab Hunter? O que é mercúrio? Quem é Madame Bovary? O que é Sydney, Austrália? Fechei os olhos. "E então, e então, a Lua é a metade de uma torta de limão..." a cama se virou abruptamente para o lado e eu acordei com um pulo.

Minha mãe estava sentada no canto mais longe do meu corpo, empoleirada no menor pedaço de colcha e lençol cor-de-rosa que conseguia sem escorregar para o chão. Na luz que vinha do corredor, eu podia ver que seu cabelo ficara mais ralo.

— Lisa — ela disse. — Pode me dizer o que há de errado?

Fechei os olhos e mantive minha respiração estável e, quando ela esticou a mão, — para tocar em meu cabelo, minha bochecha, eu não sei —, rolei para longe. Quando abri os olhos novamente, já era de manhã e o sol brilhava em mim e na Moranguinho. Saí da cama, vesti minhas roupas de Los Angeles, escorreguei para trás do volante do carro alugado sem destino certo em mente, fazendo as curvas conforme elas apareciam. Duas horas depois, estava de volta ao parque onde me sentava com meu pai, tremendo no frio de final de inverno com um sanduíche intocado no colo. Fechei os olhos e virei o rosto para o brilho fraco do sol. "Por quê?", pensei. "Por que, por que, por quê?" Esperei, mas não me veio nenhuma resposta. Só a mulher que eu estivera observando, uma das mãos na barriga, seus cachos balançando enquanto andava.

BECKY

— Há uma mulher no parque que sempre fica me olhando — disse Becky.

— O quê? — perguntou Andrew, que adormecera com um braço por cima do rosto. Sem abrir os olhos, esticou a mão para a mesinha-de-cabeceira, pegou o frasco de Rolaids e os entregou à esposa.

— Não estou com azia — disse Becky.

Eram duas horas da manhã, a trigésima segunda semana de sua gravidez e ela estava acordada havia três horas. Andrew suspirou e recolocou o antiácido na mesinha.

— Não, na verdade, sabe de uma coisa? Estou sim. — Andrew suspirou novamente e jogou o Rolaids para o outro lado da cama. — Não consigo dormir, estou preocupada — Becky falou. Ela mastigava, rolando da esquerda para a direita.

— Com o que está preocupada? — Andrew perguntou, soando levemente mais acordado. — Com a mulher no parque?

— Não, não, não com ela. Estou preocupada... — no escuro, Becky mordeu os lábios. — Acha que vai ficar tudo bem com a Mimi? Quer dizer, acha que ela vai se acalmar um pouco depois que estiver instalada?

— Como assim? — Andrew perguntou. Agora ele parecia completamente desperto e não, Becky percebeu, totalmente feliz.

— Bem, você sabe. Os telefonemas. Os *e-mails*. Ela parece muito solitária — Becky falou cuidadosamente, pensando que *carente* seria uma palavra melhor. Isso e *louca*.

— É difícil deixar sua casa e se mudar para o outro lado do país.

— É, mas não é como se Mimi nunca tivesse feito isso.

Cinco vezes. Sua sogra havia se casado com mais homens do que Becky havia namorado a sério. Ao término de seu quinto casamento fracassado com um magnata imobiliário em Dallas, ela empacotara suas coisas, recebera sua pensão e comprara o que invariavelmente chamava de seu "pequeno pedaço do Paraíso" em Merion.

— Você é o único homem que nunca vai me decepcionar — ela falou, jogando os braços dramaticamente em torno do pescoço de Andrew depois de ter lhes contado sobre a mudança. "Mas ele é meu homem", Becky havia pensado, enquanto Andrew dava tapinhas nas costas da mãe. "Não seu".

— Ela só está estressada — disse Andrew. — Vai se ambientar. Só precisamos ter paciência com ela.

— Promete?

Ele rolou na cama, beijou sua bochecha e passou os braços em volta de sua barriga.

— Prometo — disse. Virou-se de novo para o lado e logo adormeceu, deixando Becky completamente acordada e desconfortável.

O bebê chutou.

— Ah, não comece você também — Becky sussurrou e rolou para o lado de novo. Pousou a mão no ombro de Andrew e o cutucou até ele a pegar.

Conhecera Andrew há oito anos. Ela tinha 25 anos e morava em Hartwick, New Hampshire, onde fora cursar a faculdade. Uma má escolha, mas afortunada, pensava olhando para trás. Escolhera Hartwick depois de ficar deslumbrada com as fotos lindas do outono na Nova Inglaterra que vieram com o pacote de admissão, pensando que uma mudança do verão interminável da Flórida poderia ser bom para ela. Hartwick, cujo lema não-oficial era "Não da Ivy League, mas pelo menos estamos perto", não fora a combinação perfeita. O *campus* lindo revelara ser povoado por lindas garotas louras, muitas delas equipadas com BMW que papai lhes dera de formatura. Becky sempre se sentira um pouco deslocada. "Ah, Flórida!", as garotas magras como cães diziam, enquanto Becky, vestida de preto para parecer mais magra, tentava não se sentir enorme ou inadequada. "Passamos as férias lá todos os anos!" Além disso, ela não era de beber muito, e isso era basicamente só o que os alunos de Hartwick faziam nos finais de semana... e os finais de semana começavam na quinta-feira e não terminavam até a madrugada de segunda.

Ela passou pelo Poire, o único bom restaurante da cidade, pelo menos uma dúzia de vezes antes de tomar coragem para entrar e perguntar sobre a placa de PRECISA-SE DE FUNCIONÁRIOS na janela. Desde o dia em que fora contratada como ajudante de garçom em período de teste, o chão de tábuas enceradas do restaurante, suas toalhas brancas e engomadas, a cozinha entulhada e o bar de carvalho cintilante pareciam mais com sua casa que qualquer lugar no *campus* jamais pareceu. E Sarah, que era estudante em meio período em Hartwick e *bar tender* no Poire, tornou-se sua primeira amiga em New Hampshire.

Becky passou de assistente a *hostess* e a garçonete. Quando se formou, Darren, o gerente, a havia contratado em período integral. Ela estava aprendendo a cozinhar havia um ano quando conheceu Andrew. Fora a primavera dos comprimidos para emagrecer, que marcou a primeira, última e única tentativa de Becky de fazer uma dieta organizada.

— São milagrosos! — declarara Edith Rothstein, mostrando sua própria perda de sete quilos quando Becky fora para casa passar o Chanukah. — Marquei uma consulta com o Dr. Janklow para você...

Becky revirara os olhos. Sua mãe revirou os olhos de volta.

— Se não quer ir, cancele, não tem importância.

Becky arrastou os pés, mas no final permitiu que a mãe a levasse até o consultório do Dr. Janklow na manhã seguinte, e o Dr. Janklow lhe dera uma receita e desejara boa sorte. Um ano depois, o Dr. Janklow se aposentara subitamente, no rastro de um suposto processo por negligência médica aberto pela família de uma mulher que queria perder dez quilos antes de seu casamento e acabou perdendo a vida durante o jantar de ensaio.

— Antes ou depois da sobremesa? — Becky ficou imaginando, e sua mãe ficara olhando para ela, chiando.

— Quem diz uma coisa dessas?

Os comprimidos faziam seu coração disparar. Faziam a parte de dentro de sua boca parecer que ela estava chupando uma bola de algodão. Eles quintuplicavam seu nível de energia, fazendo-a sentir-se irrequieta e trêmula. Ela perdeu dez quilos em doze semanas. Pela primeira vez desde o ginásio, podia comprar roupas na Gap. Verdade, ela mal conseguia se espremer no maior tamanho que tinham, mas ainda assim! Comprou uma minissaia de *denim* que usava para trabalhar no Poire, e depois do trabalho a deixava do avesso no chão de seu apartamento só pelo prazer de passar por ela e ver a etiqueta.

Nas noites em que não estava cozinhando, ela combinava a saia com uma blusinha curta de veludo cor de vinho, brincos de prata compridos e botas pretas de salto alto. Usava batom cor-de-rosa e muito rímel, e deixava seus cachos soltos. Os rapazes davam em cima dela. Não apenas os bêbados. Mas, desde a primeira vez em que o viu, ela só teve olhos para Andrew.

Ele entrou no Poire numa quinta-feira cheia, a magricela de praxe no braço, numa noite em que dois garçons haviam ligado dizendo que estavam doentes — porque, Sarah declararia mais tarde, você não podia telefonar dizendo "que tinha se dado bem, estava de ressaca e morrendo de vergonha". Os garçons estavam sobrecarregados e Becky, que estava de anfitriã naquela noite, ficou feliz em atender a mesa sete.

— Olá, bem-vindos ao Poire — disse Becky, entregando os cardápios ao casal. — Posso lhes falar sobre os especiais do dia?

— Claro — disse o homem, "Ah", ela pensou, olhando para ele. "Ah, nham." Ele era bonito, com seus cachos cortados rentes, olhos afastados e ombros largos, porém era mais do que isso. Havia algo nele, a maneira como abaixava a cabeça, sorrindo, enquanto ela descrevia o *ossobuco* com polenta ou a forma como a observava enquanto ela falava, que fazia Becky imaginar como seria o toque de suas mãos, como seria ouvir aquela voz assim que acordasse de manhã. Ou talvez fosse por ela estar com tanta fome o tempo todo e pensar sobre o sexo que ela provavelmente não faria tivesse se tornado um substituto para lidar com a comida que ela estava tentando não comer.

— Ah, Deus — gemeu a garota. — *Ossobucco*. Cinco milhões de calorias!

— Na verdade, seis milhões — disse Becky. — Mas vale a pena.

— Vou experimentar — ele falou. — O que você recomenda para começar?

"Eu", pensou Becky.

Durante toda a refeição, sentiu que ele a observava enquanto ela servia e tirava os pratos, tirando a rolha do vinho, oferecendo talheres limpos, mais pão, mais manteiga, um guardanapo limpo quando ele deixou cair o seu. Quando chegaram à sobremesa (expresso para a namorada, um quadrado trêmulo de pudim de pão de chocolate e nozes flutuando em creme inglês para o amor da vida de Becky, que comera uma colherada, suspirara e dissera que não havia algo nem parecido na lanchonete do hospital), ela já havia se casado com ele, escolhido a louça e batizado seus filhos. Ava e Jake. Quando o jantar acabou, fez algo que nunca havia feito — escreveu seu nome e número de telefone na conta antes de colocá-la no meio da mesa e se afastar com o coração batendo mais forte que o normal, rezando para que a "senhorita expresso de sobremesa" não tentasse pagar.

Felizmente, Andrew pegou a conta. Ele a olhou, sorriu, enfiou o cartão de crédito dentro... e, quando foi embora, Becky tinha um bilhete com "Eu vou te ligar... Andrew Rabinowitz" escrito e também uma gorjeta de trinta por cento.

Andrew Rabinowitz! Andrew. Andy. Drew. Sr. e Sra. — não, Dr. e Sra.! — Andrew Rabinowitz. "Rebecca Rothstein-Rabinowitz", disse, testando o som. Sarah ergueu uma sobrancelha e disse:

— Mas como vão saber que você é judia?

Becky deu um sorriso maluco e flutuou para o estacionamento, em direção a seu pequeno apartamento onde, com certeza, havia um recado de Andrew em sua secretária eletrônica.

Eles saíram durante seis semanas — xícaras de café, almoços e jantares; filmes durante os quais ficavam de mãos dadas, depois se beijavam, depois se agarravam; os longos passeios obrigatórios pelas margens do rio que rapidamente se transformaram em longas sessões de amassos na toalha de piquenique que Becky trouxera, junto ao frango grelhado com ervas e ao pão francês crocante. Mas nunca tinham ido para a cama até a noite do aniversário de 25 anos de Sarah.

A festa havia começado depois que o Poire fechara. Havia doses de vodca com Budweiser para acompanhar. Doses de tequila com mais tequila acompanhando. Finalmente, quando sobraram apenas seis pessoas, Darren, o dono do Poire, abriu uma garrafa de uísque escocês puro 25 anos e eles brindaram a Sarah. Becky e Andrew cambalearam para a rua e terminaram na única lanchonete de Hartwick. Era uma noite inadequadamente quente de abril. Todas as janelas da lanchonete estavam totalmente abertas, e a porta da frente. Becky podia sentir a brisa de primavera em suas bochechas coradas.

— Eu gosto de você — disse para ele e deu uma mordida grande, deliciosa no pão de passas melado e torrado. — Gosto muito, muito de você.

Andrew esticara a mão por cima da mesa e enrolara um de seus cachos no dedo.

— Eu também gosto de você — disse.

— Eu sei — ela falou, olhando diretamente para ele. — Então, na sua casa ou na minha?

Nenhum dos dois estava em condições de dirigir, mas depois de mais meia hora e três xícaras de café puro, conseguiram chegar até o carro de Andrew. Becky imaginou que conseguia sentir a rua ondulando debaixo deles enquanto ele dirigia, como um rio lento e morno. Ela andou pelo apartamento dele, absorvendo o horroroso tapete peludo marrom e laranja, as paredes que pareciam machucadas pela entrada e saída de móveis, as obrigatórias estantes de compensado e tijolos de concreto carregadas com livros e revistas de medicina e um computador de última geração em uma mesa no canto.

E o *futon*, seu único móvel. Ela o circundou lentamente, como se fosse um cachorro que pudesse morder.

— Eu não gosto de *futons* — falou. — Eles não conseguem se decidir. Eu sou uma cama! Eu sou um sofá! Eu sou uma cama! Eu sou um sofá!

— Eu sou um estudante de medicina duro — Andrew disse, entregando-lhe uma garrafa de vinho branco gelado e seu chaveiro com um saca-rolhas. Oito e noventa e nove, anunciava a etiqueta de preço na garrafa. "Ei, perdulário", pensou Becky, tirando a rolha, servindo uma taça para cada um e engolindo metade da sua em um gole só.

Ele pegou sua mão e a guiou para o *futon*, que ainda estava na posição de sofá e eles se inclinaram um para o outro até que o ombro dela vestido de veludo estava pressionado contra o tecido Oxford da camisa dele. De perto, a pele do pescoço dele parecia arranhada, como se tivesse se barbeado com um aparelho de barbear cego e ela podia ver que seus dentes da frente se acavalavam só um pouquinho. Esses defeitos só a faziam se sentir mais amorosa em relação a ele.

Ela respirou em sua orelha e o sentiu estremecer. Encorajada, ela o beijou ali. Depois lambeu. Depois sugou o lóbulo, suavemente, depois com mais força. Ele suspirou.

— Ah, Deus...

Ela cantarolou em sua orelha e pensou em coisas que não comia desde que começara a dieta dos comprimidos. Pudim de chocolate, musse de chocolate, sorvete de coco servido com montes de *chantilly* de verdade. Tangerinas.

— Tangerinas — sussurrou. — Eu quero lhe dar tangerinas na boca e deixar você chupar o suco dos meus dedos.

— Nossa — ele respirou. Ela sorriu docemente para ele, pegou sua mão direita e lambeu a palma tão delicadamente quanto um gato lambendo leite.

— Becky — ele disse, pressionando os ombros dela contra o *futon*. "Agora", ela pensou, certificando-se de arquear as costas para que seus seios fossem exibidos da melhor maneira. Ela podia sentir seu comprimento roçando contra suas coxas, dissipando seu temor de que ela o estivesse enojando em vez de excitando. — Becky — ele falou novamente, parecendo mais um professor de primário que um homem que acabara de ter a palma da mão lambida. Ele suspirou. Não era uma exalação apaixonada. Parecia mais o barulho que seu pai fizera quando descobrira a pintura a dedo que o irmão de Becky havia feito no capô de seu carro esporte. — Becky — Andrew falou —, acho que não devemos fazer isso.

Ela se aprumou, os seios perigosamente perto de caírem para fora da blusa.

— Por que não?

— Bem — ele disse, limpando a garganta e recostando-se, as mãos entrelaçadas com força. — Hmm, é só que... — outra pausa. — Eu nunca tive uma namorada de verdade.

— Ah — ela disse. "Hein?", pensou. Ele tinha 28 anos. Quem não tinha tido uma namorada com aquela idade?

— Você está se guardando para o casamento?

Ele fechou os olhos.

— Na verdade, não. É só que...

Ela estava começando a sentir seu estômago ligeiramente reduzido afundar. Em sua experiência, frases que começavam com "É só que" raramente levavam a algo bom boa. Ainda mais se estavam sendo proferidas por um homem cuja palma da mão você acabara de lamber.

"Eu não quero ouvir isso", pensou. Mas não conseguiu se conter e perguntou:

— Só que o quê?

Andrew suspirou e olhou para o colo. Seu rosto estava cansado e infeliz.

— Eu quero uma namorada. Mas. Hmm — ele mordeu os lábios. — Acho que você não é exatamente o que eu tinha em mente.

— Porque eu sou gorda — ela falou.

Ele não disse sim. Mas também não disse não.

— Bem — ela conseguiu dizer, endireitando a blusa —, boa sorte com a Cindy Crawford.

Sentiu as pernas bambas enquanto achava a bolsa, mas de alguma forma Becky chegou à porta e conseguiu batê-la satisfatoriamente com força, antes de se lembrar de que não tinha como andar os oito quilômetros até seu apartamento. Então, lembrou-se de que ainda estava com as chaves do carro dele no bolso. Ela podia levar seu carro, mas aí como ele chegaria ao *campus*? Decidiu, escorregando para trás do volante, que ela não se importava.

Deixou as chaves do carro na caixa de correio do consultório dele segunda-feira de manhã com uma lata de Slim Fast em cima, caso ele não entendesse, e passou as duas semanas seguintes sentindo-se como um saco de pipocas que fora atropelado por um caminhão de mudanças: achatada, vazia e totalmente infeliz.

— Ele que se dane — disse Sarah, escorregando um *Irish coffee* pelo balcão do bar. — Não é como se ele fosse o Cary Grant, para começo de conversa. E você é linda.

— Sei, sei — disse Becky.

— Ah, nada de tristeza — disse Sarah estremecendo. — Odeio tristeza. O que você tem de fazer é ir encontrar outro cara. Imediatamente, se não antes.

Becky aceitou o conselho da amiga e seguiu com a vida. Esperando na fila do cinema uma noite, ela conheceu outro cara, um estudante de engenharia que era alto e magro e praticamente careca — não muito bonito, nem de perto da qualidade de Andrew, mas ele era gentil. Também era um pouquinho chato, mas ela não se importava, porque no rastro do Dr. Andrew bebe-vinho-barato, dorme-no-*futon*, mora-em-um-apartamento-cafona, você-não-é-exatamente-o-que-eu-tinha-em-mente Rabinowitz, chato não parecia tão mau.

O problema foi que sua comida desandou. Ela queimou uma panela de galinhas selvagens da Cornualha recheadas em uma noite atarefada de sexta-feira e mandou um linguado de Dover que estava viscoso e semicru e esqueceu de pôr açúcar na musse de chocolate com avelãs. Seu frango com conserva de limão, que deveria ser o feliz casamento de azedo e doce, tinha um gosto tão amargo quanto haviam se tornado os pensamentos de Becky, e seus suflês murchavam com um suspiro no instante em que ela os tirava do forno.

— Uma mulher com o coração partido não tem de cozinhar — falou Eduardo, o *chef* de *sauté*, raspando a pele de uma das galinhas selvagens chamuscadas de Becky. Ele apontou a faca para Becky.

— Você tem de resolver isso.

Becky tentou. Concentrou-se em seu novo namorado. E assim que começou a acreditar que não era do tamanho de Plutão, ou pelo menos de uma de suas luas, Andrew voltou ao Poire.

Era junho, duas semanas antes do aniversário de Becky. O ar estava leve e cheirava a lilases, e o *campus* e a cidade tinham um ar extasiante e agitado, uma antecipação do fim-do-ano-letivo, como se a qualquer momento todo mundo fosse jogar os livros no chão, rasgar as roupas e rolar na grama recém-cortada.

Estava chovendo naquela noite, uma garoa suave e cinza. Sarah voltou para a cozinha e disse que Andrew estava sentado no bar, sozinho.

— Quer que eu cuspa no copo dele?

— É uma oferta generosa, mas não. — "Não preciso dele", disse a si mesma. Mas não podia deixar de olhar. Andrew estava com um casaco de camurça marrom e um olhar de cachorro magro e havia círculos arroxeados debaixo de seus olhos. "Eu tenho namorado", Becky pensou. E ela ia para casa para preparar uma ceia para ele, depois do que fariam um sexo satisfatório, ainda que meio insosso, então dane-se, Andrew Rabinowitz. Mas, depois de limpar sua área de trabalho, guardar suas facas e sair pela porta dos fundos, lá estava Andrew, esperando por ela, seus braços cruzados em torno de si mesmo na garoa, de pé ao lado do carro dela.

— Ora, ora — ela disse —, vejam quem está aqui.

— Becky — ele falou. — Eu queria conversar com você.

— Estou ocupada.

— Por favor — ele parecia desesperado. Era tudo o que ela podia fazer para se manter de pé, lembrando-se de como ele a havia magoado, o que ele havia dito.

— Tenho de ir — ela pausou para dar à sua próxima declaração o impacto total. — Meu namorado está me esperando.

— Só vai levar um minuto — a voz dele estava tão baixa que ela mal conseguia ouvi-lo. — O problema é... — ele resmungou algo que ela não conseguiu entender.

— Como disse?

Ele ergueu a cabeça.

— Eu disse que acho que estou apaixonado por você.

— Ah, blablablá, até parece — ela conseguiu soar indiferente, ainda que seu coração estivesse batendo tão forte que tinha certeza de que ele era capaz de ouvir.

— Sabe de uma coisa? — ela levantou sua mochila. — Devia pensar melhor antes de sacanear alguém que está carregando facas.

— Eu estou. Becky, você é engraçada, inteligente...

— ...e gorda — ela terminou. Abaixou-se, destrancou o carro, jogou as facas no banco de trás e sentou-se atrás do volante. Andrew deu a volta no carro e pôs a mão na porta do lado do passageiro.

— Ah, não — ela lhe disse. — Afaste-se do carro.

— Eu não disse exatamente isso — ele falou. — E não é o que eu penso. Eu acho você linda, mas eu a rejeitei porque...

Ela olhou para ele através da garoa.

— Tenho de lhe dizer uma coisa — ele disse e limpou a garganta. — Uma coisa pessoal.

— Vá em frente — ela falou, olhando em volta do estacionamento vazio. — Acho que ninguém está ouvindo.

— Será que eu posso... — ele disse, esticando a mão para a maçaneta da porta.

— Não.

— Está bem — Andrew respirou fundo e apoiou as mãos no teto do carro. — Antes de mais nada, desculpe-me por tê-la magoado.

— Desculpas aceitas. Não foi nada. Já fui chamada de coisa pior por gente melhor.

— Becky — ele suplicou. — Por favor. Olhe. Por favor, só me deixe terminar.

Ela pausou, curiosa, incapaz de se conter.

— Veja. Hmm — ele ficou mudando de um pé para o outro. — O negócio é que eu... sou tímido.

Ela riu, incrédula.

— Este é seu grande segredo? Isso é o melhor que pode fazer? Ah, por favor — ela bateu a porta.

— Não. Espere! Não é isso. O negócio é que... — a voz dele estava abafada pela janela fechada.

— O quê?

Andrew disse algo que Becky não conseguiu ouvir. Ela se inclinou e abriu a janela do carona.

— O quê?

— É uma coisa sexual! — ele falou chiando, e depois olhou em volta como se esperasse ver uma platéia ouvindo cada palavra.

— Ah — uma coisa sexual. "Ah, meu Deus". Ele gosta de se vestir de mulher. Ele é impotente. Ele é um transformista impotente e tem um manequim menor do que o meu.

Andrew se inclinou para dentro do carro e não levantou a cabeça para olhar para ela enquanto falava.

— Sabe quando você se acostuma a fazer alguma coisa de um certo jeito e aí aquela é a única maneira que você consegue fazer? Tipo, você vai para o trabalho todo dia pelo mesmo caminho e, depois de algum tempo, não consegue mais ir por outro?

"Não", ela pensou.

— Sei — disse.

— Bem, eu sou assim. É assim para mim. É assim com... — ele apontou para a virilha.

— Sexo?

Ele assentiu, arrasado.

— Então, você só consegue fazer, tipo, "papai-e-mamãe"?

Ele suspirou.

— Quem me dera. Na verdade, eu nunca...

Ela levou um minuto para perceber o que ele estava dizendo.

— Nunca?

— Só consigo fazer sozinho. Tenho um método muito específico e...

— O quê? — ela perguntou, mudando o peso do corpo de lado de forma que suas coxas encostassem uma na outra. Ela estava intrigada. E muito excitada. — Conte-me! A não ser que envolva, você sabe, as ligas de sua mãe ou sei lá o quê. Se for isso, deve sentir-se à vontade para mentir.

Houve um barulho surdo quando ele bateu com a testa contra o teto do carro.

— Não posso.

Becky cutucou o peito dele através da janela aberta.

— Não pode me contar ou não pode fazer?

— É idiotice — ele falou. — É tão idiota e eu nunca falei sobre isso com ninguém.

— O quê? — a mente dela estava eliminando possibilidades, cada uma mais horrenda que a anterior. Couro. Chicotes. Embrulhar em plástico. Ah, meu Deus.

Ele estremeceu.

— Não acredito — falou, como se estivesse falando consigo mesmo. — Não posso mais falar sobre isso.

— Pode, sim — ela falou, indiferente à chuva quente de junho, esforçando-se para esquecer-se, só naquele momento, de seu zeloso namorado estudante de engenharia que provavelmente estava esperando por ela na cama, em seus lençóis bege de percal.

— Leve-me para casa e me conte — ela destrancou a porta do lado do carona. — Prometo que não vou rir.

Meia hora depois, Andrew e Becky estavam de volta ao *futon* dele. O quarto estava iluminado por duas velas que queimavam em cima da televisão. Andrew estava com um copo cheio de uísque em uma das mãos e seus olhos estavam apertados, como se ele não conseguisse nem olhar para ela.

— Minha mãe... — começou.

"Ah, Senhor", Becky pensou. Por favor, não deixe que isso envolva nada inapropriado com a mãe dele.

— Ela é muito. Hmm. Intrusiva. Quando eu era garoto, ela não me deixou ter uma chave na porta do meu quarto. O único lugar em que eu podia ter alguma privacidade era o banheiro. Então eu aprendi a...

— Bater punheta — Becky completou.

Ele sorriu um pouco, os olhos ainda fechados.

— Isso. Hmm. Deitado de barriga para baixo no tapete do banheiro. Meio que, hmm, me esfregando para a frente e para trás.

Ela soltou o ar que não tinha percebido que estava prendendo. Dadas as possibilidades — roupas de enfermeira, bolsas de enema, fantasias de animais de pelúcia e daí para baixo —, ela estava bastante segura de que podia lidar com um tapete de banheiro.

— Isso não é tão mau — olhou para a porta fechada do banheiro, tentando se lembrar se alguma vez vira o tapete do banheiro e se sentir ciúmes era apropriado.

— Não é tão mau até você tentar fazer de outra maneira — a voz dele ficou mais baixa. — Como com uma garota.

— Então, você nunca...

Ele encheu a boca de uísque e balançou a cabeça, a testa franzida, as sobrancelhas castanhas unidas.

— Não. Nunca. Nem uma vez.

Deus. Ela sentia tanta pena dele... pena e tesão. Um virgem. Ela nunca tinha estado com um virgem. Mal conseguia se lembrar de como era ser virgem.

— Vamos fazer o seguinte — falou. — Acho que devíamos fazer uma experiência.

— Não vai funcionar — ele disse. — Eu já tentei.

A cabeça dela formigava com possibilidades e com perguntas. Imaginou o que havia acontecido durante as experiências dele. Será que ele chegava a um determinado ponto com uma namorada e aí saía correndo para o banheiro e caía em cima do tapete do banheiro para o *finale*? Ou fingia um orgasmo? Os homens podiam fazer isso?

— Qual é a pior coisa que pode acontecer? — perguntou.

Ele lhe deu outro sorriso esmaecido.

— Sei lá. Morrer virgem?

Becky estremeceu.

— Está bem, na verdade, isso é a pior coisa que poderia acontecer. Mas aposto que podemos resolver isso.

Ele abriu os olhos.

— Eu agradeço. Sério, agradeço mesmo. Não importa o que aconteça, nunca irei me esquecer de como você foi... — a voz dele falhou — ...gentil a respeito disso.

— De nada — ela disse. Um plano estava se formando em sua mente.

— Então, o que acha? Vamos tentar? — ele se levantou do *futon*, abrindo o fecho do cinto.

— Calma, caubói! Mais devagar!

Ele baixou as mãos, parecendo confuso.

— Achei que nós íamos...

— Ah, nós vamos. Mas não hoje à noite. Esta noite — ela disse — nós só vamos dar uns amassos.

Ele sorriu, parecendo sinceramente feliz pela primeira vez desde que chegara ao Poire.

— Isso — falou — eu sei fazer.

Três horas depois, os lábios de Becky estavam inchados, suas bochechas e queixo em carne viva por causa da barba por fazer dele.

— Por favor — Andrew gemeu, pressionando todo o seu comprimento contra ela. — Por favor, Becky, eu sei que vai funcionar, por favor...

Com uma força de vontade que não sabia que possuía, Becky o empurrou para longe. Ela sabia que, se eles continuassem se beijando, se ele continuasse a tocá-la, se as pontas dos dedos dele passassem no meio de sua calcinha mais uma vez, ela não seria capaz de esperar.

— Sexta-feira — ela ofegou. — Depois do trabalho. — Teria de arrumar alguma desculpa para dar a seu namorado. — Pode me pegar?

Ele disse que podia. Ela o beijou, o beijou, o beijou, planejando o cardápio na cabeça.

Apesar da carreira de Becky no Poire — e apesar do que as pessoas podem ter deduzido olhando para seu corpo —, cozinhar bem não era um dom da família Rothstein. Quando Becky era adolescente, a maior parte das refeições de sua mãe vinha na forma de uma mistura em pó para *milk-shake* que ela batia com cubos de gelo e, se estivesse se sentindo muito bem, com bananas. Ronald Rothstein comia o que via à sua frente, sem nunca parecer sentir o gosto ou nem mesmo olhar.

— Delicioso — ele dizia, estivesse bom ou não.

A vovó Malkie era a cozinheira da família. Com seus seios que pareciam uma prateleira e quadris largos e trêmulos, ela também era o pior pesadelo de Edith Rothstein.

— Tome, tome — sussurrava para a pequena Becky, enfiando pedacinhos de *rugelach** e *hamantaschen*** enrolados à mão em sua boca quando a mãe não estava olhando. Becky adorava passar a noite na casa de sua avó, onde podia ficar acordada até tarde, esparramada na colcha de cetim cor de pêssego de seu avô jogando mau-mau e comendo castanhas com sal. Fora para a vovó Malkie que Becky correra aos prantos quando Ross Farber cantara "Gorda, gorda, dois por quatro" para ela no ônibus de volta do passeio da escola hebraica.

— Não ligue para ele — dissera vovó Malkie, dando a Becky um lenço limpo. — Você é exatamente como deve ser. Do jeito que sua mãe devia ser, se fizesse uma refeição de vez em quando.

— Os meninos não vão gostar de mim — disse Becky, fungando e enxugando os olhos.

— Você é jovem demais para se preocupar com garotos — decretou a vovó Malkie. — Mas vou lhe contar um segredo. Sabe do que os garotos gostam? De mulheres satisfeitas consigo mesmas. Que não ficam se torturando com os vídeos da Jane Fonda e reclamando o tempo todo sobre se essa ou aquela parte está grande demais. E sabe do que mais eles gostam? — ela se inclinou mais para perto, sussurrando no ouvido da neta. — De boa comida.

---

*Doce feito com massa de *cream cheese* e recheios diferentes, como passas, nozes ou chocolate. (*N. da T.*)

**Biscoito triangular recheado de sementes de papoula, ameixas ou damascos, tradicionalmente servido durante o Purim. (*N. da T.*)

Becky começara a cozinhar quando tinha 14 anos, como legítima defesa, como mais tarde diria brincando, mas na verdade era para homenagear sua avó. Com a ajuda de Julia Child e uma cópia da A *alegria de cozinhar* que sua mãe ganhara de presente de casamento e nunca nem abrira, ela descobriu o creme de cebolinha e chalotas, costeletas de carneiro seladas na grelha a gás que comprara com o dinheiro do *Bar mitzvah*, quiches e suflês, mil-folhas e bombas, ensopados e *daubes* e ragus e peixe fresco da Flórida assado em papel-manteiga com nada além de suco de limão e azeite de oliva.

Ela já cozinhava para homens antes. Tivera um namorado no segundo ano de faculdade que comia salmão aos montes depois que leu que ajudava a prevenir câncer de próstata, mas ele só tinha dinheiro para comprar enlatado, que trazia para ela às toneladas do supermercado.

— Hambúrguer para a próstata — Becky anunciava... ou, uma vez, sentindo-se ambiciosa e querendo se livrar de meia lata de farinha de rosca e três ovos. — Bolo para a próstata.

Mas esta teria de ser sua maior tentativa — comida feita para um rei. Ou pelo menos comida feita para um homem que passara mais ou menos a última década fazendo amor com o tapete do banheiro.

"Figos", pensou. Figos de entrada. Mas será que figos inteiros não eram óbvios demais? Lembrou-se de uma pizza com geléia de figos que comera uma vez em um restaurante em Boston, numa massa crocante com presunto cru e queijo asiago. Ela podia fazer *isso*. E algum tipo de carne para o prato principal, bem selado pelo lado de fora, suculento, rosado e macio no meio. Purê de batatas com creme. Aspargos, porque diziam que era afrodisíaco e então algo completamente decadente para a sobremesa. Talvez um prato de queijo com mel orgânico de lavanda. *Baklava*! Trufas de chocolate! Framboesas frescas com *chantilly*!

Sua cabeça estava a mil. Sua boca estava cheia d'água. Sua conta bancária não agüentaria o ataque que ela havia planejado — só os vinhos iam lhe custar três dígitos. Becky estourou alegremente o limite de seu cartão de crédito "só para emergências" sem nem se preocupar em como iria pagar quando chegasse a conta.

Andrew estava esperando por ela de novo no bar na noite de sexta-feira, parecendo bem menos arrasado que da vez anterior.

— Vocês ficaram amigos de novo? — Sarah perguntou.

— Mais ou menos isso — disse Becky, mas o tom de sua voz deve tê-la entregado, porque Eduardo e Dave imediatamente começaram a fazer um coro numa combinação de inglês e espanhol sobre como Becky, mesmo com seu *culo* reduzido, estava apaixonada novamente e pararia, se Deus quisesse, de arruinar o jantar dos clientes como resultado. Ela retirou as sacolas de compras do armário grande onde as havia guardado, acrescentou um pão e duas garrafas de vinho e correu para se encontrar com Andrew no bar.

— O que é isso tudo? — ele perguntou, olhando as sacolas.

— Comida.

— Você vai cozinhar? — ele perguntou. Era óbvio que, o que quer que ele tivesse imaginado, jantar não estava incluído.

— Eu vou cozinhar — disse ela. "Vou deixar você bobo", pensou. "Vou fazê-lo se esquecer de todas as outras garotas que já beijou. Vou fazer você me amar pelo resto de sua vida."

De volta ao apartamento dele, Andrew acendeu velas enquanto Becky passava geléia de figos no pão árabe, adicionava punhados de queijo e fatias finas de presunto cru e botava debaixo da grelha.

— O que você está fazendo? — ele perguntou, observando todos os movimentos dela, enquanto ela trabalhava na cozinha do tamanho de um armário. Ela esperava que ele gostasse do que estava vendo. Estava usando a velha e boa saia de brim da Gap e o que esperava que não fosse perfume demais.

— Aperitivos — ela lhe disse. Ele passou os braços em volta da cintura dela e apoiou as costas dela contra o balcão da cozinha, aninhando-se em seu pescoço.

— Você está cheirosa.

Então está bem, não foi perfume demais.

— Comprei uma coisa para nós — ele falou, esticando o braço por cima da cabeça dela e procurando dentro do armário. Ela sorriu quando ele lhe entregou uma lata de tangerinas. Ele se lembrara. Isso era bom.

Ela retirou a pizza do forno, pôs a água dos aspargos para ferver e polvilhou as finas fatias de vitela com farinha enquanto ele dava a primeira mordida no pão árabe.

— Uau — ele disse —, isso é incrível.

— Não é? — esta não era uma noite, ela decidiu, para falsa modéstia. E a pizza estava fantástica, o queijo picante combinando perfeitamente com a geléia doce de figos.

— Venha cá — ele falou. Ela enrolou um avental em volta da cintura, pôs a vitela para fritar no azeite de oliva com manteiga e aquiesceu.

— Você está tão gostosa — ele sussurrou. — E tudo cheira tão bem.

— Paciência — ela disse, sorrindo contra o pescoço dele. — Só estamos começando.

Ela serviu o vinho, cortou os aspargos, esmigalhou gorgonzola por cima das fatias de vitela e as colocou no forno preaquecido. As batatas estavam cozinhando na panela fervente; os queijos estavam esquentado em cima do balcão. Entregou a ele os pratos, os copos, o vinho, dois guardanapos de linho e os garfos que já decidira que não iriam usar por muito tempo e o levou para a sala de estar.

— Relaxe — ela lhe ordenou. Com os ombros tensos e o canto da boca tremendo, Andrew parecia mais um homem com hora no dentista que alguém se preparando para uma noite de degustação e êxtase sexual. — Eu prometo, o que quer que aconteça, não vai doer nem um pouco.

Vinte minutos depois, o jantar estava servido. Andrew abriu um lençol no chão e ficou sentado ali, as pernas cruzadas, um dos joelhos sacudindo para cima e para baixo.

— Ah — disse. — Ah, uau.

Comeram em silêncio por alguns minutos, olhando timidamente um para o outro, saboreando tudo.

— Está tão bom   Andrew falou, empurrando o prato. — Não estou com muita fome — ele tentou sorrir. — Acho que estou nervoso.

— Feche os olhos — disse Becky. Ele pareceu preocupado, talvez imaginando que ela iria tirar algemas ou uma câmera de vídeo da bolsa, mas aquiesceu.

Ela levou a taça de vinho aos lábios dele.

— Tome um golinho — mandou. — E fique de olhos fechados.

Ele bebeu. Seus lábios se curvaram num sorriso.

— Abra — ela disse e pôs um pedaço de vitela em sua boca. Ele mastigou devagar.

— Hmm.

— Quer tentar?

Ele lhe deu um broto de aspargo, colocando-o lentamente em sua boca. Ela o ouviu respirar mais forte enquanto ela encostava de leve os lábios nas pontas de seus dedos. Então ele pegou uma pitada de arroz. Ela lambeu os grãos dos dedos dele, depois chupou, ouvindo-o suspirar.

— Posso... — ele murmurou. Ela abriu os olhos uma frestinha. Ele havia mergulhado os dedos na taça de vinho e os estava segurando para ela chupar.

Ele gemeu alto enquanto ela punha seu indicador entre os lábios. Becky encheu a boca de vinho, segurou-o dentro da boca, inclinou-se para a frente e o beijou, deixando-o escorrer pela língua dele. Eles se beijaram e se beijaram, empurrando os pratos para longe, e então Andrew estava em cima dela, esfregando-se contra ela na luz bruxuleante das velas e o cabelo dela estava cheio de todos os cheiros bons — vinho e queijo e pão fresco e o cheiro da pele dele.

— Becky — ele ofegou. Ela se içou para cima do *futon*. Andrew se esfregava contra ela.

— Isso quer dizer — ela arfou — que vamos pular a parte dos queijos?

— Agora — ele ofegou. — Eu não posso mais esperar.

— Só mais uma coisa — ela correu para a cozinha, passou pelos queijos, pelo mel e pelo champanhe que havia trazido, encontrando a latinha de tangerinas, tirando a tampa, jogando as frutas e a calda em uma tigela. De volta à sala de estar, Andrew estava deitado no *futon*, sem camisa, olhando-a tão intensamente que ela sentiu-se tonta.

— Sobremesa — falou, enquanto pegava um pedaço de tangerina com os dedos e o colocava lentamente na boca dele.

Ele suspirou.

— Becky — murmurou.

— Espere — ela sussurrou. Rezou rapidamente para que ele não caísse na gargalhada com o que ela planejara a seguir e depois pensou, sério, será que um homem que compartilhara seus momentos mais íntimos com um pedaço de algodão fiado com corda e forrado de borracha poderia rir de qualquer coisa? "Que se dane", pensou, "lá vai". Ela tirou a blusa, ficando só com o sutiã de renda preta e inclinou a tigela, derramando um fio de calda no pescoço, pelo alto de seus seios.

— Venha cá — ela disse, puxando-o para si. A língua dele passeou com vontade por seu pescoço. Ela botou mais um pedaço entre os seios e ele mergulhou para pegá-lo. Ela pensou em porcos fuçando atrás de trufas, pioneiros jogando baldes em poços, esperando encontrar água doce e limpa. As velas tremeluziam, fazendo sombras dançarem no rosto dele. Ela o sentiu, duro contra sua coxa, enquanto botava um pedaço escorregadio entre os dentes e o beijava, usando a língua para passar a tangerina por entre os lábios dele. Ela então levou a mão ao zíper dele, abaixou suas calças até os quadris e... "Ah, meu Deus".

— Isso é piada? — perguntou olhando para baixo.

— Não é piada — ele falou com uma voz estrangulada enquanto tentava sacudir a calça pelos pés.

— É de verdade?

— De verdade — ele confirmou.

— Jesus Cristo — ela falou. — Já trabalhou em filmes pornôs?

— Só na faculdade de medicina — ele disse, pegando na mão dela.

— Quanto mede?

— Não sei.

— Ah, qual é, é claro que você sabe.

— Nunca medi.

— Nossa — ela disse, tentando não olhar. Ela deixou que ele passasse os dedos dela até onde eles chegavam. Pensou em baguetes ainda quentes em seus invólucros de papel. Pensou em ameixas, em rolinhos-primavera embrulhados em papel de arroz, em crepes de geléia de damasco, em trouxinhas recheadas com caviar e *sour cream*, todas as coisas deliciosas que já havia saboreado. Queria que fosse o melhor boquete que ele já tivesse recebido, mas rapidamente se tornou aparente que era mais do que provável que fosse o único boquete que ele já tinha recebido. Ele entrelaçou os dedos no cabelo dela e bombeou os quadris com tanto vigor que ela se sentiu engasgar.

— Devagar — ela disse.

— Me desculpe — ele falou, sentando-se.

— Não se preocupe — ela lhe disse. — Espere aí. Tive uma idéia.

Ela andou até a cozinha, abrindo armários e a geladeira até encontrar o que estava procurando — o azeite de oliva que usara para cozinhar. Ele o havia posto na geladeira, o que consistia em 27 tipos de erros, mas ela imaginou que esquentaria rápido o bastante e que podia lhe passar um sermão depois. De volta à sala de estar, ela se posicionou no *futon*.

— Venha cá — sussurrou.

Enquanto ele ficava por cima dela, ainda de camisa e sapatos, ela abriu o sutiã, pegou o azeite e derramou um pouco nas mãos dele.

Ele se lançou por cima dela, montando por cima das laterais dela, esfregando as mãos untadas em si mesmo, agarrando os seios dela e se esfregando no meio deles.

— Ah — falou, escorregando para a frente e para trás, pegando rapidamente a idéia.

— Está bem? — ela sussurrou, enquanto ele se movimentava para a frente e para trás.

— Eu acho... — ele ofegou — que preciso...

Ela derramou mais azeite nas mãos e enfiou uma das mãos por baixo dele, a palma da mão esfregando a carne intumescida enquanto ele se movia para a frente e para trás em cima dela, sem fôlego debaixo do peso dele.

— Ah — ele gemeu e jogou o peso para cima das mãos. Um instante depois, caiu estatelado em cima dela, gemendo seu nome por entre seu cabelo.

Dez minutos depois, estavam abraçados de costas no *futon*.

— Uau — ele disse. Os destroços do jantar estavam espalhados pelo chão: pratos ainda cobertos de gorgonzola derretido e batatas no chão, taças de vinho semicheias com marcas de dedos equilibradas ao lado do relógio digital.

— Eu sei.

— Posso fazer algo por você? — ele sussurrou. Ela balançou a cabeça. Houve um fiapo de culpa se remexendo em seu estômago quando ela pensou em seu namorado, provavelmente esperando-a com dois filés de peixe-espada, brancos e inofensivos, na geladeira. Pensou que, se eles não chegassem a ter relações, seria de certa forma uma traição menor, mais como uma missão humanitária, o tipo de coisa pela qual ex-presidentes ganhavam o prêmio Nobel da Paz.

— Becky — Andrew sussurrou. — Minha heroína.

— Durma — ela sussurrou de volta. Um minuto depois, ainda sorrindo, ele adormeceu.

Namoraram por dois anos enquanto Andrew fazia o quarto e o quinto anos de sua residência e então, quando ele conseguiu uma bolsa no hospital da Pensilvânia, mudaram-se para a Filadélfia. Becky convenceu Sarah a largar o estudante marxista que estava namorando e se mudar com ela. Reuniram suas economias, mais o dinheiro que o pai de Becky havia lhe deixado e alugaram o espaço que se tornaria o Mas. A vida era maravilhosa. E Becky tinha certeza de que sabia o que ia acontecer na noite em que Andrew a levou até o sofá e sentou-se, segurando suas mãos e olhando em seus olhos.

— Tem uma coisa que quero lhe perguntar — começou.

— Está bem — disse Becky, esperando ter adivinhado corretamente o que viria a seguir.

Andrew sorriu e a puxou para perto. Ela fechou os olhos. "Lá vem", pensou, e ficou imaginando se ele já teria comprado a aliança ou se a escolheriam juntos.

Ele aproximou a boca da orelha dela.

— Eu gostaria que você...

"Fosse minha esposa", a mente de Becky completou.

—...conhecesse minha mãe — disse Andrew.

Os olhos de Becky se arregalaram.

— O quê?

— Bem, acho que você devia conhecê-la antes de nos casarmos.

Ela apertou os olhos.

— Andrew Rabinowitz, isso foi péssimo.

Seu futuro marido parecia alguém que tinha tomado uma bronca.

— Sério?

— Eu insisto para que você faça de novo.

Andrew deu de ombros e ajoelhou-se na frente dela.

— Rebecca Mara Rothstein, eu vou amar você para sempre e quero que fiquemos juntos pelo resto da minha vida.

— Melhorou — ela murmurou enquanto ele tirava uma caixa de veludo preto do bolso.

— Então, isso é um sim?

Ela olhou para o anel e deu um gritinho de felicidade.

— Isso é um sim — falou. Enfiou o anel no dedo e tentou não pensar que, mesmo enquanto ele a estava pedindo em casamento, sua mãe vinha primeiro.

— Você está acordada? — Andrew perguntou, acariciando seus cachos.

— Mmmmph — Becky falou e grunhiu, dando uma espiada por cima do ombro do marido e arriscando uma olhada para o relógio. Sete da manhã, já? — Preciso dormir mais — falou, puxando o travesseiro para cima da cabeça.

— Quer que eu ligue para Sarah e diga que você está doente? Pode ficar na cama o dia inteiro.

Becky balançou a cabeça, suspirou novamente e içou-se para fora da cama. Sua intenção era trabalhar até entrar em trabalho de parto.

Sarah, que concordara em servir como *doula** de Becky e ajudá-la durante o parto, erguera as sobrancelhas.

— Você sabe o que faz — disse.

Mas ultimamente havia começado a seguir Becky pela cozinha minúscula com o aviso de PISO MOJADO e a insistir em que os *chefs* mantivessem uma panela grande de água fervendo na boca de trás do fogão "só para garantir".

Becky engoliu suas vitaminas pré-natais e esticou os braços.

— Rápido — falou. — Enquanto somos só nós dois. Andrew ergueu o queixo dela e eles se beijaram. Os olhos de Becky se fecharam.

O telefone começou a tocar. Andrew lhe lançou um olhar culpado.

— Deixe que eu atendo — falou.

Becky suspirou e balançou a cabeça. Ela sabia quem era na linha sem nem mesmo olhar o identificador de chamadas. *E-mail* era a primeira forma de comunicação de Mimi e, se não recebesse uma resposta dentro de uma hora, ela começava a ligar, independentemente de quão cedo ou quão tarde fosse. E, se Andrew não lhe telefonasse de volta imediatamente, ela passava um bipe.

— O que acontece se você não responder à mensagem? — Becky perguntara uma vez. Andrew franziu o cenho.

— Acho que ela começaria a ligar para os hospitais. E para os necrotérios.

Becky se enroscou no sofá.

— Oi, mãe — disse Andrew, encolhendo os ombros desgostosamente para a esposa. Andrew sabia que ela não gostava muito de sua mãe, mas Becky achava que ele não tinha noção de como, durante as noites em que não conseguia dormir, ela entretinha longas e vívidas fantasias sobre sua sogra morrer de alguma doença rara que a deixaria convenientemente muda antes de levá-la para a terra de onde não se podia mandar bipes, *e-mails*, telefonar ou passar fax para seu filho de quinze em quinze minutos. Ela tentava não reclamar de Mimi porque, quando o fazia, Andrew ficava sério e lhe passava um sermão que co-

---

*Mulher que assiste durante o parto. (*N. da T.*)

meçava invariavelmente com as palavras "Becky, ela é minha mãe e faz isso por amor".

Ajudaria se ela e Mimi tivessem algo em comum além de Andrew. Não tinham. Para começar, Mimi não tinha muito o que fazer com comida. Ela era uma não-comedora de primeira classe, campeã em pedidos de mau gosto. Se você pedisse dois ovos *pochés* e uma torrada de trigo integral, ela pediria um ovo *poché* e um tomate em rodelas. Se você fosse tomar só um café, ela tomaria água e, se você só quisesse água, ela pediria um copo sem gelo.

E Mimi odiava a casinha geminada que Becky e Andrew haviam comprado no ano anterior.

— Sua cozinha é no porão! — Mimi guinchara consternada quando viera do Texas para uma visita. Becky mordera os lábios com a demonstração de Mimi, que só fazia reservas em restaurantes, ficando toda agitada com a localização da cozinha. Em vez disso, Becky destacou os azulejos de cerâmica no chão e a estante embutida que era grande o bastante para todos os seus livros de culinária. Andrew, usando um jaleco velho, pintou cada andar da casa de uma cor diferente — um belo vermelho cor de vinho para a cozinha, amarelo vara-de-ouro para a sala de estar no térreo, azul ovo-de-tordo para o terceiro andar, onde ele ergueu paredes, transformando o que tinha sido um quarto grande em um quarto médio, um pequeno corredor, um armário e um recantinho ensolarado onde seu bebê dormiria. Ele viera para a cama naquela noite com tinta no cabelo e ela lhe disse que era exatamente o que queria. "E era", pensou Becky enquanto Andrew se despedia de Mimi e a puxava do sofá para abraçá-la.

— Tem certeza de que não quer um dia de folga? — ele perguntou.

Ela balançou a cabeça.

— Está sentindo isso? — perguntou, pressionando a mão dele contra sua barriga.

Andrew assentiu. Becky fechou os olhos e inclinou-se contra os ombros do marido enquanto o bebê nadava dentro dela.

Junho

LIA

— Então — minha mãe me perguntou durante minha nona semana debaixo do mesmo teto de sempre. — Você veio para ficar?

Ela escancarou os dentes em frente ao espelho do banheiro no primeiro andar, verificando se estavam sujos de batom. Mais um dia, mais um conjuntinho de blusa branca/pantalonas pretas aqui na casa em que o tempo parou.

Sentei-me no sofá com a cabeça inclinada por cima da cesta de roupa limpa que estava dobrando, sentindo-me mais desequilibrada que o normal. Tinha acordado pensando não no bebê, mas em Sam. Em Los Angeles, havia uma mendiga que ficava na esquina perto do portão de nosso edifício em Hancock Park. Todas as manhãs, usando três casacos sujos num calor de 22 graus, lá estava ela, balançando o dedo no ar e falando sozinha. Uma noite, depois de voltarmos de um churrasco coreano e ela gesticular ferozmente em direção a nosso carro enquanto passávamos por ela, Sam resolveu que seria seu projeto conquistá-la. Era para meu próprio bem, ele me disse.

— Eu sei que há gente maluca em todos os lugares. — explicou —, mas se vai haver uma perto do bebê, eu preferiria que fosse uma louca benevolente.

Uma manhã, ele saiu cedo, de camiseta, *jeans* e um boné de beisebol, com sua covinha no queixo e seus olhos azuis, segurando uma maçã. Dez minutos depois, ele voltou *sans* maçã e com um vergão na testa.

— Ela jogou a maçã em mim — relatou, parecendo tão indignado quanto divertido e eu o provoquei, dizendo que era a primeira mulher em muito tempo que não tinha sido conquistada por sua beleza e charme texano. Achei que seria o fim de seu projeto de aproximação com a mendiga, mas durante duas semanas, todas as manhãs ele saía pela porta com alguma coisa: um iogurte, um *bagel*, uma refeição dietética pronta (tivemos uma grande briga a respeito disso, comigo argumentando que moradores de rua famintos não tinham de ganhar refeições de baixa caloria e Sam dizendo que não era justo tratar nossa mulher diferente dos outros habitantes em dieta da cidade). Não creio que ela jamais tenha falado com Sam, mas sei que nunca mais jogou nada nele... e que, depois que o bebê chegou, quando eu empurrava o carrinho por onde ela estava, ela dava um passo atrás respeitosamente, olhando para nós com uma avidez faminta, como se estivesse assistindo a um desfile.

Minha mãe estava olhando fixo para mim, olhando para minhas calças de moletom cinza da época do colégio e para a camiseta desbotada de Pat Benatar com seu nariz esmagado.

— Já sabe o que vai fazer?

Dobrei uma toalha de mão e a coloquei na cesta.

— Não tenho certeza.

— O que fez o dia todo?

Examinei sua voz atrás de um tom de crítica, de sua típica raiva ligeiramente velada, mas não o encontrei. Seus olhos estavam focados na echarpe que estava amarrando em volta do pescoço e ela só parecia curiosa.

— Dormi, a maior parte do tempo — falei. Em parte, era verdade. Eu dormia sempre que podia, por longas e nebulosas horas na colcha da Moranguinho, com as persianas cheias de poeira abaixadas. Acordava dos cochilos com o coração batendo forte, um gosto amargo na boca e o corpo coberto de suor, sentindo-me menos descansada que quando me deitara, e aí entrava em meu carro alugado e ia para a cidade, para o parque e para a mulher que eu estivera... o quê? "Espreitando" era a palavra vergonhosa que vinha à minha cabeça. Na semana anterior eu deixara uma chupeta no beiral da janela do restaurante onde ela trabalhava, mas isso não estava prejudicando ninguém, estava?

Então, o que mais eu fazia o dia inteiro? Entre os cochilos de quatro horas e as idas ao parque, eu vinha tentando compor uma carta para meu marido. Não tinha certeza sobre o que devia dizer. Eu só sabia com certeza que a Hallmark não fazia cartões para isso. "Querido Sam", eu começara. "Me desculpe." Era até onde tinha chegado.

— Por que não me diz o que está acontecendo? — minha mãe perguntou.

Balancei a cabeça.

— Aconteceu algo — eu lhe disse, enquanto o mundo começava a girar. Agarrei a cesta de roupas e fechei os olhos.

— Bem, Lisa, até aí eu já havia imaginado — ela me falou. Esperei que sua voz se elevasse até a cantilena zombeteira que ela usava com efeitos devastadores quando eu era adolescente. Não se elevou. — Talvez se sinta melhor se falar a respeito — disse. Pisquei, olhando para ela, para ter certeza de que era a mesma velha mãe: sapatos sensatos e cabelo penteado, o mesmo nariz comprido e fino que eu tinha e o batom que sem dúvida acabaria em seus dentes em algum momento do dia.

— Não posso — falei. — Ainda não.

— Tudo bem, então — ela disse. — Quando você estiver pronta.

— Não sei por que você está perguntando — falei, juntando a roupa limpa. — Até parece que se importa.

— Ah, Lisa, não comece com essa bobagem de adolescente. Eu sou sua mãe. É claro que me importo.

Pensei no que poderia contar a ela e o que isso causaria. Podia imaginar seu rosto se enrugando, a maneira como esticaria os braços para mim: "Ah, Lisa! Ah, querida!" Ou talvez não. Talvez ela apenas limpasse os dentes com o dedo e olhasse para mim como se eu estivesse brincando ou inventando coisas ("Mocinha, eu quero a verdade, não uma de suas invenções!"). Ela olhava muito para mim desse jeito antes de eu partir. Também olhava para meu pai assim, antes de ele partir.

Levantei-me, segurando as roupas de encontro ao peito.

— Lisa — ela disse —, eu me importo.

Se ela me tocasse — se botasse a mão em meu braço, mesmo se só olhasse para mim, só olhasse —, talvez eu tivesse lhe contado a história toda. Mas ela não o fez. Olhou para seu relógio e pegou as chaves do carro na mesa perto da porta.

— Tome — disse. Procurou dentro do armário, remexendo atrás da minha jaqueta *jeans* da época do ginásio e uma das capas de chuva descartadas do meu pai e me entregou algo: um casaco semilongo e volumoso, azul-elétrico, com fechos na frente, de cima a baixo. — Está frio hoje.

Olhei-me no espelho depois que ela saiu, vendo os círculos debaixo de meus olhos, as bochechas cavadas, o cabelo oleoso de duas cores. Parecia prestes a me juntar à mendiga atiradora de maçãs. Puxei o casaco para cima, deitei-me em minha cama inclinada e tirei meu celular. "Você tem 27 novas mensagens, dizia a voz na caixa postal. "Lisa, sou eu. Lisa, onde você está? Lisa, será que poderia..." e depois só "Por favor". Apertei "apagar" 27 vezes e depois fiquei deitada ali na semi-escuridão, pensando em meu marido. Ainda era estranho pensar em Sam dessa maneira. Estávamos namorando há menos de um ano quando nos casamos e só estávamos casados havia dez meses quando eu fui embora.

Sam e eu nos conhecemos em uma boate na qual nós dois estávamos trabalhando. Sam era *barman*. Meu trabalho era abrir as portas dos carros quando eles encostavam no meio-fio, me inclinar o suficiente para deixar os passageiros terem uma boa visão do meu decote e dizer "Bem-vindos ao Dane!" com um sorriso que sugeria a possibilidade, se não a probabilidade, de sexo selvagem e anônimo no banheiro das mulheres.

— Não é Dane's! — o proprietário gritara com as seis modelos/atrizes que contratara, quando eram quase 17h.

— Não é Dane's, é só Dane! Bem-vindos ao Dane! Quero ouvi-las dizer!

— Bem-vindos ao Dane — entoamos.

— Somos como as *hare krishna* mais bonitas do mundo — falei uma hora depois, apoiando-me disfarçadamente no bar, com o pé fora de um dos saltos altos para poder massagear uma bolha que estava começando a crescer.

Sam riu quando eu disse isso e, depois, me deu uma caipivodca e não me cobrou.

— Bem-vinda ao Sam — dissera.

Havia um leve sotaque texano em sua voz, mesmo depois de seis anos batalhando como ator em Los Angeles. Ele era bonito, mas a maioria dos homens naquela cidade também era. Sam era mais que bonito. Ele era gentil.

— Tem certeza? — eu lhe perguntei quando ele pôs um anel feito de canudinho de papel em volta do meu anelar um dia depois dos três testes de gravidez caseiros terem dado positivo, positivo e, você adivinhou, positivo. Torci o pedacinho de papel várias vezes em torno do dedo, sentindo-me feliz e empolgada e com medo.

— Tenho certeza — ele dissera. Pôs a mão no bolso e tirou um envelope da agência de viagens com duas passagens para Las Vegas. — Tenho certeza sobre você.

Las Vegas foi perfeito. Eliminou os desprazeres potenciais de um grande casamento, com a família dele presente e a minha ausente — ausente e morta, no que dizia respeito a Sam, no trágico acidente de carro "há muito tempo atrás".

— Vá fazer uma massagem — Sam me dissera depois de termos dado entrada no hotel. — Eles fazem massagem pré-natal. Eu verifiquei.

Quando voltei para o quarto, havia uma capa de roupas verde esticada na cama.

— Sei que você não tem família para fazer isso para você — ele disse. Sacudi o invólucro, soltando o vestido em cima da cama. Era cor de creme, algo entre marfim e dourado, com uma saia rodada, feito de uma seda tão macia quanto pétalas.

— Deixe-me ser sua família agora — ele falou.

Havia pássaros no saguão do hotel, lembrei-me, papagaios e araras e periquitos com penas amarelas e verde-esmeralda brilhantes. Seus olhos pareciam me seguir de suas gaiolas de bambu enquanto eu passava com meu marido, segurando minha saia esvoaçante, ouvindo o barulho dos saltos no piso de mármore. Se pudesse reescrever a história à maneira dos irmãos Grimm, eu faria os pássaros gritarem advertências: "Volte, volte, linda noiva!" Aí, apagaria o que escrevi, voltando para trás e para trás, até a noite em que nos conhecemos. Se ele não tivesse sorrido com minha piada; se não tivesse me dado o drinque; se eu não tivesse gostado da cara dele e de suas mãos quando ele passou seu casaco pelo balcão, dizendo-me que eu parecia estar com frio em meus *shorts*.

Puxei o casaco de minha mãe em volta de mim e me levantei. A sacola de fraldas estava ao pé da escada, onde eu a havia deixado. Passei-a pelo ombro, tirei minha aliança de noivado do dedo e a coloquei no bolso. Já trancara a porta atrás de mim antes de lembrar que a carta para Sam ainda estava em cima da minha antiga cama. Decidi deixá-la naquele lugar. Deixe que ela tente entender. Deixe que ela tente entender quem era Sam e o que eu havia feito para sentir muito.

Quarenta e cinco minutos depois, eu estava de volta à loja de penhores que visitara há onze anos, com um anel de diamantes diferente em minha mão. O sujeito atrás do balcão passou o que pareceu uma eternidade olhando através da lupa, dos diamantes para o meu rosto, de volta para os diamantes.

— É da Tiffany's — falei para quebrar o silêncio.

— Sete mil — o sujeito falou suas primeiras palavras. — E, se é roubado, eu não quero saber.

Eu queria discutir, negociar, dizer-lhe que o anel valia mais que aquilo, e descobri que não tinha energia. Apenas estiquei a mão para pegar o dinheiro e ele o entregou para mim, um bolo grosso de notas de cem dólares que dobrei e redobrei e finalmente enfiei em um dos vários bolsos da sacola, um de plástico com zíper feito para pôr roupas sujas ou lencinhos.

Então, andei até um café em South Street, peguei uma cópia de um de seus jornais semanais gratuitos e comecei a marcar classificados de apartamentos. Mantive a cabeça baixa e tentei ignorar a voz de Sam na minha cabeça, o jeito como me faria rir tentando pronunciar STDIO

SBLCÇO E JDM TJL VRML e perguntando por que os anunciantes não podiam simplesmente pagar mais e colocar as vogais.

"SUBLOCAÇÃO, RITTENHOUSE SQUARE", marquei. "UM QUARTO, PISO DE TÁBUA CORRIDA, VISTA PARQUE, DISPONÍVEL IMEDIATAMENTE". Parecia perfeito e o aluguel não causaria um buraco insustentável no meu bolo de dinheiro. Disquei o número e fiquei surpresa ao me ver falando com uma pessoa de verdade, em vez de com uma secretária eletrônica. Marquei uma hora e me dirigi para oeste, primeiro subindo a Pine Street, depois a Walnut, onde meus pés diminuíram de velocidade por vontade própria em frente a um *cyber* café.

Meus dedos pareciam desajeitados no teclado. Meu *login* era o que eu havia me dado há anos — LALia. A senha era o nome do nosso bebê. Eu tinha 193 novas mensagens, incluindo uma de Sam para cada dia desde que eu fora embora. POR FAVOR, dizia a linha de assunto das mais recentes. Não POR FAVOR LEIA ISTO. Só POR FAVOR. Prendi a respiração e cliquei em uma mensagem para abri-la.

"Querida Lia. Estou honrando seu desejo e não estou tentando encontrá-la, mas daria qualquer coisa só para saber que você está bem."

"Penso em você o tempo todo. Imagino onde você estará. Queria poder estar aí com você. Gostaria que houvesse alguma forma de fazer você acreditar que nada disso foi culpa sua, foi apenas uma coisa horrível que aconteceu. Gostaria de poder lhe dizer isso pessoalmente. Gostaria de poder ajudar."

"Posso?"

Ele não havia assinado seu nome.

Cliquei em "responder" antes que pudesse perder a coragem. "Estou em casa", escrevi para meu marido. "Estou em segurança. Escreverei mais quando puder."

Parei, meus dedos tremendo em cima do teclado. "Também penso em você", escrevi. Mas eu não podia. Ainda não. Apertei DELETAR, enfiei uma nota de cinco dólares na caneca de gorjetas no balcão e empurrei a pesada porta de vidro.

Quarenta e cinco minutos depois, eu estava batendo em uma porta no décimo sexto andar do Dorchester.

— É uma sublocação de seis meses — disse o zelador, um homem de meia-idade de calça cáqui e uma gravata que ele ficava puxando. Abriu a porta de um quarto e sala vazio com piso de parquete, dois armários grandes, uma cozinha grande e vista para o parque. — Lavadora de pratos, lixeira interna, lavanderia automática no porão.

Andei pelo apartamento, ouvindo a voz de Sam na minha cabeça. Lvprts!Lxr intrn! Vst prq! O zelador me olhava atentamente. Puxei o casaco de minha mãe bem apertado em volta de mim e olhei para baixo, percebendo que meus chinelinhos cor-de-rosa, tão perfeitos para atravessar os 90 centímetros entre o manobrista e qualquer destino em Los Angeles, pareciam meio gastos após semanas na Filadélfia.

— E aqui está sua vista — ele falou, abrindo as venezianas com uma torção teatral do pulso.

Toquei o vidro com as pontas dos dedos e olhei para o parque abaixo, onde eu passara as últimas semanas sentada, observando e esperando. Dezesseis andares abaixo de mim, um homem e um garotinho estavam atravessando o pátio de mãos dadas. O homem estava de *jeans* e camisa azul e o garoto, que devia ter uns 6 anos, empurrava um patinete prateado.

— Ah, Deus — murmurei, chapando as palmas das mãos no vidro.

— Você está bem? — perguntou o zelador.

— Tonta — consegui dizer.

Ele correu para trás de mim, perto o suficiente para me pegar se eu caísse e então parou como se estivesse congelado, sem saber se devia ou não tocar em mim.

— Precisa se sentar? — *Pricisa sesentar* foi o que eu ouvi. O sotaque da Filadélfia. Eu tinha me esquecido dele.

— Estou bem. Juro, só fiquei um pouco tonta. Café demais. Ou talvez não o bastante. — Estava tentando me lembrar de como as pessoas falavam umas com as outras. Tinha perdido a prática desde que voltara, "um ganso passou por cima da minha cova", soltei, mordendo os lábios em seguida. Era um dos ditados favoritos de minha mãe e tinha saído da minha boca como uma pomba voando do chapéu de um mágico.

— Tem certeza de que está bem?

— Claro — falei. — Sim. Estou bem. — Segurei a sacola de fraldas com mais força e tentei pensar no que devia dizer a seguir; como eram as conversas entre pessoas normais. Parecia que eu não tinha uma havia muito tempo.

— Então, o que acha? — perguntou o zelador, dando outro puxão na gravata.

"Muito bem, Lia, você pode fazer isso", pensei.

— É bonito. Muito bonito.

— Então, o que a trouxe à cidade?

"Um ganso", pensei. "Ele andou por cima da minha cova e me trouxe voando para casa. Como a cegonha, só que ao contrário."

— Fiquei com saudades de casa, eu acho. Eu sou daqui. Bem, não daqui *daqui*, mas de Somerton. Perto. Perto daqui. "Deus, Lia, cale a boca", disse a mim mesma.

— Vai trabalhar em Center City?

Olhei para meus sapatos sujos e rezei para que uma resposta viesse sozinha diretamente para a minha boca.

— Vou — falei. — Em algum momento. Em breve. Quer dizer, estou bem de dinheiro — apressei-me em acrescentar, pois não queria que ele pensasse que eu era uma falida em potencial. Eu queria aquele apartamento. Ele tinha boas vibrações ou *feng shui* ou sei lá o quê. Dava uma sensação de segurança. — Gostaria de alugar o apartamento.

— Ótimo — ele disse, como se eu fosse uma aluna do primário que tivesse completado uma soma. — Bom para você.

Preenchi o formulário, percebendo o modo como as sobrancelhas grossas do zelador se ergueram ao ver o bolo de dinheiro na bolsa quando lhe entreguei meu depósito.

— Você não tem cheque? Bem, deixe-me lhe dar um recibo para isso — falou, manuseando as notas um pouco constrangido.

— Não se preocupe, não sou traficante nem nada — falei, dando um chute mental em mim mesma em seguida, sabendo como aquilo me fizera parecer culpada. — Não sou — falei em uma voz mais baixa. — O número que lhe dei é o telefone da minha mãe. Pode ligar para ela se precisar, sabe, de uma referência... — e me chutei novamente, imaginando o que minha mãe diria sobre mim se ele realmente telefonasse. — Me desculpe — disse, desamparada.

— Não se preocupe — ele falou gentilmente, anotando o número do meu celular. — Eu entro em contato amanhã de manhã. Pode ficar o tempo que quiser. A porta tranca sozinha.

Andei pelo quarto, depois pelo *closet*, onde respirei o aroma de sabonete líquido Murphy e os fantasmas de roupas do passado. Havia uma dúzia de cabides vazios, algumas felpas de poeira, prateleiras de metal vazias onde os sapatos costumavam ficar.

Cansada. Ah, eu estava tão cansada. Não dormia havia horas. Verifiquei a porta para me assegurar de que estava trancada. Então, abri o casaco no centro do chão ali, abaixei as persianas e me enrosquei no meio do quarto, ficando completamente imóvel até o mundo parar de girar e eu estar dormindo.

Sonhei o sonho que vinha tendo desde a noite em que chegara. Ele sempre começava da mesma maneira. Eu me encontrava de pé no vão da porta do quarto de Caleb. Via o carpete cor de creme, as paredes que Sam e eu havíamos pintado de amarelo claro, a estante cheia de livros infantis, o pôster do Babar fazendo ioga na parede.

O berço estava onde devia estar, esperando no centro do quarto. Andei em sua direção, olhando para meus sapatos cor-de-rosa manchados, os que haviam me levado de Los Angeles para casa, prendendo a respiração, sabendo o que encontraria mesmo enquanto me inclinava por cima do berço, pois o sonho sempre acabava da mesma forma. Eu me abaixava e puxava o cobertor, só para encontrar uma pilha de folhas no lugar onde o bebê deveria estar. Quando rocei as pontas dos meus dedos, elas todas voaram para longe.

AYINDE

— Gostaria que você não fosse — disse Ayinde, olhando para a silhueta dos ombros de Richard contra a luz do *closet* espaçoso, enquanto embalava Julian nos braços. O bebê estava com quatro semanas e finalmente chegara aos quatro quilos, mas ainda parecia leve como um saco cheio de penas em seus braços e tão frágil quanto.

— Eu gostaria de não ter de ir — ele respondeu, selecionando uma mala de uma fileira de malas perto da porta do *closet*. — Mas prometi à empresa de tênis que faria isso há mais de um ano e não deveria dar para trás.

Ele abriu a mala e olhou dentro, sabendo, mesmo antes de acabar de abrir o zíper, o que encontraria — um terno, ainda no plástico da lavanderia, uma jaqueta esporte e dois pares de calças, três camisas sociais, o complemento adequado de pijamas, meias e roupas de baixo. Tinha meia dúzia de malas como essa, cada uma arrumada para viagens que variavam de uma visita de uma noite a uma semana fora da cidade. Na verdade, pensou Ayinde, havia duas malas de uma semana — uma com roupas de banho e sandálias, a outra contendo um casaco de esqui, cachecóis e suéteres de caxemira e um par de botas forradas de pele tamanho 49. Quando Richard voltava para casa, ele simplesmente deixava a mala perto da porta e alguém — a empregada, o mordomo, alguém — a desfazia, lavava as cuecas, mandava os ternos para a lavanderia, provavelmente até trocava a lâmina do barbeador, botava tudo de volta e a recolocava no *closet*, onde estaria pronta para a próxima viagem.

Ele saiu do *closet* parecendo animado. Ela sabia que, em sua cabeça, já estava viajando, apertando mãos e sorrindo seu sorriso de dia de jogo. Talvez estivesse pensando no avião, naquele grande assento na primeira classe, com um drinque no descanso do braço da poltrona e os fones de ouvido aos berros. Nada de bebês chorando, nada de esposa desalinhada e exausta que se encolhia toda vez que ele a tocava. Atravessou o quarto saltitando, recolhendo um par de abotoaduras da gaveta da cômoda e um par de mocassins de um dos cubículos construídos sob medida e que guardavam tudo, de sapatos formais a sapatos de golfe. Depois, olhou para a esposa, e o filho, sentada em uma poltrona estofada que o decorador mandara naquela manhã.

— Quer mesmo que eu fique?

"Sim", ela pensou.

— Não — ela disse. — Não, pode ir. Sei que isso é importante para você.

— É importante para nós dois — ele falou, colocando as últimas edições da *Sports Illustrated* e *ESPN: The Magazine* em sua mochila de couro.

Ela assentiu relutantemente. Entendia que a disposição de Richard em fazer qualquer coisa que seus patrocinadores exigissem — aparecer em seus eventos, jantar e jogar golfe com seus executivos, autografar um número interminável de bolas de basquete para seus filhos — era parte do que o fazia ser tão valioso. Era engraçado, ela refletiu, mexendo-se na poltrona, ainda sentindo-se dolorida entre as pernas, mesmo que o Dr. Mendlow a tivesse assegurado de que os pontos haviam cicatrizado lindamente. Eles achavam que estavam dando férias a Richard — uma semana no campo de golfe em Paradise Island, um fim de semana esticado nas pistas de esqui em Vail —, mas Richard tratava as viagens como trabalho e as levava a sério, pesquisando com dias de antecedência os nomes e históricos dos homens com os quais iria se encontrar, para poder ver seus olhos se esbugalhando toda vez que ele enfiava um nome ou um lugar na conversa. "Como estão Nancy e as crianças? Devem estar ficando grandes agora, não é? Oito e dez anos?" Ou "Sinto muito pelo falecimento de sua mãe. Como você está?" Os rostos encantados dos homens diziam "Você acredita nisso? Richard Towne sabe o nome da minha esposa! Sabe a idade dos meus filhos!"

Quando eram apenas eles dois no Texas, Ayinde não se incomodava com as viagens. Às vezes, ela ficava em sua mansão enorme e moderna, trabalhando finais de semana na estação para compensar os finais de semana de jogo nos quais estaria ausente. Ou, se Richard estivesse indo para o leste, ela ia com ele e visitava os pais em Nova York. Ia ao teatro com o pai, e a mãe a arrastava para a Bergdorf Goodman ou para a Barneys depois de largar a mala de Ayinde em cima da cama, pegando uma saia ou um casaco com as pontas dos dedos e dizendo:

— É isso que consideram a última moda lá na roça?

Ela ficou olhando o marido fazer a mala, imaginando quando todas as viagens, os fins de semana fora de casa, a interminável corte a empresários que vendiam refrigerantes e tênis e cereais matinais iriam terminar, quando Richard poderia finalmente se permitir relaxar em uma merecida aposentadoria. Correr atrás de patrocínio era um trabalho em tempo integral por si só, e Richard não precisava realmente daquilo. Mas era mais que o dinheiro, ela pensou. Tinha a ver com a segurança que Richard nunca tivera na infância, a certeza firme como rocha de que sempre haveria dinheiro para comida, para roupas, até mesmo para a faculdade.

— Sabe que não gosto de deixar vocês dois sozinhos — ele disse.

Ayinde assentiu, pensando em como era estranho porque, em sua vida, *sozinhos* queria dizer sozinhos a não ser pela empregada, pela cozinheira, pelo motorista, pelo jardineiro, pelo professor de pilates que vinha às sextas-feiras de manhã e pela decoradora, que possuía sua própria chave e não tinha medo de usá-la — Ayinde já havia dado de cara com Cora Schuyler, da Main Line Interiores, duas vezes antes das oito horas da manhã, uma vez quando entrara para entregar um prato que queria pendurar na cozinha e novamente quando viera entregar sabonetes artesanais para o lavabo.

Havia um empresário que trabalhava no escritório de 365 metros quadrados em cima da garagem para seis carros, o assessor de imprensa de meio expediente que trabalhava no escritório ao lado do dele; e o guarda-costas, que ganhava o que Ayinde considerava uma soma exorbitante pelo trabalho de andar para cima e para baixo da rua em um Hummer de aparência ameaçadora, anotando as placas dos carros de qualquer um que entrasse no beco sem saída. Também houvera uma enfermeira para o bebê contratada por Richard para ficar três semanas. Ayinde a mandara embora depois de cinco dias. A enfermeira, uma senhora ótima na casa dos 50 anos, chamada Sra. Ziff, deixara escapar que sua próxima cliente era uma mulher com um filho de dois anos e meio que só ganhara 12 semanas de licença-maternidade no trabalho. Ayinde sentiu-se culpada, já que Julian era seu único filho, sua única responsabilidade e ela não tinha nada que empatar o tempo daquela mulher, apesar de ela — bem, Richard — já ter pago por ele.

— Ligue para suas amigas da ioga — ele disse, fechando as malas e colocando-as do lado de fora da porta. Durante a noite, o motorista viria buscá-las e as colocaria no carro que levaria Richard para o aeroporto de manhã cedo. — Façam uma festa só para mulheres.

— Amigas — ela repetiu. Richard olhou para ela.

— São suas amigas, não são?

Ela assentiu, ainda sentindo-se um pouco surpresa com a idéia.

— Então, vá para um *spa*, sei lá — disse Richard. — Relaxe.

— Por favor, fique — ela falou, surpreendendo a ambos, levantando-se com dificuldade da poltrona com Julian nos braços, atravessando rapidamente o quarto perfeito, a cama com os travesseiros que Clara afofava pelo menos duas vezes por dia, a lareira de mármore e a cornija de mogno com fotos recém-emolduradas do bebê em cima.

— Ah, querida — disse Richard. Ayinde enterrou o rosto em seu braço, sentindo o calor de sua pele através do suéter de caxemira.

— Fique — repetiu em voz baixa. — Por favor, fique.

Richard esticou os braços para abraçá-la e Ayinde viu o olhar confuso em seus olhos. Ela não era assim. Ela não era carente ou dependente ou choramingona ou nenhuma das coisas que a maioria das mulheres na órbita de Richard Towne — aquelas que não trabalhavam para ele, pelo menos — normalmente eram. "Não sou uma donzela em apuros", dissera a ele... e fora verdade, na época.

— Sinto muito — falou, esforçando-se para parecer normal.

"Queixo para cima, ombros para trás, tenha um pouco de orgulho, garota!," ouviu Lolo sussurrar. Alisou o cabelo com a mão livre e desejou não estar usando o robe e os pijamas nos quais passara o dia inteiro — na verdade, a maior parte da semana.

— Vou ficar bem — e era verdade. Ela sempre se saíra muito bem sozinha. Lembrou-se do Natal de quando tinha 8 anos. Seus pais haviam partido na noite anterior para uma ou outra ilha grega, mas Ayinde não quisera perder a peça de sua escola, na qual tinha duas falas como um dos três reis magos. Combinara de dormir na casa de uma amiga e seus pais contrataram um carro para pegá-la lá e levá-la para o aeroporto. Infelizmente, levaram seu passaporte com eles sem querer.

— Voltaremos assim que for possível — sua mãe havia dito, a voz baixa mas zangada na ligação interurbana cheia de chiados, como se tudo aquilo tivesse sido culpa de Ayinde, não dela. — No mais tardar, segunda-feira.

Ayinde tinha uma chave de casa que usava numa fita em volta do pescoço.

— Já voltou? — perguntou o porteiro enquanto ela lhe desejava feliz Natal e se dirigia para o elevador. Ela sabia que, se lhe contasse a verdade, ele ficaria preocupado com ela e talvez até perdesse seu próprio Natal. Sabia que ele tinha filhos — havia uma foto deles em sua mesa. Então Ayinde disse que estava tudo bem, acenou para ele enquanto a porta do elevador se fechava, e passou dois ótimos dias no apartamento vazio, enrolada em seu edredom de plumas, comendo biscoitos amanteigados de uma lata que a governanta deixara como presente de Natal, fazendo chocolate quente e sopa de massinha com água da torneira da cozinha porque não tinha permissão para usar o fogão e lendo livros de Nancy Drew até que seus pais (Lolo mortificada, Stuart apologético, ambos trazendo presentes suficientes para uma dúzia de meninas de 8 anos) tivessem voltado para casa.

Mais de 25 anos depois daquele Natal, Ayinde baixou os olhos. Sabia o acordo que fizeram quando se casara e era tarde demais para mudar os termos. Ela fora o modelo da mulher moderna — forte, inteligente, auto-suficiente, mal se incomodando com um vestiário cheio de homens hostis e pelados. E, quando Richard prometia que ia fazer alguma coisa, ele fazia, independentemente do resto. Ela também sabia disso.

— Não se preocupe conosco — disse, imaginado se teria ocorrido a ele se preocupar com ela em primeiro lugar.

— Divirta-se — ele falou, e sorriu e a beijou, depois abaixou-se com cuidado, os joelhos estalando, para falar com o bebê. — Mocinho, tome conta da sua mãe.

"Tomar conta de mim", Ayinde pensou e olhou para baixo, para o topo da cabeça de seu marido e ficou chocada ao ver o que parecia ser um começo de calvície. "Tomar conta de mim", pensou novamente, e embalou Julian mais perto do coração.

BECKY

— Desculpe-me, eu me atrasei — Becky sussurrou para Kelly, jogando-se numa cadeira no auditório do hospital cinco minutos depois da aula básica de amamentação haver começado. — Crise no restaurante. Nosso fornecedor nos mandou pinhões em vez de abacates. Desastre total.

No palco estava a instrutora, uma enfermeira de licença vestindo um jaleco azul-escuro por cima de uma camiseta de mangas compridas. Na mão direita ela tinha uma caneta a *laser*, na esquerda, um modelo gigantesco de um seio, completo com mamilo retrátil.

— Boa noite, senhoras — disse a enfermeira. — Cavalheiros — acrescentou, acenando o seio para alguns futuros papais que enfrentavam corajosamente o auditório. — E parabéns por estarem aqui. Deram um passo muito importante para garantir que seus bebês comecem a vida da melhor maneira possível. Quantos de vocês mamaram no peito? — Becky ficou chocada quando Kelly levantou a mão.

— Sério? — sussurrou.

— Não fique impressionada — Kelly sussurrou de volta. — Minha mãe não era progressista nem nada. Acho que simplesmente não tinham dinheiro para comprar leite em pó para oito crianças.

— Temos alguns acessórios esta noite — disse a enfermeira, indo para trás do palco e voltando com uma caixa de papelão cheia de bonecas de plástico do tamanho de recém-nascidos.

— Peguem uma boneca e passem as outras.

Becky pegou um boneco com aparência asiática, de fralda descartável e camiseta do Hospital Pensilvânia. Kelly procurou dentro da caixa.

— Ah, olhe, peguei um preto! — disse. Pessoas duas fileiras à sua frente viraram-se para encará-la.

— Steve vai ficar feliz — Becky sussurrou. A pele clara de Kelly corou.

— Agora — disse a instrutora quando cada mulher tinha um bebê —, alguma de vocês já fez cirurgia nos seios? Colocou implantes? — algumas mãos se levantaram. Kelly esticou o pescoço.

— Não fique olhando — disse Becky batendo no ombro de Kelly com seu folheto sobre "perguntas freqüentes sobre amamentação".

— Redução dos seios? — mais algumas mãos se ergueram. Kelly olhou estudiosamente para o caderno que havia trazido. — Quantos de seus médicos perguntaram se vocês vão amamentar?

Todas levantaram as mãos.

— Quantos médicos olharam seus mamilos?

Ninguém levantou a mão, à exceção de uma mulher na primeira fila.

— Muito bem, quantas de vocês sabem qual é a aparência de um mamilo invertido? — a enfermeira perguntou. Houve um silêncio absoluto. A enfermeira balançou a cabeça, franzindo o cenho. Ela ergueu o seio de mentira e então apertou o mamilo para baixo.

— Ai — Becky sussurrou.

— Isto é um mamilo achatado — disse a instrutora —, e isto — ela deu mais um empurrão no mamilo — é um mamilo invertido. Ambos podem transformar a amamentação em um desafio, mas há coisas que podemos fazer para ajudar.

— Podemos reconstruí-las — Becky murmurou. — Podemos melhorá-las.

— Haverá enfermeiras no banheiro durante o intervalo, se alguém quiser checar seus seios — disse a instrutora.

— Você vai? — Kelly perguntou.

Becky balançou a cabeça.

— Meus seios estão bem — falou. — E, sinceramente, estou cheia de ser examinada — apertou os lábios, lembrando-se do tormento do ultra-som em seu quinto mês, deitada na mesa enquanto uma sádica de jaleco esguichava uma gororoba morna em sua barriga e pressionava e empurrava o receptor contra o estômago de Becky com tanta força que ela ofegou.

— Pode, por favor, ser mais gentil? — ela perguntou.

A enfermeira deu de ombros sem tirar os olhos do monitor.

— Como você é obesa, é mais difícil visualizar o bebê.

"Obesa." Becky podia ter morrido. Fechou os olhos bem apertados, sentindo o orgulho e a empolgação escoando de seu coração e sendo rapidamente substituídos por vergonha. Só estava feliz por Andrew ter ficado preso numa cirurgia e não estar ali para ouvir aquilo quando ela sentou-se na mesa, segurou o lençol por cima da cintura e disse à técnica que queria ver seu supervisor.

No palco, a instrutora estava usando sua boneca e o seio gigante para demonstrar posições diferentes — a embalada, a pegada da bola de futebol, "que funciona melhor para mães de seios grandes".

— E há alguns folhetos que podem ajudá-las — falou.

Becky retirou um de uma pilha e fez uma careta.

— "Chupetas: os seios do diabo" — leu.

— Sério? — perguntou Kelly.

— Estou lhe dando a versão resumida — disse Becky. Olhou no relógio e se levantou. — Venha, vamos.

Dez minutos depois, encontraram-se com Ayinde em um café na South Street, onde pediram bebidas não-cafeinadas, arrulharam para o bebê Julian e contaram as histórias de como ficaram grávidas.

— Foi como uma piada ruim — Kelly disse, olhando feio para o chá de menta que tinha pedido em vez do expresso que dissera a elas que realmente queria.

— Minha mãe ficava grávida toda vez que olhava para o meu pai, minha irmã Mary é completamente fértil e nós levamos seis meses tentando e usando Clomid.

— Seis meses é a média — Becky falou. Os sinos da porta soaram por um momento, enquanto a porta se abriu e se fechou, e uma mulher em um casaco azul brilhante andou hesitantemente até o balcão.

— É, bem, pareceu uma eternidade. E acabou que eu não estava ovulando regularmente, então tomei Clomid, e funcionou. Mas acabou com meu cronograma.

— Seu cronograma? — perguntou Becky.

— Bem, eu planejava ficar grávida quando tivesse 25 anos, em vez de 26. Assim, eu teria meu primeiro filho quando tivesse 26 e o segundo quando tivesse 28...

— Espere. Pare. Seu segundo filho? — Ayinde perguntou.

— Isso. Steve e eu queremos dois.

— Eu estou tentando sobreviver a este aqui — Ayinde falou, olhando amorosamente para Julian. — Não acredito que já esteja planejando o número dois.

Kelly jogou os saquinhos de açúcar e adoçante na mesa e começou a arrumá-los por cor.

— Eu gosto de ter um planejamento — falou. — Se quer saber a verdade, a situação ideal, para mim, seria ter gêmeos.

— Você está louca — Becky disse. — Faz idéia do trabalho que isso ia dar? Ayinde, diga a ela!

— É difícil — Ayinde disse, sorrindo exausta. — Vocês duas nem deveriam estar aqui. Deveriam ir para casa e dormir enquanto podem.

— Bem, eu sei que seria muito difícil nos primeiros meses, mas aí você já teria dois filhos e não teria de tentar engravidar de novo e não teria de ficar grávida de novo... e você pode amamentar dois bebês, lembram-se? — Kelly falou.

— Só porque a instrutora consegue fazer com duas bonecas, não quer dizer que funcione na vida real — disse Becky.

— E você? — Kelly perguntou. — Você e Andrew ficaram grávidos logo?

— Ah, Ayinde pode contar primeiro — Becky disse. — Minha história é meio curta.

— Acho que estamos na média — disse Ayinde. — Levamos uns seis meses, talvez mais — ela tirou a touca de Julian e a enfiou na bolsa. — Ainda que eu ache que Richard tenha pensado que acertaria na primeira tentativa... — ela deu de ombros. — Ele está acostumado a conseguir o que quer — deu um golinho em seu copo de leite. — Sei que tenho sorte — disse. — Tantos jogadores têm filhos por todos os cantos, processos de paternidade de tudo quanto é lado...

— Ah, é, é a mesma coisa com os médicos — Becky disse. — As tietes são inacreditáveis — passou um cacho em torno do dedo. — Na verdade, Andrew também não estava com pressa. Dizia que estávamos nos divertindo tanto sozinhos e que um bebê iria complicar as coisas. E vai mesmo, é claro. Mas de um jeito bom. Pelo menos, é o que eu espero.

— Você engravidou logo? — Kelly perguntou.

— Foi meio uma piada — disse Becky. — Queríamos esperar até Andrew ter terminado a bolsa para ficar um pouco mais em casa, mas ficamos grávidos no primeiro mês em que parei de tomar pílula. Não estávamos nem tentando oficialmente ainda, mas eu já tinha me convencido de que jamais ficaria grávida.

— Por que não? — Kelly perguntou.

— Bem, eu estava lendo todas essas coisas na internet sobre, hmm, mulheres maiores e gravidez. Eu tinha ciclos menstruais muito longos... — Becky deu um golinho em sua água e pausou por um minuto para refletir sobre a estranheza de discutir seu ciclo menstrual com suas ainda recentes amigas antes de decidir que não ligava a mínima. — De qualquer modo, achei que tinha síndrome de ovário policístico, quando você fica menstruada, mas na verdade não ovula, portanto não pode engravidar. Muitas mulheres, hmm, maiores têm isso. Cheguei até a ligar para um especialista em infertilidade antes de parar com a pílula, só para fazer um *check-up*. Eles não tinham hora nas seis semanas seguintes e, quando finalmente cheguei lá... — ela encolheu os ombros, incapaz de reprimir o sorriso, lembrando-se de como ficara empolgada e de como o médico apertara sua mão e lhe dissera para ir para casa e se manter saudável. Fora a primeira vez desde que tinha 12 anos que havia sentido algo que não fosse vergonha em um consultório médico, onde as consultas começavam na balança e sempre incluíam alguma variação do sermão "O que você vai fazer a respeito do seu peso?" — E isso foi há 37 maravilhosas semanas.

— Maravilhosas? — perguntou Kelly, franzindo o nariz.

— Bem, adequadas. Eu estava cansada o tempo inteiro no começo e enjoada no meio. Ah, e houve uma semana em que eu não comi nada além de bolinhos. Mas, fora isso, tem sido uma gravidez normal e tediosa — ela sorriu de novo, lembrando-se de como sentira sua filha agitar-se pela primeira vez na décima nona semana. "Gases", dissera Andrew. "Gases", sua sogra Mimi pronunciara com um aceno de cabeça autoritário, como se tivesse dado à luz dúzias de crianças, em vez de apenas Andrew. Mas Becky sabia que, não importava o que dissessem, não eram gases. Era seu bebê.

Kelly tomou mais um gole de chá e fez uma careta.

— Minha gravidez tem sido horrível. Tanta coisa já deu errado que eu devolveria meu útero e pediria meu dinheiro de volta, se pudesse. Sangrei o primeiro trimestre inteiro, então tive de ficar de repouso absoluto por algum tempo, e aí meus exames voltaram duvidosos, então tive de fazer uma amniocentese e voltar a ficar de repouso absoluto depois, e me sinto tão desconfortável!

Olhou para si mesma, descansando as mãos no topo da barriga.

— Nunca fiquei tão gorda na vida!

— Você ainda está mais magra que eu estava antes de ficar grávida — disse Becky. — Tenha dó.

— Vomitei todas as manhãs até o sexto mês — Kelly continuou —, e sinto uma azia fenomenal...

— Ah, azia. Eu também — disse Becky. Havia se esquecido da azia. Talvez a gravidez não fosse tão jubilosa quanto estava dizendo a si mesma.

— Tive de comprar remédio com receita — disse Kelly. — Os remédios normais não estavam ajudando — ela olhou para Ayinde. — E você?

— Foi tudo bem — Ayinde disse, descansando uma das mãos na beirada do assento do carrinho, alisando o cobertor de Julian enquanto seu diamante enorme brilhava. — Até chegar o final surpresa.

— Ah, vamos lá — Kelly estimulou. — Pode nos contar.

Ayinde não disse nada.

— Você teve azias fenomenais? — Kelly perguntou. — Enjôos matinais? Fazia xixi quando ria?

A leve centelha de um sorriso passou pelo rosto de Ayinde.

— Meus pés — falou, encolhendo os ombros como se dissesse "desisto". — Meus pés aumentaram. Minhas panturrilhas também. Tenho umas botas de cano alto com zíper...

— Ugh, zíperes — disse Kelly. — Nem me fale nisso.

— Minhas mãos também estavam inchadas — Ayinde disse, olhando para elas pesarosamente. — Na verdade, ainda estão. Eu deveria tirar meus anéis.

— Sabão e água morna resolvem — disse Becky.

— Ah, acho que poderia tirá-los sem nada — Ayinde falou. — Mas não vou.

— Por que não? — perguntou Becky.

— Porque senão vou ser só mais uma mamãezinha sem um homem — Ayinde falou com um sotaque arrastado perfeito. — E não quero que as pessoas me olhem desse jeito.

Sua confissão silenciou Kelly e Becky.

— Acha mesmo que as pessoas... — Kelly começou.

— Ah, sim — Ayinde falou com um sorriso largo e falso. — Ah, sim, sem dúvida. Garota negra, sem aliança, é uma conclusão óbvia.

— Mesmo você sendo... — a voz de Kelly sumiu.

Ayinde ergueu as sobrancelhas.

— Mestiça? Mulata clara?

— Rica, era o que eu ia dizer — as bochechas de Kelly estavam tão rosadas que praticamente brilhavam. — Eu não sabia que você era mestiça.

Ayinde pôs uma das mãos no braço de Kelly.

— Perdão — disse. — Eu não devia ter presumido isso. Meu pai é branco e minha mãe é negra. Bem, afro-americana e um quarto *cherokee*, pelo que ela diz. Mas não é isso o que a maioria das pessoas vê quando olha para mim.

— Ei, meninas? — Becky abaixou a voz enquanto olhava por cima do ombro de Kelly. — Não olhem, mas aquela mulher no canto não pára de olhar para nós.

A cabeça de Kelly se virou tão abruptamente que Becky ouviu seu pescoço estalar.

— Não olhe! — Becky sussurrou rispidamente, pensando que a mulher parecia tão desequilibrada, que um olhar mal interpretado a faria surtar. Ayinde virou os olhos discretamente para a direita, onde uma mulher de casaco de esqui azul e cabelo louro liso abaixo dos ombros estava sentada com as mãos em volta de uma caneca e um jornal aberto em cima da mesa.

— Você a conhece? — Ayinde sussurrou.

— Eu a vejo o tempo todo — Becky sussurrou de volta. — Não sei quem ela é, mas eu a vejo em todos os lugares.

— Ela está grávida? — perguntou Kelly.

— Acho que não. Por quê? — disse Becky.

— Bem, desde que fiquei grávida, vejo mulheres grávidas em todos os lugares. Vocês já perceberam isso?

Becky assentiu.

— Mas acho que não está grávida. Ela só está em todos os lugares. Sei que já a vi no parque... e na rua...

Kelly virou a cabeça novamente.

— Não olhe! — Becky falou. — Ou vou bater de novo em você com o panfleto.

— Ela parece... — Kelly franziu o nariz — perdida.

— Perdida tipo "não estou conseguindo encontrar o Independence Hall" ou...

— Não — Kelly disse. Tentou encontrar uma palavra melhor, mas a primeira palavra era a única que parecia correta: perdida perdida.

A mulher ergueu a cabeça e olhou para elas. “Perdida”, pensou Becky. Kelly estava certa. A mulher parecia perdida, e triste, e assombrada. Quando falou, sua voz parecia enferrujada e pouco usada.

— Menino?

As três mulheres trocaram um olhar rápido, preocupado.

— Desculpem-me — disse a mulher. A hesitação com que falava fez Becky imaginar se inglês seria sua língua materna ou se estava traduzindo do seu idioma para o delas na cabeça. — Seu bebê é menino?

— É — respondeu Ayinde cautelosamente. — Sim, é.

A mulher assentiu. Parecia prestes a dizer mais alguma coisa ou a se levantar e se aproximar delas, mas, quando se ergueu, mudou de idéia, lançou um último olhar desesperado para elas e saiu pela porta.

KELLY

Kelly Day estava sentada à mesa em seu apartamento em um andar alto, olhando pela janela que ia do chão ao teto para o topo frondoso das árvores que se enfileiravam em sua rua. Havia um fone de ouvido preso a suas orelhas, a tela do monitor do computador estava brilhando na frente dela, seu Palm Pilot e sua agenda estavam a postos e Lemon estava enroscado satisfeito em um canto, lambendo languidamente suas partes íntimas. Ela nunca se sentira tão eficiente, tão coesa, tão feliz como que se sentia naquele momento, com uma das mãos pousada de leve na barriga e Dana Evans, chefe de Programas Especiais para o Zoológico da Filadélfia, tagarelando pedidos em seu ouvido.

— Está bem — Kelly falou, começando a revisar. — Então é sem cebola, sem alho, sem caril, nada de comidas amarelas...

— Nenhum vegetal amarelo — Dana Evans falou. — Acho que arroz de açafrão seria aceitável, mas sem pimentões amarelos.

— Nada de vegetais amarelos — Kelly disse, fazendo uma anotação e pensando que o príncipe Andres-Philipe, chefe de alguma nação européia pequena e rica conhecida pela excelência de seu chocolate e a liberalidade de suas leis de divórcio, parecia ser completamente louco.

— Nada de café, nada de chocolate, nada de álcool, nada com sabor de álcool na sobremesa...

— É uma pena — disse Dana. — A musse Grand Marnier que vocês serviram da última vez era do outro mundo.

— Que bom que você gostou — Kelly falou, anotando o elogio no arquivo de Dana Evans para a próxima pessoa que fosse lidar com um evento do zoológico. — Agora, com relação à ordem dos eventos, os alunos do curso de Arte Dramática e Criativa irão cantar nosso hino nacional, depois o hino nacional dele...

— E a banda de metais?

— Trompetes quando ele entrar — Kelly falou. — Um quarteto de cordas tocará durante a refeição. Garçons começarão a servir os *hors-d'oeuvres* às 18 h, com duração de 45 minutos enquanto os convidados chegam, bares à disposição dos dois lados da tenda. Às 18h35, o príncipe chega pelos fundos. Vou mandar os seguranças reservarem uma vaga de estacionamento ao lado da porta e escoltá-lo até a tenda. Começaremos a pedir para as pessoas se sentarem às 18h40. Às 19h, o diretor de Doações Particulares apresentará o príncipe. Ele fará breves observações, tenho quatro minutos reservados, agradecendo aos presentes por sua generosidade para com o zoológico. O jantar começará a ser servido às 19h10, servido à francesa, como combinamos, e a sobremesa será em bufê, com *petits fours* acompanhando o café. A dança começará às 20h15 e a saída do príncipe está marcada para às 20h30.

— Mais uma coisa — disse Dana. — O príncipe prefere garçons homens.

Kelly balançou a cabeça e fez mais uma anotação.

— Ele tem algum problema com contato visual direto?

— Não que tenha mencionado — Dana disse. — E o hotel sabe que ele vai precisar de seu *smoking* limpo e passado.

— Pode deixá-lo na recepção assim que chegar ou pode ligar para a recepção para que o peguem quando já estiver no quarto — disse Kelly.

— Você é um anjo — Dana disse. — Então, eu a vejo no evento?

— Eu não — Kelly disse, sorrindo. — Minha licença-maternidade começa hoje à noite. Um ano inteiro!

— Então, não vou prendê-la. Boa sorte!

— Obrigada — disse Kelly.

Desligou o telefone e descansou os pés descalços no lado quente de Lemon enquanto terminava de digitar um memorando para sua chefe contendo os detalhes finais da visita do príncipe. Aí, fechou a tampa de seu *laptop* e abriu a de seu Palm Pilot. O homem da fábrica de tecidos estava vindo para medir as janelas amanhã, às 10h. Eles ainda não tinham dinheiro para comprar o sofá de couro com detalhes de tachas que ela estava namorando — sem falar no televisor de plasma que desejava ardentemente desde que vira a propaganda pela primeira vez, mas pelo menos as cortinas eram um começo e...

— Oi — disse uma voz oca. Ela ofegou, pulando da cadeira, derramando uma xícara de café (descafeinado e, para sorte dela, morno) na mesa (da IKEA e destinada a ser substituída — havia uma secretária antiga em um tom adorável de verde-dourado com pernas tipo cabriolé que ela vira numa loja na Pine Street) e no cachorro. Lemon ganiu e saiu correndo do escritório com o rabo entre as pernas.

— Steve! Você me assustou! — ela levantou o *laptop* e começou a enxugar o café com a manga. — O que faz em casa?

Seu marido ficou parado no meio da sala vazia. O terno que cabia perfeitamente nele quando saíra para trabalhar naquela manhã parecia maior agora. Estava pendurado no braço em dobras largas, as calças caídas na cintura e as bainhas enlameadas por cima dos sapatos. Ele olhou para o carpete bege e resmungou alguma coisa que Kelly não conseguiu ouvir.

— O quê? — ela perguntou.

Podia ouvir o eco da voz de sua mãe em sua própria voz, sua mãe repreendendo os filhos ou interrogando seu marido: "Onde você estava? Quem quebrou isso? O que estava fazendo ontem à noite até as duas da manhã?" e sentiu um arrepio. Ela baixou a voz.

— Me desculpe, Steve. Eu não o ouvi.

Os cachos do cabelo de Steve caíam por cima do colarinho. "Corte de cabelo", Kelly pensou, pegando automaticamente o Palm Pilot antes de se forçar a olhar para Steve novamente.

— O que foi? — ela perguntou de novo, sentindo o medo subir pela espinha e envolver sua barriga. Steve nunca tivera essa aparência. Ele sempre fora... não convencido, exatamente, não como Scott Schiff, que provavelmente parecia um banqueiro de investimentos bem-sucedido desde o nascimento, mas discretamente confiante, seguro de que sua inteligência e motivação o levariam, inevitavelmente, ao sucesso. Só que agora, com a cabeça baixa e as mãos pendendo ao lado do corpo, Steven Day não parecia o diretor de *e-business* de uma das maiores indústrias farmacêuticas do país. Ele parecia um menininho assustado.

— Fui dispensado — Steve repetiu, seu pomo-de-adão estremecendo a cada palavra. — Fiz uma bobagem e eles... — ele pausou. — Eles decidiram fazer cortes nas iniciativas de *e-business*.

Ela ficou olhando para ele, levando um minuto para entender o que ele queria dizer.

— Você foi demitido? — deixou escapar.

— Dispensado.

As palavras pareceram um tiro em seu coração.

— Está brincando comigo?

— Não, não estou — disse Steve, curvando os ombros. — Eu, Philip, metade dos programadores, três recepcionistas...

Kelly pressionou as mãos com força na tampa do *laptop* e descobriu que não estava interessada na situação dos programadores ou das recepcionistas ou do amigo de Steve, Philip. Em vez disso, sentiu um ódio tão negro e absoluto que a assustou. "Aqueles babacas", pensou, respirando tremulamente. "Eu vou ter um bebê! Como podem ter feito isso conosco?"

— Eles sabem que estou grávida? — perguntou, odiando o som agudo de sua voz.

— Sabem — disse Steve. — É por isso que vão me pagar três meses de indenização em vez de dois.

Três meses. A cabeça de Kelly começou a calcular. Três meses de salário, menos o aluguel, menos a fatura do cartão de crédito, a prestação do carro, utilitários, seguro de saúde...

— Ainda temos seguro de saúde? — perguntou, ouvindo sua voz vacilar.

— Eu posso pagar — Steve falou. — Teremos Cobra.* Vamos ficar bem, Kelly. Não se preocupe com isso.

Ela respirou fundo.

— O que aconteceu? — quase sem pensar, ela tocou em seu celular, seu Palm, a pilha arrumada de contas que ia pagar com o Quicken** naquela noite. "E agora?" pensou, sentindo a cabeça girar. — Por que eles fariam isso com você?

— Eu só fiz merda, está bem? — ele gritou. — Não foi como se eu tivesse feito de propósito. Simplesmente aconteceu. — Ele passou os dedos pelo cabelo. — Sinto-me um idiota — murmurou.

Kelly foi para a sala de estar e começou a rearrumar coisas — a trena que deixara no chão, cópias das revistas *Forbes* e *Money* e *Power* e *O que esperar quando você está esperando* que estavam empilhadas em um espaço onde ficaria a mesinha de centro. Havia uma foto do tipo de cortinas que queria arrancada da revista *Traditional Homes*. Dobrou-a em um quadradinho minúsculo e a enfiou no bolso de seu *jeans* para gestante.

— O que nós vamos fazer? — perguntou, pensando no acordo que haviam feito: ela tiraria um ano para ficar em casa com o bebê; ele trabalharia e os sustentaria.

Steve empurrou-se para longe da mesa e passou por ela sem olhar em seus olhos.

— Vou dar uma corrida — disse.

— Você vai dar uma corrida — ela repetiu, pensando que essa era uma piada estranha, esperando que ele lhe dissesse que estava brincando a respeito daquilo tudo. Correndo. E perdendo o emprego.

Foi para a cozinha com uma das mãos na barriga, que parecia mais pesada que nunca e começou a tirar coisas da geladeira — peitos de frango, brócolis, caldo de galinha para arroz. Cinco minutos depois, Steve saiu do quarto vestindo *short* e uma camiseta e seus tênis de corrida.

**Consolidated Omnibus Budget Reconciliation Act*: lei que dá aos funcionários demitidos direito à continuação dos benefícios do plano de saúde. (*N. da T.*)

***Software* de planejamento financeiro. (*N. da T.*)

— Eu volto logo — e então saiu.

Kelly ficou no silêncio da cozinha por um minuto, esperando que Steve voltasse e lhe dissesse que estava brincando, que ficaria tudo bem, que manteria a promessa que fizera naquela primeira noite, que tomaria conta dela. Quando ele não reapareceu, ela pôs o frango no forno e botou a água do brócolis para ferver. Aí, arrastou-se para o quarto, onde o terno, os sapatos e a gravata do marido estavam em uma pilha sobre a cama, e aninhou-se em cima deles, descansando a cabeça numa manga que ainda estava úmida e cheirava a café. Ele cometera um erro, e o que ela podia fazer? Já havia arrumado todo o seu futuro glorioso na cabeça — o grande casamento, o apartamento lindo, os bebês, tudo baseado na carreira que seu marido teria, no salário que tornaria tudo possível. "Errou de novo, imbecil", uma voz sussurrou em sua cabeça. E o que aconteceria agora? Não havia uma lei de defesa do consumidor para maridos. Ela não podia levá-lo para fazer uma regulagem nem ligar para seu patrão e tentar consertar o erro que custara seu emprego.

Quando ouviu a porta se abrindo uma hora mais tarde, Kelly despiu-se, embrulhou-se num robe de banho e entrou na sala de estar. Steve estava deitado no chão onde deveria haver um sofá. Ele chutara os tênis para longe. Sua camiseta estava colada no peito, que subia e descia.

Kelly olhou para ele, esforçando-se para encontrar o tom — de esposa — adequado. Compreensivo. Compassivo. Alguma-coisa-ivo.

— Olhe — ela finalmente conseguiu dizer. — Essas coisas acontecem. Erros são cometidos...

— Belo uso da voz passiva — Steve disse.

— Bem, o que quer que eu diga? — Kelly perguntou. Steve encolheu-se como se ela tivesse lhe dado um tapa. Isso não a refreou. — Quer que eu diga que está tudo bem? Que eu vou ter um bebê e meu marido não tem emprego, mas está tudo bem?

Steve finalmente levantou a cabeça.

— Tem alguma coisa queimando.

O alarme de fumaça disparou com um grito. Lemon começou a latir furiosamente.

— Merda — falou Kelly.

Ela foi para a cozinha e viu que a água havia secado e que o fundo da panela estava queimado. Desligou a boca do fogão, jogou a panela na pia e abriu a água fria em cima. Uma nuvem de vapor sibilante ergueu-se em volta de sua cabeça. O alarme de incêndio pareceu gritar ainda mais alto.

Kelly correu para o banheiro, tirou meia dúzia de velas perfumadas de debaixo da pia — canela, baunilha, Chuva de Primavera, Biscoito de Açúcar. Levou-as de volta para a cozinha e acendeu todas. Podia ouvir Steve falando pelo telefone com o zelador do prédio, dizendo-lhe que estava tudo bem. "Só um pequeno acidente na cozinha". "E um pequeno desemprego", Kelly pensou. Colocou as velas em cima do fogão, correu para o banheiro da frente para pegar uma lata de aromatizador de ar e começou a pulverizar. Lemon ganiu e afastou-se da lata.

Steve agarrou seu pulso.

— O que você está fazendo?

Ela abriu a boca para tentar explicar como era a cozinha de sua mãe em Ocean City — pratos eternamente empilhados dentro da pia, a máquina de lavar pratos perpetuamente semi-esvaziada, e o cheiro, acima de tudo o cheiro, como se as paredes tivessem absorvido os resíduos de cada refeição que fora preparada ali, cada frigideira de *bacon* e panela de couve-de-bruxelas, cada cigarro que fora fumado, cada cerveja que fora aberta (e cada lata de Tab com conhaque).

— Só não quero que fique com cheiro de fumaça aqui — foi tudo o que disse. Esticou-se para pegar o aromatizador de ar e viu que a mão estava tremendo. Steve tirou a lata de sua mão e a colocou de volta. — Vou dormir — ela falou. Eram sete horas da noite e ela não havia jantado, mas Steve simplesmente assentiu e disse "tudo bem". Kelly fechou os punhos e resistiu à vontade de pegar a lata de novo.

"Olhe — disse —, sinto muito pelo que aconteceu. Vai ficar tudo bem. — As palavras pairaram na cozinha junto à fumaça. Steve não olhou para ela.

"Bem, boa noite — falou e passou marchando por ele pela sala vazia, através do corredor, pelo escritório e pelo quarto do bebê, entrando em seu quarto. Lembrou-se da primeira vez em que vira o apartamento, como era tudo o que sempre quisera. Pé-direito alto e janelas do chão ao teto, uma suíte com Jacuzzi no banheiro e chuveiro separado, bancadas de mármore e acessórios de porcelana pintados a mão. Uma banheira que ninguém jamais usara, dois banheiros completos só para eles dois. "Nós merecemos. Você merece", Steve diria, fazendo reservas no restaurante mais caro da cidade, surpreendendo-a com uma pulseira de ouro, um iPod, uma viagem para a Jamaica. "Por que não?", ela pensaria. Ela estava ganhando bem e o salário de Steve, com os bônus, era tão grande que surpreendeu a ambos. As coisas só estavam melhorando, então por que não? — Por que não? — ela sussurrou, enterrando o rosto nas mãos.

Julho

AYINDE

O livro que mudaria a vida de seu bebê chegou na primeira semana de julho, quando Julian estava com 11 semanas de idade. A página do título estava coberta pela metade pelos garranchos imensos de Lolo. ACHEI QUE VOCÊ PODIA ACHAR ISSO ÚTIL, sua mãe havia escrito. "Útil" estava escrito com H. Ah, bem, ortografia nunca fora o forte da mãe. Ayinde teria mostrado a Richard e os dois teriam rido daquilo, mas Richard estava fora de novo. Jogando golfe, depois um almoço no Centro com executivos da empresa de *videogame*, que estavam atualmente no processo de desenvolvimento de um jogo baseado nas jogadas de Richard.

— Desculpe-me — ele dissera, parado ao pé da cama, uma jaqueta de camurça caramelo jogada por cima dos ombros largos e os sapatos de golfe em uma das mãos. — Estarei de volta na hora do jantar.

Ayinde abaixou os olhos. Toda vez que ele saía, ela pensava sobre o perfume que sentira quando ele chegara tão atrasado ao hospital e, toda vez que ela começava a lhe perguntar a respeito, algo a impedia de pronunciar as palavras. Sua mãe, talvez. Não queria ser ridícula, correndo atrás do homem que já se casara com ela, procurando batom em seus colarinhos e vasculhando sua carteira atrás de recibos. Então, ela simplesmente levantou o braço rechonchudo de Julian com a mão.

— Dê tchau para o papai — falou. Richard beijara os dois e Ayinde aconchegou-se novamente na cama com Julian enroscado nela. Quando abriu os olhos, o marido havia sumido, assim como, inexplicavelmente, duas horas da sua manhã.

O sucesso do bebê de Priscilla Prewitt! estava escrito na capa do livro que Lolo mandara. Embaixo do título havia a foto de uma mulher de olhos castanhos cálidos, cabelos grisalhos num corte prático e curto e um bebê sorridente nos braços. DÊ A SEU BEBÊ O MELHOR COMEÇO estava escrito na contracapa, PRISCILLA PREWITT MOSTRA COMO ÀS NOVAS MÃES!

Julian agitou os braços no ar. Ayinde lhe deu indicador dela para que ele o agarrasse e virou as páginas com a mão livre. "Priscilla Prewitt", leu, "é profissional de cuidados infantis há mais de 30 anos, tanto em sua terra natal, Alabama, quanto em Los Angeles, onde desenvolveu seu programa de cinco passos fáceis de seguir para O sucesso do bebê! Em sua prosa 'sulista' patenteada e endossada pelos últimos estudos científicos, Priscilla Prewitt ensina todas as mães a criarem um começo bem-sucedido para seus bebês, assegurando o sucesso no maternal e além, e paz e harmonia para toda a família!"

"Programa de cinco passos", Ayinde refletiu, virando as páginas até o sumário e capítulos intitulados "Durma, bebê, durma!" e "Começando um horário" e "continue continuando". Eram 11 horas da manhã e ela nem havia saído da cama ainda. No dia anterior, só se vestira às 15h e só comera no jantar. A cozinheira havia preparado uma bela salada *niçoise* para o almoço que ficara na bancada da cozinha, o atum ficando marrom e enrolando nas pontas, porque Ayinde ficara na cama durante a soneca de Julian, maravilhando-se com suas mãos de dedos compridos e com seus lábios, movendo-se pelo quarto em uma espécie de névoa leitosa subaquática que fora causada, ela achava, por ter sido acordada na noite anterior à uma, às quatro e às cinco e meia da manhã porque Julian estava com fome ou Julian estava molhado ou Julian estava apenas sendo um recém-nascido e precisava dela por perto. Teria ela ao menos escovado os dentes? Passou a língua pelos incisivos e concluiu que a resposta era não. Ter horários não parecia ser uma má idéia.

Julian agarrou as tranças que ela fizera na semana anterior, achando que exigiriam apenas a manutenção que era capaz de fazer e que não teria de se preocupar em ofender os espectadores de televisão conservadores da Filadélfia tão cedo. Cantarolou para ele uma canção de ninar sem letra que sua babá cantava para ela, abriu uma página ao acaso e começou a ler. "Um bebê com horários — um bebê com uma rotina diária familiar — é um bebê feliz. Pense na sua própria vida, querida. Como se sentiria se acordasse de manhã sem saber se são 6 ou 10 horas? Sem saber se sua próxima refeição vai ser em quinze minutos ou duas horas? Sem saber o que o dia reserva para você? Você seria uma resmungona, e com razão! Bebês precisam de rotina e regularidade. Querem saber o que vem a seguir, seja um cochilo, uma mamada, um banho ou dormir... e quanto mais cedo você iniciar uma rotina simples, prazerosa e previsível, mais feliz você e o Biscoitinho serão."

— Biscoitinho — Ayinde disse, experimentando. Julian puxou sua trança e deu um gritinho. Ela folheou o livro, pensando que o programa do *Sucesso do bebê!*, com seus registros obrigatórios, tabelas e horários parecia tomar bastante tempo... mas o que ela tinha, além de tempo? Não tinha um emprego. Não podia viajar com Richard para jogos em outras cidades ou viagens de negócios nem se quisesse. Ficava perambulando pela casa gigantesca pela qual ela insistira, sem ter nada para fazer a não ser cuidar do bebê.

Ayinde olhou para os cálidos olhos castanhos de Priscilla Prewitt, imaginando o que sua mãe acharia de *O sucesso do bebê!* Até agora, Lolo estava mostrando ser uma avó tão eficiente e engajada quanto fora como mãe. Ela e Stuart haviam contratado um motorista para trazê-los de Nova York uma vez. Seus pais haviam passado um total de três horas com Julian desde que ele nascera e o bebê dormira durante duas delas. Sentaram-se rígidos, lado a lado no sofá, linda e exageradamente vestidos, como se tivessem ido fazer um teste para os papéis de avós-corujas e extremamente ricos. Seu pai balançara o bebê nos joelhos (um pouco vigorosamente demais para o gosto de Ayinde, mas ela ficara quieta). Depois, cantara "Danny Boy" com sua retumbante voz de barítono. Isso, evidentemente, constituía a totalidade de suas habilidades para entreter o bebê. Ele desapareceu dentro da casa de hóspedes, onde ela o encontrou uma hora depois, jogando sinuca com o assessor de imprensa.

Lolo não se saiu muito melhor. Segurou o bebê uma vez, hesitantemente, e fingiu não se importar quando ele babou em sua roupa da Jil Sander, mas Ayinde a pegou passando furtivamente um paninho na mancha na manga cor de creme. Deixaram um ursinho de pelúcia que era tranqüilamente cinco vezes o tamanho do bebê e um enxoval completo de roupinhas Petit Bateau que compraram no *duty-free* durante sua última viagem a St. Barth. Isso, até o momento, fora a extensão do envolvimento dos Mbezi/Walker com o pequeno Julian.

"A noite inteira" dizia o capítulo seis. Julian abriu os olhos e começou a chorar. Ayinde suspirou, pensando que aceitaria se seu filho dormisse três horas inteiras. Carregou Julian até o balanço e pôs-se a amamentá-lo, apoiando o corpo dele em cima de sua mão direita enquanto virava as páginas com a esquerda.

Na manhã seguinte, Ayinde tinha todas as ferramentas no lugar — um *timer* eletrônico, para poder ver exatamente quanto tempo Julian mamava, e as marcas de bolsa canguru e carrinho, banheiras, sabonetes e xampu de bebê que Priscilla Prewitt recomendava. "(Agora, vocês todas sabem que eu não recebo um tostão desses fabricantes, esses são simplesmente os produtos de que eu mais gostei no decorrer dos anos.)"

Dez minutos depois de iniciar o programa *O sucesso do bebê!*, surgiu o primeiro problema. "Bebês recém-nascidos devem mamar no máximo trinta minutos de cada vez", Priscilla Prewitt escreveu. Mais do que isso, eles só a estão usando como chupeta. Depois de trinta minutos, porém Julian ainda mamava com força. Ayinde apertou os olhos, olhando para o livro, procurando instruções adicionais. "Se o Biscoitinho estiver relutante em largar o peitinho, diga a ele gentilmente, mas com firmeza, que a hora de comer acabou e que haverá mais depois. Então, afaste-o com gentileza do seio e ofereça-lhe uma chupeta — ou, se estiver seguindo um comportamento natural, seu dedo para que ele sugue."

— Julian — Ayinde disse, na sua melhor avaliação de um tom que fosse gentil, mas firme. — A hora de comer acabou! — ele a ignorou, os olhos bem fechados, a mandíbula trabalhando.

Ayinde deixou que mamasse mais um minuto, que se transformou em mais dois, que eram quase cinco quando ela foi tomada por uma visão do filho chegando em casa do jardim de infância e abrindo ele mesmo sua blusa.

— Muito bem! — falou em seu tom firme-porém-animado. Tentou tirá-lo gentilmente. A cabeça do bebê escorregou para trás. Infelizmente, seu mamilo foi junto.

— Ai! — ela chiou. Julian abriu os olhos, assustado, e começou a urrar. Nesse exato momento, o telefone tocou. "Kelly", ela pensou, tateando à procura do botão para atender a ligação sem nem olhar para o identificador de chamadas. Talvez fosse Kelly ou Becky e elas pudessem lhe dizer o que fazer...

Ai, meu Deus, era Lolo.

— Estou ouvindo esse doce de menino! — ela anunciou. Ayinde podia imaginar sua mãe em pé na cozinha totalmente branca, onde nada além de chá jamais era preparado, umedecendo suas orquídeas, vestida, como sempre, com roupas de alta-costura: uma saia tubinho ou um vestido trespassado, salto alto e um dos dramáticos chapéus que haviam se tornado sua marca registrada.

— Olá, mamãe.

— Olá, meu amor. Como você está?

— Estou bem — Ayinde falou, enquanto Julian berrava.

O tom de Lolo era de dúvida.

— Isso não me parece um bebê feliz.

— Ele só está um pouco mal-humorado — Ayinde disse, enquanto Julian chorava ainda mais alto. Ela o botou sentado em sua cadeirinha de balanço aprovada por Priscilla Prewitt, enfiou o fone debaixo do queixo e tentou fechar de novo o sutiã. — É a hora de ele ficar mal-humorado.

— E você está usando o livro que eu mandei? Foi muito recomendado. É a bíblia da minha massagista!

— Altos elogios — Ayinde murmurou.

Lolo elevou a voz até estar gritando acima do choro do bebê.

— Bem, Ayinde, o objetivo do livro é que, depois que você tiver criado uma rotina para seu bebê, ele não vai mais ter a hora do mau humor!

— Eu entendi — Ayinde falou, empurrando desajeitadamente o enchimento do sutiã de volta para o lugar. — Estamos trabalhando nisso.

— Sabe — Lolo falou —, você nunca chorou assim quando tinha a idade de Julian.

— Tem certeza?

Ela deu uma risadinha irritada.

— Acho que consigo me lembrar de como era minha própria filha.

Com todas as drogas que diziam que Lolo havia tomado nos anos 1970, Ayinde não tinha tanta certeza.

— Tenho de desligar.

— Claro, amor. Cuide bem dessa gracinha de bebê!

Ayinde desligou, prendeu o gancho do sutiã novamente e pegou Julian, cujos urros haviam dado lugar a um choramingo.

— Ei, querido — ela sussurrou. Os olhos dele estavam começando a se fechar. Ah, meu Deus. Ela pegou o livro. NÃO PERMITA QUE O BISCOITINHO DURMA DEPOIS DA MAMADA! Priscilla Prewitt advertia. "Você quer tirar um longo cochilo depois de fazer uma refeição pesada?"

— Quero — Ayinde disse.

"Não!" Priscilla Prewitt escreveu. "A ordem ideal para o desenvolvimento do bebê é comida, depois atividade e, depois, uma visitinha à Terra dos Sonhos."

— Julian. Biscoitinho — ela o beijou na bochecha e brincou com os dedos de seus pés. Ele abriu a boca e começou a chorar de novo. — É hora de brincar! — ela balançou a borboleta felpuda na frente do rosto do bebê. Richard odiava a borboleta felpuda, assim como o ursinho de pelúcia azul e os insetos de asas enrugadas.

— É coisa de mariquinhas — dizia.

— Que coisa mais evoluída — ela replicava e explicava que havia muito poucas opções disponíveis para recém-nascidos na categoria "caminhão de lixo e escavadeira", mesmo que quisesse procurá-los, e ela não queria. — Com o que você brincava quando era bebê? — ela perguntou.

O semblante dele se fechou. Ayinde arrependeu-se imediatamente da pergunta. Richard crescera em meia dúzias de casa em Atlanta — na de sua avó, uma tia aqui, um primo postiço ali, lugares que Ayinde só tinha visto na TV e no perfil que a *Sports Illustrated* publicara há alguns anos. Nada de brinquedos lá. Pior, nada de mãe. Era parte do que os atraíra um para o outro. Ainda que Ayinde tivesse sido abandonada em um apartamento chique e matriculada em um colégio interno assim que fez 14 anos e que Richard tivesse sido largado em apartamentos em conjuntos habitacionais, tudo se resumia à mesma coisa — pais que tinham coisa melhores para fazer. Mas Ayinde, pelo menos, tivera um adulto consistente em sua babá, Serena, que cuidara dela das seis semanas de idade até seu oitavo aniversário. Ela tinha brinquedos, roupas e festas de aniversário formidáveis, um teto em cima da cabeça e a garantia de três refeições. A vida de Richard não fora assim.

— Quer saber com o que eu brincava? — ele perguntou abruptamente. Então sorriu, para aliviar a dureza de suas palavras. — Bolas de basquete, querida.

Julian tinha bolas de basquete, é claro — uma esfera de tamanho oficial com os autógrafos de todos os Sixers e uma em miniatura que Richard mantinha no berço.

— Vamos dar uma volta — ela disse ao filho, que a olhou através dos olhos semicerrados enquanto ela limpava rosto dele com uma fralda de pano, trocava a camiseta suja por uma limpa, prendia um babador azul e branco em volta do pescoço e o levava para o ar grudento lá fora.

— Só tenha paciência — Becky estava dizendo empoleirada em um banco no Rittenhouse Square Park, onde ela e Kelly e suas respectivas barrigas estavam sentadas lado a lado, usando camisas de mangas curtas e tênis, discutindo sobre o jeito certo de dar à luz. "Como se a decisão fosse delas", Ayinde pensou sorrindo.

— Eu estou sendo paciente — Kelly respondeu. Balançou-se até os pés e esticou os braços por cima da cabeça, depois pegou o cotovelo esquerdo com a mão direita e puxou. — Tenho sido paciente. Mas já estou com 38 semanas, o que significa a gestação inteira, então por que não podem me induzir logo? — soltou o ar, frustrada, e trocou os cotovelos, e então passou para o alongamento das panturrilhas.

Ayinde empurrou o carrinho de Julian até o banco, pensando que Kelly, com seu tufo de rabo-de-cavalo louro e pele translúcida, parecia consideravelmente menos animada do que parecera na primeira aula de ioga. Seus lábios estavam rachados, os olhos azuis estavam fundos e seu corpo, no conjunto de ginástica branco e preto para gestantes, parecia ser só barriga. Seus braços e pernas tinham passado de magros para esqueléticos, e ela tinha círculos negros debaixo dos olhos.

— Os bebês sabem quando querem nascer — Becky disse. — Qual é a pressa?

A aparência de Becky também havia mudado nas últimas semanas. Tinhas as mesmas bochechas cheias e montanhas de cachos, o mesmo uniforme de tênis, *legging* e camiseta grande demais. A diferença era que sua barriga finalmente começara a aparecer. O que era uma boa notícia, Becky disse, levando-se em conta que ela finalmente parecia grávida, mas má notícia porque as pessoas ficavam lhe perguntando se ela ia ter gêmeos. Ou trigêmeos. E se fizera tratamento de fertilidade para tê-los.

— Você precisa relaxar — Becky disse, desatarraxando a tampa de sua garrafa d'água e tomando um gole. Kelly fez um som de indiferença e começou a fazer flexões para as costas. As duas eram pólos opostos em relação a seus planos de parto. Becky queria um parto totalmente natural: sem remédios, sem intervenções médicas, ficar em trabalho de parto em casa o máximo que conseguisse com seu marido e sua amiga Sarah lá para ajudar. Ela fizera o curso Método Bradley e adorava repetir expressões de seu instrutor, tais como "Bebês sabem quando estão prontos para nascer" e "As mulheres tinham bebês sem problemas antes dos médicos se meterem" e "Você tem de deixar que seu parto aconteça em seu próprio tempo".

Kelly, por outro lado, anunciara há muito tempo sua intenção de tomar a peridural imediatamente — no estacionamento do hospital, se possível —, e nenhum dos fatos e dos números e das ofertas de Becky para lhe emprestar vídeos de mulheres em Belize dando à luz sem nenhuma medicação enquanto se agachavam em redes de corda que haviam tecido elas mesmas a fizeram mudar de idéia. A própria mãe de Kelly, esta explicara, havia simplesmente desaparecido no meio da noite cinco vezes e voltado um ou dois dias depois com a barriga desinflada e um pacotinho de alegria novinho em folha. Sem confusão nem rebuliço, nenhuma dor que Kelly tenha visto, e era exatamente isso o que ela queria para si mesma.

— Vamos acabar com isso — Becky disse, pondo-se lentamente de pé. Começaram a dar suas voltas em torno do parque. Kelly bombeava seus braços vigorosamente e levantava os joelhos bem alto. Becky tinha a tendência de andar devagar e de parar a intervalos para rearrumar seu rabo-de-cavalo. Ayinde mantinha os olhos em Julian, dormindo no carrinho, e já tinha quase caído duas vezes por causa disso.

— Eu não agüento mais — Kelly resmungou. — Sabe que estou tão infeliz que cheguei a pensar em fazer sexo só para ver se dava um empurrãozinho?

— Ah, não — disse Becky. — Sexo não!

Kelly olhou para ela.

— Você tem feito sexo?

— Bem, às vezes — Becky disse. — Você sabe. Quando não tem nada bom na TV a cabo.

— Não entendo por que não podem me induzir. Ou fazer uma cesariana. Isso seria o ideal — disse Kelly, bombeando os braços com mais força ainda enquanto viravam a esquina da Nineteenth Street, passando por um trio de estudantes de arte carregando portfólios. Ela abanou a fumaça de cigarro. — Odeio esperar.

— Sabe, estatisticamente, em média a primeira gravidez dura de sete a dez dias além do prazo arbitrário de 40 semanas estabelecido pelos médicos — Becky disse.

— Vou fazer 41 semanas amanhã, mas você não me vê reclamar. E uma cesariana é uma cirurgia séria. Há riscos, sabe — ela balançou a cabeça, parecendo satisfeita por ter introduzido mais uma pérola sobre parto natural na conversa e encarou uma dupla de corredores que passaram um pouco perto demais de seu ombro quando completavam mais uma volta.

— Já terminamos?

Kelly balançou a cabeça.

— Mais uma volta no parque — disse. — Como estão as coisas com Julian?

— Maravilhosas — Ayinde disse ponderadamente. Fez rolamento de ombros, reajustando as mãos no guidom estofado do carrinho e pensou que "Maravilhosas" era a única resposta que todas as pessoas queriam realmente ouvir de uma nova mãe. A verdade era que tomar conta de um recém-nascido exigia infinitamente mais do que havia imaginado. O bebê precisava dela o tempo todo e, sempre que ela começava a fazer alguma coisa: verificar seu *e-mail*, tomar um banho, olhar uma revista, tirar um cochilo, seu choro a chamava de volta e ele precisava que sua fralda fosse trocada ou necessitava mamar, o que fazia à razão do que parecia ser a cada 30 minutos.

Richard observara tudo com um ceticismo crescente.

— Você não precisa trabalhar tanto — havia dito na noite anterior, quando ela deixara a mesa após três garfadas do jantar para amamentar o bebê no sofá da sala de estar. — Podemos pedir que aquela enfermeira volte.

Ayinde dissera que não. No seu ponto de vista, as únicas mulheres que tinham o direito de pagar outra pessoa para tomar conta de seus filhos eram mulheres que trabalhavam. Ela não tinha nenhum trabalho além do bebê, e fora boa em todos os empregos que tivera. Afligia-a pensar em admitir que não conseguia cuidar de Julian sozinha.

— Estamos bem — disse para Richard.

— Estamos bem — disse para suas amigas, enquanto completavam mais uma volta. Abaixou-se para prender novamente o chocalho de ursinho no pulso de Julian.

— Alguma de vocês já ouviu falar de um livro chamado *O sucesso do bebê?*

— Ah, claro! — Kelly disse.

— É aquele que diz que você deve manter um horário para o bebê, certo? — Becky perguntou. Ela se encolheu e parou de se torcer de um lado para o outro. — Câimbra — explicou, enquanto Kelly levantava os joelhos parada no lugar.

— Esse mesmo. Minha mãe me mandou — Ayinde contou.

— Dei uma olhada nele na livraria. Me pareceu meio rígido — Becky comentou.

— Quer dizer, a princípio concordo com a idéia de ter um horário, mas gosto da idéia de um cochilo de manhã e um cochilo à tarde em vez de um cochilo todos os dias das 9h15 às 15h32. E você já chegou ao capítulo sobre mães que trabalham?

Ayinde tinha. "De volta ao trabalho?" era o título do capítulo, com o ponto de interrogação incluído. Priscilla Prewitt, previsivelmente, não era uma fã. "Antes que você volte às minas de sal, pense cuidadosamente nas conseqüências de sua escolha", escreveu. "Bebês devem amar suas mães e serem cuidados por suas mães — é biologia básica, queridas, e nem o feminismo nem as boas intenções do papai podem lutar contra isso. Trabalhe, se for preciso, mas não se engane. Lembre-se de que a mulher que você puser dentro de casa para amar seu biscoitinho vai receber alguns dos abraços, alguns dos sorrisos, algumas das adoráveis risadinhas — resumindo, um pouco do amor — que qualquer bebê preferira dar à mamãe."

— Ela faz parecer que você é uma pessoa horrível se deixa seu bebê com a babá apenas à tarde e que você está a dois passos de ser uma psicopata assassina se contratar uma permanentemente. Mas algumas mulheres têm de trabalhar — Becky disse, enquanto recomeçavam a andar. — Como eu.

— Você tem mesmo de trabalhar? — perguntou Kelly.

— Bem, não acho que passaríamos fome se eu não trabalhasse. Mas eu amo o que faço. Não sei como vou me sentir depois que o bebê vier, mas, por enquanto, me parece que trabalhar três dias por semana me dará um bom equilíbrio.

— O que vai fazer com o bebê? — Kelly perguntou.

— Creche — disse Becky. — O hospital de Andrew possui uma creche interna que um monte de médicos usa. Ficarei com ela de manhã, a deixarei lá ao meio-dia e Andrew a levará para casa se terminar antes de mim; há, há, como se isso fosse acontecer. O que provavelmente vai acontecer é que eu vou pegá-la quando acabar de trabalhar. Mas ele estará por perto. Sinto-me bem com isso — olhou para Ayinde e Kelly. — Vocês vão ficar em casa, certo?

Ayinde assentiu. Kelly não.

— Eu ia — disse.

— Como assim?

— Bem — ela olhou para seus tênis, os laços perfeitamente atados, enquanto dobravam a esquina novamente.

— Steve decidiu fazer uma transição de carreira. Ele vai tirar licença-paternidade quando o bebê chegar, e provavelmente eu vou voltar a trabalhar até ele encontrar alguma coisa. Mas tenho certeza de que não vai demorar — Kelly disse.

Jogou seu rabo-de-cavalo para trás e enxugou um fio de suor da bochecha.

— Você está bem? — Becky perguntou.

— Ah, claro! Estou ótima! — Kelly disse.

Ayinde respirou fundo. Não queria desencorajá-las ou dizer-lhes como era realmente ficar em casa com um bebê recém-nascido, mas não podia evitar se lembrar de algo que Lolo lhe contara a respeito de sua própria infância, uma historinha que a mãe gostava de contar em coquetéis.

— Aquele bebê chorava tanto em sua primeira semana em casa, eu juro, se alguém tivesse aparecido na minha porta, quer dizer, alguém de aparência normal, e me prometesse que lhe daria um bom lar, eu a teria entregue num minuto! — os convidados riam como se Lolo estivesse brincando. Ayinde não tinha tanta certeza. Depois de quase três meses com Julian, seu adorável menininho que parecia, por natureza, incapaz de dormir por mais de duas horas ou de não chorar por mais de uma, estava começando a entender o que sua mãe queria dizer e por que Lolo fora capaz de entregar sua filha à Serena com seis semanas. Fora Serena quem cantara canções de ninar para Ayinde, que cortara as cascas do pão de seu sanduíche, que lhe dera banhos e a consolara no dia em que meninas malvadas a empurraram para dentro do banheiro dos meninos. Era esse o tipo de mãe que queria ser (exceto a parte de pegar o trem de volta para o Queens todas as noites para ficar com seus próprios filhos, como Serena fizera).

— Vocês duas vão ser mães excelentes.

— Espero que sim — Kelly murmurou, esfregando as mãos na barriga. — Saia, saia, de onde quer que esteja! — Olhou novamente para o relógio, depois para Becky, que enxugou a testa e disse que estava na hora de tomar sorvete.

BECKY

Becky observou atentamente o Dr. Mendlow por cima de sua barriga enquanto ele a examinava na manhã seguinte.

— Algum progresso?

Ela estava com 41 semanas e quatro dias de gravidez e, apesar de vir dizendo a todo mundo que seu bebê viria quando estivesse pronto e que a paciência era uma virtude, a verdade era que estava ficando um pouco desesperada. "Deveria ter havido algum progresso a esta altura", pensou. "As pessoas não ficam grávidas para sempre."

O Dr. Mendlow tirou as luvas e balançou a cabeça.

— Sinto muito, Becky, mas a cabeça ainda está para cima; você ainda não está nem um pouco dilatada ou retraída.

Ela fechou os olhos bem apertados, esforçando-se para não chorar antes de ter tirado os pés dos estribos.

— Essas são as más notícias — o médico disse. — As boas notícias são que você fez um teste de esforço esta manhã e os batimentos cardíacos ainda estão perfeitos e o líquido amniótico está bem.

— Então eu posso só esperar?

Ele puxou um banco com rodinhas e sentou-se enquanto ela se sentava ereta, segurando o robe fechado sobre o peito.

— Tenho certeza de que com tudo o que já leu, você sabe que os riscos de algo dar errado com o nascimento ou com o bebê aumenta depois de 42 semanas.

Ela assentiu. Até mesmo os livros holísticos, totalmente naturais, "tenha seu filho em casa ou em um campo próximo" reconheciam que isso era verdade. Porém, ela não prestara muita atenção na hora. Simplesmente presumira que não teria esse problema, que, como resultado de suas boas intenções e preparação árdua, seu bebê não apenas nasceria no tempo certo, mas de uma maneira que seria exatamente o que ela planejara e com a qual sonhara.

— Então, o que faremos agora?

O Dr. Mendlow folheou algumas páginas de seu histórico.

— Tendo em vista que estamos tão avançados, e tendo em vista o que o último ultra-som nos disse sobre o tamanho da cabeça do bebê, eu recomendaria uma cesariana.

Becky enterrou o rosto nas mãos. O Dr. Mendlow tocou suavemente em seu ombro.

— Sei que não era isso que você queria — disse. Ele ouvia Becky falar sobre parto natural quase desde a primeira vez em que ela viera vê-lo, e ele lhe dera apoio total. — Mas a gravidez é um equilíbrio entre os desejos dos pais, na realidade, da mãe, e o que vai ser mais seguro para o bebê.

Ele empurrou o banquinho até a parede e consultou um pequeno calendário preso ali.

— O que acha de amanhã para um aniversário?

— Posso pensar a respeito?

— Claro. Pense — disse o Dr. Mendlow, levantando-se. — Só não pense demais. Vou me adiantar e agendá-la. Avise-me até às 17h.

— Está bem — Becky disse, enxugando as lágrimas da face. — Está bem.

Ligou para o celular de Andrew e o encontrou para almoçar no refeitório.

— Sei que deve estar decepcionada — ele falou, passando para ela punhados de guardanapos de papel fininhos para que ela pudesse enxugar os olhos. — Mas o Dr. Mendlow sabe o que você pensa a respeito e não estaria aconselhando isso se não tivesse ótimas razões.

— Eu me sinto um fracasso tão grande — Becky chorou.

— Não devia — Andrew lhe disse. — É só um caso do conhecimento ultrapassando a evolução. Sabemos mais sobre boa nutrição e sobre não fumar e beber que qualquer outra geração. Então os bebês estão ficando maiores, e as mães não.

— Está bem — Becky fungou.

Sabia que ele entendia como ela havia sonhado com o parto; como lera um livro que tratava de como as mulheres precisavam ser fortes e corajosas, ser guerreiras para seus bebês; como ela queria ser uma guerreira para sua filha, parindo dentro d'água, de joelhos, agachando-se, esticando-se, fazendo o que fosse preciso, trabalhando em harmonia com sua filha até que tivesse aberto caminho até o mundo. E agora, aqui estava ela, encarando exatamente o tipo de parto que não queria — uma sala de cirurgia fria e estéril, luzes brilhantes e jalecos cirúrgicos, nada suave ou pacífico ou significativo a respeito.

Voltou para casa andando lentamente pela calçada grudenta por causa do calor. Ligou para a mãe, que lhe disse que estava indo imediatamente para o aeroporto e que estaria lá no final da manhã do dia seguinte. Ligou para Kelly, que tentou não parecer invejosa e só conseguiu em parte, e para Ayinde, que deixou o fone cair duas vezes durante a conversa de cinco minutos porque não queria largar Julian nem por um instante.

— Na Guatemala, as mulheres carregam seus bebês constantemente — Ayinde disse. — E há muitas vantagens nisso. Vínculos e tal.

— Se você diz — Becky disse e Ayinde rira.

— Não, não é o que eu digo, é o que *O sucesso do bebê!* diz. Liguenos assim que puder.

Becky disse que ligaria. Então telefonou para Sarah para lhe dizer que seus serviços de *doula* não seriam necessários e fez uma reserva para um jantar cedo em seu restaurante japonês favorito. Não comera *sushi* durante toda a gravidez, mas agora, o que importava? O bebê estava praticamente no maternal, e algumas fatias de atum cru não fariam mal.

"Ai". Ela rolou para o lado, fazendo uma careta, e olhou para o relógio. Eram três horas da manhã, e seu estômago a estava matando. Fechou os olhos. Sua mãe estaria ali dentro de nove horas; ela faria a cesariana... não, pensou, recompondo a declaração da forma como o livro a ensinara, ela teria seu bebê em menos de 12 horas. Tentou respirar fundo, ouvindo a exalação estridente de Andrew, concentrando-se no bebê. "Ai!"

"Tudo bem", pensou, enfiando um travesseiro debaixo da cabeça. Eram 3h10 e, obviamente, o *sushi* fora um erro.

— Andrew? — ela sussurrou.

Sem abrir os olhos ou nem mesmo parecer acordar, seu marido esticou o braço para a mesinha-de-cabeceira, tateou imperturbavelmente pelos antiácidos com a mão de dedos longos e os jogou para o outro lado da colcha. Becky mastigou dois e fechou os olhos novamente. No ultrassom, no dia anterior, disseram que o bebê parecia ter entre quatro quilos e trezentos gramas e quatro quilos e meio, o que significava que as roupas tamanho recém-nascido que ela comprara e estocara na casa de Sarah provavelmente não serviriam para nada. Ficou imaginando se poderia devolvê-las. Kelly saberia. Talvez ela mesmo as quisesse devolver. Seria algo para mantê-la ocupada enquanto esperava e... "Ai!"

Olhou novamente para o relógio — 3h20.

— Andrew? — sussurrou de novo. A mão de seu marido saiu que nem uma aranha de debaixo dos lençóis e começou a tatear na mesinha-de-cabeceira de novo.

— Não, não, acorde — ela disse. — Acho que estou em trabalho de parto!

Ele piscou para ela e então pôs os óculos.

— Sério?

— Acabei de ter três contrações seguidas, com intervalos de dez minutos.

— Ah — ele disse e bocejou.

— "Ah"? É só o que tem a dizer? — ela conseguiu se aprumar, inclinou-se por cima dele até o outro lado e ligou para o serviço do Dr. Mendlow. "Aperte um para marcar uma consulta, dois para uma indicação ou receita médica, três se você é uma paciente em trabalho de parto..."

— Finalmente vou apertar o três! — ela anunciou.

— O quê?

Ela balançou a cabeça, dando seu nome e telefone para o serviço de recados. Então, escorregou para fora da cama e ergueu sua mala, colocando-a em cima do colchão.

— Camisolas, pijamas, livro — falou em voz alta.

— Não tenho certeza se você vai conseguir ler muita coisa — disse Andrew.

O telefone tocou. Andrew o passou para ela.

— Dr. Mendlow?

Mas não era o Dr. Mendlow, era o Dr. Fisher, seu colega mais velho e mal-humorado. Becky vira o Dr. Fisher uma vez, em sua consulta aos três meses, quando o Dr. Mendlow havia sido chamado para um parto. O Dr. Fisher arruinara completamente seu dia ao parecer enojado enquanto apalpava sua barriga.

— Já experimentou os Vigilantes do Peso? — perguntara quando os pés dela estavam nos estribos. E não havia nem ao menos dado um sorriso quando Becky piscara para ele e perguntara, sem fôlego:

— O que é isso?

— Estou tendo contrações regulares — Becky disse.

— As anotações do Dr. Mendlow dizem que decidimos por uma cesariana — o Dr. Fisher falou.

— Bem, essa tinha sido minha decisão — Becky disse, acentuando o *tinha* e o *minha* com a mesma ênfase. — Mas agora que estou em trabalho de parto, gostaria de voltar a meus planos e tentar um parto natural.

— Se você quer tentar, tudo bem — ele disse com um tom de *o enterro é seu*. — Venha para cá quando suas contrações estiverem com um intervalo de quatro minutos...

— ... e um minuto de duração, por mais de uma hora.
— Isso mesmo — ele falou, e desligou o telefone.

A mãe de Becky, vestindo um conjunto de ginástica aveludado azul-claro e tênis impecavelmente brancos, arregalou os olhos quando viu a filha e o genro ao lado da esteira de bagagens.

— O que está fazendo aqui? — perguntou à Becky, largando a mala e segurando as mãos de Becky. — Por que não está no hospital?

— Estou em trabalho de parto — Becky falou.

Os olhos de sua mãe olharam rapidamente em volta, registrando as multidões de viajantes arrastando malas e os motoristas de limusines uniformizados segurando cartazes com nomes escritos.

— Está em trabalho de parto aqui? — ela olhou para Andrew. — Isso é seguro?

— É o começo do trabalho de parto. Está tudo bem — Becky disse, guiando sua mãe até o carro, onde já havia guardado seus óleos de aromaterapia, fitas de relaxamento, uma cópia gasta de *Nascimento do interior* e o livro de Naomi Wolf *Concepções equivocadas* para inspiração. — Ainda não há motivos para eu estar no hospital.

— Mas... mas... — sua mãe olhou de Becky para Andrew. — E quanto à cesariana?

— Vamos tentar fazer um parto vaginal — Andrew disse. Edith Rothstein encolheu-se — fosse pela idéia de sua filha estar em trabalho de parto, passeando em público ou por seu genro ter dito *vaginal*, Becky não tinha certeza.

— Está tudo bem — Becky disse a ela, enquanto Andrew começava a dirigir. — Sério. Ouvi o batimento cardíaco do bebê ontem no monitor e está tudo bem. Ooh, ooh, contração. — Fechou os olhos e balançou-se lentamente para a frente e para trás, respirando, imaginando a areia quente de uma praia, ouvindo o som das ondas se quebrando, tentando não ouvir sua mãe resmungando o que parecia ser "Isso é maluquice" baixinho.

— Então, você vai simplesmente ficar aqui? — Edith perguntou incredulamente quando haviam voltado para casa e Becky se instalara em cima de sua bola inflável de parto. Os olhos azuil-claros de Edith se arregalaram.

— Não vai ter o bebê aqui, vai?

— Não, mamãe — Becky disse pacientemente. — Mas não vou para o hospital agora.

Sua mãe balançou a cabeça e dirigiu-se para a escada e para a cozinha, onde provavelmente começaria a rearrumar a estante de temperos de Becky.

Andrew colocou a mala de Edith no armário. Depois, ajoelhou-se e massageou os ombros de Becky.

— Estou tão orgulhoso por você querer fazer assim — disse. — Está se sentindo bem?

— Estou me sentindo ótima — Becky falou, apoiando a cabeça em seu peito. — Mas sei que ainda é cedo. — Apertou a mão dele. — Fique comigo, está bem?

— Eu não iria embora por nada — ele disse.

Dois longos banhos de banheira, um CD inteiro de canções de baleia e doze horas de contrações que iam e vinham, depois o dr. Mendlow finalmente ligou.

— Por que não vem para cá e nos deixa dar uma olhada? — disse tão casualmente que poderia estar sugerindo encontrá-lo para tomar um café.

Quinze minutos depois, um pouco antes das dez da noite, eles estavam na triagem.

— Hmm — disse a enfermeira, olhando de Becky para a cama estreita da triagem e de volta para Becky.

— Vocês todos precisam de camas para GAROTAS GRANDES! — Becky anunciou e içou-se a bordo. Hoje, de todos os dias, ela não ia deixar que ninguém a fizesse sentir vergonha de seu tamanho.

A enfermeira coçou o queixo e se afastou. Becky fechou os olhos e soltou o ar, longa e frustradamente.

— Você está indo bem — Andrew disse.

— Estou cansada — disse Becky, conforme a enfermeira reaparecia e tentava fechar um aparelho de pressão arterial pequeno demais em volta do braço de Becky.

Uma residente veio examiná-la.

— Três centímetros — anunciou.

Becky virou-se para Andrew.

— Três? TRÊS?!? Isso não pode estar certo — disse, olhando por cima do calombo de sua barriga para a residente entediada. — Pode verificar de novo, por favor? Estou em trabalho de parto desde às três horas da manhã.

A residente franziu os lábios e botou a mão novamente.

— Três — disse.

"Merda", pensou Becky. Depois de todo esse tempo, nutrira o sonho secreto de que estaria mais para a linha de oito ou nove centímetros de dilatação e pronta para empurrar.

— Quer voltar para casa? — perguntou Andrew.

Becky balançou a cabeça.

— Não posso — disse. — Minha mãe está prestes a ter uma crise nervosa. Vamos arrumar logo um quarto.

— Devo pedir para Sarah vir?

— Só se ela vier em um ônibus cheio de morfina — Becky falou e tentou sorrir. — Claro. Vá chamá-la. Ela elevou a voz e chamou a enfermeira. — Ei, eu e meu colo do útero com essa porcaria de três centímetros de dilatação gostaríamos de dar entrada.

— Vou avisar a imprensa — a enfermeira gritou de volta.

Uma hora depois, o que era 45 minutos a mais que Ayinde levara, Becky e Andrew estavam no quarto.

— Já pensou em jogar basquete profissional? Porque eu percebi que melhora muito o atendimento por aqui — Becky disse, estatelando-se na cadeira de balanço, tentando não perceber a forma como ela beliscava seus quadris, e balançando-se para frente e para trás preparando-se para a próxima contração.

Andrew balançou a cabeça.

— Quer que eu ligue para sua mãe?

— Diga-lhe que já demos entrada, mas para não vir ainda — Becky falou. — Não quero que fique sentada na sala de espera a noite toda. Ela realmente teria uma crise nervosa. Pelo menos na nossa casa há coisas para ela organizar.

Ele assentiu e depois limpou a garganta.

— Posso chamar minha mãe?

— Ela sabe que estou em trabalho de parto, certo?

Andrew assentiu. Pelo silêncio dele, ela podia adivinhar exatamente qual fora a opinião de Mimi sobre Becky optar pelo trabalho de parto em vez da cesariana marcada.

— Vamos chamá-la só quando o bebê já estiver aqui, está bem?

Andrew franziu o cenho para ela.

— Ah, não faça essa cara amuada — Becky falou. — Era esse o plano, certo?

— É só que é uma ocasião feliz — Andrew disse. — Sinto-me mal por não estarmos deixando minha mãe participar.

— Se ela fosse capaz de agir como um ser humano normal — Becky começou, antes que uma contração a interrompesse. Foi bom. Andrew parecia arrasado todas as vezes em que Becky reclamava a respeito de sua mãe, o que, ela tinha de admitir, acontecia mais do que gostaria sempre que o assunto Mimi vinha à tona. — Olhe — disse quando a contração diminuiu —, ela é um pouco ansiosa, como você sabe, e só acho que seria melhor para mim, melhor para o parto, melhor para o bebê, se eu não tivesse de me preocupar com o fato de ela estar aqui. Assim que o bebê chegar, ligue à vontade, mas, por enquanto, quero que sejamos só nós dois. Bem, nós dois e Sarah. E o bebê — olhou desoladamente para a barriga. — Logo, eu espero.

Andrew assentiu e saiu para o corredor para ligar para Edith. Quando voltou, estava esfregando os olhos.

— Deite-se — Becky disse, meio na esperança de que ele não aceitasse sua oferta. Não deu sorte. Andrew traçou uma linha reta até a cama.

— Só vou fechar os olhos por um minuto — disse. Aproximadamente dez segundos depois, ele estava completamente adormecido, deixando Becky sozinha no escuro.

— Droga — ela sussurrou. Esquecera-se que o sete anos de 14 horas por dia que Andrew passara em hospitais lhe haviam dado a fantástica habilidade de adormecer imediatamente em qualquer coisa que se parecesse com uma cama.

Outra contração começou.

— Sabe — ela respirou com dificuldade —, isso dói muito mais que a Naomi Wolf me fez acreditar. — Andrew roncava, dormindo. Becky agarrou a barriga, gemendo, tentando respirar durante a contração da forma como havia praticado, sentindo-se envergonhada de si mesma. Quando estivera em um quarto no fim do corredor com Ayinde, uma partezinha secreta dela havia acreditado que seria mais forte que sua amiga, que, independentemente de quanto doesse, ela não iria gritar ou se contorcer ou pedir ajuda a Jesus. Bem feito. Aqui estava, sentada, gritando e se contorcendo como uma profissional, e o único motivo para ainda não ter pedido ajuda a Jesus era por ser judia. E Becky tinha certeza de que, em uma ou duas horas, dada a intensidade de suas contrações, isso seria esquecido e ela aceitaria qualquer intervenção divina que pudesse conseguir.

Uma enfermeira enfiou a cabeça no quarto e pegou a prancheta ao lado da cama, onde o plano do parto de Becky estava disposto proeminentemente.

— Muito bem, então vamos fazer isso do modo natural — disse com um sorriso.

"Não", Becky queria gritar. "Não, não! Eu estava doidona quando escrevi isso! Eu não sabia do que estava falando!" *Tragam as drogas!* Mas manteve a boca fechada e tentou ficar imóvel enquanto a enfermeira encontrava o batimento cardíaco do bebê com um monitor manual.

— Ai, ai, ai — Becky gemeu, mudando o peso do corpo de um pé para o outro enquanto a contração a rasgava por dentro. O celular de Andrew começou a tocar. — Ah, está brincando comigo — Becky gemeu, sabendo instantaneamente de quem era a misteriosa chamada. — Você nem devia usar celulares aqui dentro!

— Vai ser só um minuto — ele disse, curvando o corpo para longe dela, apertando o telefone contra a orelha. Becky podia ouvir cada uma das palavras de Mimi.

— An-DREW? O que está acontecendo? Não tenho notícias suas há horas! Liguei para sua casa, mas alguém... — Becky fez uma careta. Por motivos que ela nunca entendeu, Mimi sentira uma antipatia instantânea pela mãe de Becky e recusava-se até mesmo a pronunciar seu nome — ...disse que você não estava. Onde você está?

— Andrew — Becky sussurrou —, é de madrugada e eu estou em trabalho de parto. Onde ela acha que estamos? Em Key West?

— Bem, mamãe, na verdade estamos meio ocupados neste momento.

"Não", Becky fez freneticamente com a boca. "Não!"

— Shh — Andrew sussurrou e virou-se para a janela, deixando que Becky batesse em vão no ombro de sua camisa xadrez.

— Ah, meu DEUS! — Mimi gritou. — O bebê está chegando? É isso? Ah, ANDREW! Eu vou ser vo-VÓ! — houve um clique e depois silêncio. Andrew fechou os olhos e bateu com a testa contra a parede.

— Só a mantenha na sala de espera — Becky disse. — Por favor. Sério. Se você me ama um pouquinho, mantenha-a na sala de espera.

Ele se abaixou e apertou as mãos dela.

— Eu prometo — disse.

— É melhor — ela falou. — Porque eu já agüentei tudo o que podia.

Houve uma batida na porta e lá estava Sarah, de casaco de moletom e *jeans*, o cabelo preso para trás em um rabo-de-cavalo, sorrindo para eles, com uma mochila transbordando nos ombros.

— Ei, vocês dois — disse. Becky sentiu-se melhor só de olhar para ela. Deixou que Sarah a levasse de volta para a cadeira de balanço e disse a Andrew para voltar a dormir.

— Tire um cochilo — Sarah insistiu. — Vamos precisar de você mais tarde.

Dez minutos depois, Andrew estava roncando de novo, os braços estendidos, os óculos tortos no rosto, e Becky estava se agachando na bola facilitadora de parto, com Sarah acocorada atrás dela, enterrando os nós dos dedos nas costas de Becky.

— Sente-se melhor com isso?

— Sim. Não. Ainda é horrível — Becky disse. Sentia-se mole como um pano molhado, mais cansada que se sentira em toda a sua vida. Dói, dói, dóóóói — gemeu, balançando a cabeça para a frente e para trás, o cabelo suado grudando nas bochechas. — Faça parar, faça parar, faça parar.

Sarah passou os braços em volta de seus ombros e balançou-se com ela.

— Você está se saindo bem — disse.

Becky não tinha certeza. Talvez este fosse o grande equalizador que ela estivera esperando — não a gravidez em si, mas o parto que botava todas as mulheres, magras e gordas, negras e brancas, ricas e pobres e entre uma coisa e outra, no mesmo nível, abatidas pelo medo, implorando por drogas, querendo só que a dor parasse e que o neném chegasse.

— Shh — Sarah a reconfortou, enquanto as contrações subiam e desciam, subiam e desciam. Ela abriu a página que Becky havia marcado em *Nascimento do interior*. — Visualize seu colo do útero. Veja-o abrindo-se como uma flor — Sarah colocou o livro de volta. — Não acredito que falei isso em voz alta.

— FODA-SE meu colo do útero — Becky choramingou, apoiando-se nos ombros de Sarah. — Como é que as mulheres fazem isso?

— Até parece que eu sei — disse a amiga. — Quer que eu chame uma enfermeira?

Becky balançou a cabeça, sentindo os cachos suados grudando em suas bochechas enquanto Sarah a ajudava a ficar de pé e se apoiar na parede.

— Isso não tem como ficar pior.

A porta do quarto se abriu e uma cunha triangular de luz se derramou na escuridão, seguida de uma voz familiar.

— Ooooooooooiiiiiiiêêê — o que era a aproximação de Mimi para "Oi".

— Ah, merda — Becky sussurrou no ombro de Sarah. — Errei de novo.

Mimi apertou os olhos e olhou de soslaio para Sarah, dirigindo-se para a enfermeira que acabara de entrar pela porta.

— O que ELA está fazendo aqui? — exigiu saber. Sua voz estava em seu padrão de dois ou três decibéis alta demais para o quarto. — Disseram que ninguém podia entrar!

Becky mordeu o lábio. Talvez mentir tivesse sido um erro.

A enfermeira olhou para a ficha, depois para Sarah.

— Ela é a *doula* de Becky — falou.

— Bem, aquele é meu filho, que é cirurgião neste hospital, e aquela — disse, apontado na direção do abdome de Becky — é minha neta.

"E eu sou o quê?", Becky pensou. "Um *tupperware?*"

Mimi estendeu o dedo trêmulo na direção de Sara.

— Se ELA pode ficar, então eu também posso!

Andrew sentou-se na cama.

— Mamãe?

— Mimi — Becky sussurrou. — Andrew e eu realmente queríamos privacidade para isso.

— Ah, não se preocupe! Não vai nem perceber que estou aqui! — ela chutou a bola de parto para o canto, sentou-se na cadeira de balanço e tirou uma câmera de vídeo da bolsa. "Inacreditável", Becky pensou.

— Sorria bonitinho — Mimi disse, acendendo a luz de cima e apontando a lente para a nora. — Ah, meu Deus, você está precisando de um pouco de batom.

— Mimi, eu não quero batom! Por favor, apague a luz e... Ah, Deus! — Becky gemera enquanto começava outra contração.

— Bem, não precisa ser dramática — Mimi anunciou e chegou mais perto com a câmera, falando no gravador. — Oiê, sou eu, Mimi, sua avó, e estamos no hospital sábado de manhã...

— MIMIIIIII!!!

— Muito bem, mamãe — Andrew disse. Pegou o cotovelo da mãe com uma das mãos, a bolsa com a outra, e começou a empurrá-la em direção à porta. — Vamos para a sala de espera.

— O quê? — Mimi guinchou. — Por quê? Tenho todo o direito de estar aqui, Andrew. Esta é MINHA neta e não entendo por que você quer uma... uma du-du ou o que quer que ela seja aqui com vocês enquanto sua própria mãe é abandonada no frio...

A porta fechou-se abençoadamente atrás deles. Sarah ergueu as sobrancelhas.

— Nem me pergunte — Becky falou ofegante. As contrações não pareciam terminar, desenrolando-se por horas. Andrew e Sarah se revezavam andando com ela, massageando seus pés e suas costas até o Sol nascer, e então começaram a espaçar, diminuindo para uma a cada cinco minutos... depois a cada sete... depois a cada dez.

O rosto normalmente alegre do Dr. Mendlow estava sério, a testa enrugada conforme terminava o exame.

— Ainda está com três centímetros — falou. Andrew segurava uma das mãos dela e Sarah segurava a outra. Becky começou a chorar.

— Essas são as más notícias — o médico continuou. — As boas notícias são que os batimentos cardíacos ainda estão fortes. Mas, por algum motivo — e pode ser o tamanho do bebê, no qual, como você sabe, temos ficado de olho —, a cabeça do bebê não está baixa o bastante para fazer o colo do útero realmente dilatar — ele se sentou na beirada da cama de Becky. — Podemos experimentar Pitocin para ver se isso faz as contrações recomeçarem.

— Ou? — Becky perguntou.

— Ou podemos fazer uma cesariana. O que, dado que já estamos com 42 semanas e dado o que suspeitamos sobre o tamanho da cabeça do bebê, é o que eu recomendaria.

— Vamos fazer — Becky decidiu instantaneamente. Andrew parecia chocado.

— Becky, você tem certeza?

— Não quero Pitocin — ela disse. Ela retirou os cachos úmidos das bochechas. — Porque aí as contrações vão me matar e vou precisar de uma peridural de qualquer maneira, e posso acabar precisando de uma cesariana depois disso tudo, então é melhor fazer agora. Vamos fazer.

— Por que não tiram um tempo e conversam a respeito? — disse o Dr. Mendlow.

— Não precisamos de tempo — disse Becky. — Eu quero uma cesariana. Vamos, vamos, vamos!

Acabou levando duas horas. Como Becky recusara o soro antes, eles botaram um para hidratá-la. A chegada do anestesista não melhorou as coisas. Ele se apresentou como Dr. Bergeron e parecia um poeta francês devasso, magro e pálido, de cabelo comprido e cavanhaque, o tipo do cara que faz seu próprio absinto nos fins de semana e pode ter um ou dois cadáveres guardados no porão. Havia um respingo de sangue no punho de seu jaleco.

— Você acha que ele usa heroína? — Becky sussurrou para Andrew, que deu uma longa olhada para o médico antes de balançar a cabeça.

Então ela estava na sala de cirurgia, com uma meia dúzia de rostos novos se apresentando — Dr. Marcus, um dos residentes... Carrie, a enfermeira-anestesista... "Eu sou Janet, vou assistir o Dr. Mendlow." "Por que os médicos têm sobrenomes e as enfermeiras só têm o primeiro nome?" Becky ficou pensando. Uma das enfermeiras a ajudou a sentar-se ereta e passar os braços em torno dos ombros de Carrie enquanto o anestesista de visual gótico passava um algodão com algo gelado em suas costas.

— Vai sentir uma picadinha e depois uma queimação — ele disse. Ela podia sentir o cheiro do álcool e a sala de repente parecia clara demais, fria demais e seu corpo inteiro estava tremendo.

— Nunca fui operada antes — tentou dizer à Carrie. — Nem mesmo quebrei um osso! — Carrie a deitou lentamente de novo na mesa.

— Oi, Becky — finalmente Andrew estava lá, de jaleco e touca, com uma máscara cirúrgica do avesso. Becky riu enquanto levantavam o lençol até a altura de sua cintura. Ele deve estar tão nervoso, pensou, para botar isso errado.

— Ei, querida — disse o Dr. Mendlow. Becky não podia ver seu rosto, mas seus olhos eram carinhosos e tranqüilizadores acima da máscara.

— Você está bem? — Andrew sussurrou, e ela assentiu, sentindo lágrimas escorrerem de seus olhos e empoçaram nas orelhas.

— Só com um pouco de medo — ela sussurrou. — Ei, se eu sentir enquanto cortam, você os fará parar, certo?

— Hora da incisão, 10h48.

Incisão?

— Eles já começaram? — Becky perguntou.

Andrew assentiu. Ela podia ver a ação refletida nos óculos dele. Havia muito vermelho. Ela fechou os olhos.

— O bebê já saiu?

Risos.

— Ainda não — disse o Dr. Mendlow. — Você vai sentir muita pressão.

Ela fechou os olhos bem apertados. "Bebê", pensou, "agüente firme, bebê".

— Sucção — pediu o Dr. Mendlow. — Aaah, ela está bem apertada.

E aí ouviu alguém dizer, "Ah, lá está ela!", e houve um grito — não um gritinho de bebê, mas um grito como uma erupção, furioso, do tipo "O que vocês estão FAZENDO comigo?"

— Olhe para cima — disse o Dr. Mendlow. — Aqui está seu bebê!

E lá estava ela, sua pele do mesmo tom de rosa que a parte de dentro de uma concha, lambuzada de sangue e placenta branca, os olhos bem fechados, a cabeça perfeitamente careca, a língua vibrando enquanto ela urrava.

— Como ela se chama, mamãe? — uma das enfermeiras perguntou.

"Mamãe", Becky pensou maravilhada.

— Ava — disse. — Ava Rae.

— Papai, quer vir até aqui?

Andrew saiu de seu lado. Ela observou enquanto ele ia até a balança e para a mesa onde limparam os braços e as pernas agitados de Ava, a pesaram, a embrulharam em um cobertor e botaram um gorro listrado em sua cabeça.

— Ela é perfeita, Becky — ele falou, chorando também. — Ela é perfeita.

As horas seguintes eram um borrão. Becky lembrava-se do Dr. Mendlow perguntando a Andrew se ele queria olhar seu útero e seus ovários —

"Está vendo, bem aqui, muito saudáveis!" — e de pensar que ele parecia um vendedor de carros usados tentando convencer um cliente a fazer uma compra. Lembrava-se de Andrew lhe dizendo que suas mães estavam lá fora e que uma enfermeira trouxera Ava para que elas a vissem. Lembrava-se de ser empurrada para a sala de recuperação, que não era nada mais que uma seção do andar de parto separada por cortinas. Lembrava-se de estar deitada em uma maca estreita demais, tremendo dos pés à cabeça. De vez em quando, passava a mão na barriga, procurando pelo volume duro, sentindo, em vez disso, algo que parecia um tubo interno desinflado e quente. E seus dedos do pé... ela conseguia vê-los pela primeira vez em semanas.

— Oi, pessoal! — disse e tentou mexê-los. Não funcionou. Becky ficou pensando se era algo com que devia se preocupar.

Outra enfermeira entrou alvoroçada em seu cubículo cortinado, trazendo um embrulho enrolado em um cobertor listrado de rosa e azul.

— O bebê chegou! — anunciou.

E lá estava Ava, com o rosto rosado perfeitamente redondo e uma das orelhas para fora do gorro em um ângulo engraçado.

— Oi — Becky disse, passando um dedo por sua bochecha. — Oi, bebê!

Deixaram que ela segurasse o bebê por um minuto. Becky a pressionou contra o peito.

— Estou tão feliz que esteja aqui — falou. Ofereceu o peito ao bebê, mas Ava não estava interessada... apenas piscou e olhou em volta, parecendo estar entre pensativa e descontente, como alguém que tivesse adormecido lendo um livro muito bom e ainda estivesse tentando entender em que mundo estava, o real ou o que havia imaginado enquanto lia.

— Querida — Becky sussurrou antes que a enfermeira a levasse embora.

Andrew estava sentado em um banco com rodinha e rolou até a cabeceira de Becky.

— Você é incrível — disse, e beijou a testa dela.

— Eu sei! — Becky falou. — Mas não consigo parar de tremer!

— É a anestesia. Vai parar. Quer que eu pegue um cobertor para você?

— Não. Não. Fique comigo. — Becky fechou os olhos, imaginando que, em algum lugar não muito longe, podia ouvir Mimi abrindo caminho com os cotovelos, passando pela mãe de Becky e gritando "Dêem-na para mim! Deixem-me pegá-la! Ela é minha neta! Minha! MINHA!" Suspirou, achando que seu pai teria posto um ponto final na maluquice de Mimi se estivesse vivo. Ele teria ficado tão feliz...

Ela enxugou os olhos.

— Você está bem? — Andrew perguntou.

Becky assentiu.

— É melhor você ficar com o bebê — disse.

— Tem certeza? Nossas mães estão lá fora e Sarah está dormindo na sala de espera.

— Então você definitivamente deve ir — disse Becky, incapaz de se livrar da imagem de Mimi agarrando o embrulhinho enrolado no cobertor e saindo correndo.

Andrew a beijou novamente e saiu do cubículo e Becky ficou sozinha, sem nem mesmo o bipe de uma máquina para lhe fazer companhia.

— Eu sou mãe — murmurou. De certa forma, não parecia real. Esperou que o sentimento que havia imaginado, aquela avalanche de puro êxtase e um amor avassalador e incondicional por todas as pessoas no mundo inteiro a tomasse. Parecia ainda não ter começado. Por que Ava gritara tanto quando a tiraram? Por que não tinha se interessado em mamar? Por que só pesava três quilos e 700 gramas quando os médicos achavam que teria quase quatro quilos e meio? Será que havia algo de errado com Ava? Algo que não estavam lhe contando?

Uma enfermeira veio trazendo um saco transparente preso a um suporte.

— Sua bomba de morfina! — anunciou.

— Uhuuu! — disse Becky. Não que alguma coisa já estivesse doendo, mas não estava interessada em explorar a possibilidade de que, em algum momento após a cirurgia, algo fosse doer. A enfermeira entregou um botão para Becky e explicou que ela podia apertá-lo uma vez a cada dez minutos para uma dose extra.

— Você tem um cronômetro? — Becky perguntou. A enfermeira riu, lhe deu alguns pedaços de gelo e puxou a cortina, fechando-a.

— Eu sou mãe — murmurou de novo. Esperava sentir-se mudada, transformada, virada do avesso e tornada completamente diferente. Até agora, não se sentia. Evocou uma imagem de sua cruel tia Joan, que aparecera na festa de seu décimo aniversário e a puxara de lado antes do bolo e dos presentes para sibilar que ela não precisava de uma fatia tão grande de bolo e se não gostaria de uma maçã em vez disso, e esperou que a magia da maternidade passasse uma esponja em suas lembranças. Não. Nada aconteceu. Descobriu que ainda odiava a tia Joan... o que significava que a maternidade a deixaria inalterada. Ela seria ela mesma, basicamente, só que dormindo menos e com uma nova cicatriz. Ai, meu Deus. Becky apertou o botão da morfina esperançosamente, pensando que, se não podia ter tranqüilidade emocional, pelo menos podia ter narcóticos.

Como se o suspiro a tivesse chamado, a enfermeira reapareceu.

— Seu quarto deve estar pronto logo — disse. — Quer um pouco mais de morfina? O Dr. Mendlow deixou ordens dizendo que você podia ter mais.

— Claro — ela disse, pensando, por que não? Mal não faria. Apertou o botão novamente enquanto a enfermeira injetava algo na bolsa do soro. Ela não estava mais tremendo. Sentia-se agradavelmente quente por todo o corpo, como se estivesse deitada em uma praia. E finalmente conseguia mexer os dedos dos pés!

— Olhe só para mim — falou para a enfermeira e apontou para os pés. — Eu sou mãe!

— Sim, você é — a enfermeira falou, dando tapinhas em seu ombro. Becky fechou os olhos e, quando os abriu de novo, estava flutuando pelos corredores, rindo, e Andrew pairava acima dela, parecendo preocupado.

— Quanta morfina eles lhe deram? — ele perguntou.

— Aperte meu botão, aperte meu botão! — Becky disse.

Em vez de apertar o botão, ele olhou por cima da cabeça dela para a enfermeira.

— Quanta morfina ela tomou?

Becky começou a rir ainda mais, apesar de sentir uma vaga, porém perturbadora sensação de empuxo na base de sua barriga. De onde haviam tirado o bebê.

— Ei, eu tive um bebê!

— Isso mesmo — disse Andrew, com um sorriso largo e preocupado.

— Ava — Becky contou à enfermeira, enquanto empurravam sua maca para dentro do quarto e a colocavam, ainda rindo, na cama. — Ela se chama Ava. Não é um nome lindo? — Aqui está ela! — disse a enfermeira, enquanto entrava pela porta empurrando uma mesa de rodinhas com um retângulo de plástico em cima. E, dentro do retângulo, enrolada em cobertores limpos, usando um gorrinho listrado de azul e rosa e uma pulseira eletrônica em volta do tornozelo, estava Ava. Não estava mais gritando, mas piscando e olhando em volta.

Becky esticou o braço, ainda com o soro pendurado.

— Bebê — instruiu. Andrew pegou o bebê de seu pequeno ninho e a entregou a Becky.

— Bebê — Becky sussurrou para Ava.

— Bebê — Andrew sussurrou para a esposa.

— Aperte meu botão — Becky sussurrou de volta.

— Acho que você já tomou morfina suficiente.

— Estou tentando não sentir dor — Becky explicou. — Aperte, aperte, aperte!

— Está bem, tudo bem — ele falou, enquanto Edith entrava no quarto, os olhos cheios d'água.

— Ah... ah, Becky! — Edith falou, caindo em prantos enquanto absorvia a visão de Becky com o bebê nos braços. — Ah, Becky... ela é tão linda... Eu só queria que seu pai...

— Eu sei — Becky disse, sentindo seus próprios olhos se encherem de água. — Também sinto saudades dele.

Edith assoou o nariz enquanto Ava abria a boca e começava a chorar. Andrew e Becky olharam um para o outro.

— Ah, merda — Becky disse. — Pegue o bebê, pegue o bebê!

— Ela está com você — ele falou, de um modo que ela achava que pretendia ser encorajador.

— Eu estou alucinada! — Becky protestou. — Não posso ficar com o bebê! Pegue-a! Ah, meu Deus, ela está chorando. Chame uma enfermeira!

— Está tudo bem — ele disse, rindo um pouco. — Está tudo bem.

Ele aninhou a cabeça do bebê contra o peito dela.

— Shhh, shhh — falou. Ava parou de chorar e olhou para eles, seus olhos de cor nenhuma e de todas as cores ao mesmo tempo.

— Olá, linda — Becky sussurrou. Ava bateu seus cílios finos e bocejou. Becky ficou olhando para ela até que, finalmente, as duas dormiram.

— Oooooooiêêêê.

Becky abriu de leve um olho. O quarto do hospital estava um borrão — a morfina, ela supunha — e em silêncio a não ser pelo ronco de Andrew e aquele barulho horrível de sua sogra.

— Oooooooiêêêê.

Lá estava sua sogra, Mimi Breslow Levy Rabinowitz Anderson Klein, ladeada por duas de suas amigas, mulheres minúsculas com *twin sets* de caxemira e *jeans* de cintura baixa expondo os ossos de seus quadris de 60 e tantos anos. "Carneiro vestido de cordeiro", Becky pensou, olhando para o buraco enrugado do umbigo da sogra. As três estavam alinhadas por cima do bercinho de Ava. A cabeça de Mimi estava pendurada a centímetros da do bebê, tão próxima que seus narizes estavam praticamente se tocando.

— Aah, Anna Banana — Mimi disse, aproximando a cabeça.

"Ah", Becky pensou. "Ah, não". Anna fora o nome da mãe de Mimi. Becky sabia que Andrew dissera à mãe que estavam planejando batizar o bebê com seu nome. Mas Andrew certamente devia ter dito que haviam dado ao bebê o nome de Ava, não Anna. E, mesmo que ele não tivesse dito, o nome de Ava estava escrito claro como o dia no cartão rosa de 7 por 12 centímetros preso ao bercinho.

— Doce e pequena Anna — Mimi murmurou para suas amigas. — E vejam só o que eu trouxe para ela! — Procurou com a mão livre dentro da bolsa e puxou um *top* rosa miniatura com a palavra GOSTOSA escrito em paetês na frente.

— Não é uma graça? — perguntou, enquanto suas amigas arrulhavam sua aprovação. Becky ficou imaginando se a roupa vinha com um fio-dental combinando. E o cafetão "à venda separadamente".

— Vamos ver como fica! — uma das amigas de Mimi falou.

Mimi levantou o bebê do bercinho, parecendo não perceber quando sua cabeça caía para a frente e começou a vestir o *top*.

— Ei — Becky tentou dizer, mas sua garganta estava tão seca que as palavras saíram como um sussurro. Ela olhou para Andrew, desejando que ele acordasse e desse um fim naquilo, enquanto Mimi enfiava a mão devagarinho debaixo do berço e furtava clandestinamente uma das mamadeiras que a enfermeira da noite deixara ali. Becky esperou até que Mimi houvesse quase posto o bico na boca do bebê e então empurrou-se para cima até estar ereta, trincando os dentes por causa da dor, sem nem perceber que o lençol que uma das enfermeiras pusera em cima dela escorregara de seu peito.

— O que você está fazendo? — ela perguntou. Mimi pulou com o som da voz grossa de sua nora. A mamadeira voou de sua mão.

Uma das amigas de Mimi olhou para Becky.

— Ah, meu Deus, ela não tem nada debaixo dessa camisola — disse.

— O que você está fazendo? — Becky perguntou novamente, apontando para o bercinho com a mão que não estava com a agulha do soro.

— Eu... ela...

Andrew rolou em sua cama de armar.

— Com licença! Ela estava com fome! — Mimi falou estridentemente. — Eu só ia...

— Eu estou amamentando — Becky disse. Apontando para o cartão que anunciava para o mundo inteiro que AVA ROTHSTEIN-RABINOWITZ É UMA MENINA QUE MAMA NO PEITO!

— Se ela estiver com fome, simplesmente passe-a para mim.

Mimi pegou o bebê pelas axilas com menos cuidado que teria com um saco de cinco quilos de farinha e o entregou.

— E o nome dela é Ava — Becky disse.

As sobrancelhas de Mimi se curvaram para baixo e sua boca recém-pintada de batom fechou-se apertada. Virou-se para o filho, que ainda estava deitado na cama de armar.

— O quê? POR QUÊ? Ela ia ter o nome da minha mãe! Isso deveria ser minha homenagem!

— Ela tem o nome da sua mãe — Andrew disse brandamente. — Ela se chama Ava.

— O nome da minha mãe não era AVA! O nome da minha mãe...

— Começava com a letra A. E Ava também começa — Becky disse e olhou para Mimi, praticamente desafiando-a a começar uma briga, sabendo o que diria depois que a sogra tivesse mordido a isca. — "Você deu a seu filho o nome que quis; nós temos o mesmo direito."

A boca de Mimi abriu e fechou, abriu e fechou. Becky abriu a camisola. Mimi encolheu-se.

— Podemos conversar sobre isso depois — falou, saindo do quarto tão rapidamente que quase tropeçou nos saltos altos. Suas amigas saíram correndo atrás dela. Becky ajeitou Ava de encontro a si e olhou para Andrew, que estava olhando o bebê vestida com o *top* de GOSTOSA.

Ele esfregou os olhos novamente.

— É isso que o hospital dá para as menininhas agora?

— Não, isso é o que a sua mãe está dando para as menininhas agora. E por que ela estava tentando alimentar o bebê sem nos perguntar antes?

— Não tenho certeza — ele murmurou, juntando as mamadeiras e escondendo-as em sua pasta —, mas não vai acontecer de novo. Vou conversar com ela.

"Como se adiantasse alguma coisa", Becky pensou.

— E "GOSTOSA"? — perguntou, apontando para a camiseta ofensiva. — Sei que não discutimos isso, mas acho que devemos esperar um pouco antes de deixarmos o bebê usar coisas que digam GOSTOSA.

Seis meses, pelo menos — então ela riu. — Viu a rapidez com que Mimi saiu daqui? Meus mamilos são criptonita para ela!

Andrew mordeu o lábio. Becky podia ver que ele estava se esforçando para não sorrir.

— Becky, ela é minha mãe — ele disse, mas falou a frase rapidamente e sem convicção. Ava parou de mamar e abriu os olhos.

— Não se preocupe — Becky sussurrou para sua filha. — Não vamos deixar que ela a incomode nem um pouco.

KELLY

— Muito bem — Kelly gritou, enquanto entrava em seu apartamento com o bebê Oliver nos braços e seu marido, seu cachorro e três irmãs em seu rastro.

— Terry, tem lasanha no *freezer*. Preaqueça o forno em 350 graus e asse-a por uma hora. Mary, incomoda-se de levar meu *laptop* para o quarto? Quero mandar um anúncio... ah, e pode me trazer a câmera digital para eu poder fazer o *download* das fotos? Steve, se você for à pasta Meus Documentos no *desktop*, há um arquivo chamado "Oliver semana um". Pode, por favor, incluir uma fralda molhada às 10h45? E, Doreen, pode levar Lemon para dar uma volta?

Suas irmãs e seu marido se dispersaram, deixando Kelly sozinha com o bebê, que estava dormindo, os olhos bem fechados e a boca aberta, em seus braços. Ele tinha as orelhas e o queixo de seu marido, mas os olhos e a boca tinham exatamente o mesmo formato que os dela.

— Olá, Oliver — ela sussurrou. — Bem-vindo ao lar.

— Ela o colocou gentilmente no berço e ajoelhou-se perto da estante. Os pontos doíam, mas conseguiu puxar sua cópia de *O que esperar quando você está esperando* da prateleira e substituí-la por *O que esperar no primeiro ano*. Quando olhou para cima, Steve estava no vão da porta, mudando o peso do corpo de um pé para o outro.

— A fralda molhada foi incluída e a chupeta está limpa.

— Pode tirar os sapatos? — Kelly pediu. Queria pedir para ele tomar um banho e trocar de roupa porque tinha certeza de que ainda estava repleto de germes do hospital, mas não tinha certeza de como ele aceitaria isso.

Ele pôs os tênis ao lado da porta.

— Ei, me desculpe quanto às fotografias.

Kelly levantou-se e andou lentamente de volta à cadeira de balanço, ouvindo o que pareciam ser suas irmãs vasculhando seu armário.

— Esta cor fica bem em mim? — ouviu Terry perguntar.

— Terry, não toque! — gritou em direção ao quarto.

— Tudo bem — disse para Steve, sentando-se devagar na cadeira de balanço. — As enfermeiras tiraram umas fotos bonitas. Você sabe, depois que o reanimaram.

— Não sei o que aconteceu — Steve falou. — Foi só... — ele engoliu em seco. — Havia muito sangue.

"Não é como se fosse seu sangue", Kelly pensou. O parto fora horrível. Ela se rasgara antes da episiotomia e perdera tanto sangue que precisara de uma transfusão e Oliver tivera febre, então passara as primeiras duas noites de sua vida na UTI natal, e Steve, em vez de ser útil e amoroso e apoiá-la, desmaiara durante o parto e abrira a testa na quina da mesa cirúrgica. Os dois haviam voltado do hospital com pontos.

Terry e Doreen estavam de pé na porta do quarto do bebê. Terry segurava uma blusa de seda azul-clara; Doreen tinha uma corrente de ouro nas mãos.

— Posso pegar isto emprestado só por esta noite? — Terry pediu, transformando a pergunta em uma palavra só.

— E isto? — Doreen perguntou, segurando o colar. — Anthony e eu vamos sair para jantar.

— Tudo bem, tudo bem — Kelly disse exausta, sabendo que era pouco provável que visse a blusa e o colar de novo ou, se os visse, estariam manchados, rasgados ou quebrados. No berço, Oliver deu um bocejinho, como um gato.

— Está tudo bem — Kelly falou. — Agora, Steve, por que você não faz o *download* das fotos, escolhe a melhor e vai ao *website* que nós marcamos para podermos encomendar o anúncio do nascimento.

— Ei, vocês têm conexão aqui? — perguntou Mary, entrando no momento em que Terry e Doreen saíam com a blusa e o colar. — Posso dar uma olhada no meu *e-mail* rapidinho?

— Claro — disse Kelly. Mary saiu. Steve suspirou e encostou-se na parede. O curativo em sua testa estava começando a parecer encardido nas beiradas. Kelly ficou pensando se poderia trocá-lo.

— Estou acabado — ele falou.

Kelly tentou demonstrar simpatia. Ela também estava acabada. Ela também sofrera com o barulho do hospital e com as enfermeiras, que a acordavam e ao bebê a cada quatro horas para verificar seus sinais vitais.

— Que tal um café? — perguntou e enfiou a cabeça para fora da porta. — Ei, Terry, pode fazer café?

— Você não devia beber café — Terry falou, despencando de volta no quarto do bebê. A irmã caçula de Kelly estava de *jeans* desbotado, justo, uma camisa azul e roxa cujos punhos caíam além de seus punhos, mocassins costurados a mão e brincos de penas. — Causa coisas horríveis às suas tripas. Fiz dois enemas em Vermont e você não acredita nas coisas que saíram de dentro de mim.

— Terry, ninguém quer ouvir a respeito das coisas que saíram de dentro de você — disse Doreen.

Doreen também estava de *jeans*, mas os dela estavam engomados e pareciam novos, e ela os combinara com um moletom cor-de-rosa e tênis sensatos... e, Kelly viu, seu colar de ouro.

— Sério — falou Mary. Mary usava uma camiseta Wing Bowl e um *short* cáqui com bolsos grandes. Kelly ficou imaginando o que haveria dentro deles. Maquiagem, talvez. A última visita de Mary coincidira um pouco demais com o desaparecimento do delineador favorito de Kelly.

— Ei, vocês! — Kelly disse. Suas irmãs viraram-se para encará-la.

— Mary, vá fazer café para Steve. Doreen, pode trazer minha pasta para o quarto? As roupas sujas estão na sacola de plástico e tudo o que estiver dobrado você pode simplesmente deixar em cima da cama.

Terry... — sua voz sumiu. Sua irmã caçula, o membro mais bonito e, ai, mais estúpido da família a encarava, os lábios cor de morango separados. — O que você está fazendo com o esterilizador?

— Ah, é isso o que é? — Terry perguntou, tirando o polegar de dentro do aparelho. — Acho que não tenho de lavar as mãos tão cedo. — As três saíram pela porta.

Um minuto depois, Oliver começou a chorar. Kelly olhou para o relógio. Eram quatro horas, uma hora depois que tinha recebido alta do hospital, e Oliver comera pela última vez... Ela puxou seu Palm Pilot. Fralda molhada às 9h, mamada durante 15 minutos às 10h, depois de novo às 11h20, fralda de cocô ao meio-dia, cochilo de 45 minutos...

— Acho que ele está com fome — falou. Ela foi tirar Oliver do berço. Steve chegou primeiro.

— Ei, garotão — disse, suspendendo o bebê no ar. O pescoço de Oliver oscilou. Kelly sufocou um grito.

— Steve, tenha cuidado!

— O que foi? — Steve perguntou. Ele estava usando uma de suas velhas camisetas da Penn, *jeans* e uma barba por fazer de três dias. Desde que perdera o emprego, deixara de se barbear regularmente e Kelly vinha tentando, com algum sucesso, não reclamar disso ou das roupas e sapatos e revistas que ele deixava pelo chão.

— O pescoço dele! Tenha cuidado!

Steve olhou para ela como se fosse louca, depois deu de ombros e entregou-lhe o bebê. Kelly ajeitou Oliver na dobra do braço e sentou-se na cadeira de balanço, onde puxou a blusa para cima e tentou soltar o sutiã.

— Precisa de ajuda? — Steve perguntou.

Ela balançou a cabeça e levou o rosto de Oliver ao seio. Onde nada aconteceu.

— Vamos lá — Kelly sussurrou, sacudindo Oliver em cima do joelho. — Vamos, vamos, vamos, vamos! — ela estava tentando se lembrar de tudo o que havia aprendido na aula de amamentação e praticado no hospital. Apóie a cabeça. Aperte o mamilo e alinhe-o com a boca do bebê. Espere até a boca esteja bem aberta e então empurre rosto dele em direção ao seio. Ela alinhou. Ela empurrou. Nada. Oliver virou a cabeça para o lado e começou a berrar.

— Está tudo bem aí? — Steve perguntou.

— Ótimo — Kelly gritou de volta, esperando que ele saísse logo para correr. Ela o queria fora da casa, que largasse do seu pé e ficasse longe de suas irmãs, que estavam começando a fazer perguntas demais sobre como ia o trabalho. Até mesmo Terry, que era uma idiota de primeira classe, seria capaz de perceber que Steve não estava falando muito sobre seu trabalho porque ele não tinha mais um. E suas amigas? O marido de Becky era médico, o marido de Ayinde era Richard Towne. Quanto tempo ela seria capaz de manter a fábula da "licença-paternidade" e "procura de trabalho" antes que se tornasse óbvio que o que seu marido realmente estava fazendo era nada?

— Vamos, querido! — ela sussurrou para Oliver, que virou o rosto para longe, aos berros. Ele mamava como um campeão no hospital, mas no hospital havia enfermeiras e consultoras de lactação a um telefonema de distância. Em casa, ela só tinha Steve, que cochilava enquanto Kelly amamentava, e Doreen e Terry, que não tinham filhos. Kelly não conseguia lembrar o que Mary dava de mamar a seus bebês. Kelly estava no segundo grau quando eles nasceram, ela própria também era só um bebê. De qualquer modo, não podia pedir ajuda a elas. Era ela quem as ajudava, quem lhes emprestava roupas e dinheiro quando podia, quem lhes dava conselhos sobre cortes de cabelo e namorados, compras de carros e entrevistas de emprego. Se ela lhes dissesse que precisava de alguma coisa, provavelmente a olhariam como se tivesse começado a falar de trás para a frente. Teria de resolver isso sozinha.

— Vamos — sussurrou novamente.

Amamentar fora fácil o bastante na teoria — insira a Lingüeta A no Buraco B, espere a natureza e a fome assumirem —, mas o que você devia fazer quando o Buraco B estava se retorcendo e berrando e você precisava de pelo menos uma das mãos livres para botar a Lingüeta A no lugar?

— Boi, boi, boi, boi da cara preta... — o bebê continuava berrando. — Pega essa criança que tem medo de chupeta. Não. Espere. Não era medo de chupeta, era outra coisa. Mas o quê?

Steve enfiou a cabeça no quarto de novo.

— De careta. — "Obrigada, Sr. Rogers", Kelly pensou. — Quer que eu fique um pouco com ele? Eles nos deram algumas mamadeiras no hospital.

— Não, não podemos lhe dar mamadeira — Kelly falou. Ela afastou a franja dos olhos e respirou fundo. — Temos de descobrir como fazer isso.

— Quer que eu chame uma de suas irmãs?

Kelly fechou os olhos, desejando que Maureen, sua irmã favorita, viesse lá da Califórnia. Desejando, Deus a perdoe, sua mãe. Mesmo que ela tivesse passado muitos de seus últimos anos resmungando de si para si ou semidesmaiada na frente das novelas, Paula O'Hara tinha pelo menos sabido como amamentar um bebê. Ela podia ouvir suas irmãs na sala de estar. Pelo som, estavam tentando fazer Lemon andar na esteira de Kelly.

— Ela tem um esterilizador lá! — Terry contou sem fôlego.

— Essa é a nossa garota — Mary disse, dando sua risada estrondosa enquanto entrava na cozinha. A porta do forno abriu e fechou.

— Lasanha — Doreen resmungou. — Perfeito quando está 32 graus lá fora.

Kelly se retorceu na cadeira de balanço, odiando a forma como sua barriga sacolejante empurrava o elástico do *jeans* para gestantes que ela usava em casa e a forma como seus seios pareciam duas bolas de futebol que algum médico com um senso de humor cruel colara com Superbonder em seu tórax.

— Diga-lhes para irem tomar um café, sei lá. E traga-me minha bolsa, está bem? — ela tirou a carteira e o cartão com o telefone do centro de lactação.

— Pode ligar e deixar um recado?

Steve pegou o cartão entre os dedos.

— O que devo dizer?

— Que eu não consigo atracá-lo!

Steve voou para o telefone. Kelly continuou tentando enquanto ouvia suas irmãs saírem pela porta. Oliver continuou tentando e balançando a cabeça para a frente e para trás, como se estivesse deliberadamente tentando evitar seu mamilo.

— O que posso fazer? — Steve perguntou, olhando por cima do ombro dela para o bebê de rosto vermelho que se debatia, como se ele fosse uma granada.

— Ligue para Becky — ela falou. — O telefone dela está no bloco do lado direito da geladeira.

Dois minutos depois, Steve estava de volta.

— Ela não estava em casa, mas deixei um recado.

Kelly descansou Oliver em cima do ombro contra a fralda de pano que colocara ali na esperança de que fosse precisar dela em um futuro próximo, e o ninou, alisando sua cabeça felpuda e com veias azuis, rezando para que ele parasse de chorar.

— Pode ligar para Ayinde?

Os olhos dele se iluminaram.

— Você tem o número do telefone da casa de Richard Towne?

— Por favor, só telefone, está bem? E não incomode Richard se ele atender!

Steve disse e voltou um minuto depois carregando o telefone.

— Ayinde — sussurrou.

— Ayinde? É a Kelly. Hm, você pode... — sua voz rateou. Vinte minutos de maternidade em casa e ela já precisava de ajuda. Cerrou os punhos. — Não consigo fazer Oliver pegar o bico do meu seio e ele não come nada há horas — Kelly assentiu. — Ah, não, você não tem que... tem certeza? Ahã. Ahã. Obrigada. Muito obrigada. — Deu seu endereço, desligou o telefone e o entregou a Steve.

— Ela está vindo.

O telefone tocou de novo. Steve o passou.

— É a Becky.

— Becky? Escute. Oliver não quer mamar. Não consigo fazer com que pegue o bico e estou tentando há um tempão e... — deu uma olhada frenética para o relógio. — Ele não come nada há horas.

— Está bem, está bem, shh, shh, ele não vai morrer de fome em uma tarde — Becky falou.

— Você está fazendo barulhinhos de bebê para mim? — Kelly perguntou.

— É. Desculpe-me — disse Becky. — Isso acontece. Você vai ver. Andrew tentou me abraçar uma noite dessas e eu passei os braços em volta dele e o pus para arrotar. Ava acabou de acordar. Vamos sair assim que eu a trocar.

— Obrigada — disse Kelly. Enxugou o nariz na fralda de pano e olhou para Oliver, que adormecera com os punhos fechados.

Meia hora depois, Becky e Ayinde haviam chegado com seus bebês. Julian estava aninhado em sua cadeirinha, tão embrulhado que só o topo de seus cachos felpudos e seus grandes olhos castanhos ficavam de fora, e Ava, com dez dias de idade, estava aconchegada em um canguru encostado no peito de Becky.

— Ela é linda — Kelly falou.

— Ela é careca — Becky corrigiu. — Uau. Fraldas de pano monogramadas! — Becky maravilhou-se, admirando o tapete do Peter Rabbit de Oliver, a luz noturna em forma de coelhinho e os protetores de berço estampados com coelhos, seu móbile educacional preto-e-branco, as pilhas de DVD *Baby Einstein* na prateleira.

— O quarto do bebê tem um tema. Sabe qual é o tema do quarto de Ava? Roupa suja. — Botou Ava, que tinha olhos cinza, bochechas rosadas e era careca, no berço de Oliver.

— Muito bem, mostre-nos o que está acontecendo.

Kelly pegou o bebê, prendendo a respiração, esperando em vão que, na frente de uma platéia, ele começasse a mamar como se tivesse feito isso a vida inteira. Sem sorte. Alinhe o rosto, abra a boca, insira o mamilo, errou, tente de novo e depois se segure para os gritos de Oliver.

Becky olhou para Ayinde, depois de volta para Kelly.

— Hmm, parece que ele não está acertando o mamilo. — Ela puxou os cachos no alto da cabeça e enrolou as mangas.

— Vou só lavar as mãos. Tudo bem se eu tocar em você?

— Claro! Toque! Tire fotos! Divulgue-as na internet! Só, por favor, faça com que ele coma alguma coisa!

— Não se preocupe. Vamos resolver isso. Kelly, segure a cabeça dele. — Kelly aninhou o couro cabeludo suado de Oliver na palma da mão, olhando para seu rosto enrugado. Becky colocou uma das mãos embaixo do seio de Kelly e pinçou o mamilo em um ângulo diferente do que Kelly vinha tentando.

— Espere... espere...

Quando Oliver abriu a boca, ela o empurrou para a frente, mas ele errou de novo.

— Ele está quase pegando — disse Ayinde.

— É, bem, quase não vai alimentá-lo — Kelly falou, enxugando os olhos no ombro.

— Você tem alguma mamadeira? — Becky perguntou.

— Não quero lhe dar mamadeira!

— Não, não para alimentá-lo, só para ele provar. Eu estava pensando que podíamos esguichar algumas gotas no seu mamilo, só para ele saber que tem alimento aí.

Steve, que estava só esperando do lado de fora da porta, entregou uma mamadeira a Ayinde.

— Muito bem, Ayinde, esguiche.

Kelly olhou para baixo e teve de rir com a aparência de seu torso, como se fosse uma máquina de alimentação Rube Goldberg com três mãos.

— Muito bem, agora!

Becky pinçou. Ayinde esguichou. Kelly levou o bebê ao seio. Ela fechou os olhos e rezou, mesmo que, rigorosamente falando, não acreditasse em Deus desde que sua mãe encontrara seu álbum de recortes e o tomara, junto à mesada de Kelly daquele mês, logo quando ela juntara dinheiro quase suficiente para um par de *jeans* da Calvin Klein. E então, maravilha das maravilhas, sentiu a sensação aguda de empuxo de Oliver começando a sugar.

— Ele está mamando — falou, enquanto Steve aplaudia silenciosamente do vão da porta. — Ah, graças a Deus.

Passaram a hora seguinte treinando — botando Oliver no peito, tirando-o, botando-o no peito novamente, primeiro com a ajuda de

Becky e Ayinde ("é preciso uma tropa para alimentar meu filho", Kelly brincou), depois só com Kelly e Becky e, finalmente, com Kelly sozinha. Oliver mamara até dormir quando suas irmãs, cheirando à fumaça de cigarro de Mary, entraram em fila no quarto do bebê.

— Terry quer esterilizar as mãos novamente — Doreen falou, rindo.

— Vá em frente — Kelly disse. Tinha medo de olhar para elas. Estava preocupada que ficassem olhando para Ayinde como se fosse uma gazela que entrara pela casa adentro ou, pior, que pedissem o autógrafo do marido dela.

Depois que as irmãs haviam voltado para Nova Jersey e Steve se encaminhara para o quarto para tirar um cochilo, Kelly e Ayinde e Becky e seus bebês sentaram-se no chão da sala de estar.

— Se eu lhes perguntar uma coisa — Becky falou abruptamente —, vocês prometem não rir?

Kelly e Ayinde prometeram. Becky levantou a filha, abriu os botões do macacão e os puxou para cima, junto à camiseta de Ava.

— Muito bem — falou. Ela respirou fundo e apontou para um ponto logo embaixo da dobra da axila de Ava. — Isto é um terceiro mamilo?

Ayinde levantou as sobrancelhas. Kelly olhou para o bebê.

— Está falando sério?

— Vocês disseram que não iam rir!

Ayinde pegou Ava e a olhou atentamente.

— Acho que é só uma pinta ou uma marca de nascença. O médico falou alguma coisa quando ela foi fazer o *check-up*?

Becky balançou a cabeça, aflita.

— Não. Mas também, o que eles vão lhe dizer? "Sinto muito, senhora, sua filha é um monstro?" — ela suspirou. — Talvez tivessem esperanças de que eu não fosse perceber o terceiro mamilo.

— Não é um terceiro mamilo! — disse Kelly.

— Pobre Ava — Becky falou, reabotoando as roupas de Ava. — Talvez a gente viaje pelo país todo, botando-a em exibição. Vejam a Menina com Três Mamilos.

— Acho que as pessoas não vão pagar para ver um número só — disse Ayinde.

— A Garota com Três Mamilos e a Incrível Sogra que Berra — disse Becky. — E eu também. Eu sabia fazer um pouco de malabarismo. Querem ver outra coisa estranha?

— É uma segunda cabeça? — perguntou Ayinde.

Becky balançou a cabeça, procurou em sua bolsa de fraldas e puxou um babador azul e branco estampado com cenas campestres.

— Encontrei isso na minha bolsa de fraldas há alguns dias.

— Bonito — Kelly disse, passando o dedo no debrum de seda do babador, virando-o de cabeça para baixo para inspecionar a etiqueta. — Ooh, Neiman-Marcus. Muito bom.

— É — Becky disse —, só que eu não sei de onde ele veio. E, hoje de manhã, alguém botou uma colher de prata na minha caixa de correio.

— Bem — Ayinde falou —, você acabou de ter um bebê. — Julian, que estivera dormindo em seu cobertorzinho, abriu os olhos e bocejou com as mãozinhas fechadas.

— Eu sei, mas não estava embrulhada e não havia um cartão — Becky deu de ombros. — Pode ter sido de uma das pessoas no hospital. Andrew trabalha com seis deles, e eu juro, só há um com habilidades sociais. E nunca é aquele com quem eu fico conversando nas festas.

Levantou-se e deslizou Ava de volta para dentro do canguru.

— Vocês estão a fim de dar uma caminhada de manhã?

Elas concordaram que, tirando cochilos e emergências de mamadas, iriam se encontrar às 10 horas perto da estátua da cabra no parque Rittenhouse Square. Quando haviam partido, Kelly botou um Oliver sonolento de volta no berço e então deitou-se no chão do quarto do bebê, com as mãos ao lado do corpo para não correr o risco de tocar na flacidez da barriga. Fechou os olhos e começou a imaginar como seria; as coisas que compraria e onde as colocaria; o sofá e o armário de ratã laqueado, a mesinha de centro marchetada, a TV de plasma. Tudo *clean*, tudo novo, tudo perfeito, como seu filho merecia. Ela não abriu os olhos quando ouviu Steve entrar no quarto.

— Oi — disse o marido. — Ouça, se quiser descansar um pouco, eu tomo conta do bebê.

Kelly manteve os olhos fechados, concentrando-se na visão de sua sala de estar, que parecia tão próxima que quase podia tocá-la. — As poltronas Vladimir Kagan de espaldar alto, o tapete turco que vira na Material Culture, o aparador antigo de bordo, fotos do seu filho em papel opaco emolduradas profissionalmente na parede...

— Kelly?

Ela fez um barulho sonolento e virou-se de lado. Depois de um minuto, Steve saiu do quarto nas pontas dos pés e ela e seu filho ficaram sozinhos para sonhar.

AYINDE

— Querida?

Ayinde abriu o olho esquerdo. Estava deitada de lado, com o corpo encurvado em volta do de Julian e o corpo de Richard encurvado em volta do seu. Julian tinha 14 semanas de idade e, até então, não passara um único minuto em seu lindo berço. Durante o dia, quando dormia, ficava em seu carrinho ou, muito provavelmente, aninhava-se perto de seu peito enquanto ela ficava deitada a seu lado, sentindo seu cheiro, traçando seu rosto, a curva de sua bochecha ou de sua orelha com a unha.

— Ayinde? — Richard sussurrou um pouco mais alto.

— Shh — ela sussurrou de volta. Eram duas e quinze da manhã. Julian estava dormindo havia menos de uma hora. Ela tirou a mão de Richard de seu quadril. — O que foi? — sussurrou.

— Será que pode só... — a voz dele era em tom de desculpa — talvez chegar um pouquinho para lá?

Ayinde balançou a cabeça e depois percebeu que seu marido não seria capaz de ver o gesto no escuro.

— Não há espaço — sussurrou. — Não quero que o bebê caia da cama.

Ela ouviu Richard prender um suspiro.

— Explique-me de novo por que ele não pode dormir no berço.

Ayinde sentiu a culpa invadi-la. Não havia nenhuma razão imaginável para o bebê não estar em seu berço, exceto pelo fato de que ela achava que não agüentaria ficar tão longe assim dele.

— Ele está feliz aqui — sussurrou.

— É — Richard disse sensatamente —, mas eu estou infeliz aqui. Estou prestes a cair da minha própria cama.

— Bem, você não pode agüentar um pouco? — Ayinde perguntou. — Ele é só um bebê!

Inclinou-se para olhar para sua gracinha de menino, tão bonitinho em seu pijama azul de pezinhos, para tocar seus lábios com o dedo e dar um beijo bem de levinho em sua bochecha

— Ele é novinho.

— Quanto tempo está planejando mantê-lo aqui conosco? — Richard perguntou.

— Não sei — Ayinde falou.

"Para sempre", pensou sonhadoramente, enquanto pegava Julian nos braços, aninhando seu bebê atrás da orelha, sorvendo o som de sua respiração. Para sua sorte, Priscilla Prewitt pensava igual a ela em relação ao sono. "Por milhares de anos, a cama da família era a ordem do dia", escreveu. "E, quando você pára e pensa, ainda é o que faz mais sentido. Onde o bebê vai se sentir mais seguro e a salvo? O que é mais conveniente para a mãe que amamenta?" (No mundo de Priscilla Prewitt, Ayinde rapidamente aprendeu, toda mãe é uma mãe que amamenta. A mamadeira era aceitável "somente se houver uma emergência de verdade e, quando digo emergência de verdade, não quero dizer que você está entediada ou ocupada ou só quer uma folga; quero dizer que você está no hospital ou alguém está morrendo.")

Richard suspirou.

— Talvez possamos comprar uma cama maior — Ayinde ofereceu.

— Esta aqui foi feita sob encomenda — Richard falou. E ela não estava imaginando coisas. Ele parecia impaciente. — Olhe, Ayinde, bebês dormem em berços. É o que eles fazem! Tanto eu quanto você dormimos em berços e deu tudo certo.

— Sim, nós dormimos em berços — ela sussurrou de volta. — E minha mãe bebeu e tomou remédios para dieta e cheirou sabe lá Deus o que quando estava grávida de mim e sua mãe... — Ayinde calou a boca, sabendo que tinha entrado em um terreno espinhoso. Richard quase nunca falava de sua mãe, que tinha 16 anos quando o tivera, sem marido e nem mesmo um namorado firme à vista e só Deus sabe o que consumiu quando estava grávida. A lenda familiar era que Doris Towne nem sabia que estava grávida, que confundira as dores do parto com indigestão causada por mexilhões fritos estragados e acabou dando à luz a Richard no estacionamento do hospital no banco de trás do carro de uma de suas amigas. — Sabemos mais coisas hoje. Só isso. E há muitos estudos sobre os benefícios de partilhar o sono.

— Partilhar o sono? — Richard desdenhou. — Ninguém está partilhando nenhum sono comigo. Tenho medo de me virar porque posso esmagar o bebê; tenho medo de limpar a garganta porque vou acordá-lo...

— Eu sinto muito — Ayinde disse. Richard esticou os braços em sua direção, puxando o traseiro dela contra sua virilha.

— Venha cá — falou. As pontas de seus dedos roçaram os seios dela.

— Ai!

— Desculpe-me — ele disse, empurrando as mãos e o corpo para longe.

— Ai, Richard, isso dói! — lágrimas formaram-se em seus olhos. Ayinde tinha se comprometido a amamentar, apesar de algumas das esposas dos outros jogadores terem-na puxado de lado para sussurrar que isso acabaria com sua silhueta. Ela não ligava para a silhueta, mas gostaria que alguém tivesse lhe dito quanto seria doloroso; como seus seios alternariam entre se sentir moles como balões com água pela metade e tão inchados e doloridos como se fossem feitos de vidro quente. Seus mamilos doíam como se algum animal mal-humorado os mastigasse enquanto ela dormia. E Julian não tinha dentes. Como ela iria sobreviver quando ele os tivesse? Ela tinha de resolver isso. A Academia de Pediatria americana recomendava amamentar no primeiro ano e Priscilla Prewitt, que surpresa, dizia que não havia motivos para parar aí e que era "melhor para o Biscoitinho e melhor para a mamãe" continuar amamentando "até o maternal, se você puder!"

— Desculpe-me — ele disse de novo, parecendo tão culpado quanto indignado. Após um momento de silêncio, ele se virou para o lado e suspirou. — É para ser tão difícil assim mesmo?

— O quê? Amamentar?

— Não — ele disse com tristeza. — Tudo. — Houve um farfalhar dos lençóis, ar frio contra as pernas dela e então Richard estava desenrolando-se da cama. Vou dormir no outro quarto — falou. Ele se inclinou e beijou a testa da esposa; o beijo seco e casto que um tio adulto dá em sua sobrinha de 16 anos.

— Boa noite — ele se inclinou na direção de Julian

— Não o acorde! — Ayinde sussurrou, mais rispidamente que pretendia. "Por favor", pensou, enroscando o corpo ainda mais perto do de seu filho. "Por favor só saia e nos deixe dormir."

— Não se preocupe — ele passou a ponta grossa de um dedo na bochecha do bebê e então fechou a porta mal fazendo um estalido. Ayinde puxou as cobertas até o queixo, descansando sua bochecha contra os cachos de Julian.

Agosto

BECKY

— Muito bem — Becky disse, gritando ao telefone para se fazer ouvir acima dos berros de Ava. — Que tipo de choro você diz que é este?

— Que tipo de choro? — Andrew repetiu. Becky inclinou o fone para que ele fosse capaz de ouvir todas as nuances dos gritos de Ava. Eram cinco da manhã; o bebê tinha quatro semanas de idade e o marido estava no hospital, chamado à meia-noite para cuidar dos vários ferimentos internos de seis adolescentes que decidiram que seria divertido encher a cara de conhaque de damasco e entrar com o carro em um pedágio.

— Sei lá. Com o que lhe parece?

Ela enfiou o bebê debaixo do braço, ancorou o telefone debaixo do queixo e folheou o guia para recém-nascidos de T. Berry Brazelton que havia se tornado seu mapa "menos que confiável" para entender Ava.

— É um guincho, um choro que aumenta, ou um choro baixo, rítmico?

— Deixe-me ouvir um minuto.

Becky revirou os olhos e ninou o bebê nos braços. Nos últimos dois dias, em uma tentativa de melhorar o humor e os hábitos de sono de Ava, ela vinha lhe dando um remédio natural para cólica chamado *funchicorea*. Era feito de chicória e endro e, apesar de não ter ajudado muito com o choro, dera a Ava um cheiro agradável que lembrava pão de centeio fresco.

— Desisto — Andrew falou.

— Então, o que devo fazer agora?

— Ela está molhada?

Becky cheirou a fralda de Ava, algo que nunca teria acreditado ser capaz de fazer há apenas algumas semanas. O bebê não estava nada encantador. Seu saco de dormir com fundo de elástico, cor-de-rosa e estampado com abelhas e flores, estava embolado embaixo das axilas dela e o rosto abria-se com as espinhas e pústulas sumarentas de um caso tão sério de acne infantil que Becky tinha de se sentar em cima das mãos para não prender um adesivo para tirar cravos no nariz de Ava. Após quatro semanas, o bebê ainda estava completamente careca e, ainda que Becky jamais fosse admitir para ninguém, ela achava que, na maior parte do tempo, Ava parecia o menor velhinho zangado do mundo. Principalmente quando estava chorando.

— Não. Não está molhada.

— Ela está com fome?

— Eu a amamentei há meia hora.

— Ah, é — Andrew falou.

"Ah, é mesmo", pensou Becky. Amamentar Ava mostrara-se um milhão de vezes mais complicado que ela achara que seria. Ela tinha descida hiperativa, o que significava que, no instante em que o bebê chegava perto de seus seios, era como uma torneira sendo aberta. O que significava que tinha de usar bicos protetores — pedacinhos de silicone que pareciam minúsculos *sombreros* transparentes e tinham o péssimo hábito de cair no chão no momento em que estava pondo Ava na posição para mamar — para que sua filha não morresse engasgada com o jantar.

— Tente o balancinho — disse Andrew.

— Já tentei — Becky disse. — Não funcionou.

— Quem sabe você pode cantar para ela?

Becky respirou fundo e olhou para a filha.

— Amor — cantou — novo e emocionante. Embarque. Estamos esperando você...

Ava gritou ainda mais alto.

— "*Facts of life*"? — Becky ofereceu. O bebê respirou fundo e pausou, calado, com a boca bem aberta. Becky sabia o que vinha a seguir. "O grito nuclear da morte de Ava Rae. Patente Aguardando Liberação."

— Sinto muito, querida — Andrew disse em seu ouvido, enquanto Ava desfraldava seu urro. — Sinto muito não poder estar aí para ajudar.

Becky lutava com o telefone e o bebê que gritava.

— Por que Deus me odeia? — disse para ninguém em particular.

Abraçou Ava de encontro a si e a balançou para a frente e para trás. Ava estivera chorando pelos últimos trinta minutos, sem dar sinais de que ia parar. "Você não pode me ajudar?" parecia estar perguntando com cada berro. "Alguém pode me ajudar, por favor?" Becky estava começando a se sentir desesperada. Queria que sua mãe ainda estivesse ali. Edith Rothstein de alguma maneira conseguira sobreviver não apenas a um bebê, mas a dois. Talvez ela tivesse alguma fórmula secreta, uma canção de ninar mágica que inventara quando não estava ocupada pegando fiapinhos invisíveis dos sofás. Mas Edith tivera de voltar para a Flórida e para seu trabalho. Ela fizera as malas e partira depois de uma semana, durante a qual ninou o bebê, trocou o bebê, lavou e dobrou todas as peças de roupa que o bebê possuía e esfregou cada item na cozinha de Becky, até e incluindo as quatro fôrmas enfiadas no fundo do armário. Era cedo demais para ligar para ela; cedo demais para ligar para suas amigas caso seus bebês, ao contrário de Ava, estivessem dormindo.

— Talvez eu a leve para fora — ela disse.

— Às cinco da manhã?

— Só até a escada da frente — Becky falou. — Sei lá, talvez uma mudança de paisagem funcione.

— Leve o telefone — disse Andrew.

— Pode deixar — disse Becky. Eles se despediram.

Ela enrolou Ava em um cobertorzinho, puxou o robe de banho de Andrew por cima dos ombros, enfiou os pés nos sapatos mais próximos que encontrou (do jeito que o esquerdo apertava e o direito sobrava, deduziu que tinha calçado um de seus sapatos pré-gravidez e um dos tênis de seu marido), torceu o cabelo num coque e desceu as escadas.

— Tomando o ar da noite, tomando o ar da noite — cantou enquanto abria a porta da frente.

Uma mulher — a mesma que ela vira no parque e na lanchonete, com o cabelo raiado de louro e o casaco azul longo — estava sentada nos degraus do outro lado da rua, debaixo de um poste, olhando fixo para a porta da frente de Becky.

— Ah, oi! — disse Becky, meio assustada.

A mulher se levantou de um salto e começou a andar rapidamente para leste, em direção ao parque, seu cabelo balançando contra as costas do casaco, um bolsa cor-de-rosa gigante quicando contra seus ombros.

— Ei! — Becky gritou.

Ela atravessou a calçada, virando-se de lado para se espremer entre dois veículos utilitários, e então estava na rua, com a curiosidade superando o medo. A mulher não parecia perigosa. Apesar, Becky pensou, de que talvez a extrema falta de sono significasse que seus instintos não estavam tão aguçados como deveriam.

— Ei, espere! — Becky berrou.

A mulher de casaco azul continuou andando em direção à rua Dezoito, cabeça baixa, os pés se movendo mais rápido. Becky apertou o passo, diminuindo a distância entre elas.

— Por favor, vá mais devagar! — gritou.

"Por favor" era, como sua mãe havia lhe ensinado, a palavra mágica. A mulher parou subitamente, com as costas voltadas para Becky e os ombros curvados, como se estivesse com medo de apanhar.

— O que você está fazendo aqui? — Becky gritou por trás dela, tentando enxergar na escuridão e segurando sua filha apertada contra o peito. Com a mão livre, procurou o bolso do roupão, sentindo o peso reconfortante do telefone.

A mulher virou-se para encará-la. Becky viu que ela era bonita... e que estava chorando. Usava o casaco azul longo que Becky vira antes, sapatos cor-de-rosa sujos, *jeans* que apareciam para fora do casaco, o cabelo longo louro nas pontas e escuro na raiz. Parecia ter a idade de

Becky — trinta e poucos, mais ou menos. "Tragédia hollywoodiana", Becky pensou e então deu um passo à frente sem tentar descobrir por que aquelas palavras tinham surgido em sua cabeça.

— Desculpe-me — a mulher falou, parecendo desesperadamente infeliz. — Desculpe-me.

Becky colocou Ava — que, milagrosamente, havia parado de chorar e agora parecia estar observando os acontecimentos com um certo interesse — contra seu ombro.

— O que você estava fazendo na frente da minha casa? — Becky perguntou. Ficou pensando se a mulher seria uma sem-teto. Isso faria sentido. Sem-tetos eram um fato da rotina na Filadélfia. Havia uma mulher que praticamente adotara o lixão atrás do Mas. Becky e Sarah deixavam o almoço nos degraus dos fundos para ela todas as tardes. Tentou pensar no que tinha em sua cozinha. Maçãs, restos de pão e salada de tomate...

— Está com fome? — Becky perguntou.

— Se eu estou com fome? — a mulher repetiu. Parecia estar avaliando a pergunta enquanto olhava para seus sapatos. — Não, obrigada — disse educadamente. — Eu estou bem.

— Bem, então que tal um pouco de chá? — Becky perguntou.

"Isso é tão esquisito", pensou. "Talvez eu esteja sonhando. Talvez o bebê finalmente tenha parado de chorar e eu tenha adormecido..." A mulher, enquanto isso, estava se aproximando dela, andando de lado, equilibrando-se de leve na ponta dos pés, pronta para correr se Becky puxasse o telefone do bolso do robe e chamasse a polícia. Becky olhou para a grande bolsa cor-de-rosa nos ombros dela e finalmente percebeu o que era. Uma sacola de fraldas.

A mulher olhou para Becky.

— Ouvi seu bebê chorar — falou.

Becky olhou para a mulher. Ela tinha olhos muito separados, uma boca carnuda, cor-de-rosa, molares altos, um rosto em formato de coração com um queixo pontudo que poderia ser protuberante demais para seu rosto, mas na tela...

— Ei — falou. — Ei, eu a conheço! Você fez aquele filme sobre as líderes de torcida.

A mulher balançou a cabeça.

— Não. Sinto muito. Aquela era Kirsten Dunst.

— Mas você fez alguma coisa.

A mulher esticou a ponta de um dedo e quase tocou o pé descalço de Ava.

— Ela é tão linda — disse. — Você deve estar tão feliz.

— Feliz. É, bem, quando ela dorme... — a voz de Becky morreu.

Lia Frederick. Era esse o seu nome. Lia Frederick. E seu nome de casada era Lia Lane. O que Becky não tinha motivos para saber exceto que era uma devota do *Entertainment Weekly* e *People* e dos programas noturnos de fofoca nos quais Lia Frederick aparecia regularmente. Lia Frederick interpretara meia dúzia de papéis pequenos em filmes de ação de grande orçamento e interpretara uma cientista nuclear com uma doença sanguínea rara e um ex-marido que a perseguia em um filme no Lifetime que Becky vira duas vezes nas últimas quatro semanas, quando estivera presa em casa com seu bebê novinho que não parava de berrar.

Lia enfiou a mão na sacola de fraldas e puxou uma fralda de pano, uma fralda chique com uma estampa azul e branca que combinava com o babador que Becky encontrara.

— Tome — ela falou e tentou botá-la na mão de Becky. — Isso é para você.

"Então é daí que têm vindo os presentinhos do bebê", Becky pensou. Fora ela quem enfiara a colher pelo buraco da caixa de correspondência e que pusera o chocalho em sua bolsa e deixara uma chupeta no Mas.

— Tome — disse Lia, tentando pôr a fralda no bolso do robe de Becky. — Por favor, aceite. Não preciso mais dela.

Becky vasculhou a memória. "Tragédia hollywoodiana," pensou de novo, e aí lembrou-se. Algum âncora bonitão, normalmente animado, o rosto com uma expressão sombria incomum. "Nossas condolências a Sam e Lia Lane, cujo filho de dez semanas de idade, Caleb, faleceu na semana passada."

— Ah, meu Deus.

— Por favor — disse Lia, parecendo desesperada e triste enquanto empurrava o pequeno babador para Becky. — Eu sinto muito. Desculpe se a assustei. Desculpe-me por estar na frente da sua casa; eu não conseguia dormir, então fui dar uma volta e estava só descansando um minuto quando ouvi o bebê começar a chorar. Por favor. Por favor, fique com isto. Por favor.

Becky pôs a fralda no bolso do robe e pegou Lia pela mão.

— Venha comigo — falou.

Dez minutos depois, Lia estava sentada à sua mesa, ainda parecendo que poderia sair correndo, e Becky estava sentada na cadeira de balanço que instalara no canto da cozinha. No final, Ava estava mesmo com fome, e mamava satisfeita enquanto esmurrava o lado do seio de Becky com um punho minúsculo e parecia um velhinho zangado que agora estava tentando receber o troco de uma máquina de lanches quebrada. "Barra de Twix! Barra de Twix! Porcaria, eu queria uma barra de Twix!" Becky sorriu, fez o bebê arrotar e a botou no moisés na mesa da cozinha.

— Ovos mexidos. Vou fazer ovos mexidos — ela disse antes que Lia pudesse responder.

Becky quebrou quatro ovos com uma mão só em uma tigela e esticou a mão para pegar o sal marinho, o moedor de pimenta e o batedor de ovos.

— Sempre que eu e meu irmão estávamos doentes, minha mãe fazia ovos mexidos. Não sei por que, mas, bem...

— Mas eu não estou doente — Lia disse com um sorrisinho. Ela respirou fundo e expirou lentamente. — Eu morava aqui, sabe. Quer dizer, não aqui, aqui. Não no centro da cidade, mas na Filadélfia. No Grande Nordeste.

Becky botou um pedaço de manteiga na frigideira e ligou o fogo.

— Chá? — perguntou. Quando Lia assentiu, ela botou a chaleira para ferver. — Então você voltou para casa depois... — a voz morreu.

— Depois — Lia falou. Olhou pesarosamente para sua bolsa de fraldas. — Entrei no avião com essa bolsa. Eu nem estava pensando. Eu tinha todas essas coisas, essas coisas de bebê e então eu a vi, em abril.

— Eu parecia grávida? — Becky falou sem pensar, aí balançou a cabeça para si mesma. Aqui estava ela, com provas irrefutáveis de sua condição e ainda estava brincando de "Grávida ou só gorda?".

— Parecia — Lia disse. — E eu pensei... ah, sei lá. Não sei o que estava pensando. Acho que meio que perdi a cabeça.

— Posso entender isso — Becky disse. Ela despejou os ovos na frigideira e diminuiu o fogo. — Quer dizer, posso imaginar... bem, não posso imaginar de verdade. Não posso pensar em nada pior — inclinou a frigideira, mexeu os ovos e botou duas broas na torradeira.

— Eu a observei durante algum tempo — Lia disse. — Você e suas duas amigas. Mas não sei seus nomes — ela sorriu. — Não sabia nem o nome de Ava. Você nunca a chama de Ava, sabia? Ela é o bebê de mil nomes. Dedinhos Pequenos, Rosna-Rosna, Princesa Bumbum Hidráulico...

— Acho que estávamos tendo problemas de fralda esse dia — Becky falou. — De qualquer modo, a mulher loura é a Kelly e seu bebê é o Oliver. Ela faz gráficos de fluxo e sua grande atividade recreacional é devolver coisas. Ela é basicamente a Meg Ryan da Babies R Us, mas é muito legal. A negra é a Ayinde e seu bebê é o Julian. O marido dela joga no Sixers e ela mora em uma mansão em Gladwyne. Não sei se eu teria conhecido nenhuma das duas, antes — ela deu de ombros. — Bebês fazem amigos estranhos.

Ava se remexeu na cesta, erguendo um punho fechado acima da cabeça.

— A saudação de poder do bebê — Becky falou.

— Caleb fazia isso — Lia disse. — Esse era o nome do meu bebê. Caleb — pareceu que ia dizer mais, depois fechou a boca e ficou olhando para Ava.

— Onde está seu marido? — Becky perguntou, esforçando-se para lembrar de seu nome. — Sam, não é?

Lia balançou a cabeça.

— Em Los Angeles. Eu meio que fui embora. Eu queria dizer a ele... não foi culpa dele, mas... — ela balançou a cabeça novamente. — Eu não podia ficar — disse baixinho.

Becky desligou o fogo e pegou pratos e guardanapos. Ava começou a agitar os braços.

— Pode segurá-la? — Becky perguntou.

— Ah — Lia disse. — Eu, eu não acho...

— Ela não morde — Becky disse do fogão. — E, mesmo que mordesse, provavelmente não teria problema, já que ela ainda está na situação de não ter dentes.

Lia sorriu. Deslizou para fora do casaco, curvou-se para baixo e ergueu Ava nos braços. Ajeitou o bebê contra si meio desajeitadamente e a ninou para a frente e para trás enquanto se balançava pela cozinha, cantando com uma voz que era aguda e doce e brilhante.

> "E então, e então
> A Lua é metade de uma torta de limão.
> Os camundongos que roubaram a outra metade
> Espalharam farelos estrelados pelo chão.
> E então, e então
> Meu querido bebê, não chore não
> A Lua ainda está em cima da colina
> As nuvens macias se juntam na imensidão."

Becky prendeu a respiração. Ava esticou a mãozinha irrequieta e embaralhou os dedos nos cabelos de Lia.

KELLY

— Como foi sua consulta no médico? — Steve perguntou, com a mão direita no joelho dela.

Kelly respirou fundo e tentou acordar. Ela sabia que essa pergunta estava por vir e sabia que, apesar do tom, não tinha nada a ver com a preocupação de Steve por sua saúde. "Como foi sua consulta no médico" traduzido livremente significava "Nós podemos transar?"

— Foi bem — ela disse devagar, sabendo o que viria a seguir. Sabendo e não querendo nem um pouco.

A verdade é que ela tinha sido liberada.

— Você está ótima — o Dr. Mendlow dissera ainda enfiado até os pulsos no que ela divertidamente costumava pensar como suas partes íntimas. Isso foi antes de ter dado à luz em um hospital-escola e acabasse empurrando em plena vista de uma multidão de residentes, internos, alunos de medicina e, ela podia jurar, uma excursão de uma classe do primeiro grau, ainda que Steve insistisse que aquilo era uma alucinação.

— Quando estiver pronta, pode ter relações — Kelly teria rido mais que 30 segundos, mas sabia que o médico estava ocupado e ela tinha de voltar para casa o mais rápido possível porque Oliver precisava mamar de novo. Isso e ela não conseguia pensar em uma forma educada de dizer que nunca sentira menos vontade de fazer sexo em toda a vida e que a visão de seu marido vestindo um *short* e colado no sofá, que não parava de lhe dizer que estava tirando umas férias mentais extremamente necessárias antes de começar a levar a sério a procura por um emprego não ajudava muito sua libido.

Também havia o problema do sofá. Ela voltara de um passeio com Lemon e Oliver uma tarde e encontrara um gigantesco sofá xadrez laranja e marrom, de três lugares, escarrapachado no meio de sua sala de estar anteriormente vazia. Fechara os olhos, certa de que quando os abrisse de novo o sofá mais feio na história da mobília teria desaparecido. Mas não. O sofá ainda estava lá.

— Steve?

O marido, ainda usando a cueca samba-canção com as quais dormira, entrou no aposento.

— O que é isso?

— Ah — ele disse, olhando para o sofá como se ele também o estivesse vendo pela primeira vez. — Os Conovan o estavam jogando fora e eu lhes disse que ficaríamos com ele.

— Mas... — ela procurou com dificuldade pelas palavras certas. — Mas é horrendo!

— É um sofá — ele falou. — É um lugar para se sentar — ele se jogou no sofá desafiadoramente. Kelly estremeceu com o cheiro acre de bolor e *eau* de gente velha que subiu das almofadas. O negócio cheirava como se alguém tivesse morrido em cima dele. E depois tivesse ficado algum tempo. E parecia... Deus, ela pensou e engoliu em seco. Era parecido o suficiente com o sofá que havia em sua casa na infância para ser seu irmão gêmeo do mal.

— Steve. Por favor. É horrível.

— Eu gosto — ele falou.

E ponto final. O sofá havia ficado.

O Dr. Mendlow olhou para Kelly enquanto ela enxugava os olhos na bainha da camisola de papel cor-de-rosa.

— Por que não vem até minha sala? — perguntou. Ele parecia mais menino que nunca em seu costumeiro jaleco azul e casaco branco, mas ela viu uma gravata escapando por debaixo do colarinho. Ficou imaginando aonde ele iria e se levaria ou não a esposa.

— Não — ela disse, ainda rindo um pouco — não, de verdade. Eu estou bem. Só um pouco exausta — o que era um eufemismo tão grande que causou outra crise de gargalhadas. Ela alimentava Oliver às 23h, à 1h30, às 3h, às 5h e tinha sido literalmente forçada a arrancar o bico do seio de sua boca para conseguir ir a seu compromisso às 8h30.

— Minha sala — ele falou, lavando as mãos. Kelly se limpou, vestiu a calcinha, a calça de moletom e a camiseta (manchada de golfadas nos dois ombros, ela percebeu, mas o que podia fazer?) e ajeitou-se em uma das cadeiras de couro do Dr. Mendlow.

— Escute — ele falou, sentando-se atrás da mesa cinco minutos depois, tirando Kelly do cochilo leve no qual ela caíra.

— O que quer que queira dizer a seu marido, eu confirmo.

O queixo dela deve ter caído.

— Se quer dizer a ele que eu disse que não podem fazer nada além de dar as mãos até os seis meses, vá em frente.

— Eu... sério?

— Você está amamentando?

Kelly assentiu.

— Então não está dormindo muito. E está se adaptando ao que provavelmente é a maior mudança em sua vida. Sexo provavelmente não é uma de suas prioridades no momento.

— Meu marido — Kelly falou e então parou. A verdade é que as seis semanas depois que Oliver nasceu haviam parecido férias.

— Nada na vagina — o Dr. Mendlow dissera. — Nada de sexo, nada de absorventes internos, nada de ducha íntima — ele lhes dissera. — Podem fazer sexo oral — ele falou. Kelly achou que Steve iria saltar por cima da cama do hospital e abraçá-lo, até que ele continuou. — Isso significa que podem ficar sentados falando sobre todo o sexo que não estão fazendo — o rosto de Steve despencou. — Venha me ver daqui a seis semanas e lhes direi qual é a situação.

Então o médico batera de leve em Steve com a ficha médica de Oliver e dirigira-se para a porta.

Mas agora sua quarentena acabara e a mão de Steve estava subindo lentamente por sua coxa.

— Podemos? — ele perguntou. Kelly reviu suas opções. Não havia muitas. Ela podia dizer a ele que não e apenas adiar o inevitável ou podia lhe dizer sim, engolir em seco e esperar uma conclusão rápida.

— O bebê está dormindo? — ela sussurrou. Steve deu uma espiada para o pé da cama, onde Oliver repousava, aconchegado em seu cercadinho (depois de sua primeira noite em casa, Kelly rapidamente percebera que o quarto de bebê lindo e perfeito continuaria a não ser usado enquanto o bebê estivesse acordando três ou quatro vezes por noite). Steve assentiu, estalou os lábios e mergulhou.

Ele começou beijando o pescoço dela, mordiscadas suaves para cima e para baixo. Umm. Ela fechou os olhos e tentou não bocejar enquanto ele pressionava o corpo contra ela. Ele estava beijando suas clavículas... puxando sua camisola para cima... sacudindo seus ombros.

— O quê? Hein? — ela piscou.

— Você adormeceu?

— Não! — ela falou. Será? Provavelmente. Kelly deu um beliscão forte na coxa e jurou que o mínimo que podia fazer era ficar acordada enquanto essa batalha durasse. Devia pelo menos isso a seu marido.

— Onde estávamos? — ela perguntou. Ela beijou o lóbulo da orelha dele e mordiscou seu peito. Ele gemeu e circundou seus seios com as mãos, roçando os mamilos com os polegares.

— Epa!

— O quê? — ela não podia ter adormecido de novo, pensou. Não era possível.

Ele ergueu as mãos na frente do rosto dela, balançando-as, com uma cara de nojo tão grande que ela esperava ver sangue pingando dos dedos dele. Em vez disso, viu algumas inócuas gotas brancas. Leite.

— Querido, não é nada de mais.

Ele balançou a cabeça, ainda parecendo pálido e desconcertado e retomou seus esforços. A camisola saiu. A calcinha da vovó, manchada da cor de *ketchup* desbotado no meio (ela esperava que ele não percebesse na trêmula luz azul da babá eletrônica) saiu. Entrou o lubrificante

KY que ele sutilmente colocara na mesinha-de-cabeceira depois que haviam terminado o jantar. Entrou o preservativo. Com protuberâncias para o prazer dela, dizia a caixa. Hah.

— Ai!

— Desculpe-me — ele arfou. Ai.

O que diabos estava acontecendo lá embaixo? Será que o residente de doze anos que suturara sua episiotomia acidentalmente a revirginizara? Kelly fechou os olhos e tentou relaxar.

— Ah, Deus — ele respirou em sua orelha. — Ah, Deus, Kelly, você é tão gostosa.

— Mmm — ela gemeu de volta, pensando que ela não estava se sentindo nada gostosa. Sua barriga ainda estava frouxa e flácida; ela sentia como se houvesse um tubo interno semidesinflado em volta de sua cintura e a pele parecia como se alguém houvesse mergulhado um ancinho em tinta vermelha e esfregado para cima e para baixo. Ela sabia que as estrias iam desaparecer, mas, no momento, não agüentava olhar para elas. Steve, no entanto, parecia não se incomodar.

— O que você quer? — ele arfou e agarrou o tornozelo dela, puxando sua perna direita para cima, em direção a seu ombro. Kelly sufocou um grito e balançou a cabeça de dor que ela esperava que ele confundisse com paixão.

— O que você quer que eu faça?

E, em vez de alguma resposta obscena, alguma variante de "Me come com mais força", o que seria sua resposta típica pré-gravidez, a pergunta dele disparou um eco em sua cabeça, cortesia de um dos livros que ela estivera lendo para Oliver antes que ele pegasse no sono. "O Sr. Brown pode mugir, e você pode?"

— Kelly?

"Ah, os sons maravilhosos que o Sr. Brown pode fazer. O Sr. Brown pode mugir como uma vaca..."

— Mu! — ela disse.

Steve parou de se mover tempo suficiente para olhar para ela.

— O quê?

— Quer dizer, hmmm — ela gemeu. Mais alto desta vez. "A porcaria do Dr. Seuss está arruinando minha vida sexual."

— Kelly?

"Bum, bum, bum, o Sr. Brown é maravilhoso..."

— Kell?

"Bum, bum, bum, o Sr. Brown faz o dia ficar chuvoso!"

— Ah, Deus — ela falou. Genérico, mas aceitável. Pelo menos não rimava.

Ela agarrou os ombros de Steve enquanto a respiração dele ficava mais pesada. "Obrigada, Senhor", pensou, enquanto ele arfava e Oliver começava a chorar.

— Argh! — suspirou seu marido.

— Buá! — chorou seu bebê.

"A vaca faz mu, a ovelha faz béé", continuou sua cabeça, que evidentemente havia abandonado Dr. Seuss e ido para os livros educativos de Sandra Boynton. "Nunca mais vou dormir novamente, nunca", Kelly pensou, rolando de debaixo de seu marido e erguendo seu bebê nos braços.

AYINDE

Ayinde alisou seu casaco por cima da área gorducha onde sua cintura costumava ficar e tentou não ficar se remexendo enquanto o diretor de jornalismo assistia à sua fita.

— Muito bom, muito bom — ele murmurou, enquanto uma Ayinde televisada falava na tela sobre incêndios domésticos e acidentes de carro, retenção de mercadorias e rodeios beneficentes, e a Ayinde em tempo real percebeu com um sentimento desolador que esquecera de botar protetores de seios dentro do sutiã antes de sair de casa. Mas, de qualquer modo, Paul Davis, o diretor jornalístico da WCAU não lhe dera muita atenção. Seu empresário mandara as fitas para a estação — para esta e para todas as outras na cidade, incluindo a segunda estação pública, que ficava localizada no meio de um bairro em Roxborough para o qual ela sabia que Richard nunca a deixaria dirigir sozinha — meses antes, quando Richard trocara de time. Mas isso fora há meses e ela não tinha conseguido nem uma chance até a noite anterior, quando o próprio Davis telefonara para perguntar se ela teria um minuto para dar uma passada na estação naquela manhã. Ia ser um dia agitado, Ayinde percebera — assim que tivesse acabado, teria de dar meia-volta, ir para casa, pegar o bebê e dirigir até Nova York para se encontrar com a mãe —, mas, se recebesse uma oferta de emprego, teria valido a pena.

Paul Davis — cerca de 50 anos, branco, bonito em um estilo professor universitário, de *tweed* e cavanhaque — silenciou o monitor e olhou para o currículo em sua mesa.

— Yale, hein? E um diploma de Columbia.

— Não use isso contra mim — disse Ayinde, e os dois riram.

— West Virgínia durante dez meses...

— O que foi oito meses a mais que o necessário — disse Ayinde. Mais risos. Ela se permitiu relaxar um pouco enquanto puxava o casaco apertado em volta do peito.

— Seis anos em Fort Worth.

— Comecei fazendo trabalhos e matérias de interesse geral e, como vai ver, fui promovida a editora do fim de semana, depois à âncora do noticiário das 17h, que teve doze por cento de aumento na audiência no primeiro ano em que estive lá.

— Muito bom, muito bom — ele falou, rabiscando algo no currículo. — Olhe, Ayinde, vou ser sincero com você.

Ela sorriu para ele. Ele dissera seu nome corretamente na primeira tentativa, o que tinha de valer alguma coisa.

— Você claramente tem as habilidades para ser bem-sucedida neste mercado. Tem o visual; bem, eu não preciso lhe dizer isso.

Ela assentiu de novo, o coração acelerando.

— No Texas, eles tiveram de fazer testes de aceitação do meu cabelo algumas vezes antes de acertarem...

— Seu cabelo não é um problema — Paul Davis falou. — Seu marido é.

— Meu marido — Ayinde repetiu.

— Você é inteligente. Você é receptiva. É esperta, mas não é condescendente. — Paul Davis olhou para o monitor de novo, onde o rosto de Ayinde estava congelado, lábios abertos, olhos semicerrados. — Você é sensual, mas não de uma maneira óbvia. Tenho medo de que você não funcione como âncora neste mercado. Ninguém vai sintonizar para vê-la lendo as notícias.

— Não vão?

David balançou a cabeça.

— Eles vão sintonizar para ver com que tipo de mulher Richard Towne se casou. Vão sintonizar para ver o que você está vestindo e como é sua aliança e como você está penteando seu cabelo. Não tenho certeza de que a aceitariam como a pessoa que lhes conta sobre as greves nas escolas e os acidentes de automóvel.

Ayinde endireitou as costas.

— Acho que minhas habilidades como repórter falam por si mesmas. Pode perguntar a qualquer de meus colegas em Fort Worth. Ter me casado com Richard Towne não fez meu QI diminuir em 50 pontos. Eu sou profissional, sou comprometida, trabalho duro, gosto de trabalhar em equipe e não peço tratamento especial.

Paul Davis assentiu. O olhar em seu rosto não era insensível.

— Tenho certeza de que tudo isso é verdade — falou. — E sinto muito pela posição em que seu casamento a colocou. Mas acho que não há um diretor de jornalismo ou gerente executivo na cidade que vá lhe dizer outra coisa. Seu *status*, sua celebridade, seriam uma distração para o espectador.

— Mas eu não sou uma celebridade! Richard é a celebridade!

Paul Davis apertou "*eject*" e devolveu a fita à Ayinde.

— Deixe-me lhe dizer no que estamos pensando.

Quinze minutos depois, Ayinde perambulou até o estacionamento, sentindo-se como se tivesse atravessado um furacão. "Correspondente especial", pensou, destrancando o carro e jogando sua fita no assento do carona, onde ela quicou no couro cor de caramelo e caiu no chão. Yale e Columbia e dez meses em West Virginia arrastando sua própria câmera por aí; quatro anos como repórter e dois anos como âncora em um dos 25 melhores mercados e eles queriam que ela fosse uma abre-aspas fecha-aspas correspondente especial? Que fosse aos jogos dos Sixers e — como era que aquele asqueroso do Paul Davis dissera — "usasse seu acesso para dar aos espectadores uma visão dos bastidores do time"? Perfis dos jogadores. Perfis dos técnicos. Perfis das dançarinas, pelo amor de Deus!

Puxou o cinto de segurança para o lugar.

— Que babaquice — sussurrou, dando saída no carro, dirigindo-se para casa para pegar Julian, que estava dormindo em seu bercinho com a empregada montando guarda na porta do quarto do bebê.

— Richard ligou — Clara lhe disse. Ayinde suspirou, botou o bebê e todo o seu equipamento dentro do carro e ligou para o celular dele. Richard ficara olhando enquanto ela se vestia naquela manhã, aconselhando-a a usar o conjunto cor de ameixa em vez do cinza Ele a beijara e lhe dissera que ela ia acabar com eles.

— Como foi? — ele perguntou ansiosamente.

— Não muito bem — ela disse. Entrou na via expressa Schuykill. Provavelmente era melhor assim, pensou, enquanto Richard fazia sons indignados e perguntava se Ayinde queria mudar de empresário e se havia algo que ele pudesse fazer para ajudar. Talvez isso fosse a maneira de Deus lhe dizer que ela devia ser mãe em tempo integral, que seu tempo seria mais bem aproveitado com o bebê.

— Onde está meu amor de menino? — Lolo trinou duas horas depois, mais para a apreciação dos fotógrafos reunidos, maquiadores, cabeleireiros e assistentes do que por Julian, Ayinde tinha certeza.

— Bem aqui — Ayinde cantarolou de volta, pousando a cadeirinha do carro e a sacola de fraldas entupida de coisas em uma mesa repleta de travessas de pães e docinhos e virando-se de lado para que sua mãe pudesse ver Julian em seu canguru obrigatório de O *sucesso do bebê!* A sessão de fotos estava transcorrendo em um estúdio em Chelsea, uma sala longa e retangular com piso de concreto e rolos de papel preto pendurados no teto para servir de fundo. Havia uma área separada para maquiagem e roupas e música tecno explodia dos alto-falantes suspensos no teto.

— Esta é minha filha — Lolo disse afetadamente. — Ela é âncora de TV.

— Não sou mais — disse Ayinde, pensando em como havia passado sua manhã. — Agora sou só mãe — ela olhou para Julian, pensando que as palavras não soavam melhor se ditas em voz alta do que haviam soado em sua cabeça enquanto saía do estacionamento da WCAU.

"Querida, você agora é a orgulhosa detentora do melhor cargo que existe!", era o que *O sucesso do bebê!* dizia.

Sua mãe olhou para Ayinde.

— Vai voltar a lutar contra o peso?

— Mais ou menos — Ayinde disse, determinada a não deixar Lolo fisgá-la. Concordara com essa sessão de fotos para a revista *More* — "Gerações de Beleza" era como estavam chamando, ou algo igualmente ridículo — como um favor para Lolo e sob os protestos do marido.

— Não quero nosso bebê em uma revista — Richard dissera e Ayinde concordara. Normalmente, odiava a forma como a imprensa transformava as esposas e os filhos dos atletas em acessórios descartáveis, cujo único trabalho era ter boa aparência torcendo da arquibancada. Mas Lolo insistira. Mais que isso, na verdade. Lolo implorara.

— Sabe como é difícil arrumar trabalho em minha idade — disse. — E, se tudo correr bem, Estée Lauder pode me considerar para ser seu rosto acima dos cinqüenta.

Pelos cálculos de Ayinde, Lolo na verdade era qualificada para ser o "Rosto acima dos sessenta", mas quanto menos falasse nisso, melhor. Havia uma parte dela, uma parte que normalmente conseguia manter escondida e em silêncio, que ainda estava desesperada pela aprovação de Lolo, ou mesmo pelo reconhecimento de Lolo, e foi essa parte que concordara em trazer Julian à Manhattan para um retrato em família, ao passo que a parte mais racional de sua mente insistia "De jeito nenhum".

— Que gracinha! — três garotas vestidas todas de preto, com calças de cintura baixa e sapatos cruelmente pontudos, estavam aglomeradas em volta de Julian. Ayinde abraçou o filho, dando uma fungada profunda e restauradora em seu cabelo e pele quente.

A voz de Lolo se elevou acima dos arrulhos das meninas. Ela já passara pela maquiagem. Sua pele acobreada e olhos verde-dourados estavam tão lindos quanto sempre, seus lábios maduros e suas maçãs do rosto altas e belas e seus cílios grossos e negros como as asas de um pássaro.

— Estão esperando por você, querida.

Ela olhou para o bebê, como se ele tivesse se transformado em um grande tumor preso ao peito de sua filha.

— Onde está a babá?

Ayinde respirou profundamente o cheiro de Julian de novo e acariciou seus cachos antes de responder.

— Mamãe, eu não tenho babá.

— Bem, então a menina que ajuda com ele.

— Sem menina.

Lolo ergueu uma sobrancelha imaculadamente feita.

— *Au pair?* — perguntou, sem grandes esperanças na voz.

Ayinde se forçou a sorrir.

— Só eu.

Deixou que uma das garotas de sapato pontudo a levasse a uma cadeira. Julian ficou sentado em seu colo enquanto um homem chamado Corey aplicava *blush* e pó compacto cor de bronze e sombra acobreada em seu rosto e penteava suas tranças em um coque na base do pescoço.

— Estou amamentando — disse pesarosamente, depois que o terceiro vestido de alta-costura fracassou em caber em seu busto. Podia ouvir a mãe sugando os dentes a dez metros de distância. Lolo Mbezi era uma sugadora de dentes campeã. Compensava o fato de nunca franzir a testa.

— Rugas, querida — dizia, sempre que pegava sua filha fazendo isso.

— Hmm — disse o responsável pelo figurino, ajudando-a a entrar em um vestido Vera Wang, uma coluna tremeluzente de seda cinza-claro. O zíper não fechou, mas ele lhe disse para não se preocupar.

— Alguns alfinetes, um pouco de fita adesiva e vamos ficar ótimos — ele olhou por cima da cabeça de Ayinde.

— Ah, meu Deus — falou ofegante. Ayinde virou-se e viu a mãe, resplandecente de *chiffon* plissado e rufante em uma dúzia de tons de rosa que iam do coral ao magenta. Um corpete sem alças deixava à mostra seus ombros e clavículas, sua pele cor de café e o comprimento de seu pescoço esguio. A saia era uma explosão de camadas em forma de sino, bufando graciosamente enquanto Lolo deslizava pelo cômodo, as mãos suspendendo a saia, os cotovelos dobrados apenas o suficiente. De repente, Ayinde sentiu-se tão sem graça quanto um pombo.

— E lá está a estrela do *show*!

Uma garota de sapato pontudo entregou Julian à mãe. O bebê estava completamente nu.

— Sabe, não sei se isso é uma boa idéia...

— Ah, não se preocupe tanto! — disse Lolo, sorrindo para a filha e o neto. — Querida, você está uma graça. Muito chique. Dê uma volta.

Ayinde deu.

— Maravilhoso. Bobby, você faz milagres... com os alfinetes, mal dá para saber do zíper.

Ayinde fechou os olhos e rezou por paciência enquanto o fotógrafo as arrumava — Lolo de pé no estrado de 50 centímetros, Ayinde sentada abaixo dela, tentando prender a barriga, o bebê nu em seu colo.

— Maravilhoso, Lolo, isso com os olhos é incrível — gritou o fotógrafo. Ayinde tentou não bocejar enquanto Julian se remexia.

— Levante o queixo, Ayinde... não, não tão alto... vire um pouco a cabeça, não, não, para o outro lado...

Ayinde estava começando a suar debaixo das luzes e os músculos de suas pernas e costas estavam tremendo com o esforço de ficar sentada perfeitamente ereta. Julian se remexeu com mais força, surrando os brincos de prata compridos que haviam dado a ajuda.

— Acho que precisamos de uma pausa — conseguiu dizer antes que o filho conseguisse agarrar um dos brincos e o puxasse com força.

— Preciso amamentá-lo...

— Uma das meninas pode lhe dar mamadeira — disse Lolo, sacudindo as dobras de seu vestido.

— Ele não toma mamadeira, mamãe. Eu estou amamentando... — "como o livro que você me deu manda", Ayinde pensou.

— Tudo bem, estamos quase acabando. Olhos nesta direção, por favor. Perfeito. Ayinde, vamos tentar segurar o bebê do outro lado.

Ayinde mudou Julian do braço direito para o esquerdo. O bebê respondeu fazendo xixi na frente do vestido. Lolo sugou a respiração, horrorizada. Ayinde fechou os olhos para um leve barulho de risos das garotas de sapatos pontudos.

— E obrigado, senhoras, isso é tudo — disse o fotógrafo.

— Não entendo por que você não tem uma babá — Lolo falou.

Era uma hora mais tarde e elas estavam almoçando *paillard* com frango em uma mesa nos fundos do La Goulue. Ayinde trocara o vestido por *leggings* e uma das camisas de basquete de Richard. Lolo estava mais impecável que nunca em seu conjunto de terno e calças Donna Karan. E estava comendo, ao passo que o prato de Ayinde continuava intocado à sua frente porque Julian estava mamando e as mãos estavam ocupadas, para a não declarada mas evidente irritação de sua mãe.

— Quero criá-lo eu mesma — Ayinde falou.

— Bem, é claro, isso é maravilhoso, mas não quer ter vida própria?

— Esta é minha vida agora.

— Toda aquela educação caríssima... — sua mãe murmurou.

— O que você quer de mim? — Ayinde explodiu. Lolo piscou friamente para ela.

— Quero o que todas as mães querem para seus filhos, querida. Quero que você seja feliz.

— Não, de verdade — disse Ayinde. — Sei que quer alguma coisa e não consigo descobrir o quê. Você me mandou aquele livro...

Julian começou a choramingar. Ela o trocou do seio direito para o esquerdo da forma mais discreta que conseguiu, alisou seu cabelo e continuou.

— Você me deu aquele livro que diz que o laço mais puro do mundo é o laço entre uma mãe e um filho, que diz que eu devo amamentá-lo até ele ter três anos e deixá-lo dormir na minha cama e que deixá-lo com uma babá é equivalente a abuso infantil...

Lolo parecia confusa.

— O livro diz isso?

Ayinde sufocou uma risada histérica. Podia confiar que Lolo nem tinha passado os olhos na contracapa de *O sucesso do bebê!*, que virara a bíblia de Ayinde.

— Olhe, criar Julian é meu emprego agora. Este é meu trabalho. E é um trabalho importante.

— Bem, claro que é — disse Lolo, parecendo constrangida. — Mas não significa que você nunca deve ter tempo para si mesma.

— Como quando é conveniente para você — Ayinde falou.

Lolo inclinou a cabeça.

— Ah, querida, não vamos brigar — pegou um pedaço de frango com o garfo e o ofereceu.

— Tome. Abra a boca.

— Mamãe...

— Deve estar com fome. Coma — ela balançou a garfada de frango perto dos lábios de Ayinde e Ayinde relutantemente abriu a boca.

— Pronto! — disse a mãe. Deu um sorriso satisfeito e recostou-se na cadeira, o rosto brilhando por baixo da maquiagem (Ayinde retirara a sua assim que pôde, sabendo que a maquiagem, combinada às mãos errantes de Julian, seria a ruína de suas roupas).

— Só estou dizendo — Lolo continuou — que não há nada errado em ter um pouco de ajuda. Você tem de se dar um descanso de vez em quando, mesmo que seja a melhor mãe do mundo.

— Bem, talvez eu deva simplesmente matriculá-lo em um colégio interno — Ayinde disse, tentando manter seu tom leve, lembrando-se da forma como Lolo entrara e saíra de sua infância. Ela esvoaçava no quarto de Ayinde meia hora depois da hora de dormir, preparando-se para deixar o apartamento e ir jantar e dançar, para dar um beijo na testa de sua filha, normalmente acordando-a no processo.

— Durma bem! — ela trinava, os saltos fazendo barulho no saguão de mármore. Depois, vinha o som dos passos mais pesados de seu pai e a porta se fechando silenciosamente atrás deles. Na hora do café-da-manhã, a porta do quarto dos pais estaria trancada; as cortinas da sala de estar, fechadas. Serena lhe servia sucrilhos e leite e Ayinde comia em silêncio, botava os pratos na pia e se arrastava porta afora.

— Bem, eu acho que está fazendo um trabalho maravilhoso — Lolo falou. — Mas não deve levá-lo tão a sério! São fraldas e carrinhos, não engenharia espacial!

Ayinde olhou para Julian aninhado em seus braços, as bochechas trabalhando enquanto ele mamava, seu menino lindo, perfeito, a boca exatamente do mesmo formato da de Richard, seus dedos longos iguais aos dela e os de sua mãe.

— Só quero fazer direito.

— Faça o melhor que puder. É o que todas as mães fazem. Tome — disse Lolo, balançando outra garfada de frango para a filha. Ayinde suspirou impotentemente antes de abrir a boca e deixar a mãe lhe dar o almoço.

Setembro

BECKY

— Oiêêêê.

Becky se retraiu, segurando o fone longe da orelha. Eram 7h da manhã e ela finalmente fizera Ava voltar a dormir depois da mamada das 6h e o festival de choradeira que se seguia. Parecia que, no Mimiverso, 7h era um horário perfeitamente aceitável para um telefonema.

— Oi, Mimi — disse, sem fazer nenhum esforço para parecer mais acordada que estava.

— Eu a acordei?

— Um pouco — disse Becky, com um bocejo ostentoso, esperando que Mimi entendesse a dica.

Até parece.

— Ah, então vou ser rápida. Deixe-me falar com meu filho.

Becky rolou para o lado e cutucou Andrew com o fone.

— Sua mãe — sussurrou.

Andrew pegou o telefone e virou-se de lado.

— Oi, mãe — houve um silêncio. Uma quantidade perturbadora de silêncio. — Está bem. Por quanto tempo? — mais silêncio. — Não, não, claro que não! Fique calma, mamãe. Está tudo bem. Não. Não! Bem, se eu fiz, peço desculpas. Certo. Não. Claro que você é! Está bem. Nós a veremos mais tarde, então. Também te amo. Tchau.

Ele apertou o botão para desligar, deitou de costas e fechou os olhos.

— O que foi? — perguntou Becky.

Andrew não disse nada.

— É melhor você me contar ou eu vou simplesmente presumir o pior — disse Becky.

Mais silêncio.

— Ela se casou de novo — Becky arriscou.

Andrew puxou o travesseiro para cima do rosto, abafando suas palavras, mas Becky ainda assim conseguiu entender.

— Há algo errado com o ar-condicionado da casa dela.

Becky engoliu em seco.

— Nem está mais tão quente assim.

— Vai ser só por alguns dias — disse Andrew.

Becky não disse nada. Andrew esticou os braços para ela.

— Becky, ela é...

— Sua mãe. Eu sei. Já me chamou a atenção para isso. Mas nem temos um quarto de hóspedes! Ela não ficaria mais confortável em um hotel?

— Ela não quer gastar o dinheiro — ele enfiou o rosto mais fundo no travesseiro. — Ainda está reclamando de quanto custou nossa festa de casamento.

— Ah, por favor — resmungou Becky, enquanto saía da cama. — Lembre-se, não fui eu quem quis 300 convidados. Nem fui eu que mandei fazer esculturas de gelo do noivo e da noiva. Quanto tempo Madame vai ficar?

Ele se levantou sem olhar nos olhos dela.

— Ela não tem certeza.

— E onde ela vai dormir?

Andrew não disse nada.

— Ah, qual é! — disse Becky. — Andrew, ela não pode esperar que emprestemos o nosso quarto! Ava dorme aqui em cima e eu tenho de estar perto dela...

Enfiou a cabeça no cantinho de Ava para se assegurar de que o bebê ainda estava dormindo e então desceu as escadas. Andrew vestiu seu robe e a seguiu.

— Isso é sacanagem — Becky falou, medindo o café.

Andrew apertou os lábios. Becky não tinha certeza se ele estava ficando zangado ou tentando não sorrir. Ela pôs uma caneca na frente dele.

— Deixe-me lhe perguntar uma coisa. E quero que me diga a verdade. Você já disse não para ela? Uma vez? Simplesmente "não, mamãe, sinto muito. Não vai dar"?

O marido ficou olhando para a caneca. Becky sentiu seu coração afundar. Há muito tempo ela suspeitava ser esse o caso — que Mimi mandava, Mimi exigia, Mimi dava ataques até conseguir o que queria e que Andrew, o bondoso e paciente Andrew, ficava impotente diante de seus chiliques.

— Não vai ser por muito tempo — ele falou. — E significa muito para mim.

— Tudo bem, tudo bem — Becky disse com um suspiro. Uma hora depois, quando Andrew saíra para o hospital e Ava tinha sido alimentada e trocada e vestida, a campainha tocou e lá estava Mimi no degrau de cima, vestida com um *jeans* colado no corpo, uma jaqueta de *denim* e uma frente-única, com um conjunto de quatro malas Vuitton, incluindo o baú, alinhados na calçada ao lado dela.

— Hahhh, querida! — falou, entrando rapidamente e arrebatando cinco quilos de bebê espantado e careca dos braços da mãe, deixando que Becky arrastasse suas malas escada acima.

— Ooh, é cheiro de café que estou sentindo? — ela trotou escada abaixo para a cozinha, onde Becky lhe serviu uma xícara. Mimi deu um golinho.

— Descafeinado? — ela perguntou.

Becky pensou em mentir.

— Não — disse. — Posso fazer um pouco...

— Ah, querida, você se incomoda? — os olhos de Mimi nunca pararam de se mover, quicando das paredes da cozinha para o chão, para a pia, para o fogão, para as prateleiras de livros de receita. Procurando o quê, Becky não tinha certeza. Provavelmente indícios de que a cozinha também funcionava como laboratório de metaanfetamina, o que provaria que Becky era exatamente a rainha favelada que Mimi parecia pensar que era.

— Acho que você não tem nada para eu mordiscar... — Mimi falou inocentemente. Ela rejeitou pão branco ("estou mantendo distância de farinha processada"), pão de trigo integral ("não me faz bem") e melão ("simplesmente nunca gostei").

— Que tal se eu ficar de olho na minha neta e você for até o mercado?

"Claro", Becky pensou. "Que tal eu cortar minha mão fora e dá-la de comer para o *rottweiler* do outro lado da rua?" E será que Mimi morreria se chamasse Ava pelo nome? Possivelmente. Desde a manhã no hospital, Mimi não chamara o bebê de nada a não ser "minha neta" e "minha netinha". Nem uma única vez o nome *Ava* saíra de sua boca. Talvez ainda estivesse agarrada à esperança de que eles decidissem chamá-la de Anna no final das contas.

"Dê-lhe um osso", Becky disse para si mesma.

— Está bem, só vou tomar uma chuveirada antes...

Mimi descartou a idéia com um gesto.

— Nós ficaremos bem! Só me deixe uma mamadeira!

"E lá vamos nós."

— Estamos amamentando, lembra-se?

Os olhos de Mimi se arregalaram.

— Ainda?

— Ainda — Becky falou.

— E os médicos acham que não tem problema?

— É a melhor coisa para ela — Becky falou. — O leite materno ajuda o sistema imunológico dela a se desenvolver e...

— Ah, é o que eles dizem agora — Mimi interrompeu. — Na minha época, mamadeira era a melhor coisa. E com certeza parece ter funcionado com o Andrew! — ela voltou os olhos para Becky. — E ouvi dizer que bebês que mamam no peito podem ter problemas. — Abaixou a voz em um sussurro. — Com obesidade — uma risadinha alegre. — É claro, meu Andrew também nunca teve problema com isso!

Eu vou matá-la, Becky pensou com um tipo de pensamento distante. *Vou mesmo.*

— Eu desço em dez minutos — falou, subindo depressa as escadas, onde ficou debaixo do chuveiro com os olhos fechados, cantando "I Will Survive" até a água quente acabar.

Lá embaixo, na cozinha, Mimi estava à mesa com o bebê nos braços e um bolinho de mirtilo pela metade à sua frente.

— Ela comeu quase todo o topo do bolinho! — ela falou.

— O quê? — Becky disse.

— Ela come bem — Mimi anunciou. — Igual ao pai dela.

— Mimi! Ela ainda não pode comer comida!

— O quê?

Os punhos de Becky se fecharam.

— Ela não pode comer comida até ter no mínimo quatro meses e depois só cereal de arroz!

Mimi sacudiu as mãos.

— Ah, tenho certeza de que está tudo bem. Eu dava comida ao Andrew quando ele tinha só seis semanas e ele cresceu muito bem! É só uma moda — tagarelou. — Dar comida para os bebês, não dar comida para os bebês, leite materno, mamadeira... se bem que talvez você saiba mais do que eu. Trabalhando no setor alimentício e tudo o mais.

Becky apertou os lábios, pegou o telefone, trancou-se no banheiro e ligou para o consultório de seu pediatra, onde uma enfermeira muito simpática lhe disse que, apesar de um bolinho de mirtilo poder dar dor de barriga à Ava, provavelmente não causaria danos permanentes. Aí, ela desceu novamente as escadas.

— Oi, querida — falou para Ava. Ava olhou para ela do colo de Mimi e então inclinou a cabeça para trás. A pele debaixo de seu queixo se desdobrou como as dobras de um acordeão. Mimi olhou para baixo, enojada. — Ah, meu Deus!

Becky olhou por cima dos ombros da sogra para os anéis de sujeira cinza-amarronzados no pescoço da filha.

— Vocês não dão banhos nela? — Mimi perguntou.

— Claro que damos, eu só... — Becky sacudiu a cabeça. Havia tentado lavar debaixo do queixo de Ava, mas o bebê não facilitava. Metade do tempo ela nem tinha certeza se Ava tinha mesmo pescoço. Sua cabeça parecia se encaixar perfeitamente entre seus ombros e quem é que sabia o que estava se juntando ali? Bem, agora ela sabia. Pegou um lencinho na sacola de fraldas e o entregou a Mimi. — Honestamente, não sei de onde veio esse negócio.

Mimi fez um barulho ofendido.

— Vou ao mercado agora — Becky falou. — Por favor, não lhe dê nada para comer enquanto eu estiver fora.

Outro barulho ofendido. Becky pegou as chaves e dirigiu-se para a porta. Quando voltou, carregando as duas sacolas de compras exigidas por Mimi, sua sogra e seu bebê estavam instalados no sofá da sala de estar.

— Quem é minha princesa? Quem é? Quem é? — Ava piscou e deu um sorriso banguela. Becky sufocou um suspiro e desceu para a cozinha. Cinco minutos depois, a voz de Mimi a puxou para cima das escadas de novo. — E agora vamos fazer nossos abdominais! Um! Dois! Um! Dois! Temos de ficar bonitas! Para todos os garotos ligarem!

"Como é que é?", Becky voltou correndo para a sala.

— Mimi. Escute. Tenho certeza de que você não fez por mal, mas Andrew e eu não queremos que Ava cresça preocupada com seu corpo.

Mimi ficou olhando para ela como se Becky tivesse acabado de sair de uma nave espacial para sua primeira visita ao planeta Terra.

— Do que você está falando?

— Abdominais. Garotos. Não queremos que Ava tenha de se preocupar com nada disso — Becky tentou dar um sorriso. — Pelo menos não até seu primeiro aniversário.

Os lábios de Mimi se curvaram em uma carranca.

— E Andrew concorda com esse... esse — Becky quase podia ouvi-la dizendo *absurdo*. — Modo de pensar? — concluiu.

— Cem por cento — Becky falou e dirigiu-se para a porta antes que sucumbisse à tentação de arrancar Ava dos braços da avó e chutar Mimi e suas malas de grife de volta para a rua.

O quintal era a parte da casa favorita de Becky. Mal era do tamanho de uma mesa de bilhar, mas ela enchera cada centímetro com jardineiras e vasos nos quais plantava não-me-toques, petúnias e gérberas e as ervas e vegetais que usava na cozinha — tomates e pepinos, hortelã e manjericão, sálvia e dois tipos de salsa, até mesmo uma trepadeira de melão. Cantarolava para si mesma enquanto cuidava das plantas, retirando folhas mortas, arrancando ervas daninhas.

Cinco minutos depois, Mimi, com Ava nos braços, invadiu seu santuário.

— Vamos ver o que a mamãe está fazendo! — gorjeou, elevando Ava no ar e depois para baixo, em direção ao chão de uma maneira praticamente garantida de induzir uma golfada dentro de cinco minutos. "Pelo menos isso vai nos livrar do bolinho", Becky pensou.

— Estamos regando plantas! — ela falou, esguichando água no ar, olhando enquanto Ava tentava pegá-la e franzia o cenho conforme o esguicho passava através de seus dedos. Então, levantou sua mão molhada e tentou botar o polegar na boca. Mimi a afastou com um tapa.

— Não, nada de chupar o dedo! Menina má!

Becky desligou a mangueira e começou a rezar. "Deus, dê-me serenidade para aceitar as coisas que eu não posso mudar, coragem para mudar as coisas que posso e paciência para não estrangular minha sogra, cortá-la em pedacinhos e jogá-los no esgoto."

— Na verdade, Mimi, não tem problema chupar o dedo.

— Como disse? Isso não pode estar certo! Ela vai estragar os dentes!

— Isso é uma velha lenda — Becky disse, sentindo-se culpada por ter prazer com a forma como Mimi se encolheu diante da palavra *velha*.

Os lábios de Mimi se franziram.

— Se você tem certeza — disse finalmente.

— Sim, tenho certeza — Becky falou, esticando os braços. — Deixe-me trocá-la.

Becky carregou Ava para cima. Sua fralda estava seca, mas ela achou que mais um minuto com Mimi iria levá-la a fazer algo que não queria que sua filha visse.

Fechou o macacãozinho de Ava novamente, afundou-se na cadeira de balanço e levantou a blusa. Ava pegou o peito impacientemente. Fazia menos de uma hora desde que comera pela última vez, mas parecia esfomeada. Ou talvez só quisesse ser um pouco tranqüilizada. Mimi podia levar qualquer um ao limite; por que um recém-nascido ficaria isento?

Becky fechou os olhos, balançando-se devagar, adormecendo ligeiramente enquanto seu bebê mamava em seus braços.

— Está amamentando?

Becky balançou para a frente, sacudida de seu cochilo. Os olhos de Ava se arregalaram. Ela empurrou o seio para longe e começou a chorar.

— Nós estávamos — Becky disse propositalmente, puxando a blusa para baixo, dando tapinhas nas costas de Ava até ela arrotar.

— Ah, Deus que a perdoe! — Mimi falou.

Becky enxugou os lábios franzidos e rosados do bebê com a ponta de um cobertorzinho e aconchegou Ava contra si. "É a melhor sensação do mundo", sua mãe dissera na primeira vez que segurara Ava. Becky não acreditara nela na hora — ela tinha tanto medo de machucar o bebê, que parecia ser uma coisa tão frágil e mole, que começava a suar antes de toda troca de fraldas. Mas agora que Ava estava sustentando melhor a cabeça, olhando em volta e observando as coisas, agora que superara a acne, Becky adorava segurá-la. A pele de Ava era macia e tinha um cheiro doce, seus olhos azul-acinzentados de cílios longos e seus lábios cheios e rosados eram as coisas mais lindas que já vira. Podia passar horas beijando a nuca de Ava ou acariciando sua cabeça, ainda completamente careca, a pele tão pálida que ela podia traçar as veias que corriam por baixo dela.

— Vamos tirar um cochilo — Becky disse a Mimi. Sem esperar uma resposta, ajeitou o bebê no berço e foi para o quarto, onde tirou os sapatos, baixou as cortinas e ficou olhando para a clarabóia que ela e

Andrew haviam instalado durante os dias tranqüilos antes de Mimi se mudar para a cidade. Ligou para o consultório de Andrew, depois para seu celular e, quando ele não atendeu nenhum dos dois, fez aquilo a que resistira tanto, aquilo que desprezava Mimi por fazer com tanta regularidade. Ela o bipou. "Sim, por favor, pode pedir que ele ligue para casa. Não, não, não é uma emergência. É só a esposa". Trinta segundos depois, o telefone estava tocando. Ela se lançou para pegá-lo. Foi rápida, mas Mimi foi mais rápida.

— Andrew! Que surpresa boa!

— Oi, mãe. A Becky está aí?

— Imagino que sim — Mimi ronronou. — Mas você não tem um minuto para conversar com sua velha mãe?

Becky desligou o telefone e fechou os punhos. "Deus me dê a serenidade para aceitar as coisas que não posso mudar..." Dez minutos depois, Mimi estava gritando para o alto das escadas.

— BeckEEEE! Meu filho quer falar com você!

O bebê começou a chorar.

— Diga a ele que eu ligo de volta — Becky gritou e entrou no quarto de Ava, onde passou dez minutos botando o bebê para dormir de novo. Quando ligou para o celular de Andrew novamente, ele atendeu.

— Como estão as coisas?

— Nada boas — Becky falou.

— Ela está sendo impossível?

— Bem, vejamos. Até agora, ela já deu bolinho de mirtilo para nossa filha, acordou-a de seu cochilo, bateu na mão dela para que tirasse o dedo da boca...

— O quê? — Andrew soou adequadamente incrédulo. Becky relaxou nos travesseiros. "Ele está do nosso lado", lembrou a si mesma. "Do meu lado. Não do dela."

— Deu aulas de abdominal para que os garotos liguem...

— Ela disse isso para o bebê?

— Bem, ela não disse isso para mim, não é?

Andrew suspirou.

— Quer que eu vá para casa? Eu tenho...

Becky podia ouvi-lo procurando seu cronograma.

— Uma substituição de quadril. Vou operar às 15h, mas posso pedir para Mira me substituir.

— Não, não, vá substituir o quadril. Eu só precisava desabafar.

— Eu sinto muito, Becky — Andrew disse. — Agüente firme.

— Vou tentar — ela falou e desligou o telefone. No quarto do bebê, Ava estava de lado e Mimi estava inclinada por cima do berço num repeteco da primeira manhã no hospital, cabelos pretos dependurados, o nariz a mais ou menos 15 centímetros do de Ava. Becky não podia ver sua expressão, mas a pose de Mimi a fez pensar em gatos que sugam a respiração de bebês adormecidos. As mãos se fecharam em punhos; as unhas curtas se enterraram na carne das palmas das mãos. "Saia daí", ela queria gritar. "Saia de perto do meu bebê, sua maluca!"

— Ela é tão perfeita — Mimi sussurrou.

As mãos de Becky relaxaram. Mesmo sendo horrível como era, pelo menos Mimi estava certa quanto à Ava.

— Ela é, não é? — sussurrou de volta.

— Sempre quis ter uma menina — Mimi falou. — Mas sofri dois abortos espontâneos depois do Andrew e os médicos disseram que tinha acabado para mim.

Becky sentiu seu coração derreter. As pálpebras de Ava tremulavam enquanto ela dormia.

— Os cílios dela são tão claros — Mimi sussurrou. — Como será que ela ficaria com um pouco de rímel?

Becky sentiu seu coração se reconstituir.

— É melhor deixarmos que ela durma — falou. Segurou a porta intencionalmente aberta até Mimi desistir e segui-la escada abaixo.

De volta à sala de estar, Becky preparou sua arma secreta.

— Quer um pouco de vinho?

Mimi queria. Dois copos de Chablis e uma entrega de controle remoto mais tarde, Becky estava livre.

— Nós só vamos dar uma voltinha! — ela gritou, sabendo, enquanto carregava o carrinho escada abaixo, que Mimi não as acompanharia.

Seus saltos de 10 centímetros tendiam a impedir de fazer passeios recreativos. Becky decidiu ver se Lia estava em casa. Lia a ajudaria a manter as coisas em perspectiva. Nem mesmo a Mimi Que Berra era tão ruim quando você considerava o que Lia havia perdido.

Fazia uma semana que conhecera Lia e elas haviam tomado café uma vez, no parque, levando o tipo de conversa "vamos nos conhecer" que parecia um pouco com um encontro às cegas ruim, até que Becky pôs Lia para falar sobre seu vício secreto — fofocas de Hollywood. Depois de apenas uma hora com Lia, Becky sabia mais sobre quem era homossexual em Hollywood e quem era apenas cientologista que aprendera depois de décadas de *Acces: Hollywood*. Ela perguntara a respeito de estrelas de cinema; Lia perguntara sobre suas amigas e seus bebês. Uma troca justa, Becky pensou.

Empurrou Ava pelo perímetro do parque até a portaria do prédio de Lia e pediu para o porteiro ligar para o apartamento.

— Quer dar uma volta? — perguntou. Lia saiu do elevador usando *jeans* Gloria Vanderbilt que tinha de ser da época do colegial. Seu cabelo de duas cores estava bem enfiado debaixo de um boné de beisebol dos Phillies, mas ela parecia desconfortável quando deu uma olhada para o carrinho e depois desviou rapidamente o olhar. Becky procurou o celular.

— Vamos ver se Kelly e Ayinde estão disponíveis — fez uma pausa, sentindo-se constrangida. — É... quer dizer... — ela olhou para Lia, mordendo o lábio.

— Você não quer ficar perto de outros bebês?

— Não, tudo bem — Lia disse. Ela enfiou as mãos nos bolsos e encolheu um pouco os ombros. — O mundo está cheio de bebês. Não me incomoda muito. Não se os bebês pertencem a pessoas que eu conheço. É só que, às vezes... — ela tocou na bochecha de Ava. — Às vezes é difícil — disse suavemente. — Quando parece que todo mundo, menos você, tem um bebê que não vai morrer.

Becky engoliu em seco.

— Podemos só dar uma volta pelo parque — falou. — Podemos tomar um café.

— Não, não — Lia balançou a cabeça. — Quero conhecer suas amigas.

Meia hora depois, Ava estava cochilando em seu carrinho e Becky, Ayinde e Lia estavam sentadas no horrendo sofá xadrez laranja e marrom na sala anteriormente vazia de Kelly. Oliver, que parecia ter dobrado de tamanho desde o nascimento, estava deitado debaixo de seu arco de atividades, mastigando um punho babado. E Kelly, vestindo o que parecia ser sua velha roupa de ginástica para gestante, estava falando ao telefone com fones de ouvido, mantendo um olho no bebê e um na tela do computador.

— Paul, deixe eu ter certeza de que entendi — falou. Ela sorriu para Becky e Ayinde, olhou para os bebês e fez um sinal com a cabeça para Lia, que sussurrou seu nome.

— Houve um tufão? E é por isso que as velas ainda estão na Tailândia? Bem, qual é seu plano de emergência? — ela ouviu, franzindo o cenho, batendo na mesa com uma caneta.

— Então, não temos um plano de emergência. E não há nenhuma vela em toda a região interestadual que seja aceitável. Certo. Sim. Sim, eu espero. — Pôs a mão em cima do bocal e fez uma careta.

— É por isso que não faço casamentos — sussurrou, enquanto alguém — Paul, presumivelmente — começava a berrar do outro lado do telefone.

"Paul. Paul. PAUL! Escute-me! Estamos falando de arranjos de centro, não da vacina da AIDS. Eu realmente não acho que um telefonema para o consulado vai nos ajudar. O que eu sugiro é que você comece a telefonar para os fornecedores de Nova York. Posso lhe passar uma lista por fax e botar estrelas ao lado das melhores possibilidades. Escolha meia dúzia de velas na mesma paleta de cores. Eu passo por aí de manhã e falaremos, juntos, com a noiva. Certo. Isso. Dez horas. Certo. Está bem, nós nos vemos então. — Ela desligou o telefone e se jogou no chão, onde sentou-se de pernas cruzadas ao lado de seu bebê e de seu cão que dormia.

"Ah, meu Deus! — falou, olhando para Lia. — Você é famosa!

— Bem, não exatamente — Lia disse com um sorriso. Apontou para o telefone. — Isso pareceu interessante.

— Você está trabalhando? — Becky perguntou.

— Ahn. Não exatamente — Kelly disse. — Minha antiga chefe teve uma emergência e eu lhe disse que a ajudaria. A noiva se apaixonou por essas velas da Tailândia. Infelizmente, trezentas estão presas num barco em um cais por causa de um tufão. Não vão chegar a tempo para o casamento.

— E o que vai acontecer agora? — Becky perguntou.

— Coisas ruins — disse Kelly. Levantou Oliver nos braços, ficou de costas no chão e começou a empurrar o bebê acima de sua cabeça. As pernas atarracadas de Oliver pendiam e suas mãos abriam e fechavam enquanto a mãe o bombeava para cima e para baixo.

"O nobre duque de York — Kelly cantarolou. — Ele tinha dez mil homens! Eles marcharam até o topo da colina e marcharam para baixo novamente!

Ayinde olhou para o relógio.

— Posso usar seu berço? — ela perguntou.

— Vá... em... frente — Kelly disse entre as flexões:

— Ele nem parece estar com sono! — Becky disse.

Ayinde encolheu os ombros como se pedisse desculpas, pegou Julian nos braços e o carregou para o quarto do bebê.

— Não ligue para ela; ela entrou para o culto — Becky sussurrou para Lia. — Priscilla Prewitt. Já ouviu falar nela? É o guru de Ayinde. Ayinde tem a vida de Julian totalmente cronometrada em períodos de cinco minutos e... — ela olhou para Kelly.

— Você está fazendo ginástica? — perguntou, enquanto Kelly continuava levantando Oliver no ar.

— Tríceps — Kelly grunhiu e descansou o bebê no peito.

— Bem, você é uma mulher melhor do que eu — Becky falou. Lemon fungou na cabeça de Oliver. Ayinde voltou para a sala na ponta dos pés.

— Se eu não perder cinco quilos, não vou caber em nenhuma das minhas roupas — Kelly disse. — E não tenho dinheiro para comprar um guarda-roupa novo.

Steve, de *short*, camiseta e descalço, entrou na sala de estar.

— Posso oferecer almoço a alguma das senhoras?

"Kelly tem tanta sorte", Becky pensou. Ela mataria para ter Andrew em casa por um dia. Ele podia lhe trazer o almoço e levar o bebê para passear e ajudá-la a lavar as cinco cestas de roupa suja que pareciam ter se acumulado da noite para o dia. Enquanto Steve anotava os pedidos de salada, Kelly colocou Oliver de volta debaixo de seu arco de atividades e começou a andar na esteira com pesos de dois quilos em cada mão.

— Querida, você tem sorte de ter Steve aqui — Becky disse. — Como vai a procura dele por emprego?

Algo passou pelo rosto de Kelly quando ouviu a palavra *sorte*, mas a expressão sumiu antes que Becky tivesse tempo de descobrir o que poderia significar.

— Ótima! — ela disse, apertando o botão de aceleração até estar correndo. — Muitas... oportunidades... estimulantes!

Becky botou Ava de costas no chão e se espreguiçou voluptuosamente.

— Posso ficar aqui o resto da minha vida? — ela perguntou.

— A sua sogra é... tão... ruim... assim? — Kelly perguntou, enquanto aumentava o ritmo.

— É. "Tão ruim assim" nem começa a descrevê-la — Becky falou.

— O que ela fez? — perguntou Lia.

— Você não acreditaria em mim se eu contasse.

— Tente — Ayinde disse.

— Está bem — falou Becky. Ela limpou a garganta. — Ela usou um vestido de noiva no meu casamento e cantou "The Greatest Love of All" durante a recepção.

Lia e Ayinde se entreolharam.

— Ela é cantora? — Lia perguntou cuidadosamente.

Becky rolou para o lado e acariciou a barriga de Ava.

— Não, ela não é!

— Então estava cantando para vocês dois?

— Não. Só para o Andrew.

— E o vestido de noiva... — a voz de Lia sumiu.

— Um vestido de noiva de verdade — Becky confirmou. — Versace, eu acho. Justo. Branco. Decotado. Com uma abertura até o alto. Muitos decotes de 64 anos de idade, o que, eu lhes asseguro, não era o que eu queria ver enquanto caminhava para o altar. Acho que ela o reciclou de um de seus casamentos anteriores.

— Eu... sei que... você... está brincando — Kelly falou ofegante. Seu rabo-de-cavalo balançava com cada passo.

Becky sentou-se ereta, vasculhou em sua sacola de fraldas e tirou a carteira.

— Aqui — falou, mostrando uma fotografia às amigas. — Caso estivessem imaginando, eu guardei isso como prova, não pelo valor sentimental.

Kelly diminuiu o ritmo e pulou para fora da esteira, e ela e Lia e Ayinde inclinaram as cabeças por cima da foto.

— Oh — disse Lia. — Ah, meu Deus. Isso são crinolinas?

— São, sem dúvida — Becky disse. — Ainda que Mimi goste de alta-costura, todas as minhas damas de honra, como podem ver, usaram crinolinas como um tributo à sua herança sulista. Com sombrinhas verde-menta combinando — ela riu. — Parecíamos uma tribo perdida de palhaços.

— Não acredito que você esteja rindo disso! — Kelly falou, levantando a blusa para enxugar a testa.

Becky encolheu os ombros.

— Acredite em mim, não achei engraçado na época — falou. — Mas foi há quatro anos. E tenho de admitir que foi ligeiramente hilariante.

Ayinde olhou para a foto.

— Acho que é a pior história de casamento que já ouvi.

Ava rolou para o lado e soltou um pum barulhento.

— Esse foi bom! — Becky disse, dando tapinhas no traseiro da filha. Vocês sabem que eu fiquei tão chocada na primeira vez em que ela peidou no hospital que chamei a enfermeira para garantir que era uma coisa, sabe, que se fazia? — Ela balançou a cabeça. — Só mais um dos pequenos detalhes que os livros sobre bebês não nos contam.

Kelly sorriu alegremente.

— Na minha casa, chamamos isso de bolhas do bumbum!

Becky revirou os olhos.

— Na minha casa, chamamos de peidos de bebê! — ela se recostou no sofá marrom e laranja. — Eu só queria saber como é que alguém vira uma pessoa como a Mimi? Quer dizer, os maridos! E o drama!

Lia deu de ombros e brincou com seu boné de beisebol. Becky ficou pensando se teria sido um erro trazê-la, se três bebês, dois deles meninos, seriam mais do que Lia queria ver.

— Não me pergunte. Não consigo entender nem minha própria mãe, que dirá a mãe de outra pessoa — Lia disse —, mas eu acho...

— Conte-me — Becky falou. — Por favor. Ajude-me.

— Pessoas como Mimi — Lia disse. — Acho que são assim porque se machucaram.

— Eu gostaria de machucá-la — Becky resmungou.

Lia sacudiu a cabeça.

— Vamos — ela disse. — A violência nunca é a solução. E, Becky...

— ...ela é a mãe dele — Kelly e Ayinde declamaram. Lia riu quando o telefone celular de Becky tocou.

— Querida? — Andrew falou. — Você não está em casa.

— E dizem que os homens não prestam atenção nas coisas. Nós saímos para dar uma volta — Becky falou.

— Você deixou minha mãe sozinha?

O coração de Becky afundou.

— Bem, você conhece a Mimi. Ela não é muito de andar. E o bebê precisava de um pouco de ar fresco.

— Duas horas de ar fresco?

Já se passara tanto tempo assim?

— Olhe, Andrew, sua mãe é uma mulher adulta...

— Ela quer passar um tempo com a neta — Andrew falou. — E, Becky...

— Tá, tá, certo, eu sei — ela disse. — Não precisa dizer. Estou saindo daqui agora — desligou o telefone e pegou o bebê.

— Ei, você não tinha de passar um fax de alguma coisa para o homem das velas? — perguntou.

Kelly estatelou a mão em cima da boca.

— Ah, meu Deus — ela murmurou e correu para o computador.

— Nada de descanso para os pecadores — Becky falou, empurrando o carrinho da filha porta afora.

LIA

"Arrumar emprego" estava na minha lista, logo depois de "arrumar dinheiro" e "encontrar lugar para morar". Mas quando Becky me ofereceu um emprego no Mas ao voltarmos da casa de Kelly, eu recusei.

— Não sou boa cozinheira — falei enquanto andávamos lado a lado, empurrando Ava pela Walnut Street. — Eu mandava pedir refeições da Zone pelo telefone. Nem cheguei a ligar o fogão no meu antigo apartamento.

— Não se preocupe. Não é ciência espacial — Becky empurrou o carrinho para dentro de um café e inclinou-se para reajustar o chapéu de sol cor-de-rosa de Ava, que combinava lindamente com sua jardineira da mesma cor e blusa listrada de branco e rosa.

— Sabe que alguém me parou na rua ontem e disse: "Que menininho lindo"?

— Você não tinha de ir para casa? — eu perguntei.

— E eu vou! — Becky disse alegremente. — Assim que tomar um café. E amamentar o bebê. Por uma meia hora, mais ou menos. De qualquer maneira — ela continuou, instalando-se em uma mesa nos fundos — o emprego do qual estou falando é bem para iniciante. Lavar espinafre, descascar camarão... — ela me lançou um olhar enviesado. —

Você não é, sei lá, vegetariana radical, é? Nenhuma objeção a cozinhar coisas vivas?

Balancei a cabeça, lembrando-me de como minha mãe me perguntara uma versão da mesma coisa.

— Não é muito dinheiro — Becky falou. — E não é glamouroso. E você vai passar muito tempo de pé...

— Estou acostumada com isso — eu falei. — Atuar é ficar muito tempo de pé.

— Ah, mas é ficar de pé perto do Brad Pitt, não de Dash, o lavador de pratos — Becky falou. Ela olhou por cima do ombro esquerdo, depois do direito, como um espião em um filme.

— Dê-me cobertura — murmurou pelo canto da boca. Enrolou uma *pashmina* do tamanho de uma toalha de piquenique por cima do ombro, pegou o bebê e levantou a blusa. — Muito bem, dá para ver alguma coisa?

Olhei para baixo. Eu podia ver Becky e o pano e uma protuberância ligeiramente do formato de Ava por baixo.

— Você está ótima.

— Ótimo — disse Becky. — Mas fique de olho nela. Ela é sorrateira. Ontem, ela puxou o pano e eu acabei com o meu peito de fora na Cosi da Lombard Street. Bem ruim. Então, vai aceitar o emprego?

— Se está falando sério. E se não ligar para o fato de eu nunca ter feito isso antes.

Ela balançou a cabeça.

— Acredite, todo mundo vai adorar tê-la por lá. Principalmente Dash, o lavador de pratos.

— Obrigada — falei.

— De nada — ela respondeu. Ela pôs o bebê para arrotar, limpou sua boca, passou dez minutos no banheiro trocando a fralda de Ava e, finalmente, pesarosamente e muito lentamente, eu percebi, dirigiu-se para casa.

Comecei a trabalhar na tarde seguinte, de frente para a pia na cozinha cheia de vapor do Mas, descascando cenouras até meus dedos ficarem dormentes.

— Tudo bem aí? — Becky perguntou várias vezes seguidas. — Está tudo bem? Quer fazer uma pausa? Quer alguma coisa para beber?

— Estou ótima — eu lhe disse.

Endireitei as costas e flexionei meus dedos. Era um trabalho fisicamente pesado, entediante e repetitivo, mas todo mundo na cozinha era gentil (principalmente, como Becky previra, Dash, o lavador de pratos, que calculei ter uns 19 anos e que também era, se eu fosse apostar, fã de alguns de meus primeiros filmes lançados direto em vídeo). Era a primeira vez, desde que eu saíra de Los Angeles, que minha mente estava realmente em silêncio. E Sarah ia me mostrar como fazer vinagrete. As coisas iam bem.

Na segunda-feira seguinte, meu primeiro dia de folga, desdobrei a lista que tinha feito para mim mesma. Todas as coisas haviam sido executadas, exceto o último item. "Arrume ajuda". Não podia adiar isso para sempre, pensei, enfiando o cabelo embaixo do boné de beisebol de novo e saindo no crepúsculo.

Achei a listagem da Pais Unidos no mesmo jornal que me levara a meu apartamento, mas, três minutos depois de começada a reunião, achei que o grupo não ia funcionar tão bem quanto minha moradia.

O que eu queria — o que eu precisava — era saber quando iria parar de acordar sofrendo todas as manhãs, quando sairia da vala de tristeza tão profunda e tão larga que eu não achava que conseguiria sair dela. Quanto tempo isso ia doer? Quando Caleb deixaria de ser a primeira coisa na qual eu pensava de manhã, a última em que pensava à noite? Quando eu iria parar de ver seu rosto toda vez que fechava os olhos? Achei que não ia conseguir minhas respostas no hospital da Pensilvânia, na sala de conferências do quinto andar, com um ligeiro odor de doença e detergentes industriais. As paredes eram bege, o carpete era cinza e a mesa comprida estava cercada de pessoas bebendo chá ou café em copos de isopor.

A mulher que falou primeiro chamava-se Merrill. Tinha cabelos crespos e castanhos na altura dos ombros, óculos de tartaruga grandes demais para seu rosto, uma aliança de ouro grande demais para seu dedo. Merrill tinha 40 anos. O nome de seu filho era Daniel. Ele tivera leucemia. Tinha 11 anos quando morreu. Isso fora há quatro anos, mas Merrill ainda parecia tão desnorteada e arrasada como se tivesse recebido a notícia naquela manhã. "Ainda está acontecendo", pensei, agarrando a mesa enquanto o chão parecia balançar debaixo de mim.

— E aquelas pessoas da Wish Foundation* ficavam nos jogando de um lado para o outro — Merrill falou.

Havia um bolo de lenços de papel rasgados em sua mão e a cada dez minutos ela o levava à face, mas parecia irada demais para chorar.

— É faça um desejo, certo, não faça um desejo politicamente correto, não faça um desejo que algum bom samaritano que nunca teve um filho doente ache que é bom e, se o último desejo de Danny foi conhecer Jessa Blake, quem são eles para dizer que não trabalham com estrelas pornôs?

O homem sentado ao seu lado — seu marido, eu supus — botou uma mão hesitante no ombro dela. Merrill a afastou com um movimento.

— Ele só a conhecia dos vídeos de música. Não era como se o deixássemos assistir a filmes pornôs — ela falou. — E aí queriam mandá-lo para ver Adam Sandler, e eu sei comprovadamente que foi só porque Adam Sandler já estava vindo à Filadélfia para ver uma garota com falência renal...

Tentei disfarçar o barulho da minha risada como se fosse uma tossida que tivesse saído errado. O líder olhou para mim.

— Quer ser a próxima?

— Ah, não — eu disse, balançando a cabeça.

— Bem, por que não nos diz seu nome?

— Eu me chamo Lisa — saiu sem querer, mesmo eu sendo Lia há anos. Alguns meses de volta à Filadélfia e, ei, Shazam, eu era Lisa novamente. — Mas, sério, não quero falar. Nem tenho certeza se devia estar aqui.

— Jessa era sua favorita — Merrill falou novamente. Ela levou o bolo de lenços até a face. — A sua favorita.

*Fundação que realiza os últimos desejos de crianças com doenças terminais. (*N. da T.*)

— Está bem, Merrill, tudo bem — o líder disse suavemente, enquanto o marido de Merrill puxava a cabeça dela para seu ombro e ela começava a chorar. De repente, eu odiava Merrill. Seu filho tinha 11 anos. Ela tinha tido 11 anos de festas de aniversário e presentes de Natal, joelhos ralados e jogos de futebol. Ela o vira engatinhar e andar e correr e andar de bicicleta. Talvez tenha até chegado a fazer o discurso das flores e das abelhas, sentada do outro lado da mesa da cozinha, dizendo "Há coisas que você tem de saber". O que eu tivera? Noites insones, fraldas sujas, cestas e mais cestas de roupa suja. Um embrulhinho histérico e mal-humorado que quase nunca sorria.

Fechei os olhos apertados enquanto sentia o mundo escorregar para os lados e fechei os punhos no meu *jeans* idiota da Gloria Vanderbilt.

— Lisa? — perguntou o líder.

Sacudi a cabeça. Estava pensando em Becky amamentando seu bebê debaixo do cobertor cor-de-rosa. Quando Caleb mamava, suas mãos nunca ficavam quietas. Moviam-se do meu seio para sua cabeça, explorando a textura da minha pele. Elas balançavam no ar. Às vezes, roçavam meu queixo ou minha face como folhas.

— Com licença — falei, esperando que meus bons modos superassem o fato de ter me levantado tão rápido que minha cadeira com rodinhas tinha batido com força na parede.

— Lisa — o líder me chamou. Mas não diminuí a velocidade até ter saído pela porta, saído do elevador, saído do hospital, me encostando na parede de tijolos quentes por causa do sol, puxando grandes lufadas de ar com a cabeça pendurada perto dos joelhos. O céu escurecera. Eu pensava ir a algum lugar e o Mas me parecia tão bom quanto qualquer outro.

— Ei! — Becky gritou quando empurrei a porta. — O que você está fazendo aqui?

— Eu estou... pensei que... — olhei em volta e me lembrei de que era segunda-feira; o Mas nem estava aberto. O salão estava vazio, limpo, com todas as mesas vazias, exceto por uma cercada por três cadeiras e coberta de aperitivos. Ayinde estava sentada em frente a uma bandeja de pastéis. A bolsa de fraldas Kate Spade de Kelly estava pendurada no espaldar de outra cadeira e a própria Kelly estava de pé em um canto falando no fone de ouvido de seu celular.

Virei-me em direção à porta.

— Sinto muito. Eu me confundi, acho.

— Estamos fazendo a Noite das Mães — Becky explicou. Ela puxou mais uma cadeira e fez um sinal para que eu me sentasse.

Sacudi a cabeça.

— Não, sério, eu não devia, eu...

Becky me levou até a cadeira e me entregou um copo. Olhei em volta.

— Onde estão os bebês?

— Ava está com a Mimi — ela falou —, que apareceu com um *kit* de manicure e não acreditou em mim até eu ligar para Andrew confirmar que não se pode passar esmalte em um recém-nascido. Julian está com... — ela olhou para Ayinde.

— Clara — Ayinde disse. — Ela trabalha para mim e para o Richard.

— Ela é sua empregada — Becky provocou.

— Secretária do lar — Ayinde disse. — E ela adora o bebê.

— Steve está tomando conta de Oliver — Becky disse, apontando com o queixo para Kelly, que ainda estava falando no celular.

— Querido, você tem de puxar o prepúcio dele para trás com delicadeza, não o machuque!, e aí você tem de usar a toalhinha só um pouquinho... está bem, está bem, não entre em pânico, não vai cair — Kelly desligou o telefone, balançando a cabeça. — Quando foi que eu virei a autoridade mundial em limpeza de pênis? — perguntou.

— Fique feliz por não ter uma menina — Becky falou. — A primeira vez em que Andrew teve de dar banho em Ava, ele me telefonou no meio da correria do jantar para perguntar como deveria — e eu cito — "lidar com a região". E a gente acha que eles devem ter ensinado isso na faculdade de medicina — ela olhou para Ayinde.

— Como é que o Richard se sai com os banhos?

— Ah, Richard não dá banhos — Ayinde falou, bebendo um copo que parecia ser de sangria. — Eu sou a única que dá banhos.

— Na sua banheira aprovada por Priscilla Prewitt — Becky falou.

— Na verdade, eu o levo para a banheira comigo — Ayinde disse. — É maravilhoso.

— Eu fazia isso — falei.

Abaixei a cabeça. Uma vez, Sam entrara no banheiro para tirar fotos de nós dois juntos na banheira e eu ficara tão consciente das minhas estrias que joguei um frasco de xampu na cabeça dele. Mas fora maravilhoso. Eu me lembrava de segurar o corpo escorregadio de Caleb, da sensação de sua pele molhada contra a minha, pegando-o por baixo dos braços e arrastando suas pernas pela água. O que acontecera com aquelas fotos?

Becky me deu um guardanapo.

— Você está bem?

Assenti, piscando rapidamente, determinada a não chorar e arruinar a noite delas.

— Tem certeza de que não há nada que eu possa fazer? — perguntei. — Acho que estamos com o estoque baixo de frango.

— Não seja boba — ela me entregou um prato. — O que está acontecendo?

Tomei um gole da sangria, sentindo-a esquentar meu peito e meu estômago.

— Eu fui a um grupo. Um grupo de ajuda. Ele... — Mais um gole. — Eu meio que saí abruptamente.

— Por quê? — Kelly perguntou.

— Porque é um só um bando de gente triste sentada, contando suas histórias tristes e eu não... eu não posso...

Becky ficou sentada em silêncio, olhando para mim.

— Acha que ajudaria falar a respeito? Parece-me uma boa idéia. Quer dizer... — ela deu um risinho nervoso. — Não sei como você se sente, não posso nem imaginar, mas acho que conviver com pessoas que passaram pela mesma coisa...

— Mas elas não passaram pela mesma coisa. Esse é o problema. — Tomei mais um gole de sangria. E outro. — O negócio é que... — respirei fundo e olhei para minhas mãos.— Eu nem queria ter engravidado, para começo de conversa. — Envolvi meu copo com as duas mãos e falei sem olhar para nenhuma delas.

— A camisinha estourou. Sei quanto isso parece idiota. É como a versão reprodutiva de "o cachorro comeu meu dever de casa". E nós não éramos casados, não estávamos nem mesmo noivos — lembrei-me de Sam prendendo a respiração de repente, de minha própria arfada quando ele saiu de mim, ainda meio duro e a camisinha em lugar nenhum. Pesquei-a depois com a ponta dos dedos, contando os dias desde minha última menstruação, pensando, "Isso pode ser um problema".

Eu já tomava pílula antes de me mudar para Los Angeles, aos 18 anos, meu diploma do Ginásio George Washington, onde fora eleita Mais Bonita e Mais Dramática e Mais Provável Que Fique Famosa, e três mil dólares que conseguira vendendo o anel que herdara. Depois que comecei a ir a *look-sees** e testes e perceber que todas as mulheres à minha volta eram um pouco mais louras, um pouco mais peitudas e sete quilos mais magras, parei de tomar, achando que poderia me ajudar a perder peso.

— Você já está abaixo do peso — a enfermeira do Planejamento Familiar disse enquanto eu enchia os bolsos com preservativos gratuitos dispostos em tigelas de cristal lapidado como balinhas digestivas de menta.

— Não para esta cidade — repliquei. Sorri e disse a ela para não se preocupar, que eu nem tinha um namorado fixo. E não tinha, não há anos. Era somente eu e uma série de colegas de quarto em um apartamento de quarto e sala em Studio City. Eu tinha aulas de interpretação. Entrei em uma trupe de improvisos. Trabalhei por algum tempo em um escritório que vendia imóveis e fazia *telemarketing* à noite até que, depois de dez anos pulando de galho em galho, conheci Sam e consegui o papel principal de um filme na Lifetime, e Sam conseguiu seu comercial de lâmina de barbear, e depois um papel como convidado em *Friends* durante seis semanas. De uma hora para outra estávamos ricos.

E grávidos.

---

*Pré-teste em que o diretor apenas olha o aspirante ao papel e conversa um pouco. (*N. da T.*)

— Foi uma hora péssima — eu disse a elas.

— Sam e eu só estávamos namorando há oito meses. Nós dois estávamos trabalhando tanto em nossas carreiras e as coisas estavam acontecendo para ele; para nós dois, acho.

No terceiro ano em que "fiz" 26 anos, eu finalmente chegara ao ponto em que era reconhecida como eu mesma algumas vezes, em vez de ser confundida com outra atriz, mais famosa... ou simplesmente ficar sendo olhada por um turista surpreso que claramente achava que devia saber quem eu era, mas não sabia.

— Foi uma época muito boa. Antes disso, estava fazendo muitos trabalhos que só saíam em vídeo. Muitas continuações, muitos filmes originais para TV a cabo. E, de repente, tinha todas essas possibilidades. E tinha Sam. Eu estava tão feliz.

Ayinde girou o copo com os dedos.

— Quantos anos você tinha? — perguntou. Olhei-a através da mesa, inclinada para a frente com os braços cruzados e tive um vislumbre dela em sua vida anterior, usando aquela mesma calma profissional para dar as notícias aos espectadores de Fort Worth. Kelly estava mordendo o lábio, o cabelo louro pálido cobrindo a maior parte de seu rosto, e as mãos de Becky estavam em movimento constante enquanto servia mais sangria e oferecia mais molho.

— Vinte e nove — eu disse. — É claro que, de acordo com meu empresário, eu tinha 26. No mundo sempre há alguém mais jovem e mais bonito e provavelmente mais talentoso. Teria sido melhor, em termos de carreira, se pudéssemos ter esperado; talvez uns cinco anos, eu pensava, depois que tivéssemos nos estabelecido; quando Sam tivesse idade suficiente para ser o "pai preocupado porém amoroso" em comerciais de seguro automobilístico e eu pudesse recuperar meus sete quilos e fazer o papel de promotora pública durona que tinha sido uma gata como atriz convidada.

Eu não contava com a alegria de Sam quando lhe dei a notícia ou com a facilidade com que ele a aceitaria.

— Claro, vamos ter um bebê — ele disse, me erguendo no ar de uma forma que só me deixou mais enjoada. — Vamos ter um monte.

Quando falei em perder trabalhos, ele me acalmou, dizendo que seria apenas um ano, que um bebê não era uma prisão perpétua, que tínhamos dinheiro e nos amávamos e que daria tudo certo.

Fiquei brincando como minha *tortilla*, a cabeça inclinada por cima da mesa. Do lado de fora das janelas altas, a rua estava silenciosa e o céu estava escuro e parado. As paredes cor de abóbora e as luminárias douradas do restaurante o faziam brilhar com uma luz suave, como o interior de uma arca do tesouro. Eu estava me lembrando do dia em que fizemos nosso ultra-som e descobrimos que teríamos um menino e Sam cantara "*My Boy Bill*" alto o bastante para que todo mundo na sala de espera ouvisse. A alegria dele fora contagiosa; eu fora arrebatada junto com ele.

E, aí, o bebê chegou.

— Foi tão difícil depois que ele nasceu. Eu não fazia idéia.

— Ha! — disse Becky, inclinando-se para encher nossos copos novamente. — Acha que alguma de nós fazia idéia? Acha que alguém no mundo teria bebê se soubesse?

— Amém — Kelly murmurou, as mãos juntas em cima da mesa, os cílios claros pousados sobre as faces.

Botei a *tortilla* de volta, imaginando como as coisas poderiam ter sido diferentes se eu tivesse tido amigas, outras mães de primeira viagem que estavam passando pelas mesmas coisas que eu. Mas eu não tinha.

— Estava totalmente sozinha. Sam teve de voltar a trabalhar — ele havia conseguido um papel em *Sex and the City* como um ejaculador precoce.

Becky riu.

— Eu vi esse! — ela disse.

— Estava começando a ficar famoso — olhei para meu corpo, lembrando-me de como me sentira horrorosa: inflada e suada, minhas mãos e pés ainda inchados, meu cabelo caindo aos punhados. Eu passava o dia inteiro usando a mesma calcinha e camiseta com os quais havia dormido, porque para que iria me vestir? Ao contrário do meu marido, eu não tinha lugar nenhum para ir.

Parecia que o mundo estava desabando sobre mim, diminuindo cada vez mais até ficar do tamanho do quarto de Caleb, de seu berço. Os livros diziam que recém-nascidos comiam a cada três horas. Caleb comia de meia em meia hora. Os livros prometiam que recém-nascidos dormiam mais ou menos 18 horas por dia. Mas Caleb só tirava cochilinhos. Dez minutos depois de ter fechado os olhos, estava acordado de novo, berrando. Eu levara quatro semanas só para ter tempo de desfazer a mala que havia levado para o hospital quando ele nasceu.

— Eu sentia como se estivesse enlouquecendo. Tinha esses sonhos... — esvaziei meu copo. — Ficava pensando em simplesmente me hospedar em um bom hotel com um quarto grande e limpo e uma cama grande e linda e pedir serviço de quarto e ler um livro e só ficar sozinha. Nem que fosse só por uma tarde. Parecia que eu nunca mais teria nenhum tempo ou ficaria sozinha novamente.

— E o Sam? — Becky perguntou. Olhei em volta da mesa procurando a reprovação que eu tinha certeza de que encontraria, mas só vi interesse. Gentileza, vi isso também.

— Ele tentou ajudar, mas estava trabalhando muito — dobrei as mãos no colo e contei-lhes a história da lavanderia, que também era a história do último dia de Caleb.

Nenhum de nós havia dormido na noite anterior. Caleb começara a choramingar à meia-noite, meia hora depois de eu amamentá-lo, embrulhá-lo com cuidado e colocá-lo no berço. Os choramingos se transformaram em soluços, os soluços se tornaram gritos e, da meia-noite às duas da manhã, Caleb berrou sem parar, os olhos esbugalhados, o rosto vermelho como um tomate, uma veia em formato de V pulsando no meio de sua testa, parando apenas para recuperar o fôlego antes de começar a gritar de novo. Sam e eu tentamos de tudo — andar com ele, niná-lo, dar tapinhas em suas costas, botá-lo no carrinho e na cadeirinha de molas e no balanço. Tentei amamentá-lo. Caleb se engasgou e urrou e me bateu com seus punhos. Nós o pusemos para arrotar. Trocamos sua fralda. Nada funcionou até que finalmente, sem nenhuma explicação, o ataque de choro terminou tão subitamente quanto havia começado e Caleb apagou de costas no centro da nossa cama. Ele estava com uma chupeta presa debaixo do queixo, mas tive medo de retirá-la.

Sam e eu nos inclinamos sobre ele, piscando como corujas, meu marido de cueca samba-canção e uma camiseta suja de golfadas, com o maxilar quadrado com uma barba por fazer de dois dias nunca vista e nada adequada a um comercial de lâminas de barbear; eu de camisola sem nada por baixo.

— O que houve? — Sam sussurrou.

— Não fale — sussurrei de volta e apaguei a luz. E nós três dormimos juntos até Caleb nos acordar às 8h, arrulhando como um bebê em um comercial de fraldas.

— Eles sempre fazem isso — Ayinde falou. Ela deu tapinhas na boca com um guardanapo.

— É como se soubessem. Eles sabem exatamente quanto tormento podem fazer você passar antes de lhe dar alguma coisa: um sorriso ou algumas horas de sono.

Eu assenti.

— Eu me sentia melhor quando acordei — falei para elas. — E era sábado, portanto, Sam ia ficar em casa.

Às dez da manhã, pedi a ele para dobrar a roupa limpa. Eu havia lavado uma carga de roupas coloridas na noite anterior.

— Tudo bem — ele disse alegremente. Podia ouvi-lo assoviando enquanto fazia a barba. Ele estava no andar de cima, no banheiro, e eu estava no andar de baixo, no sofá com o bebê em meus braços, olhando para o letreiro de Hollywood pela janela, tentando calcular exatamente há quanto tempo eu havia andado de carro.

— Só vou dar uma corridinha — ele falou.

Rangi os dentes e não falei nada, enquanto por dentro estava espumando. Uma corridinha. Eu mataria para poder sair de casa e dar uma corridinha, uma voltinha, qualquer coisa.

Às 11h15, meu marido voltou para casa, brilhando de suor e boa saúde. Deu-me um beijão estalado na bochecha e abaixou-se para beijar Caleb, que estava mamando.

— Vou só tomar uma ducha — disse.

— A roupa limpa — falei, odiando o tom rabugento da minha voz, odiando como parecia com o da minha mãe, com o da mãe de todo mundo. — Por favor, não quero reclamar, mas eu não posso... — e encolhi os ombros, indicando o bebê. Indicando tudo e desejando ter mais quatro mãos. — Ah — disse Sam, piscando.

— Ah, é. Ei, me desculpe — ele se dirigiu para o andar de cima. Pude ouvir a porta da secadora abrindo e fechando com um estrondo, e senti-me relaxar gradualmente.

— Estou dobrando! — Sam gritou.

— Parabéns! — gritei de volta.

Alguns minutos se passaram.

— Ainda estou dobrando! — berrou Sam.

Mordi o lábio e olhei para Caleb, um peso quente, com os lábios sujos de leite em meus braços, já com o mesmo maxilar quadrado e queixo furado que o papai, odiando os pensamentos ruins que passavam pela minha cabeça. "Como se ele merecesse um troféu por dobrar uma pilha de roupas limpas."

— Nunca fiquei tão zangada com ele — falei. Dessa vez foi Kelly quem riu e assentiu com a cabeça, concordando.

— Dobrando! — Sam gritara de novo. Mordi os lábios com mais força, fechei os olhos e contei até vinte de trás para a frente. "Eu amo meu marido", lembrei a mim mesma. Só estava cansada. Nós dois estávamos. "Eu amo meu bebê". Eu amo meu marido. Eu amo meu bebê", entoei como um mantra com meus olhos bem fechados.

Vinte minutos depois, Sam estava no andar de baixo novamente, a pele ainda rosada por causa do banho.

— Volto lá pelas três horas — falou.

Assenti sem abrir os olhos, imaginando como faria para tomar um banho. O bebê ia dormir, pensei, apesar de Caleb não ter dado sinais de que ia dormir até então — só comia e chorava e cochilava por talvez dez minutos e acordava no instante em que eu tentava colocá-lo no berço e começava a chorar de novo. Mas ele tinha de dormir. Bebês não podiam ficar acordados eternamente. Simplesmente não podiam.

Sam ajoelhou-se e segurou minhas mãos.

— Ei — ele falou. — Quando eu voltar, por que você não sai um pouco? Vá fazer uma massagem ou tomar um café, sei lá.

Sacudi a cabeça, ouvindo o tom rabugento em minha voz novamente.

— Não posso, não posso ir a lugar algum. Você sabe que eu não posso. E se ele precisar comer?

Ele piscou, confuso com a pergunta ou com o som da minha voz. Eu não tinha certeza qual.

— Ou você pode só tirar um cochilo.

— Um cochilo — repeti. "O sonho impossível", pensei.

Sam saiu alegremente pela porta para um almoço de negócios com seu empresário, um cara alto e careca que chamava todo mundo de *meu bem* porque, eu estava convencida, ele não se dava o trabalho de aprender os nomes de verdade. Segurei o bebê perto do meu peito suado e me arrastei para nosso quarto no andar de cima.

— Ele dobrou a roupa limpa — eu disse a elas. Minha língua parecia grossa dentro da boca. — A roupa toda. Estava tudo em cima da cama em pequenas pilhas, com sua toalha molhada por cima.

Ayinde suspirou. Becky balançou a cabeça. Kelly afastou o cabelo louro das bochechas e sussurrou:

— Já vi esse filme.

Eu me deitara na cama, bem em cima da toalha molhada de Sam. Parecia uma piada horrível, no estilo de *Além da Imaginação — ele dobrou a roupa, mas não a guardou!* Vi minha vida passar em *flashes* diante dos meus olhos, os próximos dias, as próximas semanas, os próximos 18 anos, um borrão interminável de amamentar e dormir e andar pela casa com um bebê berrando em meus braços, catando as coisas de Caleb e catando as coisas de Sam também.

— Não — falei em voz alta.

Coloquei Caleb no meio da cama, aninhado entre uma pilha de cuecas samba-canção e uma de meias sortidas. Vesti um sutiã de lactante, calcinhas, mais dois absorventes, uma das camisetas de Sam e um par de *leggings* com elástico na cintura e fiquei sentada ali enquanto Caleb acordava de novo e começava a chorar de novo.

— Eu estava tão cansada — falei, erguendo as mãos para depois deixá-las cair em cima da mesa. Ainda podia me lembrar daquela sensação de "areia nos olhos", de irritação, de nunca dormir o suficiente. Podia sentir a mão de Becky em meu ombro. Lembrei-me da mulher, Merrill, na sala de reuniões do hospital, afastando a mão do marido.

"Achei que, se o empurrasse no carrinho, ele dormiria. Encontramos Tracy, nossa vizinha. Ela devia ter uns 50 anos e morava no apartamento no fim do corredor do nosso andar. Era cabeleireira e maquiadora de um dos *game shows* que eram filmados em Burbank. Nós só nos cumprimentávamos e, uma vez, quando Sam saiu na *People*, ela veio pedir seu autógrafo.

Normalmente, Tracy e eu só acenávamos uma para a outra enquanto eu empurrava meu bebê chorão pela porta. Mas, naquele dia, ela me parou.

— Por que não me deixa tomar conta de Caleb por uma hora? — ela perguntou. — Criei três filhos. Tenho sete netos, mas estão todos no leste. — Ela olhou melancolicamente para meu filho que berrava. — Eu ficaria tão feliz em segurar um bebê por algum tempo.

— Então, pode ficar com ele — eu disse. Entreguei-o a ela, observando a facilidade com que Tracy ajeitava Caleb na curva de seu braço, como seu corpo enrijecido relaxava conforme se encostava nela, como ela era cem vezes melhor nisso do que eu. E aí, eu saí. — Quer dizer, eu não o entreguei assim...

— É claro que não — Becky murmurou, dando tapinhas na minha mão. — É claro que você nunca faria isso.

Abaixei a cabeça, apesar de querer deitá-la ali mesmo na mesa, em cima de meus braços cruzados, e dormir. Contei a elas como havia programado o número do meu celular e o número do celular do Sam no telefone de Tracy. Deixei o número do telefone do pediatra e lenços umedecidos e pomada para assaduras, apesar de Caleb não ter assaduras. Levei para a casa dela uma muda de roupa e a almofada em forma de U e o arco de atividades, enchendo a cama de Tracy, coberta por uma colcha de retalhos, de cobertores.

— Vá — ela disse rindo, me enxotando para fora da porta, com o bebê ainda aninhado contra seu corpo, olhando para mim com seus grandes olhos cinza-escuros.

E eu fui. Beijei meu menino e fui. Peguei o elevador até a garagem, entrei em meu pequeno conversível e dirigi até a Sunset com o vento em meus cabelos. Fui ao meu salão "tão Hollywood", onde havia uma cascata na porta da frente, onde as meninas que lavavam o cabelo lhe traziam água com limão ou café com leite ou cópias dos últimos jornais de fofocas com círculos em volta das estrelas que eles haviam penteado. Fiz mão e pé e juro, diante do Senhor e de todos os Seus anjos, que foi maravilhoso e, quando a mulher que passava esmalte nas minhas unhas viu a minha aliança e perguntou se eu e meu marido tínhamos filhos, eu menti e disse a ela. "Não."

— Dizem que as mães têm um sexto sentido sobre quando há algo errado com seus bebês — eu disse a elas —, mas eu não tive.

Comecei a chorar.

— Houve um terremoto...

— Sentiu isso? — a garota que pintava minhas unhas me perguntou e eu balancei a cabeça. — Um terremotozinho — ela disse e abaixou a cabeça por cima dos meus pés novamente. — Acontecem o tempo todo. Eu quase nem os sinto mais.

Esse foi o primeiro sinal, mas eu não o vi. O segundo foi que o portão de segurança em frente ao caminho para a garagem estava escancarado e havia dois carros de polícia estacionados em frente ao prédio. Dois carros de polícia e uma ambulância. Passei direto por eles. Só comecei a correr quando vi o amontoado de homens e mulheres de uniforme azul em frente à porta de Tracy e a própria Tracy no corredor de pé-direito alto no meio deles, aos prantos. Gritando. Foi aí que eu comecei a correr.

Lembro-me de um policial me pegando pelos braços e me imobilizando. Lembro-me do rosto de Tracy parecendo ter envelhecido 20 anos rapidamente, como um jornal deixado ao sol, e de como ela chorava com um som inumano, como um animal sendo atropelado na rua.

— Ah, Deus — era o que ela ficava repetindo. — Ah, Deus, ah, não, ah, DEUS.

— Senhora — disse o policial que segurava meus braços. — A senhora é a mãe do bebê?

Olhei para ele de boca aberta.

— O que aconteceu? — perguntei. — Onde está Caleb?

O policial fez um sinal por cima da minha cabeça e outro policial, uma mulher, me pegou pelo braço. Os dois me levaram para a sala de estar de Tracy, onde havia uma mesa de centro com tampo de vidro e um sofá modular cor de creme. Lembro-me de pensar em como era estranho, como eu nunca estivera na casa de Tracy nem uma vez antes durante o tempo todo em que moráramos ali e como agora eu estivera lá duas vezes no mesmo dia. Lembro-me de pensar que eu nunca teria um sofá cor de creme em minha vida ou pelo menos não nos próximos anos. Lembro-me de olhar para minhas unhas dos pés e ver que não haviam borrado, mesmo quando eu correra.

— Caleb está bem? — perguntei. E foi aí que o policial que estava segurando meu braço levantou-se e saiu e foi substituído por uma policial de uns 40 anos, com quadris largos e bronzeada, que segurou minhas mãos nas dela e me disse que ele não estava bem e que eles não tinham certeza do que tinha acontecido, mas que Caleb estava morto.

— Morto? — minha voz saiu alta demais. Eu ainda podia ouvir Tracy gritando do lado de fora. Ela abandonara as palavras àquela altura e estava apenas fazendo um som horrível de lamúria. "Fique quieta", pensei. "Fique quieta e me deixe ouvir."

— Morto?

— Eu sinto tanto — disse a mulher segurando minhas mãos.

Não me lembro do que aconteceu em seguida. Não me lembro do que eu disse. Sei que devo ter perguntado pelos detalhes, perguntado como, porque a policial boazinha me disse, com sua voz gentil e tranqüilizadora, que na melhor das hipóteses eles achavam que tinha sido síndrome de morte súbita infantil, que Caleb não sentira nada, que ele simplesmente adormecera e parara de respirar. Que adormecera e nunca acordara.

— Haverá uma autópsia — ela falou e lembro-me de pensar, "Autópsia? Mas isso é para gente morta. E meu bebê não pode estar morto, ele ainda nem é uma pessoa, ele nem come comida de verdade, ainda nem aprendeu a ficar sentado ou a segurar as coisas, ainda nem sorriu para mim...

A policial boazinha estava olhando para mim e dizendo alguma coisa. "Uma pergunta", pensei. Ela havia feito uma pergunta e estava esperando minha resposta.

— Perdão — falei educadamente, da maneira como minha mãe me ensinara quando eu ainda era Lisa, quando morava em uma casa no noroeste da Filadélfia. "Modos não custam nada", ela vivia repetindo. "Bons modos são de graça."

— Perdão, não ouvi o que disse.

— Para quem podemos telefonar para a senhora? — ela perguntou.

Dei o número do meu marido. Depois o nome. Vi quando seus olhos se arregalaram.

— Eu sinto muito — ela disse novamente e deu um tapinha no meu braço. Fiquei imaginando se ele ser meio famoso a fazia sentir mais do que teria sentido se fôssemos apenas pessoas comuns, se Caleb fosse filho de qualquer pessoa. "Eu devia pedir para vê-lo", pensei. É o que uma mãe aflita faria. Durante todas as dez semanas de sua vida, freqüentemente eu sentira como se não fosse mãe de verdade, mas estivesse apenas interpretando uma. Agora eu simplesmente teria de interpretar uma mãe aflita.

Eles me levaram pelos arcos espanhóis, por um corredor ladrilhado, passando por uma prateleira cheia de manequins sem rosto e sem olhos, cada um com uma peruca diferente. Havia pessoas amontoadas no quarto, paramédicos e policiais, mas eles se afastaram, sem uma palavra, enquanto eu passava. "Volte, volte, linda noiva..." Caleb estava deitado na colcha de retalhos, usando a camisa azul e branca com o pato no meio e calças de moletom azuis com os quais eu o vestira naquela manhã. Seus olhos estavam fechados, as sobrancelhas para baixo como se tivesse acabado de pensar em algo triste. Sua boca estava franzida em um botão de rosa e ele parecia perfeito. Perfeito e lindo e em paz, de uma maneira que raramente parecera em todas as dez semanas de sua vida.

Eu podia sentir o ar ficando mais pesado conforme andava na direção dele, mudando de gás para líquido, algo pesado e frio. Meus pés queriam parar, congelar no lugar no meio do carpete bege de Tracy; minhas pálpebras queriam se fechar. Eu queria não ver isso, não estar aqui; queria voltar no tempo, recomeçar o dia, a semana, o mês, recomeçar o ano. Eu queria que isso não fosse verdade.

"Se tivesse sido uma mãe melhor", pensei, "se eu o tivesse querido mais. Se não tivesse tido tanta pressa em sair."

— Não — eu disse baixinho. — Não — falei novamente, mais alto, testando. Lembrei-me de Sam na sala de espera do obstetra, seus braços em torno de mim enquanto eu ria, satisfeita e envergonhada. "Vou ensiná-lo a lutar! E a furar onda, quando formos dar um mergulho de manhã! A mãe dele pode ensiná-lo a se comportar, mas não vai fazer dele um mariquinhas. Ele não!" Caleb estava deitado ali, tão imóvel, seu rosto tão imóvel. Uma das mãos estava a seu lado, a outra descansava em cima de seu peito. Queria pegá-lo e abraçá-lo, mas os policiais me disseram que eu não podia.

— Lembro-me de como suas unhas eram compridas — eu disse a minhas amigas.

Becky estava com o rosto enterrado em um guardanapo. Ayinde estava enxugando os olhos.

— Eu sinto muito — Kelly murmurou. — Muito mesmo.

Tomei mais um drinque, ouvindo minhas palavras ficarem pastosas e grudarem umas nas outras, sem me importar; pensando finalmente, finalmente, eu chegara ao fim.

— Eu andava pensando em cortá-las, mas meu livro sobre bebês dizia para fazê-lo quando ele estivesse dormindo e parecia que ele nunca estava dormindo. Estava sempre balançando os braços, e aí...

Endireitei as costas e tentei recompor meu rosto.

— E aí, eu vim para casa — falei sem olhar para cima. — E aí, vim para cá.

No silêncio, eu podia ouvir cada uma delas respirando.

— Não foi sua culpa — Becky finalmente falou. — Poderia ter acontecido mesmo que ele estivesse dormindo em casa. Mesmo que ele estivesse em seus braços.

— Eu sei — respirei fundo. — Na minha cabeça, eu sei. Mas aqui... — Botei a mão no coração. Não podia lhes contar o resto; meu celular tocando sem parar enquanto eu ainda estava no quarto com Caleb. A voz de Sam no telefone, aguda e tensa, dizendo que a polícia havia ligado e se eu estava bem. O bebê estava bem. O que estava acontecendo. Abri minha boca para dizer a ele, mas não saiu nenhuma palavra. Nem naquela noite, nem durante 24 horas, nem até o enterro, quando eu ficara lá de pé como um manequim enquanto as pessoas me abraçavam e apertavam minhas mãos e diziam palavras que pareciam todas estática de rádio.

Mais tarde, depois de algumas xícaras de café com *leche* e alguns biscoitos de amêndoas, andei lentamente pela Walnut Street. Passava das 23h, mas a noite ficara barulhenta de novo. As calçadas estavam lotadas de gente: casais mais velhos voltando para casa depois de jantares chiques; garotas vestindo *jeans* justos e sapatos de salto alto e bico fino. O *cyber* café ainda estava aberto, todos os seis computadores desocupados. Escorreguei para detrás de um dos monitores e digitei o nome de meu marido e seu endereço de *e-mail*. "Estou aqui", escrevi. Pensei que escreveria "Estou bem", mas ainda não era verdade, então acrescentei apenas mais uma linha: "Estou em casa."

Outubro

KELLY

"Sorte". Se Kelly ouvisse a palavra "sorte" mais uma vez, ela decidiu, teria de matar alguém. Muito provavelmente seu marido.

Entrou no apartamento e tirou os sapatos antes que a porta se fechasse atrás dela. As luminárias estavam desligadas na sala, mas mesmo na luz fraca que passava pelas persianas, podia ver a bagunça — um par de tênis de Steve debaixo da mesa, uma de suas camisas embolada em um canto em cima do jornal do último domingo.

— O que eles disseram? — a voz de Steve veio da escuridão. Kelly apertou os olhos na penumbra. Ele estava sentado exatamente onde ela o deixara na hora do almoço, de pernas cruzadas na frente do *laptop* em cima da mesa de centro. Oliver não estava em lugar nenhum. Dormindo, provavelmente. Ela esperava.

— Disseram ótimo. Posso começar semana que vem — respondeu. No quarto, ela despiu a meia-calça, suspirando quando seu estômago se expandiu, e a jogou em cima da cama desarrumada. Olhou para sua saia e casaco antes de determinar que não precisavam ser lavados a seco, pendurou-os e abriu o sutiã com suporte que se enterrara em sua carne a tarde inteira. Aí, vestiu uma calça de moletom e uma camiseta, amarrou o cabelo em um rabo-de-cavalo e prendeu a respiração enquanto passava pelo berço de Oliver na ponta dos pés, ainda mal acreditando que realmente passara a tarde sendo re-entrevistada para o emprego para o qual tinha planejado não voltar até Oliver ter um ano; se algum dia voltasse. Quando levantara com Steve a hipótese de trabalhar novamente, esperava que ele a olhasse como se fosse louca e dissesse "De jeito nenhum!". Achou que ele ficaria indignado, furioso, ultrajado até mesmo com a insinuação de que ela teria de trabalhar porque ele não podia sustentar sua família. E ela achou — sonhou, na verdade — que a idéia ultrajante, exasperante de que estava pensando em voltar a trabalhar e trazer para casa um contracheque porque ele não o trazia — ou não podia trazer — iria acender um fogo debaixo dele, fazê-lo levantar o traseiro do sofá e voltar ao escritório em uma semana.

Isso não havia acontecido.

— Se é isso que você quer — ele dissera dando de ombros, derrubando seu blefe com eficácia. — Você sabe que não precisa, mas se é isso que vai fazê-la feliz, deve fazê-lo.

"Feliz", ela pensou. A palavra a incomodava tanto quanto "sorte". Mas quaisquer esperanças que pudesse ter acalentado de que sua chefe seria aquela que lhe diria que ela estava maluca em até mesmo pensar em trabalhar com um bebê recém-nascido em casa haviam sido derrubadas no instante em que entrara no escritório.

— Ah, aleluia, obrigada, Senhor — disse Elizabeth, sua chefe na Eventives, jogando os braços para o alto.

Elizabeth era da Filadélfia via Manhattan, com um namorado em Nova York que pegava o trem, ela dizia, "só o suficiente para tornar minha vida interessante". Tinha cabelo curto, negro e lustroso e usava batom rosa-*shocking* cintilante e Kelly nunca a vira usando sapatos que não fossem de salto alto ou carregando uma bolsa que não combinasse com eles.

— Estamos atolados. Estamos nos afogando. Estamos desesperados! Temos mais festas de fim de ano do que podemos coordenar. Adoraríamos tê-la de volta.

— Ótimo! — Kelly falou, esforçando-se ao máximo para parecer entusiasmada.

— O problema — disse Elizabeth, empoleirando-se em um quadril na quina da mesa, cruzando suas pernas vistosas, balançando um escarpin de couro de cobra verde-limão no dedo do pé — é que tenho de poder contar com você integralmente. Nada de emergências de fraldas, nada de faltas porque "meu bebê ficou doente".

— Tudo bem! — Kelly dissera.

Elizabeth nunca tivera filhos. Ela gostava de brincar dizendo que mal conseguia se comprometer com uma caneca de café, como poderia pensar em bebês? Elizabeth não fazia idéia de como era ser mãe de um recém-nascido. Kelly também não tinha certeza se sabia, ainda que a experiência estivesse lhe mostrando que não havia muito sono envolvido e que sua casa estava sempre uma bagunça.

— Vou começar na semana que vem — Kelly disse enquanto voltava para a sala de estar, catando pilhas de jornais e revistas pelo chão, os tênis e o casaco de Steve e sua cópia de *De que cor é o seu pára-quedas?* — Vamos ter de contratar alguém.

— Para quê?

— Para tomar conta do bebê.

— O quê, eu não sou bom o bastante? — Steve perguntou. Seu tom era leve, mas ele não parecia estar brincando. Kelly sentiu seu estômago apertar.

— Claro que você é bom o bastante, mas tem de dedicar seu tempo à procura de emprego! — "E eu não me casei com o Sr. Mamãe", ela pensou. — Vou começar a dar uns telefonemas amanhã.

— Está bem, está bem — disse Steve, enquanto Kelly empilhava as revistas novamente, jogava os jornais no compartimento de reciclagem e começava a lavar o que parecia ser a louça do almoço do marido.

Elizabeth concordara em deixar Kelly trabalhar em casa — "desde que você esteja fazendo seu trabalho, não assistindo a *Barney* ou o que quer que as crianças vejam hoje em dia" —, então pelo menos não teria de se preocupar em comprar um novo guarda-roupa para seu manequim atual. A verdade era que ela não podia trabalhar em casa. Dera seu escritório para Steve para que ele pudesse ter um computador e uma linha telefônica e uma conexão de internet rápida para a procura de emprego que ela presumira que iria durar apenas algumas semanas. Ela levaria o *laptop* para um café com acesso sem fio. Isso e seu celular permitiriam que trabalhasse. Tinha sorte por terem um segundo computador. "Sorte", pensou, e sufocou com força o soluço que queria sair de sua boca enquanto jogava os livros e sapatos e revistas dentro do armário.

"Ah, eu tenho tanta, tanta sorte."

Oliver começou a chorar.

— Quer que eu o traga? — Steve gritou.

— Não — Kelly gritou de volta e correu para o quarto do bebê, pegando Oliver nos braços.

O telefone tocou uma, duas, três vezes. Kelly atendeu-o, equilibrou o bebê nos quadris, enfiou uma fralda limpa debaixo do queixo e carregou tudo para o quarto.

— Alô?

Era sua avó.

— Você tem tanta sorte, querida, de ter Steve em casa para ajudá-la! No meu tempo, você sabe, não havia licença-paternidade. — "É, sei", Kelly pensou amarga. Licença-paternidade era a ficção na qual ela insistia.

— Não, não vamos dizer às pessoas que você foi dispensado! — dissera a Steve. — Como que acha que isso fica parecendo?

— Como se eu tivesse sido dispensado — Steve falara, dando de ombros. — Acontece, Kelly — ele dissera com um sorriso torto. — Não é o fim do mundo.

Ela respirou fundo.

— Dispensado soa como "demitido". Só acho que devemos dar um tom mais positivo a isso. Podemos simplesmente dizer às pessoas que você decidiu fazer uma mudança de carreira e que está de licença-paternidade enquanto explora novas oportunidades.

— Como você quiser — ele respondera, dando de ombros novamente. Ela vinha repetindo a mentira desde junho.

— Licença-paternidade — dizia, com um sorriso vibrante estampado no rosto, como se fosse a coisa mais maravilhosa pela qual uma garota pudesse esperar.

— Steve está de licença-paternidade e depois vai começar a procurar outras oportunidades. — Fora o que dissera às irmãs e à avó e até mesmo a Becky, Ayinde e Lia. Licença-paternidade.

As palavras estavam começando a ter gosto de carne estragada em sua boca, mas a mentira parecia estranha e até reconfortantemente familiar. Quando ela era criança, falsificava a assinatura da mãe no boletim de Terry e atendia o telefone quando o diretor ligava. "Minha mãe não pode atender agora", falava. "Posso ajudar? Sinto muito, ela não está no momento", dizia ou "Ela não está se sentindo bem". Quando a verdade estava mais para "Às 15h ela começa a botar conhaque nas latas de Tab e a falar com o aparelho de TV", mas esse não era o tipo de coisa que se podia dizer para o diretor ou para o treinador de futebol de Terry que ligara querendo saber por que sua mãe não aparecera no último jogo com Gatorade e gomos de laranja. "Sinto muito", Kelly dizia. Mas ela não sentia inteiramente. Sentia uma estranha emoção, uma espécie esquisita de empolgação. Sentia-se importante. Tinha dez anos de idade, ou 11 ou 12, e seus irmãos e irmãs todos tratavam a casa como uma espécie de estação de passagem, como se fosse algo desagradável que tivessem de suportar até poderem escapar. Kelly tentava transformar o lugar em algo. Ela mantinha o chão da cozinha varrido e as almofadas do sofá fofas enquanto Mary e Doreen e Michael e até Maureen entravam e saíam, pegando coisas na geladeira, bebendo leite ou suco direto da caixa, retirando uniformes da escola ainda na secadora, sempre com pressa de saírem novamente.

Era ela que lidava com os telefonemas, que falsificava as assinaturas, que puxava o xale de tricô marrom e laranja da tia Kathleen para cima de sua mãe à noite, retirando com cuidado a última lata de Tab de sua mão. Ela lavava a louça do jantar e arrumava a sala de estar enquanto a mãe roncava no sofá, mandando os irmãos fazerem silêncio quando entravam.

— Shh, mamãe está dormindo.

— Mamãe está apagada — Terry dizia, as bochechas afogueadas, cheirando à fumaça de cigarro e cheia da indignação virtuosa de uma garota de 14 anos intoxicada de nicotina enfrentando as autoridades.

— Fique quieta — Kelly lhe dizia. — Vá dormir.

Estava acostumada, portanto, a disfarçar a verdade com uma mentira mais apetecível. Passara toda a sua infância transformando magicamente "apagada" em "ocupada" ou "doente" ou "dormindo". Seria capaz de transformar "dispensado" em "licença-paternidade" se tentasse o suficiente.

— E como você está? — perguntou a avó. — Mary me disse que vai voltar a trabalhar — Kelly sabia o que a vovó Pat estava pensando. Era o que provavelmente toda a família estava pensando. Que tipo de mulher volta a trabalhar 12 semanas depois de seu bebê nascer? "O tipo de mulher que precisa pagar o aluguel, esse tipo", ela queria gritar.

— Estou bem — ela falou. — Estou bem.

Steve entrou no quarto enquanto Kelly e a avó conversavam sobre o tempo. Ele estava usando uma camiseta sem mangas e o mesmo par manchado de *jeans* que usara a semana inteira, o par com o zíper que parecia permanentemente preso a meio mastro. Seus ternos e gravatas pareciam estar em um hiato permanente. Depois da sexta noite seguida olhando para a virilha de suas cuecas samba-canção, ela explodira.

— Você vai fazer um teste para o papel de Al Bundy? — ela perguntara.

Ele se sentara reto no lugar onde estivera afundado no sofá, surfando pelos canais da TV, uma das mãos brincando com o zíper, e olhou atônito para Kelly.

— Por que está tão zangada? — ele perguntou. "Você está brincando?" Ela queria dizer. Isso e "Quanto tempo você tem?".

— Está parecendo desleixado — ela disse. E então voltou a fazer o que estivera fazendo. Lavando a louça. Dobrando a roupa limpa. Alimentando o bebê. Pagando as contas.

— E como vai aquele seu bebê? — a avó arrulhou.

— Oliver está maravilhoso — Kelly declamou.

— E aquele marido lindo?

— Muito ocupado — falou, desejando que fosse verdade. — Está avaliando todos os tipos de oportunidades diferentes.

Steve não olhou nos olhos dela. Ele estava tudo, menos ocupado, e Kelly sabia que parecia uma mãe chata em seus esforços contínuos para induzi-lo à ação e depois, ela esperava fervorosamente, ao emprego. "Para quem você telefonou hoje? Mandou algum currículo? Deu algum telefonema? Acessou aquele *website* sobre o qual lhe falei?"

E, se ela estava se transformando em uma mãe chata, Steve podia, às vezes, bancar o adolescente emburrado, respondendo com monossílabos e grunhidos. "Sim. Não. Está bem". Tudo bem. Depois de um dia especialmente estafante em agosto — um dia em que os dois estavam cambaleando como mortos-vivos porque Oliver ficara acordado metade da noite —, ele gritara com ela.

— Ninguém está contratando! É verão e ninguém está contratando! Quer sair do meu pé por dez minutos? Por favor?

Mas ela não podia. Não podia largar do pé dele, não podia relaxar e não podia contar a ele o pensamento que a aterrorizava e que assombrava seus sonhos — e se ela tivesse se casado com um fracassado? Um fracassado, como seu pai? Um homem que não se importava se seus filhos não tinham férias e se usavam roupas usadas e andavam por aí em uma *van* que a igreja havia lhes dado? Em vez disso, ela resmungou um pedido de desculpas e foi dar banho no bebê.

— Estamos todos ótimos — Kelly disse para a avó. Passou pelo marido, entrou no banheiro com o fone preso debaixo do queixo e Oliver nos braços e agachou-se para pegar as meias e as cuecas de Steve e jogá-las no cesto de roupa suja. — Nós nos falamos em breve.

Ela desligou o telefone, trocou a fralda de Oliver e beijou sua barriga e suas bochechas enquanto ele balançava as mãos no ar e ria para ela. Na sala, Steve estava plantado em frente ao *laptop* com o zíper abaixado e o *website* da ESPN aberto. Beisebol de mentirinha. Excelente. Quando ouviu Kelly se aproximar, clicou culpado para o monster.com e curvou os ombros como se temesse que ela fosse bater nele.

— Como está sua avó? — perguntou sem se virar.

— Bem — ela falou, abrindo a geladeira, onde foi recebida pela visão desoladora de suco de laranja de duas semanas, duas maçãs meio murchas e pão que parecia uma experiência científica, com cada fatia coberta por uma penugem azul-esverdeada.

— Quer pedir comida chinesa? — Steve gritou. Kelly fechou os olhos. Comida chinesa custava 30 dólares, o que não era nada quando Steve estava trabalhando, mas agora que ele não estava, a comida de restaurante estava começando a pesar. Mas a idéia de descongelar uma das refeições substanciosas e saudáveis que congelara quando ainda estava grávida, quando Steve ainda tinha um emprego, fez com que ela tivesse vontade de chorar.

— Claro — ela disse, em vez disso. — Peça frango com brócolis para mim, está bem?

Eles comeram, como faziam quase todas as noites, sem conversar muito. "Passe o molho do pato", Kelly dizia. "Pode me dar mais água?", Steve pedia. Isso a lembrava tão dolorosamente dos jantares em casa, esforçando-se para criar conversas e não mencionar a coisa mais óbvia e errada na sala — sua mãe, balançando quase que imperceptivelmente na cadeira à cabeceira da mesa e seu pai, olhando para todos eles da outra ponta.

Oliver piscou os cílios longos para eles de sua cadeirinha de mola. Debaixo da mesa, Lemon rolou de barriga para cima. Steve bocejou e espreguiçou os braços acima da cabeça.

— Que bocejo grande! Papai está tããão cansado! — Kelly disse para Oliver. "Depois de mais um dia fazendo nada!", conseguiu não acrescentar. Oliver estalou os lábios, seguindo com os olhos cada bocada que davam.

— Está com fome, garotão? — Steve perguntou, sorrindo enquanto colocava Oliver no colo, deixando-o brincar com os palitinhos enquanto Kelly prendia o fôlego, esperando que ele não enfiasse um deles dentro do nariz ou do olho. Ela se levantou para tirar a mesa.

— Posso ajudar? — Steve perguntou.

— Não, não, eu tiro.

Era assim que sempre fora; o jeito que ela costumava gostar. Steve trabalhava muitas horas e Kelly cuidava da casa. Ela não se sentia sobrecarregada quando deixava a roupa na tinturaria ou fazia as compras. Era justo, porque ele estava ganhando muito mais dinheiro que ela. "E vai ganhar de novo", ela disse para si mesma.

— Tem certeza? — ele perguntou.

— Estou bem — ela lhe disse.

Fechou a máquina de lavar pratos, secou as mãos e carregou o bebê para o quarto para amamentá-lo novamente e lhe dar um banho. Às 20h30, ela começou a andar de um lado para o outro no corredor com Oliver nos braços, cantando para ele até que adormecesse. Aí, limpou a mesa, jogando fora os guardanapos de papel e os palitinhos, lançando olhares perniciosos para o Sofá de Favelado, que ainda estava estatelado de frente e no meio de sua sala de estar.

— Vou tomar um banho — ela disse. Steve assentiu. Kelly andou silenciosamente pelo corredor até o quarto de Oliver. O bebê estava esparramado de costas, braços e pernas dobrados para fora, boca aberta, olhos fechados. Ela fechou os olhos e colocou a mão em cima do peito dele, prendendo a respiração até senti-lo subir e descer suavemente. Quantos anos ele teria, pensou, antes que ela parasse de entrar de fininho em seu quarto para se assegurar de que ele ainda estava respirando. Um? Dois? Dezoito? Saiu do quarto na ponta dos pés e foi para o escritório para acrescentar as fraldas molhadas e cochilos de Oliver em sua tabela e escrever um *e-mail* animado para os bufês, floristas e os músicos que conhecera recentemente.

"Caros colegas!", ela compôs na cabeça. "Tenho certeza de que não esperavam ouvir falar de mim tão cedo, mas estou de volta ao trabalho um pouco antes do que o esperado..." O computador de mesa tremeluziu com uma luz viva com apenas um rápido movimento do *mouse*.

ENSINE PARA OS ESTADOS UNIDOS eram as palavras na tela. Hein? Ela rolou a tela para baixo, pensando que isso tinha de ser um engano ou uma propaganda *pop-up*. "Convocamos nossos notáveis colegas recém-formados a dedicarem dois anos para ensinar em comunidades rurais e urbanas de baixa renda a fim de expandir as oportunidades das crianças que estão crescendo por lá."

Ah, meu Deus. Será que Steve estava pensando seriamente em se mudar para alguma favela com a mulher e um bebê? Kelly engoliu em seco, sentindo-se subitamente tonta e enjoada e clicou nas outras cinco janelas que seu marido havia deixado abertas. SEJA PROFESSOR-ASSISTENTE NAS ESCOLAS PÚBLICAS DA FILADÉLFIA, uma delas convidava. E havia uma página dando todas as informações pertinentes sobre o programa de um ano de certificação para professores da Universidade Temple.

Dar aula. Deus do Céu. Ela se lembrava do dia de seu casamento, de como ele brigara com o padre a respeito da parte "na riqueza e na pobreza" dos votos. Ele nem queria dizer "pobreza".

— Não está nem no campo das possibilidades — dissera calmamente ao padre Frank enquanto o este olhava para ele, depois para Kelly, as sobrancelhas grossas levantadas, como se perguntasse "Ele está falando sério?".

Kelly sentou-se em frente ao computador, sentindo o coração batendo contra as costelas. Ele não podia estar falando sério... podia? Ela pensou no Sr. Dubeo, que tinha tido todos os oito irmãos O'Hara em sua classe de história americana e que dirigira o mesmo Chevy Nova durante os 14 anos em que trabalhara na escola. O Sr. Dubeo usava óculos grossos de plástico e cinco gravatas de poliéster diferentes, uma para cada dia da semana. As mesmas cinco gravatas durante 14 anos, e carregava sanduíches embrulhados em plástico em sua valise e os comia sentado à sua mesa durante o quarto período. Steve não podia estar pensando em ser professor. Ele não podia.

Oliver começou a se remexer no berço. Ela arrastou os pés pelo corredor, pegou o bebê e o segurou nos braços. Seu menininho, seu garoto lindo, doce e beliscável. Deu beijos em sua barriga, trocou sua fralda, carregou-o de volta para a sala e sentou-se no Sofá de Favelado para amamentar. Tentou ignorar a poeira no ar e os novos jornais no chão enquanto embalava a cabeça de Oliver em sua mão direita. Em vez de demitir sua faxineira que vinha uma vez por semana para economizar dinheiro, deveria ter cancelado a assinatura da TV a cabo digital. Ela apostava que Steve estaria mais empenhado em procurar emprego se não tivesse 300 canais na ponta dos dedos. Apostava que seus ternos não estariam pendurados no armário e que não haveria um afundado no formato de bunda no sofá.

Quando o bebê estava dormindo novamente, ela tirou a roupa e as deixou cair no chão ao lado da cama e então, usando apenas calcinha e sutiã, rastejou para debaixo das cobertas com Lemon respirando bafo de cachorro na sua cara. Cinco minutos mais tarde, Steve estava dentro da cama, procurando por ela. "Ele não pode estar falando sério", ela pensou, fechando bem os olhos antes de perceber que seu marido não estava tentando tocar em seu seio ou em sua perna. Ele estava tentando pegar sua mão.

— Kelly?

Ela continuou respirando lenta e profundamente.

— Kelly, a gente vai conversar sobre isso?

Ela o ignorou. "Não, nós não vamos falar sobre isso. Não há nada para discutir. Você vai arrumar um emprego do tipo que tinha quando nos casamos e eu vou ficar em casa com nosso bebê, como havíamos concordado que eu faria."

Steve suspirou e virou-se de costas.

— Você não tem de voltar a trabalhar, se não quiser — ele disse.

Kelly virou-se para olhá-lo de frente.

— Você arrumou um emprego? — perguntou ansiosamente.

Steve chegou para trás.

— Deus, você me assustou!

— Você arrumou um emprego? — ela perguntou novamente.

— Não, Kelly, eu não arrumei um emprego nos últimos dez minutos, mas não há motivo para entrarmos em pânico. Nós temos economias.

Verdade, ela pensou. Steve vendera sua parte na firma de investimentos *on-line* que ajudara a criar após a faculdade por uma soma razoável — não os milhões que ele e seus sócios tinham valido em um determinado momento, mas eles certamente tinham mais no banco que outros casais de sua idade. Mas ela não queria tocar em suas economias, por que o que aconteceria quando acabassem?

— Não quero usar nossas economias — falou.

— É, bem... — ela podia vê-lo encolhendo os ombros na escuridão. — Nossas circunstâncias mudaram. Podemos usá-las enquanto eu procuro alguma coisa.

— Mas eu não quero — Kelly disse. — Não me sinto à vontade com isso. Não me importo de trabalhar. — "Mentirosa", pensou. — Mas quero que você trabalhe também. Não quero que a gente fique sentado gastando dinheiro que deveríamos investir.

— Quero encontrar um trabalho do qual eu goste, e isso leva tempo — Steve falou, agora soando chorão. Cagão. Covarde. A sua palavra com C aqui. — Eu não estava feliz em uma grande empresa, Kelly.

— Bem, e quem é que disse que você tem de ficar feliz com o trabalho? — ela perguntou. — É por isso que chamam de trabalho, sabia? Acha que meu trabalho me faz feliz? Não cresci sonhando em organizar festas de Natal e piqueniques de verão para um bando de quarentões de terno. Mas eu faço isso porque paga as contas.

O marido soltou o ar, frustrado.

— Eu vou dormir — Kelly disse novamente. Mas não conseguiu. Quando Steve começou a roncar, ela voltou de fininho para o escritório e abriu sua pasta de Favoritos. Lá estavam a cômoda oval e os bancos de bar cubistas e a cama Donghia. Ficou sentada lá, olhando, o rosto banhado pela luz azul da tela, por três horas, até que o choro de seu filho a convocou de volta ao quarto do bebê.

BECKY

— Opa! Opa! Golfada no corredor cinco! — Mimi gorjeou.

Becky rezou, pelo que parecia ser a milionésima vez nas últimas três semanas, para ter forças para não matar a sogra. Olhou para Ava, que parecia perfeitamente bem.

— Acho que, se você só a limpasse...

— Ah, vou pegar uma roupa limpinha — o que seria a quarta roupa limpinha de Ava naquele dia. — "Nada mal", Becky pensou. Logo que chegara, Mimi tinha trocado impressionantes sete roupas antes da hora do almoço. Becky não teria se importado tanto, exceto pelo fato de que era ela quem lavava a roupa, e Mimi insistia em vestir Ava com o que Becky passara a considerar roupa de vagabunda. No momento, o bebê estava usando um par miniatura de *jeans* rasgado, com uma corrente pendurada de um dos bolsos e um macaquinho onde se lia O ANJINHO DA VOVÓ. Como toque final, havia uma faixa de renda branca e rosa, bordada de paetês, em volta da cabeça ainda careca de Ava.

— Acha que o cabelo dela vai crescer logo? — Mimi perguntou, como havia perguntado todos os dias, enquanto carregava o bebê escada acima, sua própria corrente dependurada na barriga, seus próprios saltos altos rosa-*shocking* batendo no piso de tábua corrida.

— Não sei — Becky respondeu. “Não me importo”, pensou.

— Logo você vai ter cabelo — Mimi confidenciou a Ava. — E aí vai ficar tão linda! Todos os meninos vão querer seu telefone!

— Ela já é linda — Becky gritou. — E inteligente! E boazinha! E ainda não estamos preocupadas com meninos! E... ah, que se dane — ela resmungou e se afundou no sofá. Isso era terrível. Era inacreditável. Insuportável. Inaceitável. Mas, depois de 26 dias de residência, Mimi não dava sinais de que iria embora, e pior, Andrew não se mostrava disposto a fazê-la ir.

— Ela está solitária, Becky. Gosta de estar aqui. E ela não a está ajudando?

Becky não disse nada. Não sabia como dizer a Andrew que deixar Ava com Mimi enquanto ela ia trabalhar a deixava profundamente desconfortável, porque, mesmo não podendo provar, tinha certeza de que Mimi estava ignorando cada um de seus pedidos, sugestões e todas as ordens relativas aos cuidados e alimentação de Ava. “Nada de comida de gente”, Becky dizia à Mimi e chegava às 11h da noite para encontrar a língua da filha pintada de roxo e o celofane rasgado de um bolinho de mirtilos. “Nada de mamadeira”, ela dizia, mas estava totalmente convencida de que Mimi estava dando mamadeiras à filha pelas costas. “Nada de televisão”, ela pedia, mas, no dia anterior, Mimi começara uma conversa no café-da-manhã com as palavras “Quando Ava e eu estávamos assistindo à *Oprah*...” E ela desistira das roupas. Pré-Mimi, Becky enchera a cômoda de Ava com dúzias de roupinhas bonitas, adequadas e de preço razoável da Old Navy e da Baby Gap. Não adiantara nada. Cada vez que ela se virava, Mimi vestia algo mais grotesco no bebê. Na noite anterior, Ava estava com um pequeno tutu cor-de-rosa. “Para dormir!” Becky sussurrara para Andrew, quando estavam deitados desconfortavelmente no sofá-cama. “Isso tem de acabar!”

— Toda vestida! — Mimi anunciou, carregando Ava, agora em um vestido de verão amarelo com babados e... “Não”, Becky pensou, piscando, “de jeito nenhum”. Mas lá estava. Um minúsculo laço amarelo, preso de alguma forma à cabeça de Ava.

— Mimi, como você...

— Cola de farinha! — disse a sogra. — Funciona que é uma maravilha! Agora ninguém vai pensar que você é um menininho — arrulhou para Ava. — Não é? Estamos prontas para beliscar uma coisinha — falou para Becky sem olhá-la.

"Cola de farinha", Becky pensou, balançando a cabeça enquanto descia para a cozinha e gritava possibilidades para o alto da escada. "Castanhas-de-caju?" Gorduroso demais. "Queijo e bolachas?" Andrew não lhe disse que tenho alergia à trigo? Não? "Uma maçã?" É orgânica? Pode cortá-la em fatias? E tirar a casca? E, talvez, se tiver um pouco de queijo para acompanhar e talvez algumas daquelas castanhas, afinal de contas, e mais uma taça desse vinho.

Depois que o prato de Mimi havia sido preparado e Ava se deitara para seu segundo cochilo, Becky começou o jantar. Arrancou ramos de alecrim de um vaso no beiral da janela, ligou o rádio na estação de música clássica e leu algumas receitas de *clafoutis* para se acalmar.

Às 17h30, Ava começou a chorar.

— Eu vou! — Mimi gritou. — Eca, que fedor!

Becky suspirou, lavou as mãos e foi trocar a fralda suja da filha, contando os minutos até Andrew chegar em casa. Era tão injusto. Ela tinha feito planos para aquela noite. De alguma forma, entre trabalhar três noites por semana, cuidar da casa e levar Ava para a aula de música e para o *playground* e para a ioga e para passear no parque, conseguira ficar *on-line* por dez minutos, durante os quais encomendara três DVDs pornôs com os quais comemoraria a triunfante — e até agora não prevista — volta sua e de Andrew ao leito conjugal.

O telefone tocou e, é claro, Mimi atendeu.

— Oiêêêê. Ah — segurou o telefone entre os dedos como se fosse um peixe morto. — Para você.

Becky olhou para o identificador de chamadas e se dirigiu para o quarto do bebê.

— Oi, mãe — falou.

— Ela não pode nem me cumprimentar? — mãe perguntou, indignada. — E por que ela ainda está hospedada aí? Quanto tempo faz?

— Nem me pergunte — Becky disse.

— Como você está? — Edith perguntou. — Está segurando as pontas?

Becky sufocou as palavras que estava louca para dizer. "Venha me buscar! Ou me deixe voltar para casa! Estou morando com uma mulher maluca e não agüento mais!"

— Estamos bem — disse, em vez disso. — Estamos agüentando firme.

— Ah, querida. Queria poder estar aí para ajudar.

— Tudo bem — Becky falou. — Eu ligo para você depois. Tenho de desligar.

Botou a mesa com Ava arrulhando em sua cadeirinha de molas enquanto Mimi zapeava aleatoriamente pelos canais de TV e perguntava a Becky se ela tinha uma lixa de unhas (não), uma Coca Diet (idem) ou se podia segurar o bebê (Mimi, deixe-a quieta um pouco).

Às 19h, Becky ouviu a chave de Andrew na porta e teve de se segurar para não se jogar em cima dele com o bebê e implorar para ser levada para um hotel. De preferência em outro país.

— Oiê, anjo! — disse Mimi, tirando Becky do caminho com os cotovelos e voando para receber um beijo.

— Oi, mãe — disse Andrew, dando um beijo indiferente na bochecha de Mimi.

— Oi, querida — falou passando os braços em volta de Becky e dando-lhe um beijo de um tipo muito diferente. Ela pensou nos três DVDs, já sem o invólucro de plástico e enfiados entre dois de seus livros de receitas, com uma pontada de desapontamento.

— Vamos comer cordeiro — Mimi anunciou, como se Andrew não pudesse ver por si mesmo. — Nunca comíamos cordeiro quando Andrew era criança — ela disse a Becky. — Não sei por quê. Sempre me pareceu, sei lá, como se fosse o que a gente compra quando não tem dinheiro para comprar filé.

"Bem, sou só eu e minha família pobre", Becky pensou. Ela esticou a refeição quanto pôde, meio que ouvindo enquanto Mimi recitava o que parecia ser toda a lista de chamada da turma de segundo grau de Andrew ("E aquele menino ótimo, Mark Askowitz, alugou uma *villa* na

Jamaica para a mãe usar. Você manteve contato com ele?"). Passou meia hora dando banho em Ava, vestindo-a com o pijama, cantando para ela até ela dormir. Quando Becky saiu nas pontas dos pés do quarto de Ava, Mimi estava andando ruidosamente pelo corredor em seus saltos, sem se esforçar o mínimo para fazer silêncio.

— Durma bem! — teve a ousadia de gritar por cima do ombro enquanto desaparecia para dentro do quarto de Andrew e Becky.

Quando a porta do quarto se fechou, Becky retirou um dos DVDs do livro de receitas e o botou no bolso. Encontrou com Andrew na sala de estar, onde ele estava lutando com o sofá-cama.

— Obrigado por ter tanto espírito esportivo — ele falou.

— Eu trouxe um presente para nós — Becky sussurrou, apagando as luzes e ligando a televisão.

Quando ela lhe mostrou o DVD, os olhos dele se acenderam.

— Legal!

— Na verdade, safadinho — ela deu uma risadinha. Eles esperaram, de mãos dadas e se beijando, até o que parecia ser um intervalo decente. Quando o ronco estridente de Mimi começou a descer escada abaixo, era hora de brincar.

— Eu te amo — Andrew sussurrou vinte minutos depois, quando ambos já respiravam normalmente.

— E devia mesmo — disse Becky. Ela fechou os olhos e adormeceu com a música dos roncos da sogra.

A manhã começou com Mimi descendo para a cozinha vestindo calças de camurça e um suéter com gola de pele, um rosto cheio de maquiagem e sua costumeira avalanche de pedidos. Será que Becky tinha suco de laranja fresco? "Não". Café descafeinado aromatizado? "Não". Pão de espelta? "Mimi, eu nem sei o que é isso. Sinto muito."

No instante em que Becky se sentou à mesa, Ava começou a berrar.

— Não se preocupe! — Mimi cantarolou, tirando Ava dos braços de Becky. — Vamos ver o vídeo que eu trouxe!

— Nós não assistimos a vídeos com ela! — Andrew gritou na direção das costas da mãe. Mimi o ignorou.

— Deixe só a vovó achar o controle remoto — Becky ouviu a televisão sendo ligada. Então ouviu o barulho do aparelho de DVD começando a rodar. Andrew e Becky olharam um para o outro, paralisados pela descrença. "Ah, merda", Andrew fez com a boca. Eles se viraram no mesmo instante, batendo de frente um no outro. Becky escorregou e caiu. Andrew passou sem cerimônia por cima dela e galopou escada acima. Tarde demais. Mesmo de sua localização atual — enroscada no chão, com o rosto a alguns centímetros da parte de baixo da geladeira — ela podia ouvir os gemidos e grunhidos, e pior, ah, Deus, ah, não, o som das palmadas.

— É, você gosta disso, gostosa? — uma voz perguntou. E havia a música de fundo vagabunda, "bomp-chica-bomp-bomp". E, inevitavelmente, o grito de Mimi.

— *O que é isso?*

Teria sido engraçado se tivesse acontecido com outra pessoa, Becky decidiu, levantado-se lentamente, enquanto Andrew desligava o aparelho de DVD. Na verdade, era engraçado de qualquer maneira.

— *O que, em nome de Deus...*

Ufa. Ela ficou de pé, esperando que Ava não tivesse visto nada que a traumatizasse pelo resto da vida, e subiu as escadas enquanto Andrew gaguejava uma explicação que se resumiu a "Não faço idéia de como isso foi parar aí".

— Eu o criei melhor do que isso! — Mimi estava gritando, de pé na frente da televisão, com as mãos plantadas nos quadris ossudos. Becky apertou os lábios, sentindo todo o seu corpo balançar com o riso.

— Nunca fiquei tão enojada em toda a minha VIDA!

"Que bom que não foi a cena de sexo anal", Becky pensou. E foi quanto bastou. Ela se dobrou ao meio, as lágrimas escorrendo dos olhos, enquanto Andrew continuava a despejar desculpas.

— Devia sentir vergonha! — Mimi berrou, os olhos brilhando atrás de camadas de delineador.

Becky enxugou os olhos, pensando que, independente do resto, aquela mulher nunca, jamais, faria seu marido se sentir culpado em relação a sexo novamente. Endireitou os ombros, jogou os cabelos para trás, pegou Ava do sofá onde ela fora abandonada sem cerimônia, e disse a única coisa que sabia poder salvar o pescoço de seu marido.

— Na verdade, Mimi, é meu.

— Você... você... — o cabelo negro e escasso de Mimi formava uma coroa encrespada em volta de sua cabeça. Até a pele do suéter parecia tremer.

— Meu — Becky repetiu. Ela tirou o DVD do aparelho e o enfiou no bolso de trás.

— Jessa Blake é minha preferida. Gostei muito de seu trabalho em *Gozando a vida quatro*.

— Eu... você... oh! — Mimi exclamou. Lançou um olhar venenoso para Becky, subiu enfurecida as escadas e bateu a porta de seu quarto. Becky olhou para Andrew, que olhou de volta para ela, um sorriso curvando os cantos de sua boca.

— *Gozando a vida quatro?*

— Um dia desses, eu alugo. Não se preocupe. Você não precisa ter assistido *Gozando a vida um, dois* e *três* para curtir.

Ele enfiou a mão na nuca dela, virando seu rosto em sua direção.

— Você é demais, sabia disso?

— De uma forma boa ou de uma forma não-boa?

— De uma forma incrível — ele disse, e beijou-a antes de pegar a pasta e sair pela porta. Becky levou Ava para um passeio bem longo e passaram mais duas horas enrolando em um café, ignorando os olhares irados dos funcionários no balcão. Às 16h, a casa estava em silêncio e a porta do quarto ainda estava fechada. "Mimi deve estar emburrada", Becky pensou. "Ou se recobrando do choque." Tinha acabado de colocar Ava no trocador quando o telefone tocou.

— Alô?

Era Ayinde. E ela estava chorando.

— Becky?

— O que foi? — Becky perguntou. — Qual é o problema?

— Aconteceu uma coisa — ela disse. — Você pode vir para cá?

Becky sentiu seu coração parar.

— É o Julian? O Julian está bem?

— Julian está ótimo — disse Ayinde. — Mas, por favor, você pode vir? — E aí começou a chorar novamente.

— Já estou indo — Becky falou, pensando rápido. A sacola de fraldas estava cheia de lencinhos umedecidos, uma roupa limpa e a meia dúzia de fraldas que Ava podia usar em uma única tarde.

— Não ligue o rádio — Ayinde disse. — Quando estiver dirigindo. Por favor. Por favor, prometa que não vai ouvir. — Becky prometeu. Ela trocou a fralda de Ava e pegou a cadeirinha do carro. Verificou se sua carteira e as chaves estavam na bolsa e saiu pela porta. Só quando estava na metade do caminho para Gladwyne percebeu que nem se despedira da sogra.

AYINDE

Sua educação enfatizara os clássicos — muito Shakespeare, muito Milton e Donne, a Bíblia como literatura. Ayinde estudara a totalidade dos homens brancos falecidos, volumes grossos cheios de símbolos e signos. Olhando para trás, ela esperara um sinal próprio: trovão, raios, uma chuva de sapos, uma praga de gafanhotos. Pelo menos uma inundação no porão. Mas não houve nada. O dia em que seu mundo ruiu foi um dia como qualquer outro — melhor do que a maioria, na verdade.

Ela e Julian haviam dormido juntos, lado a lado, na enorme cama sem Richard. Às seis da manhã, o bebê acordou. Ayinde abrira as cortinas e sentara-se de pernas cruzadas, encostada na cabeceira estofada da cama, ouvindo o barulho do liquidificador enquanto a cozinheira preparava o *milk-shake* protéico de Richard, o ruído suave das páginas enquanto ela punha os jornais na mesa de jantar o som do caminhão do florista subindo pela entrada.

Houve uma batidinha na porta.

— Bom dia — Ayinde disse. Clara entrou, acenou com a cabeça para Ayinde e o bebê, colocou uma bandeja com chá e torrada e mel e os jornais matutinhos na mesa ao pé da cama e saiu novamente. Ayinde fechou os olhos. Tinha certeza de que a criadagem estava imaginando o que se passava com ela. Sabia que as esposas dos outros jogadores estavam.

Na última reunião não-oficial do time — um churrasco em julho na casa de veraneio do treinador na Costa de Jersey —, as esposas haviam enchido Julian de presentes: uma camisa de uniforme igual à de seu pai feita sob encomenda, tênis Nike e botas Timberland miniatura, conjuntos minúsculos de denim e de couro, agasalhos de náilon dos Sixers no tamanho recém-nascido.

Então as perguntas haviam começado. Uma pergunta, na verdade: já encontrou uma babá? Todas as outras esposas tinham empregados em tempo integral — empregados que moravam em casa, na maioria dos casos. E nenhuma delas trabalhava. Passavam o dia fazendo compras, almoçando, malhando, sendo esposas, eternamente disponíveis para seus maridos para viajar, dar apoio e fazer sexo, Ayinde supunha. Não podiam acreditar que ela não quisesse uma babá. Ayinde ficara em silêncio enquanto citava um trecho ressaltado de *O sucesso do bebê!* para si mesma. "Se seu emprego só serve para lhe dar um senso de propósito, um senso de significado no mundo, quero que você vá até aquele fofinho (a não ser que seja a hora da soneca, é claro!) e segure o Biscoitinho. Todo o propósito, todo o significado, tudo o que você pode querer ou esperar está bem aí em seus braços. Você já tem um emprego. Seu trabalho é ser mãe. E não há emprego no mundo mais importante que esse.

A Ayinde antiga, pré-Priscilla, teria rejeitado a retórica como papo furado reacionário e antifeminista e talvez jogasse o livro na parede por precaução. A Ayinde pós-bebê — a Ayinde com Julian nos braços, assombrada por lembranças da criação indiferente que recebera, determinada a criar seu bebê com perfeição ou, pelo menos, chegar bem perto disso e, se estivesse sendo sincera, sem perspectivas de trabalho no horizonte — engolira tudo. O que o trabalho poderia lhe dar que seu bebê não poderia? Partindo do princípio de que pudesse ser contratada, para começo de conversa. "Meu trabalho é ser Mãe", sussurrou para si mesma. Ela só dizia isso para si mesma. Cometera o erro de dizer em voz alta para suas amigas uma vez, e Becky rira tanto que quase engasgara com o café com leite.

Houve outra batida na porta e Richard entrou, cheirando a loção pós-barba e sabonete. O *short* frouxo de náilon apertava seus quadris e ia até os joelhos; uma camiseta sem mangas mostrava seus braços musculosos. "Ele é tão bonito", Ayinde pensou, mas era um tipo de apreciação remota, a mesma que ela teria com uma estátua em um museu.

— Ei, querida — ele falou, beijando-lhe a cabeça. — Ei, garoto — falou e acariciou a cabeça de Julian com as pontas dos dedos. Repassaram seu cronograma — ele estaria em Temple o dia inteiro, liderando uma clínica para jogadores do colegial e então se reuniria com seu empresário e seu assessor de imprensa depois do jantar para verificar os detalhes do novo contrato de patrocínio de uma empresa de cartão de crédito. Pegou o queixo de Ayinde com uma das mãos e a beijou delicadamente. Depois, foi até a cozinha, onde seu *milk-shake* e jornais esperavam por ele e então, presumivelmente, sairia pela porta da frente, onde o carro e o motorista estavam esperando para ir à Temple, onde algumas dúzias de jogadores secundaristas estariam esperando, encantados com a chance de respirar o mesmo ar que seu marido.

Era uma linda manhã de outono, o céu claro e azul, as folhas das árvores de bordo começando a mudar de cor. Ayinde empurrou o carrinho de Julian pela longa entrada da casa. Ficou imaginando se as crianças viriam pegar doces no Dia das Bruxas; se alguma criança intrépida da vizinhança teria coragem de subir o caminho até a porta ou se Richard simplesmente poria o segurança no Hummer na frente da caixa de correio e o instruiria a distribuir balas.

Às 10h, ela deitou o bebê para a soneca recomendada por Priscilla Prewitt e conseguiu tomar um banho, escovar os dentes e se vestir. Às 14h, foi de carro até a cidade e se encontrou com Kelly para o almoço. Elas comeram frango grelhado e salada de rúcula no Fresh Fields enquanto os bebês ficavam sentados em seus carrinhos ignorando um ao outro.

— Como vai o trabalho? — ela perguntou.

— Ótimo! — disse Kelly, alisando os cabelos louros e lisos. — Ainda estamos procurando uma babá. Vou lhe contar, eu vi umas bem malucas na semana passada. Então, por enquanto, Steve fica em casa com o bebê enquanto eu trabalho, mas tudo bem! — Oliver começou a ficar irrequieto. Kelly o ergueu, cheirou seu traseiro, fez uma careta e pegou a bolsa de fraldas.

— Ah, Deus, ah, não. Você tem uma fralda? E uns lencinhos? Deus, Steve sempre faz isso. Ele usa tudo e depois não repõe. Não acredito que saí de casa sem olhar!

Ayinde não pôde deixar de se sentir um pouquinho convencida enquanto dava a Kelly seu pacote de lencinhos orgânicos de algodão reciclado e uma das fraldas de pano ("melhor para o meio ambiente e para o bumbumzinho macio do Biscoitinho", dizia Priscilla Prewitt) e, depois do almoço, enquanto prendia a cadeirinha de carro de Julian no lugar e dobrava habilmente o carrinho para colocá-lo no porta-malas. "Meu trabalho é ser mãe", sussurrou enquanto dirigia para casa. E ela era boa nisso, pensou, mesmo que fosse chato e tedioso, mesmo que sentisse o tempo se esticar como bala-puxa, mesmo que se pegasse olhando constantemente para o relógio, contando as horas e até mesmo os minutos até a próxima soneca de Julian ou sua hora de ir dormir, quando ela teria uma folga. Seu trabalho era ser Mãe e ela estava se saindo muito bem.

Quando chegou em casa havia seis carros na entrada, estacionados de qualquer jeito, como se os proprietários tivessem chegado o mais perto possível da porta da frente antes de correrem para dentro. Ayinde parou atrás do último carro, sentindo a primeira pontada de apreensão na base da espinha. Quatro carros estranhos e dois que ela reconhecia: o carro preto, lustroso e anônimo, que levava Richard aonde ele precisava ser levado, e o Audi em cuja placa estava escrito CHEFE, um carro do mesmo prata distinto que o cabelo de seu dono. "Mas não há nenhuma ambulância", ela pensou, pensando em Lia. Passou a bolsa pelo ombro, puxou Julian, ainda na cadeirinha, para fora do carro e entrou em casa. A cozinheira estava limpando lentamente uma bancada que já parecia limpa e o empresário de pé perto da porta cumprimentou Ayinde com a cabeça, sem olhar em seus olhos.

Richard estava sentado na sala de jantar, cabisbaixo e sozinho à cabeceira de uma mesa que fora feita para comportar 18 pessoas. Sua pele de mogno tinha um tom acinzentado e os lábios pareciam azuis nas bordas.

— Richard? — ela pôs Julian sentado na mesa. — O que houve?

Ele ergueu os olhos para olhar para ela e havia uma expressão de tamanha angústia em seu rosto que ela cambaleou alguns passos para trás, prendendo o salto na franja do antigo tapete persa e quase caindo.

— O que aconteceu?

— Tenho de lhe contar uma coisa — Richard falou. Seus olhos estavam vermelhos. "Doente", Ayinde pensou ansiosamente. "Ele está doente, ele precisa de um médico, ele devia estar em um hospital e não aqui..." ela olhou em volta. Pessoas estranhas estavam entrando na sala. Havia um homem de calça cáqui e camisa Oxford amarrotada carregando um enorme envelope da FedEx; uma mulher de terno azul-marinho e coque estava atrás dele. Nenhum estetoscópio ou jaleco branco entre eles.

— O que está acontecendo?

— Por que não nos sentamos — o treinador falou. O tom de sua voz, a gentileza, fizeram Ayinde se lembrar de seu próprio pai; não na vida real, é claro, mas no papel que ele interpretara na Broadway em *The Moon at Midnight* e no texto que recitara, contando à sua filha na peça que a mãe havia morrido. Havia ganhado o Tony pela interpretação, ela pensou vagamente.

Julian adormecera na cadeirinha. Ela o pegou nos braços mesmo assim, apoiando seu rosto adormecido contra o ombro. Richard levantou-se lentamente da cadeira e andou em sua direção, movendo-se como se tivesse envelhecido dez anos ou rompido um tendão, o maior temor de um jogador de basquete.

— Aconteceu uma coisa em Phoenix — ele falou. Sua voz era tão baixa que Ayinde mal conseguiu escutar.

Phoenix. Phoenix. Richard ia para lá freqüentemente; era onde ficava a sede da companhia de refrigerantes que ele representava. Sua última viagem fora há três semanas.

— O que houve? — ela ficou olhando para Richard, tentando entender. Ele havia se machucado lá, jogando bola, exercitando-se numa academia de hotel com equipamentos ruins?

— Havia uma garota — ele resmungou. Ayinde sentiu todo o seu corpo ficar gelado. "Perfume", sua mente sussurrou. Apertou Julian com tanta força que ele engasgou dormindo. "Perfume", sua mente disse de novo. E então vieram três palavras, ditas numa voz que era inconfundivelmente de Lolo: "Eu lhe disse".

Ela levantou o queixo, determinada a não cair em prantos na frente daquela multidão de estranhos.

— O que houve?

— Ela... — a voz de Richard sumiu. Ele limpou a garganta. — Ela está grávida.

"Não", Ayinde pensou. Não o seu Richard. Isso não.

— E você é o pai?

— Isso quem vai determinar é o tribunal — disse a mulher de terno azul-marinho.

— Quem é você? — Ayinde perguntou friamente.

— Esta é Christina Crossley — disse o treinador. — Ela é gerente de comunicação de crises — ele abaixou a cabeça.

— Nós a contratamos... pelo tempo que for. Até resolvermos isso.

"Christina Crossley Crise!", a mente de Ayinde cantarolou.

— A mulher fez alegações — Christina Crossley falou. — Richard vai ter de voltar a Phoenix amanhã para dar uma amostra de DNA. Depois disso... — ela ergueu os ombros. — Veremos.

Christina Crossley apertou os lábios.

— O problema é que ela já foi aos jornais. Aos tablóides. O *National Examiner* está planejando publicar a história na quarta-feira, o que significa que a mídia legítima irá tratar o assunto como jogo limpo.

Jogo limpo. Ayinde tentou decodificar a frase, considerar cada palavra separadamente, mas ainda não fazia sentido. Não era um jogo e com certeza não era limpo. Não com ela. Não com Julian.

— Marcamos uma coletiva de imprensa — Christina Crossley continuou. — Amanhã à noite, às 17h, para termos certeza de que sairemos nos noticiários noturnos. — Ela ofereceu a Ayinde um sorriso profissionalmente condoído. — Podemos usar a tarde de hoje para trabalhar em sua declaração.

Ayinde ficou olhando para a mulher antes de decidir que havia apenas uma declaração que podia fazer.

— Fora — ela disse.

Christina Crossley olhou para o treinador, depois para Ayinde. Seu sorriso profissional esfriara alguns graus.

— Sra. Towne, não sei se a senhora entendeu a gravidade do que estamos enfrentando aqui. Em um sentido muito real, o meio de vida de Richard, seu futuro, depende de como seremos capazes de lidar com a história...

— FORA!

Eles saíram rápido — o treinador, Christina Crossley, o branquelo com cara de soro de leite cujo nome não fora informado a ela, todos andando rápido pelo piso encerado de tábua corrida e pelo tapete persa feito a mão. Os cristais do candelabro chacoalharam com os passos. Richard, Ayinde e o bebê estavam sozinhos à mesa. Richard limpou a garganta. Ayinde ficou olhando para ele. Ele trocou os pés de posição. Ela não disse nada. Sentia-se totalmente fria, congelada no lugar.

— Eu sinto muito — ele finalmente deixou escapar.

— Como você pôde — ela falou. Não era uma pergunta, mas uma declaração. "Como você pôde."

— Eu sinto muito — ele falou novamente. — Mas, Ayinde, não foi nada. Foi só uma noite. Eu nem sei o sobrenome dela!

— Acha que eu acredito nisso? — ela perguntou. — Você veio até mim na noite em que nosso filho nasceu cheirando à perfume de outra mulher...

— O quê? — ele ficou olhando para ela, confuso. — Querida, do que você está falando?

— Quantas? — ela gritou para ele. — Quantas mulheres, Richard? Há quanto tempo você me passa para trás?

— Não sei de que tipo de perfume você está falando. Foi só essa vez, Ayinde. Eu juro.

— Acho que isso deveria me fazer sentir melhor; ah, você só me traiu uma vez — ela explodiu. — Como você pode ter sido tão burro! Como pode não ter... — a voz dela ficou presa na garganta. — Como pôde não usar proteção?

— Ela disse que era seguro.

— Ah, Richard — Ayinde gemeu. Em todos os anos que ela o conhecia, achara que seu marido era várias coisas — esperto, bondoso, um pouco vaidoso. Nunca pensara que ele fosse burro. Até agora.

— Foi um erro — ele estava dizendo, olhando para ela com os olhos atormentados. — Eu juro a você.

— Você já me jurou uma vez — Ayinde falou. Sentia como se tivesse saído de seu corpo e visse a cena se desenrolar de uma grande e etérea distância.

— Você jurou me amar e me honrar. Renunciando a todas as outras, certo? Ou será que não estou me lembrando direito?

Ele a encarou.

— Bem, você prometeu as mesmas coisas e depois me expulsou da minha própria cama.

Ela ficou tão surpresa que achou difícil respirar.

— Então isso é culpa minha?

Ele olhou para a mesa e não disse nada.

— Richard, eu tive um bebê...

— Você teve um bebê — ele disse —, mas você também tinha um marido. Eu precisei de você e você me rejeitou.

— Então isso é culpa minha — ela repetiu, pensando que isso era mais uma verdade da vida de Richard: havia sempre alguém para culpar. Ele podia jogar a responsabilidade por uma derrota em seus colegas de time: um ala que não conseguia bloquear um pivô do time oposto, um armador que não conseguia enterrar seus lances livres. Podia pôr a culpa de seus fracassos pessoais em sua criação: uma mãe adolescente, uma avó-coruja, nenhuma das duas com diploma de segundo grau, ambas com as mãos abertas, prontas para fazer as vontades do Príncipe Richard com o que quer que sua renda permitisse. E depois a NBA, coisa demais, rápido demais, carros e casas e dinheiro, tudo embrulhado na garantia embutida de que haveria alguém para segurar a peteca e uma Christina Crossley para varrer a sujeira para debaixo do tapete e amenizar qualquer problema desagradável quando finalmente fizesse uma besteira grande o suficiente para garantir a atenção mundial.

— Sinto muito — ele falou. — Se eu pudesse voltar atrás... — A voz dele sumiu.

— Você tem de fazer exames de DST. E Aids — ela disse. Ele olhou para ela taciturnamente por um minuto e depois balançou a cabeça. Ayinde pensou mais uma vez em sua mãe. Lolo odiara Richard desde a primeira vez em que ouvira seu nome.

— Vida de atleta — ela o chamara, imitando o traficante de *Porgy e Bess*. "Como vai a vida de atleta?", perguntava quando telefonava. "Você não se casa com um homem desses", Lolo instruiu sua filha, como se Ayinde tivesse pedido seu conselho. "Não, de jeito nenhum! Divirta-se com ele, minha querida. Tire fotos para os jornais. Depois, encontre um homem para casar."

"Eu o amo", Ayinde dissera à mãe. Lolo dera de ombros e voltara à trabalhosa aplicação de seus cílios postiços, os mesmos que usava todos os dias mesmo quando só ia até a portaria, onde não havia platéia, a não ser pelo porteiro entediado, para vê-la pegar a correspondência.

"Então, o problema é seu", ela dissera.

Ayinde apertou os olhos e olhou para Richard. "O mundo inteiro vai rir de nós", pensou, e o pensamento a fez voltar para seu corpo, para aquela sala, para o aqui e agora do que seu marido havia feito. "Rir de mim. Rir de Julian". Ela levantou o queixo ainda mais alto.

— Saia — falou.

— Eles vão querer falar com você — Richard disse. — Sobre o que vamos fazer a seguir.

— Saia — ela falou de novo, em uma voz muito diferente da sua. Ele se levantou com os ombros curvados, arrastando-se para fora da sala, e ela ficou sozinha, com Julian nos braços. Encostou o nariz contra o pescoço dele, sentindo seu cheiro — leite, calor, seu hálito doce. Priscilla Prewitt tinha um capítulo sobre divórcio. "O casamento vai mal? Mantenha os olhos no prêmio. Lembre-se do que realmente importa. Lembre-se de quem vem primeiro. Todos os estudos — assim como o velho bom senso — nos mostram o que sabemos em nossos corações. Os bebês ficam melhor com mamãe e papai debaixo do mesmo teto."

Ayinde fechou os olhos bem apertados, sabendo que, mesmo que tivesse ordenado que fossem embora, ainda havia gente em sua casa. Se escutasse com atenção, seria capaz de ouvir todos eles — a cozinheira, as empregadas, o assessor de imprensa, o empresário, o treinador, o massagista, o jardineiro, o paisagista, os entregadores, assistentes, estagiários e secretárias — entrando e saindo de sua casa da mesma forma como Richard entrara e saíra de seu casamento. Ficou imaginando se Richard alguma vez trouxera mulheres para casa quando ela estava visitando seus pais em Nova York ou quando saía à tarde. Ficou imaginando se a empregada alisara os lençóis e se a cozinheira preparara café-da-manhã para dois.

Afundou-se em uma poltrona e pegou o telefone celular. Aí, ligou para suas amigas e lhes disse para encontrá-la na casa de hóspedes e para, por favor, não ligarem o rádio enquanto dirigiam.

Richard não saíra realmente, Ayinde percebeu. Ele apenas se trancara no quarto de hóspedes. Ayinde passou pela porta meia dúzia de vezes, catando braçadas bagunçadas de suas roupas e de Julian, carregando-as escada abaixo, passando pela cozinha, onde a cozinheira e Clara mantinham as cabeças baixas, ostensivamente sem olhar para ela, passando pela sala de jantar, onde o treinador e os advogados e Christina Crossley estavam sentados, pela porta e para o quarto da casa de hóspedes.

O carro de Kelly parou primeiro na entrada.

— O que houve? — perguntou pela janela. Suas bochechas estavam pálidas. O cabelo caía em cachos molhados colados a elas e ela cheirava a sabonete Ivory.

— Você está bem?

— Quero esperar até Becky chegar — Ayinde falou.

Kelly assentiu e saiu do carro, e Lia saiu do banco do carona.

— Eu estava ajudando com Oliver — Lia disse. — Espero que não se incomode... Dê-me aqui — ela falou, esticando os braços. Ayinde olhou para baixo e viu que estava segurando Julian como se fosse um saco de farinha, um braço passado casualmente em volta da cintura dele. Uma de suas meias havia caído. E ele estava chorando. "Há quanto tempo ele estava chorando?", ficou imaginando enquanto o entregava para Lia, que o acomodou contra o ombro.

— Shh, shh — ela sussurrou. Julian botou o dedão na boca e seus berros foram diminuindo, enquanto o pequeno Honda de Becky encostava na entrada.

Ayinde as levou para a casa de hóspedes, a qual, pelas instruções de Richard, havia se transformado em uma sede de clube de alto gabarito, com móveis pesados de couro, televisor *wide-screen*, um bar totalmente equipado no fundo da sala de estar acima do qual os troféus de Richard estavam dispostos em vitrines de vidro especialmente construídas. "Tudo menos o aviso de PROIBIDA A ENTRADA DE GAROTAS", Ayinde pensou. Ela devia ter comprado um cartaz desses. Devia tê-lo grampeado na virilha de seu marido.

Suas amigas sentaram-se em fila no sofá, com seus bebês e o dela própria em seus colos. Então, não havia mais tempo para protelar.

— Richard — Ayinde disse. Sua voz vacilou.

— Ele foi à Phoenix a trabalho. Ele conheceu... Houve... — percebeu que não fazia idéia de como dizer aquilo. — Uma mulher em Phoenix está dizendo que vai ter um filho dele.

Pronto. Simples e direto.

As três ficaram olhando para ela.

— Ah, eu não acredito — Kelly disse finalmente. — Richard não faria isso.

— Como você sabe? — Ayinde perguntou asperamente. Kelly baixou os olhos.

— Ele fez — Ayinde falou. — Ele me disse que fez. E eu confiei nele.

Então Ayinde se dobrou ao meio, agarrando a si mesma, sem fôlego por causa da dor súbita que a dilacerava pela barriga. Era como ser rasgada ao meio. Doía cem vezes mais do que o trabalho de parto.

Becky passou os braços quentes em torno dela. Ajudou Ayinde a se endireitar e a levou para o sofá.

— Ele já fez isso antes?

"Perfume", a mente de Ayinde sussurrou novamente.

— Não sei — ela disse.

"É mesmo"?, ouviu Lolo perguntar, de sua maneira debochada e maliciosa. "Você não sabe ou não quer saber?"

— Isso importa? — podia ver fragmentos do Evangelho Segundo Priscilla Prewitt flutuando na frente de seus olhos. "Lembre-se do que realmente importa... o trabalho mais importante do mundo... mamãe e papai juntos, debaixo do mesmo teto". — Não posso deixá-lo. Não com um bebê. Não vou.

— Então, o que vai fazer? — Becky perguntou.

Ayinde poderia ter adivinhado o que veio a seguir. Quando trabalhava como repórter, ela cobrira uma dúzia de escândalos como esse, lera sobre mais cem. Ela seria exibida como um pônei de concurso para ficar ao lado de seu homem. Seria fotografada olhando para ele com um olhar Nancy Reagan de adoração idiotizada no rosto. Seu trabalho seria segurar a mão dele. O trabalho do mundo seria rir dela. Ela seria motivo de piada, um exemplo para se ter cautela, uma piada de mau gosto. E por causa de quê? De uma tiete, de uma líder de torcida, tão descartável quanto um daqueles copos de papel encerado cheios de bebidas isotônicas que os jogadores engoliam e jogavam fora durante os jogos? Uma "maria-boleira" que voltava correndo em triunfo para suas amigas, trazendo uma bugiganga que Richard jogara para ela — um boné autografado, uma camiseta, um bebê? Dobrou-se para a frente, arfando, enquanto a dor a dilacerava novamente.

A voz de Becky era tão gentil quanto Ayinde sempre desejara que a voz de sua mãe fosse.

— Talvez você deva conversar com Richard.

Julian começou a balbuciar seu "eh, eh, eh", o que significava que um choro explosivo iria começar em breve.

— Shh, querido — Lia sussurrou, embalando-o contra o peito, a aba do boné de beisebol fazendo sombra em seu rosto.

Ayinde sentiu seu corpo movendo-se sem a sua vontade, sentiu as mãos alisarem o cabelo e os pés começarem a andar.

A porta do quarto de hóspedes estava fechada, mas não trancada. A maçaneta escorregou debaixo da mão de Ayinde. Richard estava deitado na cama no escuro, vestido até os sapatos, com os braços apertados contra os lados do corpo. "Pose de cadáver", ela pensou. Na ioga chamavam aquilo de pose de cadáver. Ela abriu a boca, mas descobriu que não tinha nada para dizer ao marido; nada mesmo.

Novembro

LIA

— Tchau, tchau, tchau, bebês — Kelly cantou entusiasmada e ligeiramente desafinada. Seu rabo-de-cavalo balançava enquanto ela empurrava Oliver pela calçada. Kelly e Becky e Ayinde e eu havíamos nos encontrado para tomar café depois da aula de música que as três freqüentavam e, pelo que eu pude entender, a música do "Tchau" era como todas as aulas terminavam. — Tchau, tchau, tchau, mamães...

— Ah, Deus, por favor, pare com isso — Becky implorou. — Nunca vou conseguir tirar isso da cabeça. É pior do que Rick Astley.

— Todas aquelas meninas chamadas Emma — Ayinde murmurou — e nenhuma Ayinde no grupo — o sorriso curvou seus lábios, mas não tocou seus olhos. Fiquei imaginando como estariam sendo as aulas de música para ela desde que o miniescândalo Richard Towne eclodira. Fiquei imaginando se as outras mães ficavam olhando para ela ou se tentavam não fazê-lo. Essa fora a pior parte, pensei. Quando tive Caleb, havia um parquinho ao qual eu costumava ir, algumas outras mães com as quais desenvolvera uma amizade superficial. A única vez em que voltei ao parque depois, eu pude sentir o esforço que emanava delas como calor subindo do chão em julho, enquanto tentavam não ficar olhando e murmuravam o mesmo punhado de chavões que eu apostava que Ayinde estava recebendo atualmente: "Nós sentimos tanto" e "Que pena" e "O tempo cura todas as feridas."

Acompanhei o passo delas — três mamães, três bebês e qual dessas coisas não se parece com as outras? Mas elas também não pareciam desconcertadas por eu estar ali. Talvez porque estivéssemos todas nos sentindo tão estranhas perto de Ayinde.

— Adorei o suéter de Julian — disse a ela. Seu rosto se desanuviou um pouco.

— Obrigada — o suéter era azul-marinho com debrum vermelho e animais de fazenda em feltro vermelho brincando na frente. Julian o usava com *jeans* azul, uma touca de tricô combinando e tênis Nike miniatura. Eu tinha quase certeza de que a roupinha dele custara mais que qualquer das roupas que eu finalmente sucumbira e comprara para mim mesma. Nada chique, só *jeans* básico e calças cáqui e camisetas para completar os *jeans* e casacos de moletom que eu recuperara do meu velho guarda-roupa do segundo grau e o casaco azul da minha mãe, do qual parecia não conseguir me livrar.

— Então, escutem — Kelly começou. — Oliver acordou apenas duas vezes na noite passada. À 1h e às 4h30. — Ela nos olhou cheia de esperança. A pele abaixo de seus olhos parecia machucada e frágil.

— Isso quase conta como dormir a noite inteira, não é?

— Claro — Becky falou. — Agüente firme. — Nós andamos e tentei não me sentir deslocada sem um carrinho. Kelly, é claro, tinha o Bugaboo da moda, caríssimo, que aparecera na *In Style* e em *Sex and the City*. Ayinde a ultrapassara sem esforço com um carrinho Silver Cross que sua mãe trouxera de Londres. E Becky pusera Ava amarrada a um Snap'n Go de segunda mão que nos contou ter comprado em uma liquidação. Quando Kelly perguntara se ele estava de acordo com os padrões de segurança atuais, Becky olhara brandamente para ela e dissera, "Mais ou menos", antes de começar a rir.

Trabalhamos em duplas para carregar os carrinhos para dentro do *hall* de Becky. A casa estava quente e tinha cheiro de sálvia e pão de milho e torta de abóbora.

— Você vai fazer um jantar de Ação de Graças? — perguntei.

— Não. Mimi vai. Ela telefonou e nos convidou para o jantar de Ação de Graças e depois nos pediu para levar... — fez uma pausa — o jantar de Ação de Graças.

— Está brincando?

— Quem me dera. Mas não posso reclamar. Pelo menos ela foi embora — ela revirou os olhos. — Contei a vocês que ela recebeu 17 multas de estacionamento enquanto estava aqui? Enfiou todas por debaixo da porta antes de voltar a Merion. — Ela fez uma careta. — E adivinhem quem acabou pagando?

— Achei que ela era rica — Kelly falou.

— Acho que é assim que os ricos se mantêm ricos — Becky disse. — Eles fazem os menos afortunados pagarem suas multas. — Becky colocou Ava no cobertor no chão da cozinha, entre Julian e Oliver.

— Querem brincar? — perguntou. — Lia e eu inventamos um novo jogo.

Abri uma gaveta, tirei um punhado de solidéus e botei um na mão de Kelly.

— Tente jogá-lo na cabeça de Oliver.

Kelly estava sentada na cadeira de balanço de Becky com uma manta enrolada em volta dos ombros e os olhos semicerrados. Ela franziu o nariz, olhando para o solidéu que segurava com as pontas dos dedos.

— Não sei — disse. — Não é falta de respeito?

— É um solidéu, não o sangue do Redentor — Becky disse.

Observei Kelly virar o solidéu nas mãos, passando a ponta do dedo nas palavras ANDREW E REBECCA bordadas com fios dourados, pensando que ela era a pessoa mais animada que eu já conhecera. Todas as vezes em que eu a vira ela estava bem! Ótima! Maravilhosa! É claro que, quando você a fazia falar, ficava sabendo que Oliver ainda não estava dormindo mais que três ou quatro horas de uma vez e que ela estava trabalhando todos os dias, além de comparecer a festas duas ou três noites por semana, depois que o bebê havia dormido. Fiquei imaginando como Kelly lidaria com uma crise, e então sorri, imaginando o telefonema. "Oi, é a Kelly! Minha perna está presa em uma armadilha para ursos! Será que você pode vir me ajudar? Não? Bem, sem problema! Na verdade, é um acessório bonitinho!"

— Os bebês não se importam — Becky disse. Para provar, ela pegou um solidéu, mirou cuidadosamente e o jogou na cabeça de Ava. — E, falando sério, de que outra maneira eles vão nos entreter?

Kelly apertou os lábios.

— Não acho que devíamos estar jogando objetos religiosos nas cabeças de nossos bebês.

— Christina Crossley usa uma cruz — Ayinde falou do canto da cozinha, onde estava folheando indiferentemente uma cópia de *Saveur.* — Parece uma canção de ninar, não é?

Ficamos sentadas durante um minuto, Becky e eu no canto da cozinha onde os bebês estavam em cima de uma colcha; Kelly na cadeira de balanço com os olhos semi-cerrados.

— Ela é... muito religiosa? — perguntei finalmente.

— Não sei — Ayinde falou, fechando a revista. — Pode ser. Ela marcou uma aparição para nós no *60 Minutes* semana que vem, portanto talvez tenha intimidade com Deus. Ou um acordo com o diabo. De qualquer modo, Richard e eu teremos 12 minutos do horário nobre para ficarmos de mãos dadas e olhar apaixonadamente um para o outro. Querem ouvir minha declaração? — sem esperar por resposta, ela puxou uma folha de papel da sacola de fraldas, endireitou os ombros e começou a ler.

— Peço ao público que respeite nossa privacidade e a privacidade de nosso filho enquanto meu marido e eu passamos por esse período muito difícil — ela redobrou a folha de papel e nos deu um sorriso amplo e brilhante enquanto montava em um dos bancos de bar de Becky.

— Então, o que acham? Vocês dão cinco estrelas ou dois sinais de positivo? Tem um bom ritmo? Dá para dançar com o som?

— Ah, Ayinde — Kelly disse suavemente. Eu desviei o olhar. Estava pensando em meu próprio marido, em como, durante os poucos meses de nosso casamento, quando eu estava enorme e me sentia infeliz a maior parte do tempo, ele nunca fora nada menos que gentil e solícito.

Acho que nunca nem olhou para outra mulher, e estava cercado de mulheres lindas todos os dias.

— Você quer fazer? — Becky perguntou, depois ficou envergonhada e rapidamente se ocupou com a cafeteira. Ayinde colocou a declaração de volta na bolsa de fraldas.

— Não quero que a vida de Richard seja arruinada — falou, com as costas voltadas para as amigas. — Porque isso significa que a vida de Julian vai ser arruinada. Ou não arruinada, mas maculada. Para sempre — botou as mãos nos bolsos. — Fora isso, não sei — ela soltou um suspiro de frustração, fazendo com que suas tranças dançassem de encontro a suas bochechas. — A logística é alucinante. Christina Crossley levou três horas ontem em uma videoconferência com um especialista em imagem de Dallas, decidindo que roupa eu deveria usar para a gravação. Caso estejam curiosas, vou usar um conjunto Donna Karan cinza-ardósia, que diz que eu sou séria, com uma blusa rosa-claro de manga comprida por baixo, que diz que eu tenho coração.

— Podia ter simplesmente pego emprestada minha camiseta ESTOU EM COMPANHIA DE UM IDIOTA — disse Becky, recebendo um sorriso cansado.

— A declaração é muito boa! — Kelly falou, animada como sempre, apesar de estar com cara de quem queria puxar a manta para cima da cabeça e dormir por vários dias.

— É muito eficaz. Muito sucinta — olhou pela borda da manta. — Pode me dar um pouco de café?

— A garota apareceu no *Dateline* — Ayinde disse. Nenhuma de nós disse nada. Nós já sabíamos. A garota — Tiffany Qualquer-Coisa, uma ex-dançarina de um time novato — aparecera no *Dateline*, e *Ricki* e *Montel* e na capa de várias revistas, sempre com a barriga bem destacada e manchetes que eram alguma variação das palavras FRUTO DO AMOR. Havia, pelo que parecia, um apetite sem fim pelos detalhes desagradáveis do que a imprensa marrom chamava de sua NOITE DE PAIXÃO com o *SEXY* JOGADOR Richard Towne, que estivera acima de qualquer censura por tanto tempo como o exemplo brilhante de homem de família da NBA. E como a imprensa marrom já publicara o nome e as fotos de todo mundo, os assim chamados jornais sérios sentiam-se com todo o direito de fazer a mesma coisa. O *Philadelphia Examiner* tirara até mesmo uma foto de Ayinde passeando pelo parque com Julian num canguru em volta do peito. Becky e Kelly haviam ficado furiosas, mas Ayinde simplesmente encolhera os ombros, esgotada, e dissera que o conceito de que os pecados dos pais não maculam os filhos ainda não chegara à Filadélfia.

— É pior ainda por ela ser branca — Ayinde falou. Ela começou a folhear *Dominando a arte da cozinha francesa.* — Porque agora, não só há a história da traição, mas as negras estão furiosas. Aquelas que levam para o lado pessoal toda vez que um homem negro olha para uma mulher branca.

— O que elas acharam quando ele se casou com você? — perguntei.

— Ah, eu sou negra o suficiente para elas — ela falou com um sorriso torto. — Elas não se chatearam por Richard se casar comigo. Mas agora... — balançou a cabeça — o time já está falando em contratar segurança extra para escoltá-lo para dentro e para fora dos estádios. Umas mulheres no Madison Square Garden estavam jogando camisinhas nele. — Fechou o livro e o pôs de volta na prateleira. — Queria ter pensado em jogar algumas camisinhas em cima dele. Na época em que faria diferença.

Andou até o meio da cozinha, onde os bebês estavam alinhados e jogou seu solidéu em cima de Julian. Ele bateu em seu ombro e caiu.

— Cinco pontos — disse e sentou-se de novo.

Os olhos de Kelly se arregalaram.

— Vocês estão jogando por pontos?

— Por dinheiro, na verdade — disse Becky. — A primeira a completar 100 pontos ganha dez dólares. São 20 pontos se acertar na cabeça dele e ficar lá; dez pontos se você acertar na cabeça, mas ele cair; cinco pontos para outras partes do corpo. Ah, e você ganha automaticamente se as primeiras palavras do bebê forem Shabbat Shalom.

— Bem, está bem — Kelly disse. Ela virou o solidéu ao contrário nas mãos, depois olhou por cima do ombro, como se esperasse que Jesus Reencarnado estivesse ali, sacudindo o dedo em reprimenda. Ergueu o cotovelo para trás e deixou o solidéu voar. Ele aterrissou na cabeça de Oliver e escorregou para a frente.

— Ah, não! — ela gritou, correndo para removê-lo. — Está ficando todo babado!

— Não se preocupe. Tenho mais uns 500 — Becky disse.

— Mimi encomendou demais — ela revirou os olhos. — Fomos à casa dela para o *brunch* ontem. Ava puxou sua peruca.

— Mimi usa peruca? — perguntei. Eu nunca nem vira Mimi, mas Becky me falara dela o suficiente para eu ter uma boa imagem de como ela era... à qual agora acrescentaria uma peruca.

— É. Também foi novidade para mim — Becky falou. — Sofre de queda de cabelo, o que tem a ver com seus níveis de estrogênio. Ela me contou tudo depois. Tuuuuuudo.

— Pelo menos, ela telefona. Pelo menos, ela cuida do bebê — disse Ayinde. Olhamos umas para as outras novamente. A mãe de Ayinde, a glamourosa Lolo Mbezi, só fizera a viagem de duas horas de Nova York até a Filadélfia uma vez, e a mãe de Richard só os visitara uma vez, a caminho de Atlantic City, com um velocípede embrulhado para presente no bagageiro do Escalade que Richard comprara para ela. Ela ficara amuada quando Ayinde explicou que Julian não conseguia segurar sua cabeça sozinho, que dirá sentar-se em um velocípede.

— A sua mãe lhe telefonou desde... — Kelly dobrou seu solidéu ao meio, depois em quatro. — Ela ligou ultimamente?

— Ela telefona — Ayinde disse. — Diz que quer me dar apoio. Ela ainda não disse "Eu falei", mas sei que deve estar pensando nisso. E, para dizer a verdade, acho que está feliz com a situação.

— Por que você acha isso? — Becky perguntou.

— Ela tem trabalhado muito desde... bem, desde. Todos os jornais estão publicando aquela foto idiota que nós tiramos e uma dela dos anos 1970.

Eu sabia de que foto ela estava falando. Mostrava uma Lolo da era Studio 54 de perfil, usando um *dashiki*, braceletes de ouro e cerca de meio metro de tranças afro.

Ayinde suspirou e envolveu uma caneca de café com seus dedos longos.

— Queria poder ficar aqui.

— Na cidade? — perguntou Becky.

— Não, na sua cozinha. — Olhou em volta para as paredes vermelhas, a mesa de jantar lascada, as prateleiras cheias de livros de receitas bastante manuseados e sujos de molho, a colcha carmesim e azul na qual os bebês estavam.

— Também quero ficar — Kelly falou, empurrando os dedos do pé no chão, balançando para a frente e para trás. Continuou dobrando seu solidéu em oito, em 16, como se esperasse que ele fosse desaparecer. Com o queixo para baixo e o cabelo num rabo-de-cavalo, ela parecia ter uns 12 anos *de idade*.

— Qual é seu problema? — perguntou Becky.

— Meu marido — ela disse. — Meu marido é meu problema.

— Espere, espere, não me diga — disse Ayinde. — Ele está tendo um caso com uma garota de 20 anos?

Kelly alisou o rabo-de-cavalo seguidas vezes.

— Ele foi dispensado — ela ficou de pé, pegou Oliver pelas axilas e o ergueu até o ombro. — Eu sei que disse a vocês que ele estava só pesquisando outras oportunidades e que estava de licença-paternidade, mas ele não estava. Ele foi dispensado e não tem pesquisado nada, a não ser a programação diurna da televisão. — Seus lábios tremeram. Ela os apertou com força.

— Quando isso aconteceu? — Becky perguntou.

— Em junho. Seis semanas antes de Oliver nascer — Kelly falou. Ela plantou beijos nas bochechas gordas de Oliver enquanto fazíamos as contas.

— Vocês estão bem em termos financeiros? — Ayinde finalmente perguntou.

Kelly deu uma risadinha curta.

— Estamos, agora que eu voltei a trabalhar. Quer dizer, ele vive repetindo que devíamos usar nossas economias; ele fez parte da fundação de uma empresa de internet assim que terminou a faculdade e, na verdade, é uma das três pessoas da nossa idade a ter saído antes que tudo viesse abaixo, mas eu não quero tocar nesse dinheiro; é nosso pé-de-meia. Então, estou pagando as conta. — Ela se balançava para a frente e para trás, dando tapinhas no traseiro coberto pelo macacão de Oliver, parecendo que ia desabar com o peso do bebê gorducho.

— Eu não queria voltar a trabalhar. Sempre achei que tiraria um ano de folga e ficaria em casa com o bebê, só que agora... — ela se balançou para a frente e para trás mais rápido. — Sinto como se não tivesse escolha. E... — suas bochechas coraram. — Eu gosto de trabalhar. Essa é a parte ruim.

— Por que isso é ruim? — Becky perguntou. — Não é ruim gostar do que se faz.

Kelly descansou o bebê no quadril e começou a andar de um lado para o outro da cozinha.

— Talvez não seja o fato de eu gostar de trabalhar. Eu gosto de sair. Gosto de sair de casa, para não precisar estar com Steve 24 horas por dia, todos os dias, mas aí eu tenho de deixar o bebê com ele e me sinto culpada a respeito disso, porque sei que não estão fazendo nada educativo, eles não vão passear ou ler livros ou assistir a *Baby Einstein*, só ficam no sofá assistindo a *Sports Center*.

— Ah, Kelly — Becky murmurou.

— E o Steve... — Kelly baixou os olhos, puxando o rosto de Oliver para seu pescoço. — Não sei o que está acontecendo com ele. Acho que ele nem está tentando.

— Como assim? — perguntei.

— A única coisa que ele tem feito é falar com um conselheiro vocacional. Um babaca — Kelly soltou. Eu me retraí e fiquei pensando se já a vira xingar. Eles se reúnem três vezes por semana e fazem testes de personalidade. "Você é introvertido ou extrovertido? Qual é o seu perfil emocional? Que trabalho seria perfeito para você? — Ela balançou a cabeça. — Eu só queria sacudi-lo e dizer, "Quem se importa com o emprego perfeito! Apenas faça alguma coisa!" Mas ele fica sentado o dia inteiro, como se fosse fim de semana há meses. Nada de entrevistas. Nada de nada. E eu estou trabalhando e Steve não está fazendo nada. Nada — ela repetiu e ficou de pé num pulo. — Tenho de ir.

— Kelly — Becky disse, esticando a mão.

— Não, não, tenho um monte de telefonemas para dar — ela falou, pegando a sacola de fraldas. — Florista, bufê, companhia de iluminação, e tenho que ir à drogaria e nosso vaso sanitário está entupido, então tenho de achar o bombeiro.

E, com isso, subiu correndo as escadas.

Becky e Ayinde olharam para a escada, e depois para os bebês.

— Eu vou — falei e corri atrás dela. — Kelly! Ei!

Ela pusera Oliver no carrinho e estava tentando pegar tudo e passar pela porta.

— Deixe-me ajudar. — Abri a porta e a ajudei a levantar o carrinho até chegar à calçada. — Quer que eu a acompanhe até em casa?

— Nnnnããão — ela disse devagar. — Não, não posso pedir que faça isso.

— Quer que eu fique com Oliver?

Prendi a respiração, meio que acreditando que ela iria rir de mim ou me dispensar alegremente, outra versão de "Não, não, está tudo bem". Em vez disso, ela parou imediatamente o que estava fazendo.

— Você pode? — ela perguntou. — Você pode fazer isso?

— Claro que posso. Tenho de trabalhar no restaurante hoje à noite, mas estou livre à tarde.

— Ah, meu Deus. Você vai salvar minha vida. Steve pode... — Ela esfregou os olhos com os punhos e fiquei imaginando quanto tempo fazia desde que tivera algum período de sono ininterrupto. — Posso dizer a ele que ele pode trabalhar um pouco, dar alguns telefonemas, sei lá. Nós pagaremos pelo seu trabalho, é claro.

— Não se preocupe com isso. Só me deixe pegar as minhas coisas.

— Obrigada — ela falou, pegando na minha mão. Seus olhos estavam brilhando.

— Muito obrigada.

— Ah, não. Não, não. Não, não, não — Becky falou, empurrando a bandana amarela para trás, por cima dos cachos despenteados.

Olhei para cima, do queijo *manchego* que estava fatiando para botar nas saladas.

— O que houve?

Eram oito horas da noite. Eu passara a tarde na casa de Kelly, brincando com Oliver enquanto Steve se enfiara no escritório, e estava trabalhando desde as 18h, com apenas uma pausa rápida para ir em casa tomar um banho e trocar meus *jeans* Gloria Vanderbilt por um par de Sassons da época do colégio. Meu apartamento não estava mais vazio. Na semana anterior, Ayinde perguntara se eu precisava de algumas coisas.

— Estou redecorando — ela me falou.

Na manhã seguinte, um caminhão carregando o que parecia ser todo o conteúdo de sua casa de hóspedes chegara. Liguei para Ayinde para dizer que não podia de forma alguma aceitar todas as coisas, mas ela insistira.

— Você vai estar me fazendo um favor — ela disse.

Então, agora eu tinha sofás e poltronas de couro gigantescas, luminárias e uma mesa de centro, um telão de TV e vários certificados de MVP* de Richard que, supus, iria devolver em algum momento.

Becky amarrou a bandana de novo.

— Tenho 25 empresários famintos que estão esperando *perca chilena* com cogumelos selvagens e molho de tamarindo e... — ela abriu a dispensa dramaticamente. — Não tenho cogumelos selvagens. Não tenho nem cogumelos domésticos com tendências rebeldes. Não tenho cogumelo nenhum.

Dei uma olhada na direção da sala de jantar, onde os empresários pareciam bastante felizes com sua sangria e atum selado em *tortillas*, com Sarah rebolando em volta usando botas de couro de salto alto, mantendo seus copos cheios.

— Talvez você possa lhes dar broas extras — sugeri.

O telefone da cozinha tocou.

**Most Valuable Player* — Jogador de maior valor. (*N. da T.*)

— Becky — gritou Dash, o lavador de pratos, balançando o fone. — É para você.

Ela pegou o telefone.

— Sim. O quê? Não. Não, não posso. Não, eu... — empurrou a bandana para trás novamente. — Ah, Deus.

— O que foi?

Ela balançou a cabeça, virando-se para a fritadeira, onde as broas estavam fritando.

— A creche vai fechar às 21h e eu nunca vou chegar lá a tempo e Andrew vai participar de uma duotectomia pancreática de emergência; não me pergunte o que é isso; eu nem quero saber... — ela resmungou, tirou habilmente as broas da cesta de fritura e olhou na dispensa novamente, como se os cogumelos pudessem ter se materializado durante o telefonema.

— Vou ter de ligar para Mimi — falou, erguendo os olhos para o teto. — Por que, Senhor, por quê?

— Eu posso ir pegar os cogumelos — falei.

— Não, não, tudo bem. Vou mandar Sarah levar mais birita. Eles não parecem do tipo que vão ficar chateados por não comerem vegetais.

— Ou eu posso ir pegar Ava.

Becky pôs o indicador nos lábios e fingiu pensar a respeito.

— Hmm, os cogumelos ou minha filha? Eu digo, pegue a garota. Vou ligar para a creche, para não pensarem que você a está seqüestrando. Espere, deixe-me lhe dar a chave. — Ela procurou nos bolsos. — Pode levar meu carro, a cadeirinha está no bagageiro, um de nós dois deve estar em casa por volta da meia-noite. Tome, espere, deixe-me lhe dar algum dinheiro...

— Para quê?

Becky olhou para mim e depois coçou a cabeça debaixo da bandana.

— Despesas extras?

— Não precisa — falei. — Onde você estacionou?

— Na Vigésima com a Sansom. Está salvando minha vida, sabia disso? Serei eternamente grata a você. Vou batizar meu segundo filho com seu nome. — Ela me entregou as chaves e apontou para a porta. — Corra como o vento!

A creche do hospital ficava no terceiro andar e Ava era o último bebê lá, enroscada em um berço num canto do quarto onde as luzes estavam baixas.

— O pai veio vê-la há cerca de uma hora — a moça da creche sussurrou depois de examinar minha carteira de motorista de Los Angeles e recusar minha oferta de ligar para Becky e reconfirmar que eu podia levar o bebê. Entregou-me a sacola de Ava com sua mamadeira, um cobertor e uma muda de roupa.

— Está dormindo há uns 45 minutos e o Dr. Rabinowitz disse que às vezes ela dorme até chegar em casa.

— Oi, bebê — sussurrei. Ava suspirou em seu sono. Levantei-a gentilmente nos braços, coloquei-a no carrinho e saí para o carro.

— E então, e então, a Lua é a metade de uma torta de limão — cantei pela rua enquanto a passava para a cadeirinha do carro e puxava um capuz de penugem cor-de-rosa por cima de sua cabeça careca. Ela abriu os olhos e olhou curiosa para mim.

— Oi, Ava. Lembra-se de mim? Sou amiga da sua mãe. Vou levá-la para casa para dormir.

Ava piscou como se essa informação fizesse sentido.

— Nós vamos para sua casa e vamos tomar uma bela mamadeira... bem, na verdade, você vai tomar uma bela mamadeira. E depois eu vou trocar sua fralda e botá-la para dormir no seu bercinho.

Ava bocejou e fechou os olhos. Olhei em toda a nossa volta, pela rua e depois por cima do ombro enquanto me acomodava atrás do volante, procurando por mendigos, loucos, farristas potencialmente barulhentos. Mas a Walnut Street estava em silêncio.

— Você é muito linda, sabia disso? — sussurrei para o banco de trás.

Na casa de Becky, peguei o bebê adormecido nos braços e subi para o segundo andar na ponta dos pés. O quarto de Ava era minúsculo, mal tendo espaço para um berço, uma cadeira de balanço e um móbile de uma vaca pulando por cima da Lua. Tinha cheiro de pomada para assaduras e Loção Calmante para o Corpo da Johnson's. O que eu, pessoalmente, achara inútil.

"Se realmente houvesse algo que acalmasse seu bebê", Sam dissera não acha que custaria mais que três dólares e 99 centavos?"

Alimentei o bebê com a mamadeira etiquetada LEITE MATERNO, com uma caveirinha e ossos cruzados ao lado — em prol de Mimi, eu presumi. Ava mamou 150 miligramas com os olhos fechados, dando golinhos satisfeitos enquanto bebia. Dei tapinhas em suas costas até que ela arrotasse. Troquei a fralda, beijei seus pés, embrulhei-a em um cobertor novamente e a ninei próxima ao meu peito. Imaginei que podia sentir meu leite descendo, a sensação de formigamento agridoce que sentia antes de Caleb estar pronto para mamar. "Como Caleb seria na idade dela?", fiquei pensando. "Será que seria calmo, com os olhos grandes e atentos de Ava? Será que observaria meus dedos enquanto eu imitava uma aranha em sua barriga? Será que sorriria para mim?" Sentei-me na cadeira de balanço com Ava em meus braços, sentindo seu cheiro, ouvindo o som de sua respiração, sentindo-me triste mas de certa maneira em paz, enquanto me lembrava de meu filho.

— Pronta para dormir? — perguntei finalmente. O corpo do bebê parecia derreter contra o meu, sua cabecinha enfiada no lado do meu rosto, sua barriga contra meu ombro. Eu podia sentir sua respiração na minha bochecha enquanto a ajeitava no berço.

Desci para o andar de baixo e podia ouvir a casa se aprumando à minha volta. Minha cabeça fez as contas automaticamente. Se eram 22h aqui, eram 19h em Los Angeles. Tirei meu celular do bolso. Eu podia ligar para ele, mas o que diria? Que eu segurara dois bebês diferentes e não acontecera nada errado? Que sentia saudades? Que pensava nele todos os minutos em que não estava pensando em Caleb?

Tirei os sapatos e subi as escadas novamente. Ava estava roncando e havia se virado, apoiando a cabeça nos braços com o traseiro no ar. Não pude deixar de sorrir enquanto passava por ela na direção do banheiro. Meu rosto no espelho do banheiro parecia diferente... ou melhor, parecido. Estava nos olhos, pensei, e levantei uma mecha de cabelo. Eu o pintara de castanho para um papel num comercial de pasta de dentes uma vez e Sam olhara, dizendo:

— Essa é sua cor original?

— Quem se lembra? — eu disse a ele.

— Acho que ficou bonito — ele dissera.

Fiquei imaginando como eu ficaria morena novamente. Achei que tinha de fazer alguma coisa, já que cabelo de duas cores saíra de moda desde a era Madonna, em 1985. Castanho podia ficar bom, pensei, prestando atenção na babá eletrônica no caso de Ava acordar e precisar de mim. Seria como voltar para casa.

Dezembro

KELLY

Às seis da manhã, uma semana depois de ter dito às amigas a verdade sobre seu marido, Kelly estava deitada na cama, o corpo rígido, as mãos fechadas em punhos, esperando, como fazia todas as manhãs, que Steve acordasse antes dela. Ele estava esparramado de costas, roncando, a boca ligeiramente aberta.

— Deixe que eu cuido dele — ele lhe dissera todas as manhãs durante as duas primeiras semanas em que o bebê esteve em casa. Ela não deixara. Qual era o sentido? Ele não podia amamentar o bebê e logo estaria trabalhando de novo, portanto precisava descansar.

"Idiota", ela pensou enquanto Steve roncava. Porque agora já fazia quase cinco meses e ele ainda não estava trabalhando e Oliver chegara a um ponto em que não aceitava ninguém além dela de manhã cedo.

Kelly levantou-se da cama quente e foi pegar o bebê, que parou de mastigar o canto de seu cobertor e só olhou para ela antes de abrir um enorme sorriso que mostrava suas covinhas.

— Bom dia, meu anjo — ela disse, sentindo seu coração se elevar enquanto o carregava para o trocador, acariciando seu cabelo castanho que parecia ficar mais abundante a cada dia.

Oliver não fora um dos recém-nascidos mais bonitos — herdara o nariz de Steve, que funcionava melhor em um adulto do que em um bebê, e seu rosto parecia um balão inchado em cima de seus membros magricelos —, mas transformara-se em um bebê lindo, gorducho e de temperamento dócil, quase nunca chorando. Suas coxas eram a parte predileta de Kelly. Eram deliciosamente rechonchudas, macias e gostosas, como dois pães saídos do forno e ela não conseguia não plantar beijos para cima e para baixo antes de tirar seu pijama e enfiá-lo em uma jardineira e uma camisa listrada de branco e vermelho.

Lindo, mas — ela só conseguia admitir para si mesma nessas horas silenciosas da manhã — um pouco chato. Ela o amava, ela morreria por ele, ela não conseguia imaginar sua vida sem ele, mas a verdade era que, depois de 15 minutos brincando com ele debaixo de seu arco de atividades ou de ler um dos livros infantis de Sandra Boynton para ele, seus dedos começavam a coçar pelo teclado, pelo BlackBerry e pelo Palm Pilot, pelo celular, as relíquias de uma vida onde ela tinha lugares para ir, coisas importantes para resolver, até mesmo os 45 minutos ocasionais para se enroscar na cama e folhear a *Metropolitan Home*.

Steve veio por trás dela, soltando seu hálito matinal azedo em sua nuca, roçando a barba por fazer em sua bochecha até ela se afastar. Às vezes, ele se barbeava duas vezes por dia quando estava trabalhando; agora, passava dois ou três dias sem se barbear.

— Deixe que eu faço. Você pode ir descansar.

— Nós estamos bem — ela disse sem se virar.

"Havia algo errado com ela", pensou. Ela queria que Steve ajudasse e aí, quando ele comparecia, ficava irritada por ele não ter chegado antes. Queria tão desesperadamente um filho — o bebê perfeito para completar sua família perfeita — e, agora que tinha um... ela prendeu as alças da jardineira de Oliver enquanto Steve dava de ombros e voltava para o quarto. Ela queria seu bebê. Não importa quanto as coisas ficassem feias, sempre acreditaria nisso.

Kelly sentou-se de pernas cruzadas em cima da cama, abriu a camisola e puxou o bebê para perto de si. Esta era a hora mais feliz do seu dia, sentada na semi-escuridão quente com Oliver em seus braços e, depois, quando havia acabado, colocava-o na cama e se deitava ao seu lado, dormindo entre os lençóis para deslizar para um sonho onde sua vida teria sido diferente se tivesse se casado com qualquer um, menos Steve.

"Brett", pensou. Brett flertara com ela um mês durante seu terceiro ano de faculdade, e ela o achava gentil e engraçado, mas com uma aparência muito esquisita para seu gosto — ele tinha 1,95m de altura, magro como um varapau, usava *mullet* e tinha uma risada "iaque, iaque, iaque" esquisita. Ela lhe dissera que só queria ser sua amiga e ele havia suspirado e falado "É o que todas dizem". De acordo com a revista dos ex-alunos, Brett mudara-se para o Vale do Silício, fundara uma empresa de internet e a vendera por muitos milhões de dólares antes da quebra do mercado. Haviam feito uma matéria de meia página com ele, incluindo uma fotografia. Ele deixara o corte ruim de cabelo para trás e adquirira esposa e três filhos. A matéria não mencionava sua risada.

Ou ela podia ter terminado com Glen, seu namorado do segundo grau, capitão da equipe de debates. Mary encontrara a mãe dele no salão de cabeleireiro e soubera que ele agora era sócio de uma firma de advocacia em Washington. Glen não fora o cara mais apaixonado do mundo — Kelly ainda se lembrava vividamente de como ele se recusara a ficar se agarrando com ela na noite anterior à prova de colocação para a faculdade, dizendo que deviam guardar suas energias para o teste —, mas tinha ambição de sobra. Se tivesse se casado com ele, não seria ela quem estaria se matando de trabalhar.

Às 8h, Lemon começou a esfregar o focinho na palma da mão de Kelly e Oliver abriu os olhos. Kelly trocou sua fralda e o pôs de volta no berço, chorando, enquanto vestia as roupas que deixara pelo chão na noite anterior e gastava dez segundos escovando os dentes e passando água fria no rosto. Então, botou Oliver no carrinho, pôs a coleira em Lemon, prendeu o cabelo em um rabo-de-cavalo e saiu enquanto Steve ainda dormia. Andou até o elevador, tentando impedir que a coleira do cachorro se enroscasse nas rodas do carrinho.

Lemon ganiu enquanto o elevador os levava até a portaria. Havia sido um cachorro razoavelmente comportado na época pré-bebê, mas, desde a chegada de Oliver, fora sumariamente rebaixado de sua posição número um de criatura não-verbal mais amada em casa. Pré-bebê, Kelly era capaz de levar Lemon para dar longos passeios, comprava coleiras com extensores combinando para ele, fazia festa nele e coçava sua barriga. Pós-bebê, Lemon tinha sorte se conseguisse água fresca e um carinho na cabeça enquanto passava. E não estava gostando de seu novo *status* como cidadão de segunda classe.

— Lemon, shhh! — ela chiou quando ele começou a uivar, depois a latir e o bebê deu um solavanco assustado com o corpo inteiro e começou a chorar. Deslizou uma chupeta por entre os lábios de Oliver, deu um biscoito canino para Lemon e conseguiu chegar à calçada, empurrando o bebê e puxando o cachorro.

Começaram a batalha diária. Ela dava cinco passos, depois dez e aí Lemon se plantava no meio da calçada e recusava-se a sair do lugar.

— Lemon, venha! — ela dizia, enquanto homens de terno e mulheres de salto alto a evitavam.

— Lemon, VENHA! — dizia, dando puxões na coleira, esperando que ninguém a estivesse observando ou ligando para a sociedade protetora dos animais delatando-a por maus-tratos a cachorros.

Conseguiram dar a volta no quarteirão até a Terra Prometida, o café da vizinhança. Kelly amarrou a coleira de Lemon a um parquímetro, empurrou o carrinho com uma das mãos e abriu a porta com a outra.

— Expresso triplo — o atardente cantou alto enquanto Kelly se aproximava do balcão.

— Você já sabe — falou. Achava que não devia beber tanto café enquanto ainda estava amamentando, o pobre Oliver podia ficar viciado em cafeína antes de chegar ao maternal mas não conseguia chegar ao fim do dia sem ele. Jogou leite desnatado e açúcar de mentira na xícara, tomou o primeiro gole e foi para fora recolher o cachorro. O carrinho de Oliver tinha um porta-copos onde estava escrito PROIBIDO BEBIDAS QUENTES! PERIGOSO PARA O BEBÊ! Nos últimos meses, Kelly tornara-se perita em empurrar o carrinho, a coleira de Lemon enrolada em volta de uma das mãos e o copo equilibrado na outra. Na maioria das vezes, o sistema funcionava perfeitamente. Naquela manhã, Lemon correu alegremente em direção a um *skatista* e Kelly virara a mão para trás, chiando enquanto o café escaldante molhava seu pulso e sua mão.

Finalmente de volta ao apartamento, Kelly deixou Oliver cochilando no carrinho, jogou água fresca e comida nas tigelas de Lemon e ligou o *laptop*, bebendo café e checando seus *e-mails* o mais rápido que podia. Já lera metade de suas mensagens quando o bebê começou a se remexer.

Ela olhou na direção do quarto. A porta ainda estava fechada.

— Steve?

A porta se abriu e Steve apareceu, ainda de camiseta e cueca, com seu pênis flácido e cor-de-rosa balançando pela abertura de sua samba-canção.

— Por que você não me acordou? Eu podia ter levado o cachorro para passear.

— Só pegue o bebê um pouco — ela falou.

— Tudo bem — ele disse, tirando Oliver do carrinho.

— Ele pode precisar arrotar! — Kelly gritou por cima do ombro, sabendo que era uma causa perdida. Steve daria algumas palmadas indiligentes nas costas do bebê e depois determinaria que ele não precisava arrotar. Bem, não era que Oliver não precisasse arrotar, era que Steve desistia cedo demais. Isso estava virando um hábito, ela pensou, colocando o computador em modo de espera, sentando-se na cadeira de balanço e abrindo o sutiã.

"Por favor", sussurrou para si mesma enquanto colocava os bicos de plástico em cima dos mamilos e ligava a máquina. "Por favor, faça isso acabar logo."

— Por favor — murmurou, olhando para as mamadeiras de plástico presas aos bicos e a seus mamilos, antigamente de um rosa vivo e agora bege, rachados e feios como os joelhos de um elefante. Devia haver 2,5 centímetros de leite na mamadeira da direita, apenas algumas gotas na da esquerda.

Tirar o leite com bomba era tedioso e desconfortável, e era impossível fazer qualquer outra coisa enquanto a máquina estava ligada. Ela precisava de ambas as mãos e de toda a sua coordenação para manter os bicos no lugar e, se não relaxasse, nada de leite.

— Por favor — falou de novo e fechou os olhos, balançando-se até que *o timer* tocou e 15 minutos haviam se passado. Livrou-se do aparelho com gratidão e olhou as mamadeiras contra a luz. Cem miligramas. Não era o bastante para uma mamadeira inteira. Seria leite em pó de novo.

A campainha da porta tocou quando ela estava botando a blusa no lugar. Kelly juntou as garrafas e correu para o corredor como se esperasse ver Papai Noel ou Ed McMahon com um cheque enorme. Ela sabia que era Lia do outro lado da porta e, no que lhe dizia respeito, Lia, que concordara em tomar conta de Oliver três vezes por semana, era melhor do que Papai Noel e Ed juntos.

— Oi! — Lia disse, entrando no apartamento, seu cabelo (recentemente pintado de um castanho brilhante) preso num rabo-de-cavalo brilhante, sua blusa branca (limpa, imaculada) enfiada para dentro da calça cáqui (passada, da última coleção). Kelly sentiu-se relaxar enquanto Lia se abaixava e tirava Oliver do andador onde Steve o depositara. Era bom ter um ser humano vivo em casa que ajudava de verdade.

Kelly vislumbrou a cueca de Steve e ouviu a porta do banheiro bater enquanto Lia tocava o nariz de Oliver com o seu. Os dois — Oliver tão sorridente, Lia tão linda — pareciam um daqueles anúncios que ela vira nas revistas para mães quando ainda tinha tempo para lê-las. Considerando que ela se parecia com as fotografias de "antes" em qualquer uma das histórias de transformação. "Eu devia ter me casado com a Lia", pensou. Nunca tinha de pedir duas vezes para que Lia botasse o bebê para arrotar. Lia sabia instintivamente, ou por experiência própria, que uma fralda molhada podia parecer seca e nunca usava um dos truques favoritos de Steve, que era enfiar um dedo debaixo do elástico da fralda, dar uma conferida rápida e dizer "Não, está seca" quando a fralda em questão estava visivelmente encharcada e você podia praticamente ver linhas de fedor cheirando a amônia saindo de dentro dela. Lia nunca se jogava na frente da televisão com o bebê nos braços e assistia a *Sports Center* ou surfava pela internet com o bebê enfiado negligentemente na curva do braço. Ela e Kelly podiam cozinhar refeições de baixa caloria e levar Oliver à praça, ao zoológico, ao museu de sensações. Não haveria sexo, é claro. Kelly achava que não sentiria muita falta.

Passou tudo para Lia — a que horas Oliver havia acordado, onde haviam passeado, o que ele comera — enquanto pegava seu *laptop*, celular, chaves, Palm Pilot e carteira. Steve voltou lentamente para a mesa, vestido — mais ou menos — com uma camiseta velha e gasta, descalço e de *jeans*.

— Vou trabalhar em casa hoje — ele falou, meio em tom de desafio, meio em tom de desculpas. O discursinho foi para Lia, não para Kelly, porque onde mais ele poderia estar "trabalhando"?

— Ótimo — Kelly disse, tentando parecer animada pelo bem do bebê. Ela reuniu suas coisas e voltou para o café.

— Já voltou? — o atendente perguntou.

— Eu de novo — disse Kelly. Pediu outro expresso triplo, plugou o *laptop* e ficou imaginando o que os funcionários do café pensavam dela, sentada aqui cinco horas por dia, cinco dias por semana, bebendo expresso e digitando como louca. Imaginou se eles a odiariam por ocupar o espaço, uma mesa excelente perto da janela. Talvez achassem que era universitária ou poetisa em início de carreira, algo grandioso e romântico ou, pelo menos, interessante.

Ela apertou o botão para ligar e bebeu o expresso escaldante em pequenos goles, batendo com os dedos dos pés até que o *laptop* velho, temperamental e lento iniciasse. O celular tocou.

— Kelly Day! — trinou, fechando os olhos, descansando a cabeça na palma da mão enquanto fazia anotações sobre o casamento dos Margoly e sobre a festa de Natal dos Drexel e sobre a comemoração do Dia da Diversidade da Pfizer, para a qual ela fora incumbida de providenciar uma imagem do Dr. Martin Luther King feita de jujubas. Ela digitou e tomou notas e fez as perguntas certas, tentando dar seus telefonemas quando ninguém estava pedindo um *frapuccino*, para que seus clientes não ouvissem o barulho do liquidificador ao fundo.

Era uma piada. Uma farsa. Sentia-se como o Mágico de Oz, uma fraude atrás do toldo verde do café, trabalhando como uma escrava enquanto seu marido ficava em casa vendo novelas — ele negara veementemente quando ela o confrontara, mas a lista de tarefas do TiVo ainda incluía gravar os episódios diários de *As The World Turns*. Ela trabalhava, dando telefonemas, tomando notas, verificando seu relógio, pensando em Oliver, imaginando se ele estaria dormindo; pensando em Steve, imaginando se ele também estaria dormindo.

Às 17h, ela correu para casa. Lia estava brincando com Oliver no chão da sala de estar, chacoalhando animais de pano em frente ao rosto dele. Steve não estava em lugar algum. "Provavelmente visitando o consultor vocacional", pensou, correndo para o quarto e prendendo a respiração enquanto puxava a calcinha de gestante e a meia-calça com pressão para cima dos quadris e fechava o melhor que podia o zíper de sua saia longa de veludo preto.

— Nossa, veja como ela está bonita! — Lia disse para Oliver enquanto Kelly sentava-se de lado no sofá de favelado e lutava para calçar seus sapatos de salto alto. — Você está muito linda.

— É, bem... — ela pausou por cinco segundos na frente do espelho do corredor, passando batom nos lábios, tentando alisar seus cabelos rebeldes.

— Só espero que dê tudo certo. E obrigada. Muito obrigada.

Sentou-se no sofá com o bebê no quadril, sacudindo-o para cima e para baixo. Nada de Steve. Apertou com força o número dele no celular.

— Onde você está? Devia estar aqui às 18h, lembra-se? Lia tem de ir para o Mas e eu tenho uma festa...

Ela podia ouvir o som do trânsito ao fundo — motores e buzinas tocando.

— Houve um acidente com uns cinco carros logo depois da Aramingo — Steve falou. — Estou preso aqui há uns 45 minutos. Nada está andando.

— Não pode sair e pegar uma estrada secundária?

— Vou fazer isso assim que chegar à saída, mas não posso passar por cima das pessoas.

— O que eu vou fazer? — ela gemeu. Lia tinha ido embora, ela nunca seria capaz de arrumar uma babá tão em cima da hora, não conhecia os vizinhos tão bem a ponto de poder deixar Oliver com eles e, se não saísse logo, chegaria atrasada na festa que estava organizando.

— Pode levá-lo com você? Não vai demorar muito. Assim que sair da auto-estrada, eu a encontrarei na festa e o levarei para casa.

— Tudo bem, tudo bem — ela disse, pegando a sacola de fraldas e sua bolsa, dando o endereço a Steve e correndo porta afora.

O nome da anfitriã era — Kelly abriu sua agenda enquanto saía do táxi — Dolores Wartz e o evento era uma festa de Natal para suas ex-colegas de irmandade no salão de festas de um prédio. Dolores Wartz tinha uns 40 anos, uma mulher atarracada como um buldogue, com uma maquiagem pesada ressecada nos sulcos que corriam dos cantos de sua boca até o queixo e batom da cor e da consistência de geléia de morango solidificado em seus lábios.

— Kelly Day? — ela disse, sorrindo. O sorriso evaporou assim que viu o bebê.

— O que é isso?

— Este é meu filho, Oliver — Kelly falou. "Ele não é um o quê, é um quem". — Sinto muito sobre isso. Meu marido devia estar em casa, mas acho que houve um acidente grave na 95... — Oliver contorceu-se em seu colo e lá estava o som inconfundível, sem falar no cheiro, de um bebê enchendo a fralda. "Merda", Kelly pensou. — Vou dar um pulo rápido no banheiro. Meu marido deve chegar aqui a qualquer minuto.

— Espero que sim — Dolores Wartz falou, passando o dedo no pesado broche de ouro da irmandade na lapela. "Ótimo", Kelly pensou. Correu para o banheiro, onde não havia, é claro, um trocador. Trancou um reservado, botou o bebê no chão, tentando não pensar nos germes que rastejavam pelos ladrilhos, ajoelhou-se e o trocou o mais rápido que podia. Lavou as mãos e correu de volta para o saguão, onde Dolores Wartz a estava encarando e Marnie Kravitz, a assistente de Elizabeth, mudava o peso do corpo de um pé para o outro como uma criança pequena que precisa ir ao banheiro, mas tem medo de pedir permissão.

— Kelly — Marnie falou.

— Sim? — Kelly disse, percebendo que Marnie levara a ordem de "vestuário festivo da estação" muito a sério. Estava usando uma saia verde, meia-calça vermelha e branca com estampa de flocos de neve e um suéter vermelho com renas brancas e peludas brincando por cima dos seios.

— Estamos tendo uma *crise* — ela falou, pondo a mãos em cima do nariz piscante de Rudolph para enfatizar. — Não temos *guardanapos*!

Kelly afastou o olhar das renas hipnóticas de Marnie.

— Como disse?

— As toalhas de mesa vieram, e as bebidas, e o bufê está sendo organizado, mas eles acharam que a florista traria os guardanapos e a florista disse que você só lhe falou para trazer toalhas de mesa...

Ah, não. Kelly pegou o Palm Pilot e viu que sua luz vermelha estava piscando. Sem bateria. Que sorte. E Marnie estava praticamente torcendo as mãos. Kelly viu que ela havia pintado as unhas em listras alternadas de vermelho e verde.

— O que vamos fazer? — Marnie gemeu.

Kelly procurou dentro da bolsa e entregou à Marnie seus 50 dólares para emergências.

— Vá correndo ao Seven-Eleven na JFK e compre alguns.

Os olhos de Marnie se arregalaram.

— Mas só vão ter de papel! Kelly, não podemos usar guardanapos de papel!

— Não é o fim do mundo — Kelly disse. Tentou manter um tom de voz despreocupado, mas Dolores Wartz a olhava como se houvesse vermes saindo de sua boca. Oliver aproveitou a oportunidade para balançar a mão e lhe dar um tapa na orelha. Steve, ela pensou, porcaria, enquanto seu ouvido zumbia, onde estava Steve?

— Não podia contratar uma babá? — Dolores Wartz perguntou friamente.

Kelly respirou fundo.

— Como eu disse, meu marido estará aqui assim que puder.

— Tenho dois filhos. Doze e quatorze — Dolores Wartz disse. Ela não falou mais nada. Mas também, Kelly pensou, não precisava. As entrelinhas eram perfeitamente claras. "Eu tive dois filhos e nunca tive de levar nenhum dos dois para o trabalho comigo. Tive dois filhos e me saí muito melhor do que você está se saindo."

— Vou ver como está o bufê — Kelly falou. Ajeitou Oliver no quadril e passou correndo pelos primeiros convidados, pelo bar arrumado em um canto, para dentro da cozinha, onde se jogou contra a lateral dos fornos e fechou os olhos.

— Ai, que gracinha! — uma das garçonetes falou.

— Você o quer? — Kelly perguntou. — Não estou brincando. Pegue-o. Ele é seu.

Olhou em volta. Coquetel de camarão, bolinhos de siri, canudinhos de queijo. Muito criativo, pensou, enquanto as garçonetes enchiam bandejas de prata e saíam em fila pela porta.

Pegou um canudinho de queijo de uma bandeja e o comeu rápido, percebendo que não tinha comido nada o dia todo, a não ser expresso. Estava terminando um bolinho de siri quando uma mulher sorridente num conjunto lavanda enfiou a cabeça para dentro da cozinha.

— Sinto incomodá-la, mas sabe onde encontro um guardanapo? — ela apontou pesarosamente para uma gota de molho de coquetel em sua lapela e sorriu para Oliver.

— Ah, que fofinho!

Kelly lhe deu um sorriso agradecido e procurou um pacote de lenços umedecidos dentro da sacola de fraldas.

— Isto deve resolver.

— Perfeito! — disse a mulher. Ela secou o molho, apertou o pé de Oliver e saiu pela porta no momento em que as garçonetes voltavam.

— Ei — disse uma delas, olhando para a cabeça de Kelly. — Você está com um... — esticou duas unhas longas e retirou algo do cabelo de Kelly. Kelly piscou. Um sucrilho. Ela dera um pouco para Oliver no dia anterior. Andara com um sucrilho preso no cabelo durante 24 horas?

— Nova moda — Kelly disse decisivamente.

— Com licença.

Dolores Wartz entrara empurrando a porta.

— Kelly, seu marido está aqui.

"Obrigada, Senhor", ela pensou. Conseguiu dar um sorriso para Dolores antes de sair meio correndo meio andando pela porta e enfiar Oliver nos braços do pai.

— Vá, agora! — falou chiando.

— Por quê? — Steve perguntou — Alguma coisa está pegando fogo?

— Só vá! — ela disse, tentando enfiar a sacola de fraldas debaixo do braço de Steve. — Eu tenho de trabalhar!

Steve olhou para cima.

— Ei — ele disse. Ela seguiu seu olhar. Azevinho. Sobrara da festa de outra pessoa, pensou.

Ele se inclinou para a frente e deu um beijinho em sua bochecha.

— Vá — ele disse. — Eu a vejo depois.

Ela limpou as mãos na saia e encarou a multidão — 60 mulheres, a maioria com copos de vinho nas mãos, mordiscando canudinhos de queijo e balançando-se ao som das músicas natalinas.

O bar estava movimentado; Marnie dera alguns guardanapos para as garçonetes e colocara mais nas mesas de apoio. Sob controle, Kelly pensou, e permitiu-se relaxar.

Às 23h, a equipe do bufê tinha ido embora, as convidadas haviam partido, a última toalha de mesa fora dobrada, a última louça trocada. Kelly deu boa noite a Dolores Wartz, que resmungou algo de volta. Tirou os sapatos no elevador e mancou até a calçada. Finalmente conseguiu achar um táxi e havia se instalado no banco de trás impregnado do cheiro de incenso de morango quando seu celular tocou.

— Kelly? — a voz de Elizabeth estava mais fria que Kelly jamais ouvira. — Acabei de receber um telefonema muito desagradável de Dolores Wartz. Quer me dizer o que aconteceu?

— Nossa, que rapidez — Kelly disse. Parecia que a velha e boa Dolores não perdera tempo dando oi ou boa noite para seus filhos. Tinha de ir direto para o telefone e me dedurar.

— Olhe — ela começou —, houve um acidente na 95. Steve se atrasou, então tive de trazer Oliver, mas ele só ficou, tipo, uma meia hora e não estava incomodando ninguém.

— Dolores disse que ele estava chorando e que em momento algum foi levado para fora.

— Ele não estava chorando — Kelly disse. — Talvez ele estivesse fazendo barulho, mas não estava chorando. E, Elizabeth, ele é um bebê, não um saco de lixo!

— Ela ficou muito decepcionada — Elizabeth continuou. — Disse que você estava prestando mais atenção ao bebê do que à festa.

"Bem, a festa não precisava trocar a fralda", Kelly pensou, mas mordeu os lábios e não falou nada.

— Está pedindo o dinheiro de volta.

Kelly fechou os punhos. Levou um instante para reconhecer a sensação estranha que fazia suas pálpebras formigarem com as lágrimas. Era algo que não sentia desde a quinta série, quando o diretor a chamara em sua sala e dissera que, apesar de admirar o espírito empreendedor de Kelly, não era correto que ela cobrasse entrada para o trepa-trepa. Ela estava encrencada. Não. Pior. Fizera algo errado.

— Tudo bem — disse. — Qualquer que fosse minha comissão, pode mandar para ela. Diga-lhe que sinto muito por ter ficado tão decepcionada.

— Ótimo — Elizabeth fez uma pausa. — Kelly, tivemos essa conversa quando você voltou a trabalhar. Precisa aprender a manter sua vida pessoal e profissional separadas.

— Eu sinto muito, Elizabeth — Kelly falou, sentindo-se algo entre profundamente envergonhada e furiosa. — Mas não posso controlar o trânsito!

— Devia ter tido um plano de emergência preparado...

— Bem, está claro... — Kelly forçou-se a calar a boca. Ela respirou fundo. — Eu sinto muito — disse novamente. E sentia, mas não pelas razões que Elizabeth provavelmente pensava. Ela sentia por Oliver, sentia por tê-lo sujeitado a passar nem que fosse um minuto em uma sala cheia de megeras venenosas que não conseguiam ser nem um pouco compreensivas ou minimamente gentis.

— Pode lhe mandar meu dinheiro — falou.

— Ótimo — Elizabeth disse. Sua voz ficou uma fração mais calorosa. — Vamos tentar deixar isso para trás, Kelly. Você sabe que é uma de minhas funcionárias mais valiosas.

Kelly esfregou as pálpebras com os punhos e determinou-se a não chorar.

— Eu sinto muito — disse novamente.

— Ligo para você de manhã — ela fechou o telefone, colou a bochecha contra o vinil preto rachado do banco de trás e chorou durante os 16 quarteirões até sua casa.

BECKY

A guerra começara de forma bastante inocente, com um pacote pelo correio endereçado, no garrancho de Mimi, a uma A. RABINOWITZ. Mimi ainda não desistira da idéia de que sua neta deveria ter se chamado Anna Rabinowitz. "Como se ela fosse morrer se escrevesse Rothstein, Becky pensou, enfiando o pacote debaixo do braço. Jogou-o na bancada da cozinha e esqueceu sobre o assunto durante dois dias. Quando finalmente o abriu, não tinha certeza do que estava vendo quando algo acetinado escorregou para fora da caixa. Algo feito de losangos vermelhos e verdes, com o nome de Ava bordado no alto.

— Isto é o que eu acho que é? — perguntou para Andrew, segurando o item ofensivo com as pontas dos dedos.

Andrew deu uma olhada rápida.

— É uma meia de Natal — ele disse.

— Andrew...

Seu marido olhou para cima, desviando os olhos da xícara de café.

— Pode ser uma surpresa para você, mas acontece que somos judeus.

— Bem, é, mas... — ele deu de ombros e tomou outro gole. — Mimi comemora o Natal. E, agora que ela está na cidade, acho que quer comemorar conosco.

— Como assim, Mimi comemora o Natal? É como *Debbie Dá em Dallas?* — Becky virou a caixa de cabeça para baixo e deu um gemido quando um babador vermelho e verde com O PRIMEIRO NATAL DO BEBÊ! escrito caiu.

Andrew serviu-se de mais café.

— Ela acha que, só porque somos judeus, não é motivo para sermos privados do Natal.

— Nós não acreditamos em Jesus. É uma boa razão.

— Becky, por favor, não vamos brigar.

Ela dobrou a meia e a colocou de volta na caixa.

— Então você tinha uma árvore de Natal?

Andrew assentiu.

— Pendurava meias?

Outro aceno com a cabeça.

— Cantava canções natalinas?

— Às vezes — ele pôs leite na xícara. — Ela achava que o Natal era mais um feriado nacional leigo que um evento religioso.

— Mas... — a mente de Becky estava rodopiando. — Então agora ela acha que Ava vai comemorar o Natal.

Ele encolheu os ombros, mudando o peso do corpo na cadeira.

— Nunca discuti isso com ela.

— Bem, acho que devemos. Nem vamos estar aqui no dia 25, lembra-se? Temos passagens para ir visitar minha mãe.

— Então, eu direi a ela — Andrew disse. — Não é nada demais. Sério, não é. Vou ligar para ela amanhã à noite.

Mas, bem cedo na manhã seguinte, havia alguém batendo na porta e dois metros de pinheiro nos degraus da frente.

— Obrigada, mas não precisamos de uma árvore — disse Becky ao homem baixinho de *jeans* e jaqueta dos Eagles praticamente escondido pelos galhos.

— Entrega — ele grunhiu, balançando a árvore na cara dela. Agulhas de pinheiro caíram em volta de seus pés.

— Já foi paga. Assine aqui, por favor.

— Deixe-a no meio-fio — disse Becky depois de assinar.

— Está falando sério? — o homem perguntou.

— Pode ficar com ela, se quiser.

O homem olhou para Becky, olhou para a árvore, balançou a cabeça, cuspiu na calçada e deixou a árvore encostada na escada.

— Feliz Natal — falou.

— Feliz Chanukah — Becky gritou e fechou a porta, jurando que ela e Andrew teriam uma discussão séria a respeito do verdadeiro significado do Natal no que concernia à família Rothstein-Rabinowitz assim que ele chegasse do trabalho.

Vinte minutos depois, o telefone tocou.

— Ah, você está em casa! — Mimi falou com um gorjeio. — A árvore chegou?

Becky se aprumou, tencionando os músculos, preparando-se para a briga inevitável.

— Sim, Mimi, a respeito daquela árvore.

— Não é maravilhosa? — a sogra perguntou. — Adoro o cheiro de um pinheiro verdinho!

— Ouça, Mimi, quanto à árvore... nós não somos cristãos.

— Ora, eu sei disso, boba! — Mimi riu.

— Então... — Becky estava começando a sentir como se tivesse escorregado para dentro do País da Maravilhas, onde em cima era embaixo e embaixo era em cima e até os fatos mais simples e óbvios do mundo exigiam uma explicação elaborada.

— Nós não vamos comemorar o Natal. Não vamos nem estar aqui para o Natal. Vamos estar na Flórida. Portanto, não queremos a árvore.

Quando falou de novo, a voz de Mimi estava fria como o ar de dezembro.

— Não vão comemorar o Natal? — perguntou.

A mão de Becky apertou o telefone com mais força.

— Andrew e eu conversamos a respeito e é o que nós dois pensamos. É claro que você pode fazer o que quiser com Ava na sua casa. Mas nada de Natal aqui. Eu sinto muito.

— Você está cancelando o primeiro Natal da minha neta? — Mimi gritou.

"Deus me ajude", Becky pensou.

— Não. É claro que não. E, como eu disse, o que quer que você queira fazer na sua casa está bem, mas...

— Mas, e quanto à ceia de Natal? Quem é que vai fazer o PRESUNTO?

Presunto. Presunto. Será que Andrew falara em presunto?

— Eu fiz planos — Mimi choramingou. — Já convidei meus parentes. Como vou manter minha cabeça em pé se você cancelar? Já é ruim o bastante que você nem tenha podido chamar sua filha de Anna; um nome lindo, um nome clássico, o nome da minha mãe, caso tenha se esquecido...

Becky mordeu o lábio. De novo essa história.

— Mas aí você cancela o primeiro NATAL da minha neta! Já escolhi todas as receitas e tenho presentes para a minha neta para botar debaixo da árvore e você... sua... ESTRAGA-PRAZERES!

Becky sentiu um ataque de riso aflorando.

— Está bem, Mimi, não vamos perder a cabeça.

— Vocês têm de comemorar o Natal! — Mimi disse.

— Eu não tenho de fazer nada a não ser ficar preta e morrer! — Becky respondeu.

Isso fez Mimi calar a boca. Durante dez segundos inteiros.

— O QUE VOCÊ DISSE PARA MIM? — ela berrou.

— Quem lhe deu o direito de nos dizer o que fazer? — Becky perguntou. — Eu ligo para você e digo quem eu vou levar para a sua casa e que feriados você deve comemorar e o que deve cozinhar?

— Não fale assim comigo! Você passou dos limites! Passou muito dos limites!

— Como eu passei dos limites? — Becky perguntou. Sua risada desaparecera. Seu último fiapo de paciência também havia sumido. — Esta é a nossa casa e Andrew e eu temos todo o direito de decidir o que fazer aqui. Podemos botar o nome que quisermos no nosso bebê, podemos comemorar o que quisermos, podemos convidar quem quisermos.

— Aposto que isso tudo foi idéia da sua mãe — Mimi declarou. — Aposto como sua MÃE queria que você cancelasse o NATAL de Ava. Ela consegue tudo o que quer e eu sou deixada à míngua! Não consigo nada! Não é justo!

Becky respirou fundo, determinada a não morder a isca ou citar mais nenhum diálogo de filme para a sogra.

— Se quer comemorar o Natal, é você quem sabe. O que Andrew e eu fazemos na nossa casa, com nossa filha, é decisão nossa.

A voz de Mimi estava gelada.

— Se você insiste em ir visitar sua mãe, eu nunca mais porei os pés em sua casa de novo.

"Aleluia", Becky pensou.

— Bem, eu sinto muito que pense assim — ela disse calmamente. — Mas Andrew e eu já discutimos isso. E nossa decisão é definitiva.

— Sua... sua... — houve um grito ultrajado, sem palavras. Depois, um sinal de discar. Mimi desligara na cara dela.

Becky ficou olhando para o telefone. Achava que ninguém desligara na sua cara desde a sexta série, quando ela e Lisa Yoseloff haviam brigado sobre de quem era a vez de se sentar atrás de Robbie Marx no ônibus. Fechou os punhos trêmulos e olhou para Ava, que estava sentada no chão da cozinha, batendo alegremente seus copinhos de plástico um no outro.

— Odeio ter de dizer isso, mas a sua avó é louca.

— Ehgah? — Ava disse.

— Se "ehgah" é louca em linguagem de bebê, é. Mas não se preocupe — ela pegou o telefone. — Vamos ligar para o papai e resolver essa situação.

— Podemos trocar as passagens? — Andrew perguntou.

Becky apertou o fone contra a orelha. Devia ter entendido errado. Havia lhe contado a história toda, da entrega da árvore até as ameaças de Mimi e era essa a reação dele?

— Andrew. Sua mãe me chamou de estraga-prazeres, desligou o telefone na minha cara e parece estar tendo algum tipo de fantasia psicótica na qual acha que eu vou preparar o presunto de Natal dela. Está fora de controle. Acho que deixar a cidade é a coisa mais sábia que podemos fazer.

Ela o ouviu suspirar.

— Mimi acabou de me ligar. Está bem chateada.

Outro suspiro.

— É, eu imaginei isso quando ela desligou na minha cara. Olhe, Andrew, ela está tendo um chilique.

— Pode-se dizer que sim — Andrew admitiu.

— E sabe o que você faz quando uma criança tem um chilique? Você não lhe dá o que ela quer. Você simplesmente se afasta. Você lhe diz que ela precisa se acalmar e que não vai falar com ela até que se acalme.

— Só acho que seria mais fácil se...

— ...nós dermos a ela o que ela quer. Eu sei. Mas olhe para o histórico! Sempre lhe damos o que quer e ela nunca fica feliz. Não a longo prazo. Na verdade, nem a curto prazo. Não podemos ficar fazendo a mesma coisa de novo e de novo, dar a ela o que ela quer e dar a ela o que ela quer e deixar que ela tenha um ataque de qualquer maneira. Não está funcionando. Você não vê isso?

Houve uma pausa.

— Becky... — Andrew começou.

"...ela é minha mãe", Becky concluiu em sua cabeça. Sentiu seu coração afundar. Como pôde não prever isso? Seu marido, o maravilhoso, lindo, sensual Andrew era um filhinho da mamãe da melhor qualidade. Ele nem era realmente casado com ela. Era casado com Mimi. Eram os desejos de Mimi que vinham primeiro, os ataques de Mimi que lhe conseguiam exatamente o que ela queria. Becky só o estava acompanhando.

— Por que não ligamos e vemos se podemos partir um dia depois do Natal em vez de um dia antes? — Andrew falou. — Não é tão grave assim. Ainda vamos passar a semana inteira com sua mãe. Daremos a Mimi o dia dela; vamos deixar que ela tenha seu Natal.

Becky balançou a cabeça.

— Não — ela falou. Sua voz estava tranqüila, mas firme. Ela não ia dar uma de Mimi. Não ia gritar ou ameaçar ou bater o telefone. Mas não ia mudar de idéia. — Não.

— Não está disposta a fazer nem isso? — Andrew perguntou. — Dar a ela um dia só?

— Não é o dia; é o princípio da coisa. Temos de estabelecer algum limite, senão vamos passar o resto de nossas vidas com Mimi comandando o espetáculo.

A voz dele estava ficando mais indignada.

— Não é assim.

Becky pensou em todos os exemplos que podia lhe dar; as dúzias de pequenas maneiras através das quais Mimi os manipulava e os debilitava. O bolinho de mirtilo que enfiara pela garganta de Ava abaixo; o laço que prendera com goma de farinha em sua cabeça, as multas de estacionamento que jogara pelo buraco da porta. A forma como não havia nenhuma foto de Becky e Ava em sua casa; só fotos de Mimi e Ava e Andrew e Ava, como se os dois tivessem criado o bebê em laboratório ou pego em uma árvore. O vestido de noiva que Mimi usara no casamento deles. "The Greatest Love Of All."

— Pense em Ava — ela disse em vez disso. — O que você acha que isso está ensinando a ela? Aquela que grita mais alto, que xinga e desliga o telefone na cara das pessoas consegue o que quer? Que você pode dizer a seus filhos como devem viver suas vidas? Nunca deixá-los decidir nada por si mesmos? Nunca deixá-los crescer?

— Mimi não é mais jovem — ele falou. — Ela não é jovem e está sozinha. Sou tudo o que ela tem.

— E você pode estar presente na vida dela — Becky disse. — Ela é sua mãe. Você é filho dela. Eu entendo isso tudo. Mas eu sou sua esposa. Ava é sua filha. Devíamos vir primeiro, não acha? Pelo menos em alguns momentos?

Houve uma pausa.

— Você realmente disse a ela que não tinha de fazer nada a não ser ficar preta e morrer? — Andrew perguntou.

Becky torceu um cacho em torno do dedo.

— Saiu sem querer. Desculpe-me.

Ela o ouviu suspirar como se estivesse bem ali na cozinha com ela.

— Vou falar com ela — ele disse baixinho, como se estivesse falando consigo mesmo. — Vai dar tudo certo.

Andrew só chegou em casa às 22h naquela noite e, quando entrou pela porta, seu rosto estava cinza e seus olhos, vermelhos. Becky olhou para cima, do chão onde estivera brincando com Ava, mantendo-a acordada muito além de sua hora de dormir para que seu pai pudesse vê-la antes.

— Suponho que as coisas com Mimi não tenham corrido bem?

Andrew balançou a cabeça.

— Ela falou que nunca lhe dissemos que íamos para a Flórida.

Becky sentiu a raiva subir.

— Temos de pedir permissão a ela para irmos a qualquer lugar? Vou verificar no *ketubah,** mas tenho quase certeza de que ele não diz nada sobre precisar da permissão da minha sogra para viajar nas férias.

— E ela está decepcionada por não passar o Natal com a neta.

— Bem, o médico é você, mas acho que ninguém nunca morreu de decepção — Becky falou, tirando um bloco de madeira da boca de Ava, onde ela o estivera passando por cima do único dente que nascera, na semana anterior. — Vá com calma, vampira.

— Khhee! — disse Ava, e se torceu de lado à procura de outra presa.

— Então, você fez pé firme?

Andrew assentiu.

— Ela estava chorando.

— Sinto ouvir isso — ela falou. — Mas ela vai superar, não vai?

Andrew afundou em uma poltrona. Ele pegou um dos blocos de Ava e começou a girá-lo nas mãos.

— Não tenho certeza.

— Ah, qual é. Isso não vai matá-la. Ela só tem de aprender a chegar a um meio-termo. Você é casado agora. Não pode tê-lo à disposição, fazendo tudo o que ela quer. E, como eu lhe disse, ela pode fazer o que

*Contrato de casamento entre o noivo e a noiva, feito em casamentos judeus. (*N. da T.*)

quiser em termos de feriados, religião, o que for, na casa dela. Só não pode nos dizer o que fazer aqui.

Andrew enterrou o rosto nas mãos. Becky ficou de pé e passou os braços em volta dos ombros dele.

— Vamos superar isso. E aí vamos estar na Flórida. Diversão e sol! Areia e ondas! Vamos pôr Ava naquele maiozinho de lagosta e deixá-la flutuar na parte rasa. Certo, Ava?

— Ish! — disse Ava, e enfiou outro bloco na boca.

— Amiga, o que foi que eu falei sobre comer madeira? — perguntou Becky. Ela substituiu o bloco por um mordedor e beijou a orelha de Andrew.

— Vai ficar tudo bem — disse. — Ela vai encontrar outra pessoa para cozinhar seu presunto e algum dia vai se casar de novo e, quando voltarmos da Flórida, vai ter se esquecido de tudo isso.

Andrew olhou para ela desoladamente.

— Espero que você esteja certa.

AYINDE

— Desculpe-me pelo atraso — disse a Dra. Melendez, entrando correndo na sala de exames. Ela parou na beira da mesa e sorriu para Julian, que lhe deu um sorriso banguela de volta.

— Nossa — falou. — Que anjinho!

Ayinde sentiu seu corpo relaxar e sorriu para o filho. Seu casamento podia estar uma bagunça, mas pelo menos ela estava se saindo bem como mãe. Bem, mais ou menos.

— Perdeu a consulta dos seis meses, não é? — A médica ralhou. Ayinde olhou para suas botas forradas de pêlo.

— Estávamos ocupados — ela disse. A Dra. Melendez só assentiu. Seria possível que ela não soubesse o que estava acontecendo na vida de Ayinde e Julian ou estava apenas sendo educada? — Eu sinto muito. Devemos estar atrasados com as vacinas.

— Não é nada sério — a médica falou, olhando dentro do ouvido de Julian. — Só não quero que transforme isso em hábito. Conte-me como têm andado as coisas — ela disse, passando as mãos com destreza pelo corpo de Julian enquanto os dois estudantes de medicina atrás dela observavam. Mexeu nos pés dele, apertou seus joelhos para dentro até tocarem um no outro e depois deixou que se separassem. — Ele já está se locomovendo?

— Não está engatinhando, mas senta-se direitinho e tenta alcançar as coisas. E balbucia muito e tenta se erguer pela beirada do sofá — Ayinde fez uma pausa para respirar.

— Parece muito bom — disse a médica, botando o estetoscópio nos ouvidos. Ela ouviu, olhou a ficha de Julian, depois escorregou o estetoscópio para outra parte do peito dele e franziu o cenho.

— Hmm.

A respiração de Ayinde ficou presa na garganta.

— Está tudo bem?

A Dra. Melendez ergueu um dedo pedindo silêncio. Ayinde observou o segundo ponteiro do relógio andar. Dez segundos, quinze, vinte. Ela fechou os olhos.

— Está tudo bem? — perguntou novamente.

A Dra. Melendez tirou o estetoscópio e olhou para a ficha de Julian de novo.

— Julian já teve algum problema para respirar? Já percebeu se ele respira rapidamente?

— Não — Ayinde falou, balançando a cabeça. — Não, nunca.

— Alguém já lhe falou que Julian tem um sopro no coração?

Ayinde afundou no banco de rodinhas perto da mesa de exames.

— Não — disse. — Não. Ele era perfeito. Nasceu antes de completar as últimas semanas, mas, fora isso, ele era perfeito.

— Bem, ele tem um pequeno sopro e eu gostaria que um cardiologista ouvisse. E provavelmente desse uma olhada.

Ayinde inclinou-se para a frente e levantou Julian, ainda só de fralda, nos braços.

— Qual é o problema? — perguntou. Sua voz estava se elevando e seu coração batia contra as costelas. — Qual é a gravidade de um sopro no coração?

— Muitas vezes, não é nada sério — a Dra. Melendez falou, agachando-se para ficar na mesma altura de Ayinde. — O sopro por si só não nos diz muita coisa. Sopros no coração são muito comuns e freqüentemente são indicativos de um problema que se corrigirá sozinho com o tempo. Julian é saudável e tem progredido bem, como você disse, e seu crescimento, bem, como pode ver, não temos problemas quanto a isso.

Ayinde pegou-se assentindo rapidamente. Julian estava na faixa de 95% e 80% com relação ao peso desde que nascera. "Meu garotão", Richard costumava chamá-lo, quando eles ainda se falavam.

— Há boas chances de que possa ter um problema que iremos observar durante seu crescimento ou algo que possamos controlar com medicação.

— E se não for?

— Bem, há opções cirúrgicas — a Dra. Melendez disse. — Mas não vamos pôr o carro na frente dos bois. A primeira coisa que precisamos fazer é descobrir com o que estamos lidando. — Ela pegou o bloco de receitas e começou a escrever. — Quero que vejam meu colega, o Dr. Myerson.

Ayinde sentiu-se tonta. Ajeitou Julian nos braços.

— Então devemos marcar uma consulta?

— Sim — disse a Dra. Melendez, entregando-lhe uma folha de receita com um nome, um número de telefone e um endereço. — Ele provavelmente os verá na semana que vem. E quero que fique de olho em Julian. Se perceber que ele está tendo dificuldade para respirar — se estiver engasgando ou se seus lábios ficarem azuis —, quero que nos ligue imediatamente e o leve para o pronto-socorro mais próximo. Não acho que haja muitas chances de isso acontecer — continuou, pondo a mão em cima do braço de Ayinde. — Se algo fosse dar errado, já teria acontecido. Há boas chances de que ele esteja bem. Só quero ter certeza.

Ayinde assentiu e disse obrigada. Enfiou Julian em suas roupas e em seu carrinho. Botou a receita dobrada no bolso e dirigiu-se até o estacionamento na garagem, onde prendeu Julian na cadeirinha do carro, despencou atrás do volante e ligou para Becky.

— Seu marido conhece algum cardiologista pediátrico?

— O que houve? — Becky perguntou imediatamente.

— Julian tem um sopro no coração.

— Ah. Ah. Está bem, não entre em pânico. Muitos bebês têm.

— Eu sei, mas temos de ver esse Dr. Myerson e ele pode não ter hora até a semana que vem e Richard está viajando. Eles têm jogos, e acho que não posso esperar tanto tempo.

— Ayinde — Becky falou. — O bebê não vai se auto destruir. Mas deixe-me ver se Andrew pode pedir um favor a alguém.

— Obrigada — Ayinde disse. Ficou muito tempo olhando para o telefone, os pensamentos voltando-se para a mulher em Phoenix. Ela fora proibida de ver TV, proibida de ler revistas: "A ignorância é uma bênção", Christina Crossley lhe dissera. "Acredite, já passei por isso o suficiente para saber que quanto menos você souber, melhor", mas Ayinde vira o rosto da outra mulher olhando para ela de uma dúzia de bancas de jornal e, uma vez, comprara uma cópia do *National Examiner* e a lera no carro enquanto Julian cochilava na cadeirinha. O nome da garota era Tiffany e ela não passava de uma menina de 21 anos que largara a faculdade no terceiro ano e trabalhava meio expediente como dançarina antes que as afeições de Richard Towne a elevassem a objeto de escrutínio nacional. O coração do bebê de Tiffany não teria problema algum.

Ayinde botou as mãos trêmulas nos bolsos, forçando-as a ficarem imóveis. Richard estava em Boston, ela achava — ultimamente não seguia atentamente aonde ele estava indo e contra quem estava jogando. Discou o número para o qual não havia ligado desde que estivera no hospital, nove meses antes. "É melhor ele atender desta vez," pensou, e sentiu o alívio percorrê-la quando o telefone foi atendido ao primeiro toque.

— Alô?

Não era Richard. Era Christina Crossley, que comandava os telefones celulares da família.

— Christina, aqui é Ayinde. Estou no consultório médico com Julian. Preciso falar com Richard imediatamente.

— Por quê? Há algo errado?

Ayinde quase podia ouvir a mente da outra mulher funcionando, percorrendo possíveis problemas, avaliando o possível impacto que poderiam ter na campanha que ela estava promovendo para salvar a imagem de Richard e, por conseguinte, seus contratos de patrocínio.

— Preciso falar com Richard — Ayinde disse. — Agora.

— Deixe-me encontrá-lo — Christina Crossley falou. Segundos depois, Richard estava na linha.

— Ayinde? É você?

— Preciso que volte para casa — ela conseguiu dizer. — Há algo errado com o bebê.

— Doutor, eu não entendo — Ayinde disse ao Dr. Myerson enquanto ele pesava e media Julian. Andrew mexera sabe lá Deus quantos pauzinhos e conseguira uma consulta no primeiro horário do dia seguinte. Richard pegara um avião de volta de Boston e eles passaram a maior parte da noite olhando para Julian, que dormia pacificamente entre os dois na cama. Ficaram ouvindo cada inalação dele, verificando seus lábios para se assegurarem de que não estavam azuis até que, às duas da manhã, Richard passara um cobertor em volta dos ombros da esposa e dissera:

— Vá dormir. Eu cuido disso.

Era a primeira vez que ela dividia a cama com seu marido em meses.

— Ele estava ótimo quando nasceu, sempre esteve bem desde então, ele come bem, atingiu todas as metas de crescimento... — ela procurou desajeitada pelos registros de O *sucesso do bebê!* que mantinha meticulosamente, um relato diário de quanto tempo ele mamara, o que ele comera, fraldas molhadas, fraldas sujas, o horário e a duração de suas sonecas.

— Às vezes, esses problemas não aparecem de imediato — o médico falou. O Dr. Myerson tinha uns 50 anos, cabelo ralo, sapatos pretos lustrosos e dedos curtos e roliços que Ayinde já decidira que não queria nem perto do coração de seu bebê, mesmo Andrew tendo lhe assegurado de que ele era o melhor. Melhor ou não, ele não era delicado como a Dra. Melendez. Ayinde rezava para que isso significasse que era bom em sua profissão.

— Muitos cirurgiões são meio arrogantes — Becky lhe dissera uma vez.

— E Andrew? — Ayinde perguntara e Becky encolhera os ombros e dissera que esperava que seu marido fosse a rara exceção.

O Dr. Myerson ouviu o coração de Julian por 20 segundos antes de tirar o estetoscópio, entregando o bebê de fraldas de volta para a mãe, e virar-se para Richard e Ayinde. Richard procurou a mão de Ayinde e, pela primeira vez desde aquela tarde da Senhorita Phoenix, ela deixou que ele a pegasse.

— Muito bem — disse o médico. Sua voz era aguda e áspera. Ele parecia um personagem de desenho animado. — Pelo que posso dizer só de ouvir, apostaria que Julian tem um problema no septo ventricular; um buraco entre o lado direito e esquerdo do coração.

O mundo flutuou diante dos olhos dela.

— O que isso significa? — Ayinde perguntou.

— Por que ninguém nunca percebeu antes? — Richard perguntou. — Ele fez *check ups* todos os meses, certo?

— Todo mês pelos primeiros três meses e depois a cada três meses — ela disse, omitindo o fato de que tinham atrasado a consulta dos seis meses. — Ele estava perfeito.

— Como eu disse, esses problemas nem sempre se apresentam no nascimento. Agora, respondendo à sua pergunta, Sra. Towne, bem, deixe-me lhe mostrar. — Ele pegou algo em uma bancada, um modelo de plástico azul e vermelho de um coração de bebê. "Tão pequeno", Ayinde pensou.

"Veja — ele começou —, o coração tem quatro câmaras, os átrios esquerdo e direito e os ventrículos esquerdo e direito. Normalmente, os átrios esquerdo e direito são separados pelo septo atrial e... — ele apontou — os ventrículos esquerdo e direito são separados pelo septo ventricular.

— E Julian tem um buraco... — Ayinde apertou o bebê com mais força, pensando, como havia pensado a noite inteira, que ele parecia completamente saudável. Alto e com membros compridos, olhos marrons brilhantes e a pele lisa e morena do pai. Nunca tivera uma gripe. Nem um espirro. Agora, isso.

O médico apontou de novo.

— Aqui. Entre os dois ventrículos. Não é um defeito raro.

— Pode dizer isso só de escutar? — Richard perguntou.

O médico envaideceu-se e assentiu.

— Isso... — a respiração de Ayinde ficou presa na garganta. — Isso o machuca?

O médico sacudiu a cabeça.

— Ele não sente nenhuma dor.

— Como consertamos isso? — Richard perguntou. — Ele precisa de cirurgia?

— É cedo demais para dizer — o médico respondeu. — Pode ser que só precisemos ficar de olho e fechará por conta própria, sem problemas.

Richard limpou a garganta.

— Ele vai poder correr? Fazer esportes?

Ayinde olhou para o marido sem acreditar. Richard apertou a mão dela com mais força.

— Só quero saber se ele vai ficar bem — Richard falou.

O médico estava rabiscando alguma coisa em uma folha de papel.

— Na melhor das hipóteses, ele não vai ter nada e o buraco vai se fechar sozinho. Como eu disse, esse tipo de desordem não é rara e vamos apenas observá-lo. Para começar, ouviremos seu coração toda semana, e então, se ele permanecer assintomático, o ouviremos com menos freqüência. Ele vai ter de tomar antibióticos antes de ir ao dentista e será mais ou menos só isso. Terá uma vida longa e feliz. Eu gostaria de fazer mais alguns procedimentos de diagnose.

Ayinde abaixou a cabeça.

— Por que isso aconteceu? — perguntou.

— Gostaria que a medicina tivesse uma resposta para isso, mas não tem. — A voz áspera do médico tornou-se cada vez mais suave. — É uma malformação de nascença comum. Um em cada cem bebês tem um problema no coração. Às vezes é má nutrição ou falta de cuidados pré-natais, mães que usam drogas enquanto estão grávidas... — ele olhou para Ayinde.

Ela balançou a cabeça antes que ele pudesse perguntar.

— Nada. Posso ter tomado uma ou duas taças de vinho antes de sabermos... antes de termos certeza... mas...

— Não se culpe — ele falou. — Nenhum pai gosta de ouvir isso, mas é... — ele encolheu os ombros, as mangas de seu jaleco subindo. — É uma dessas coisas que acontecem.

Ayinde começou a chorar. Richard apertou suas mãos.

— Vai ficar tudo bem — disse.

Ela sentiu seu próprio coração descompassado no peito. A tontura estava ficando mais forte. "Eu fiz alguma coisa", pensou... mas o que poderia ter sido? O que ela podia ter feito para causar isso a si mesma, a seu bebê?

Virou-se para longe dele, andando em direção à porta.

— Preciso dar uns telefonemas.

Richard a segurou com mais força.

— Ayinde...

— Por que eu não lhes dou alguns minutos? — o Dr. Myerson falou e saiu pela porta quase antes que as palavras saíssem de sua boca. Ayinde ficou imaginando como ele acabara tendo essa profissão, dando más notícias às famílias dia sim, dia não, e como lidava com isso. Será que queria ir para casa todas as noites e chorar?

Ela levantou o rosto para encarar o marido.

— Quero ligar para minhas amigas. Quero que fiquem aqui comigo. O marido de Becky é médico, e sua amiga, Lia... — sua garganta fechou. — Ela teve um bebê... — e ficou sem palavras. Segurou Julian no colo, apertou o rosto contra o peito do marido e soluçou.

Ele ninou a cabeça dela com as mãos.

— Shh... shhh, Ayinde, shh, você vai assustar o bebê. — Envolveu o corpo dela em seus braços e a ninou junto ao bebê, segurando os dois contra seu peito largo. — Vai ficar tudo bem — disse.

— Como você sabe? — ela perguntou.

Ele deu um sorriso enviesado.

— Porque Deus não é tão cruel assim. Você já sofreu o suficiente.

Ela ficou imaginando o que Lia diria disso. Lia sabia a verdade. Deus era, às vezes, tão cruel assim.

— Deixe-me fazer algo por você — ele falou. — Deixe-me tomar conta de você. Sei que tenho feito um péssimo trabalho ultimamente, mas quero melhorar, Ayinde. Se você deixar.

Ela se pegou concordando.

— Fique com o bebê — ele esticou a mão para pegar o celular dela. — Deixe-me ligar para suas amigas.

Ela assentiu novamente e enxugou as lágrimas.

— Elas se chamam...

— Becky — Richard disse. — E Kelly, que é a baixinha, certo, a que o marido não está trabalhando? E quem é a outra?

— Lia — Ayinde falou. Ela estava se sentindo tão tonta quanto abismada. Como é que Richard sabia o nome de suas amigas? Só fora apresentado a Becky e Kelly uma vez, no hospital, no furacão depois da chegada de Julian, e nunca encontrara Lia. — Becky vai saber como encontrá-la.

Richard fez uma pausa.

— Quer que eu ligue para sua mãe?

Ayinde sacudiu a cabeça. Lolo achava que a filha estragara sua vida, que fizera um casamento ruim e que nada além de tristeza resultaria daquela união, e Ayinde não ia lhe dar nem a munição nem as provas de que ela estava correta.

— Eu já volto. Tome. — Ele encontrou um copo de papel, abriu a torneira e entregou um copo d'água para Ayinde. Então saiu pela porta, um homem alto de ombros largos movendo-se com a facilidade de um atleta, arrancando olhares das enfermeiras, de outras mães preocupadas, até de outras crianças. Ayinde colocou Julian em cima da mesa e, lentamente, cuidadosamente, delicadamente, começou a vesti-lo de novo.

— Ei, Ayinde — Becky devia ter vindo direto do Mas para a casa de Ayinde. Estava carregando duas sacolas de plástico e usando calças, xadrez branca e preta, camiseta de manga comprida, o cabelo enrolado no alto da cabeça e um avental sujo de verde. "Coentro", Ayinde pensou. Kelly estava logo atrás dela, de *jeans* e um moletom com zíper e capuz, o cabelo liso em volta dos ombros, círculos debaixo dos olhos e Oliver nos braços. Lia foi a última a entrar na cozinha, vestindo uma calça preta justa e suéter preto. Pintara o cabelo desde a última vez que Ayinde a vira. As raízes escuras e pontas louras haviam sido substituídas por uma bela juba castanha que caía em ondas abaixo dos ombros. "Sua aparência devia ser assim", Ayinde pensou distraidamente, "em sua vida real. Antes..."

"Eu trouxe o jantar — Becky falou, colocando as sacolas cheirosas na bancada. — Como estão as coisas? — perguntou.

— Eles ainda não sabem. O eletrocardiograma e os raios X não foram conclusivos — Ayinde recitou. — Amanhã de manhã ele tem de fazer algo chamado ecocardiograma transeofágico.

Richard dissera que havia explicado o básico — que Julian tinha um buraco no coração, que os médicos estavam fazendo mais exames. Um buraco no coração. Era quase poético. Há semanas ela andava por aí sentindo como se alguém houvesse aberto um buraco em seu próprio coração.

— É um procedimento ambulatorial, mas eles fazem com anestesia geral, e o médico tinha hora logo de manhã cedo. Onde está Ava?

— Na creche — Becky disse enquanto começava a desempacotar a comida que trouxera, abrindo uma série de caixas fumegantes de isopor, distribuindo guardanapos e talheres.

— Onde está Julian?

— No quarto dele. Com o pai. Desculpem-me por tirá-las do trabalho...

— Não seja boba — Becky falou. — Ainda que você possa ter de pedir desculpas a Sarah. Acho que ela quase desmaiou quando Richard ligou. Era como se Deus estivesse ligando para ver se Ele podia reservar uma mesa para as 19h30. — Passou para Ayinde um prato cheio de porco guisado, feijão-preto e arroz de açafrão. Ayinde o empurrou para longe.

— Não consigo comer nada. Não consigo comer, não consigo dormir... não consigo parar de pensar, sabe, e se acontecer alguma coisa, e se ele parar de respirar... — ela enterrou o rosto nas mãos.

— Ah, Ayinde — Becky disse. Kelly cobriu os olhos com as mãos. Era Lia quem estava sentada ao lado de Ayinde, foi Lia quem pegou suas mãos. Foi Lia quem ficou em silêncio e a deixou chorar.

— Ei, garotão — Richard disse.

Ele estava sentado em uma cadeira de balanço na sala de espera do hospital, as pernas compridas dobradas desconfortavelmente, com Julian no colo. Ayinde prendeu a respiração e parou no corredor. Ela fora ao banheiro jogar água no rosto, deixando Richard com o bebê.

—...então você vai dormir um pouquinho — Richard falou. Julian quase parecia pequeno como um recém-nascido novamente, encostado na dobra do braço de Richard. — E, quando você acordar, pode estar com a garganta um pouco dolorida e aí vamos saber o que há de errado com seu coração — bateu de leve no peito do bebê com seu dedo grosso.

"Pode ser que esteja tudo bem com você. Talvez tenha de ir um pouco mais devagar. Ficar quietinho. Ou pode ser que você tenha de fazer uma pequena cirurgia para consertá-lo. Mas, o que quer que aconteça, você vai ficar bem. Sua mamãe o ama tanto e seu papai também o ama. Vai ficar tudo bem, garotão. Vai ficar tudo bem.

Ele pegou o bebê nos braços e o ninou.

— Portanto, não se preocupe — disse. Ayinde viu que ele estava chorando. — Você não tem de jogar basquete. Não tem de fazer nada a não ser superar isso. Nós vamos amá-lo independente do que acontecer.

Ela limpou a garganta. O marido olhou para cima.

— Ei, gata — ele falou, e enxugou os olhos.

— Eu fico com ele agora — ela falou e esticou os braços para pegar o bebê.

— Deixe-me ficar um pouco com ele, está bem? — Richard pediu.

— Está bem — ela disse. Desta vez, foi ela quem procurou a mão dele.

— Tudo bem.

A enfermeira veio pegar Julian às 9h em ponto.

— Vai levar meia hora — disse, erguendo-o nos braços. Ayinde se preparou para o bebê chorar, mas Julian só olhou em volta e depois abriu e fechou a mão em seu aceno versão bebê. — Tente não se preocupar.

Ayinde ficou andando pelos corredores pintados de bege. Sentia como se tivesse memorizado cada laçada do carpete, cada nome em cada porta. Às vezes, Richard andava ao seu lado, sem tocá-la, sem dizer nada, mas perto o bastante para que sentisse o calor de seu corpo. Aí, ele se sentava e suas amigas a cercavam; Becky e Kelly de um lado, Lia do outro. Becky estava em silêncio. Kelly murmurava baixinho.

— Ave Maria, cheia de graça, o Senhor é convosco, bendito seja entre as mulheres, bendito o fruto do vosso ventre, Jesus. Santa Maria, mãe de Deus, rogai por nós, pecadores, agora e na hora da nossa morte, amém. Ave Maria, cheia de graça...

Ayinde rezava sua própria oração, duas palavras, apenas três sílabas. "Por favor. Por favor, por favor, por favor, por favor", por favor, pensava, andando até o fim do corredor e voltando novamente. Ela suportaria qualquer coisa — um marido infiel, uma mãe que a desprezava, a humilhação pública. Engoliria tudo só para seu bebê ser saudável.

— Por favor — disse em voz alta.

O que ela faria se perdesse seu bebê? Provavelmente acabaria como Lia; fugindo como um cão maltratado, tentando encontrar algum lugar onde as coisas parecessem melhores, algum lugar onde se sentisse em casa. Mas a Filadélfia era sua casa agora, pensou enquanto virava no fim do corredor e voltava mais uma vez. Ela tinha uma vida aqui, por mais confusa que estivesse no momento. Tivera seu bebê neste hospital, passeara com ele pelas calçadas, sentara-se com ele na sombra de um salgueiro-chorão no parque. Suas amigas estavam ali e os bebês delas estavam ali, e Julian cresceria com eles. Se Julian chegasse a crescer.

"Por favor", rezou e andou com a cabeça abaixada, mal percebendo quando Lia pegou sua mão. "Por favor, por favor, por favor..."

Ela ouviu Richard antes de vê-lo, o ritmo familiar de seus passos conforme ele andava pelo corredor estreito. Desviou o olhar do carpete e lá estava seu marido em movimento: Richard correndo, do jeito que ela o vira fazer mil vezes em quadras de basquete pelo mundo todo. Richard recebendo um rebote, fazendo uma cesta, Richard subindo no ar como se flutuasse por vontade própria, ganhando o drible, mandando a bola pelo ar precisamente nas mãos de um de seus companheiros de time enquanto a multidão prendia a respiração, maravilhada.

— Querida.

Ela se virou e descobriu que não conseguia nem se mover, nem respirar.

— Está tudo bem — Richard disse. Ele estava radiante. E, de repente, ela estava em seus braços, pressionada contra ele, apertando-o com força. — Há um buraco, mas é pequeno; vai fechar sozinho. Só temos de ficar de olho nele, mas ele vai ficar bem.

— Bem — ela repetiu. Sentiu seus joelhos dobrarem, mas, desta vez, Richard estava lá para pegá-la antes que seus ombros batessem contra a parede.

— Shh, shh — sussurrou e beijou sua bochecha. Então ele a guiou pelo corredor uma última vez, de volta para a ilha de sofás e mesas de centro, de revistas velhas e pais com rostos tensos e temerosos. Suas amigas a esperavam, sentadas lado a lado no sofá, Becky com sua calça branca e preta de cozinheira, Kelly torcendo as contas de seu terço no colo, o rosto de Lia de perfil tão firme e gracioso que parecia fazer parte de um quadro ou uma moeda. Olhavam para ela com os rostos virados para cima como flores, de mãos dadas, como irmãs.

— Vai ficar tudo bem.

Janeiro

LIA

— Oi — eu disse, sorrindo enquanto me aproximava da dupla: um casal mais velho, de cabelos brancos. Vovô e Vovó saindo para uma noite agradável. — Meu nome é Lia e eu vou servi-los esta noite. Posso lhes falar sobre os pratos especiais?

— Só se nos disser quanto custam — disse a mulher, estreitando os olhos para mim como se eu tivesse tentado roubar sua bolsa. — Detesto quando os garçons nos falam sobre as sugestões e não nos dizem quanto as coisas custam. Aí, você tem uma surpresa quando recebe a conta. Normalmente desagradável.

Esforcei-me para manter meu sorriso no lugar.

— É claro. Esta noite, temos *ceviche*; é peixe cru marinado em suco de limão...

— Eu sei o que é *ceviche*: a mulher falou, gesticulando com sua faca de manteiga. — Não seja paternalista comigo, querida.

Epa. Vovó do Mal.

— Nosso *ceviche* esta noite é de salmão marinado em limão e laranja vermelha e custa 12 dólares. Também temos costeletas de vitela com pimenta, servido com um saboroso flã de *chipotle* por 18 dólares. Nosso peixe inteiro desta noite, que é preparado com pinceladas de azeite de oliva, sal *kosher* e pimenta, é um dourado — fiz uma pausa.

A velha ergueu as sobrancelhas. — O dourado é um peixe de carne firme e sabor...

— Eu sei.

— Desculpe-me. É servido com bananas e custa 22 dólares.

— Vamos querer os pastéis de porco defumado — disse o homem.

— Espero que não sejam gordurosos — falou a mulher.

— Bem, eles são fritos na fritadeira — eu disse.

Sarah deslizou por mim segurando uma bandeja acima da cabeça. Olhei para além dela e vi o grupo na mesa atrás da que eu estava servindo. Minha respiração ficou presa na garganta e dei dois passos para trás sem nem pensar a respeito.

— Desculpem-me — murmurei.

— Desculpe-*me* — disse a velha. — Nós não terminamos!

— Eu volto já — falei e passei correndo pelo casal na mesa oito, as três garotas fofocando na mesa nove e voei para a cozinha, onde pressionei minhas mãos contra a bancada de serviço de aço inox e tentei recuperar o fôlego.

— Ei, você está bem? — perguntou Becky, passando apressada com uma tigela de ovos batidos.

Assenti e levantei um dedo.

— Viu um fantasma? — ela perguntou.

Mais ou menos isso, pensei.

— Ei — falei para Dash, o lavador de pratos. — Pode me dar um pouco da sua água?

— Claro! — ele disse entregando-me a garrafa, parecendo deslumbrado. — Pode beber tudo!

Tomei um longo gole. Depois, botei um pouco em um guardanapo e o coloquei na nuca. Minha mãe costumava fazer isso comigo em dias quentes de verão. "Pronto, não está melhor assim?", ela perguntava, com as mãos descansando entre meus ombros.

Endireitei-me, enfiei de novo minha blusa branca para dentro das calças pretas com debrum vermelho nos tornozelos — calças de toureiro, pensei quando as comprei, perfeito para ser garçonete do Mas — e dei uma espiada pela porta. Eu não me enganara. Era Merrill, da Pais

Unidos, a mesma que não parava de falar sobre como o pessoal da Make-a-Wish fracassara em arrumar a visita de uma estrela pornô para seu filho moribundo. Estava com o marido, o homem que acariciara seu ombro com tanta ineficácia. Merrill, seu marido e um menino pequeno.

Entreguei a conta às garotas que fofocavam e voltei para a Vovó Rabugenta.

— Ora! — disse a velha senhora. — Vejam quem está aqui!

Eu estava observando a mesa de Merrill pelo canto do olho, observando enquanto ela se inclinava para o menino, sorrindo de algo que ele havia dito.

— Sinto muito — falei. — Têm alguma pergunta em relação ao cardápio?

O homem sacudiu a cabeça.

— Vou querer o camarão grelhado, por favor.

A mulher apontou para uma das entradas.

— A costela de coelho com crosta de *chili* é picante?

— É. Sim, é.

— Bem, será que podem fazer sem o *chili*?

O filho de Merrill devia ter dois ou três anos. Ele pulou para fora de sua cadeirinha alta e seu pai o ajudou a vestir um casaco vermelho de lã.

— Posso perguntar — falei, sabendo o que Sarah diria: se querem só a carne pura, podem ir ao Smith & Wolensky no final da rua.

— Faça isso para mim, querida — a mulher falou. Merrill levantou-se, botando o livrinho da conta de volta na mesa e guiando o menino para a porta. Na Pais Unidos, ela usava *jeans* e um casaco de moletom, o uniforme internacional dos sofredores, eu pensava às vezes. Mas esta noite ela estava toda arrumada, o cabelo liso e brilhante, boca pintada e olhos com delineador, usando calça preta, blusa branca e cinto de elos dourados e chinelos chineses vermelho e dourado. Você não olharia para ela e diria que há algo errado. Parecia qualquer outra jovem mãe saindo à noite. Senti meus joelhos começarem a ceder e agarrei o encosto da cadeira do casal idoso para evitar que eu e minhas novas calças de toureiro escorregássemos para o chão.

— Há algum problema? — Vovó perguntou.

— Desculpem-me — eu falei. Merrill, seu filho e seu marido empurraram a porta e, sem nem pensar, corri de volta para a cozinha.

— Pode me dar cobertura? — perguntei a Becky.

— O quê?

— Dê-me cobertura — falei, tirando o avental e entregando-lhe minhas contas. — Estou com a sete, a oito e a nove. O pessoal da sete é triste. Eu volto já.

Corri para fora da cozinha, atravessei o restaurante e segui Merrill e sua família pela rua.

— Ei! — gritei. — Merrill!

Ela se virou, olhando para mim.

— Ah, meu Deus, esqueci meu cartão de crédito? Sempre faço isso... — sua voz sumiu.

— Eu sou Lisa. Da Pais Unidos — alisei meu avental. Estava gelado do lado de fora. Desejei ter pensado em pegar o casaco azul da minha mãe. — Desculpe-me incomodá-la, eu só...

— Querida — o marido pegou seu braço. — O filme vai começar daqui a pouco.

— Vão indo — ela disse ao marido, sem tirar os olhos do meu rosto. — Lisa e eu vamos tomar um café.

— Não quero atrasá-la. Não quero estragar a sua noite...

— Está tudo bem — ela disse. Sua respiração saía em nuvens prateadas. Ela abriu a porta do café na rua Dezenove. Eu a segui para dentro.

— Aquele é... — engoli em seco. — O menino. Ele é...

— Meu filho — ela falou. — O nome dele é Jared.

— E você o teve depois...

Ela assentiu, sentando-se em uma das mesas do fundo.

— Depois.

Nós duas sabíamos o que "depois" significava.

— Como? Era isso que eu queria lhe perguntar. Pode me dizer como?

Ela assentiu, e naquele gesto eu tive um vislumbre da mulher furiosa que vira no Grupo de Apoio, aquela que não permitia ser reconfortada e que ainda parecia estar sofrendo tanto.

— Achei que não teríamos. Que não poderíamos. Achei que seríamos um desses casais que todo mundo conhece — ah, eles perderam o filho e seu casamento não agüentou e eles se separaram. Mas o Ted — é o meu marido — foi tão carinhoso durante toda essa história com o Daniel que, às vezes... — ela abaixou a cabeça. Sua voz era quase inaudível. — Cheguei num ponto que podia ver isso quase como uma bênção, o que aconteceu com Daniel, porque permitiu que meu marido me mostrasse quanto me ama. Como nunca terei de duvidar. Sei como isso soa, mas...

Apertei minhas mãos contra a mesa para impedir que tremessem. Estava me lembrando de Sam — um copo passado pelo bar, o invólucro de um canudinho em volta do meu dedo, um vestido de noiva em cima de uma cama de hotel. "Deixe-me ser sua família agora."

— Ted me perguntou se eu queria tentar de novo seis meses após a morte de Daniel — Merrill falou. — Eu não estava pronta na época. Achei que, se tivesse outro bebê, outro menino, prenderia a respiração o resto da vida esperando que a leucemia voltasse e terminasse o trabalho. Arruinasse toda a minha família. Tirasse tudo o que eu tinha, em vez de só Daniel. Achei que, toda vez que ele espirrasse ou se machucasse, eu o arrastaria para o médico... que não seria capaz de deixar que ele fosse só uma criança. Eu estava apavorada.

— E foi assim que aconteceu?

— Um pouco. Sobretudo no começo. Acho que mães como nós, mães que perderam um filho, estão sempre prendendo a respiração um pouco. Mas eles crescem de qualquer jeito e, não importa quanto você queira ser cuidadosa, eles só querem ser criança e fazer coisas de criança. Andar de bicicleta, jogar futebol, sair na chuva... — ela esfregou as mãos.

"Tenho um bom marido — falou. — Isso provavelmente foi três quartos da equação. O resto fui eu mesma. Decidi que era uma opção. Sabe essas pessoas que dizem que a felicidade é uma opção?

Assenti. Havia muitos deles na Califórnia.

— A esperança também é uma opção. Sei que parece bobagem...

Balancei a cabeça.

— Lembro-me de que estava deitada na cama na segunda noite após a morte de Daniel. Ted e eu tínhamos de tomar as providências; foi assim que eles disseram, tomar as providências, e significa que tínhamos de escolher seu caixão. Minha mãe estava conosco e ela ficava repetindo: "Não é o plano de Deus que os pais enterrem seus filhos." Eu só conseguia pensar que nunca soubera que havia caixões tão pequenos e que ele não teria gostado de nenhum deles. Ele tinha o quarto inteiro coberto com pôsteres e adesivos de NASCAR. Odiava se arrumar para ir à igreja e todos os caixões eram... — ela sacudiu a cabeça. — Eram tão errados para um menino de 11 anos. Fui para casa naquela noite e me deitei na cama. Eu não tinha nem tirado os sapatos. Só estava deitada ali no escuro e lembro-me de pensar comigo mesma: "Você pode viver ou pode morrer."

— Então, você decidiu viver — eu disse.

Merrill assentiu.

— Decidi ter esperança. Foi a coisa mais difícil que já fiz. No primeiro ano, em muitos dias, só sair da cama e me vestir parecia ser mais do que eu podia suportar... e havia dias em que nem isso eu conseguia fazer. Mas Ted foi tão bom; ele foi tão paciente comigo. Nem minha mãe foi tão ruim depois de algum tempo. Finalmente, cheguei a um ponto em que a morte de Daniel não era a primeira coisa em que eu pensava quando acordava. E eu podia olhar para outras crianças, outros meninos, e não sentir inveja ou tristeza. Eles só faziam parte da paisagem. E o que aconteceu com Daniel fazia parte da minha história. Uma parte importante, uma parte terrível, mas não era algo que me obcecava todos os minutos. Transformou-se em algo que havia acontecido comigo, não algo que ainda estava acontecendo — ela inclinou a cabeça. — Isso faz sentido?

Descobri que não podia dizer nada, então, em vez disso, concordei com a cabeça.

— Teria lhe dito isso no grupo, se você tivesse ficado. Eu a fiz fugir?

— Ah, não, não foi culpa sua — eu disse. — Eu só não estava pronta, acho. — Olhei para o meu relógio. Vinte minutos. Merda. — Tenho de ir. Meu emprego... Tenho de voltar para minhas mesas.

Obrigada — falei, cambaleando de pé em cima das pernas trêmulas. — Muito obrigada.

— Ligue-me — Merrill disse, anotando o número de seu telefone em um guardanapo. — Por favor. Se precisar de alguma coisa ou se quiser só conversar.

Dobrei o guardanapo e corri de volta para o Mas. Sarah estava de pé no bar.

— Ei, você está bem? Becky está tomando conta do seu grupo na mesa sete, mas você não pediu suas entradas. Eu mandei aperitivos por conta da casa...

Merda.

— Eu sinto muito — falei. Peguei minhas contas e meu avental e corri de volta para a mesa.

— Ora — disse a Vovó. — Vejam quem reemergiu.

— Eu sinto muito, muito mesmo — falei. Toquei o guardanapo no meu bolso, o que tinha o telefone de Merrill, esperando que ele me desse forças. A mulher bufou.

— Já chega, Judith — disse o velho.

O queixo da mulher caiu.

— Como disse?

— Ela gostaria de mais água — o homem falou.

Eu assenti. Fui até o bar, servi a água e voltei para a cozinha.

— Ei, se vai chorar, não use uma toalha — Dash disse por cima do meu ombro. — Becky está pegando no meu pé por causa das toalhas. Tome. — Ele me entregou um punhado de papel higiênico. — Você vai ficar legal? Precisa ir para casa?

Sacudi a cabeça, assoei o nariz, enxuguei cuidadosamente embaixo dos olhos, do jeito que um dos maquiadores que eu conhecera em minha vida anterior havia me ensinado. Retoquei meu batom, penteei meu novo cabelo castanho e contei notas amarrotadas suficientes do meu bolso para pagar o coelho da Vovó Rabugenta. "Esperança", pensei, lembrando-me do rosto de Ayinde quando ela nos disse que Julian ia ficar bem. Na cozinha, Becky estava arrumando anéis de alho-poró em cima do filé de alguém.

— Ei — eu disse.

Ela olhou para mim, sorrindo.

— Você está bem?

— Eu estou bem — falei. Passei as mãos pelo avental. — Vou lá para fora um minuto. Não vou embora nem nada. Só preciso dar um telefonema.

KELLY

A aula de música para os pequerruchos era em uma igreja grande e histórica na Pine Street que tinha, em cima do altar, vitrais com desenhos de Jesus e cartazes dos Alcoólicos Anônimos no porão onde eram dadas as aulas. Na terça-feira de manhã, Kelly tirou a roupa de neve de Oliver, o gorro e o cachecol e sentou-se em um pedaço de tapete com seu marido ao lado. Steve acenava para Becky e Ayinde enquanto Galina, a líder, começava a martelar no velho piano, lançando os primeiros acordes da canção de "Boas-vindas".

— Olá, bom dia, bom dia para Nick. Olá, bom dia, bom dia para Oliver — eles cantaram para Cody e Dylan e Emma e Emma, para Nicolette e Ava e Julian e Jackson.

— Olá, bom-dia para as mamães. Olá, bom dia para as babás — Galina cantava, esmurrando nas teclas. — Olá, bom dia para o papai...

Steve balançava Oliver nos joelhos, sacudindo sua maraca no ritmo enquanto o grupo começava a cantar.

— Se você é feliz e sabe disso, bata palmas! — Kelly sufocou a vontade de olhar em seu BlackBerry. — Se você é feliz e sabe disso, bata palmas! — sabia que Elizabeth ainda não estava satisfeita com a festa dos Wartz.

— Se você é feliz e sabe disso e quer mostrar de verdade... — ela desabou contra a parede, sentindo-se em conflito e fora do lugar, e cansada. Acima e além de tudo, cansada.

— Ei — Steve sussurrou. — Se você precisa ir, o Grande O e eu estamos bem.

— Não, eu vou ficar — ela sussurrou de volta. Havia pais que levavam seus filhos e filhas para a aula de música, incluindo um sujeito de poucos anos que levara um menino de três anos (Kelly nunca fora capaz de descobrir se era neto ou filho dele). Andrew levara Ava mais de uma vez. Até Richard Towne, com um boné de beisebol puxado bem por cima dos olhos, havia aparecido numa terça-feira de manhã, ignorando firmemente os olhares dos outros pais e de uma mãe com uma câmera digital que tirara escondida uma foto dele com o bebê nos braços, cantando "O fazendeiro no vale". Mas aqueles pais tinham empregos para os quais voltar, não apenas uma procura de emprego. "Uma dita procura de emprego", ela pensou tristemente, enquanto Steve ajeitava os dedos de Oliver em torno de um tamborim miniatura e o ajudava a sacudi-lo.

Kelly olhou para o cartaz e avaliou o primeiro passo dos 12 passos: "nós admitimos que nossa vida tornou-se inviável e nós nos entregamos a um poder maior". Sua vida se tornara inviável. Mas onde estava o grupo dos 12 passos para mães sobrecarregadas casadas com homens sem empregos?

— Vamos brincar! — disse Galina, abrindo o zíper de uma bolsa de ginástica e jogando uma dúzia de bolas de borracha quicando para dentro do círculo. As crianças grandes — de 2 e 3 anos, as que sabiam andar — gritaram de prazer e andaram em direção às bolas. Oliver arfou meio soluçante e começou a chorar quando Steve colocou uma bola vermelha em seu colo.

— Shh, shh, está tudo bem — Steve disse, mostrando a bola para Oliver.

Kelly ajeitou o suéter de Oliver e pensou no telefonema com suas irmãs na noite anterior.

— Como vai o Sr. Perfeito? — Doreen perguntara.

— Ótimo! — disse Kelly. — Estamos todos ótimos! Está tudo ótimo!

Depois que desligou o telefone, sentou-se à mesa da cozinha, preenchendo cheques. Steve apareceu e encabuladamente lhe entregou a conta de seu cartão de crédito. Mil e cem dólares.

— De quê? — ela perguntou, um pouco mais rispidamente que pretendia.

Steve encolheu os ombros.

— Jantar. Roupas. Ah, o aniversário da minha mãe.

Kelly olhou para a conta. Steve gastara 300 dólares, provavelmente em algo inútil que ia ficar juntando poeira na *étagère* de sua sogra. Sentiu-se enjoada enquanto preenchia o cheque.

— Por que não me deixa vender algumas de nossas ações? — ele perguntara.

Ela estremeceu. O que aconteceria se gastassem suas economias e Steve ainda não estivesse trabalhando? O que aconteceria se não pudessem pagar o seguro-saúde e um deles ficasse doente? Ela sabia como a história terminava — cobradores no telefone às sete da manhã. Carros usados e coisas dos outros. Nem pensar. Ela trabalhara muito para Oliver ter de passar por isso.

— Um leão procurando sua comida está andando pela relva — Galina cantou. Kelly também cantou. Todas as mães cantaram; todas as babás cantaram. Steve também cantou, alto o bastante para que Kelly não pudesse deixar de ouvi-lo. — Quem conhece outro animal?

— Vaca! — gritou uma babá.

— E o que uma vaca faz?

A babá ficou de quatro enquanto seu bebê — uma das Emmas, Kelly pensou — dava risadinhas, sabendo o que estava por vir.

— Muuuuuu! — ela cantou. As crianças riram e bateram palmas e mugiram.

— O papai sabe um animal? — Galina perguntou, olhando para Steve.

— Hmm — ele disse, olhando para Oliver. — Cachorro?

— Cachorro! Um cachorrinho é bom! E que barulho o cachorrinho faz?

Steve sorriu corajosamente.

— Au au?

— Lata mais alto, papai, mais alto! — Galina incentivou.

— Au au — Steve latiu.

— E o que o cachorrinho faz?

— Balança o rabo — disseram em coro Emma Um e Dois, Cody, Nicolette e Dylan.

— Vamos ver o papai abanar o rabo!

Do outro lado do círculo, Ayinde estava olhando atentamente para o topo da cabeça de Julian, Becky estava mordendo o lábio. Ela sabia que era melhor não rir, Kelly pensou; Becky estava na lista de rejeitados de Galina desde que usara um xilofone de criança para tocar a linha de baixo de "*Smoke on the Water*", três semanas antes.

— Balance, papai! — Galina instruía. Seu sotaque russo fazia com que parecesse um dos vilões menos conhecidos de James Bond. — Balance!

Steve riu e balançou a bunda. Oliver riu e tentou bater palmas.

— Vai, Steve! — Becky gritou.

— Bom trabalho, papai. Muito bem, pessoal. Vamos guardar nossas bolas!

"Acho que ele já fez isso", Kelly pensou enquanto a música do adeus começava. "Adeus, adeus, adeus, mamães... adeus, adeus, adeus, bebês..." Ela colocou um Oliver sonolento de volta na roupa de neve, puxou o gorro bem para cima das orelhas dele e ela e Steve o empurraram pela multidão de freqüentadores do AA e pela névoa de fumaça de cigarro que os rodeava. No saguão, Kelly olhou em direção à capela, a Maria do vitral parecendo serena com seu halo e túnica branca. "Provavelmente porque José tinha um emprego."

De volta à casa, Kelly trocou a fralda de Oliver, beijou sua barriga e suas bochechas e olhou ardentemente para sua cama. "Quem sabe só por um minuto", pensou, tirando os sapatos.

A próxima coisa que sentiu foi que estava sendo sacudida para acordar. Manteve seus olhos fechados. Estava tendo o sonho mais maravilhoso com Colin Reynolds, sua paixão na oitava série, em quem dera um beijo de língua no ginásio de esportes do colégio. Em seu sonho, Colin Reynolds tinha crescido e eles estavam fazendo muito mais que se beijar e não havia um bebê ou um marido por perto.

Steve a sacudiu de novo.

— Kelly. Telefone.

— Estou dormindo.

— Ah — ele disse. — Eu não sabia.

Kelly afundou o rosto no travesseiro, ouvindo uma resposta típica de Becky na cabeça: "É, esse negócio de ficar deitada no escuro com os olhos fechados deve tê-lo enganado."

— Anote o recado — ela falou, enquanto o bebê começava a chorar. Merda. Endireitou-se na cama e olhou para o relógio: 17h03? Isso devia estar errado.

— Eu dormi a tarde inteira? — perguntou, tirando Oliver do berço e colocando-o no trocador, enquanto Steve a seguia com o telefone.

— Acho que você estava cansada — ele disse. "Cinco horas", Kelly pensou. Não trabalhara nada e o cachorro provavelmente precisava passear e não tinha nem olhado sua caixa de entrada. Elizabeth devia estar espumando.

Ela comprimiu o telefone debaixo do queixo.

— Alô?

— Kelly Day?

— Sim.

— Oi, meu nome é Amy Mayhew. Sou repórter da revista *Power* e esperava que pudesse me ajudar com uma matéria na qual estou trabalhando.

— Matéria sobre o quê?

— Sobre ter tudo — ela disse. — Mulheres que conseguiram ser bem-sucedidas no trabalho enquanto criam suas famílias.

Bem-sucedida. Só o termo era quase o bastante para fazer Kelly cair na gargalhada. Ou isso ou uma crise de choro. Mas, se ela conseguisse — se pudesse aparecer para o público como uma mulher que estava conseguindo ser bem-sucedida no trabalho enquanto criava um filho — poderia ajudá-la a voltar às boas com Elizabeth.

— Andei fazendo uma pequena pesquisa sobre você — Kelly podia ouvir ao fundo alguém digitando no teclado.

— Você trabalha na Eventives, certo?

— Isso mesmo — ela disse. — Eu estava fazendo especulação financeira para tecnologia de informação e acabei indo parar em produção de eventos. Agora, trabalho com a Eventives, que é considerada a melhor empresa da Filadélfia e estamos pensando em abrir filiais em Nova Jersey e Nova York. Mas só estou trabalhando meio expediente no momento.

Kelly podia ouvir mais coisas sendo digitadas.

— Acabou de ter um bebê, certo?

— Em 13 de julho — ela falou, abrindo o fecho de pressão do *jeans* de Oliver e trocando sua fralda com uma só mão. — Então, só estou trabalhando 20 horas por semana. Bem, teoricamente, só isso. Mas você sabe como é.

— Na verdade, não — Amy Mayhew disse. — Ainda não tenho filhos.

Pelo seu tom tão sério e risadinha seca, Kelly podia imaginar Amy Mayhew — seu terninho azul-marinho bem cortado e saltos do tamanho certo. Em sua mesa devia haver uma bolsa imitando crocodilo que conseguia conter chaves, carteira, batom e alguns preservativos e, ainda assim, ser aproximadamente um-dezesseis avos do tamanho da sacola de fralda que Kelly costumava arrastar pela cidade. Amy Mayhew não tinha sete centímetros de franja em cima dos olhos porque não conseguira ir ao cabeleireiro em quatros meses, e suas unhas estariam feitas e ela teria o cheiro de algum perfume sutil, em vez da marca registrada de Kelly de cecê, leite materno e desespero.

— Alô?

— Estou aqui — Kelly conseguiu dizer enquanto reabotoava as calças do bebê.

— Então, escute — ela disse. — Eu adoraria marcar uma entrevista. Como está o seu mês?

— Bem, eu sou bastante flexível. — Kelly correu de volta para o quarto, colocou Oliver no meio da cama vazia e desfeita, pegou uma caneta na mesinha-de-cabeceira, virou para uma nova página no livro de bebê de Oliver, que não era atualizado havia meses, e começou a escrever. "Cabelo, manicure. Roupa nova (?)." Ela ainda não cabia nas roupas velhas. Sapatos novos também. Teria de encontrar sua pasta. Tivera uma pasta linda algum dia. Couro de bezerro, alça dourada. Achava tê-la visto no *closet*, socada debaixo da cadeirinha de carro que já ficara pequena para Oliver.

— Sexta-feira que vem é bom? Talvez possamos almoçar.

Almoço sex, Kelly escreveu. Ela almoçava, antigamente. Ela costumava levar clientes para almoços de duas horas pagos pela firma no Capital Grille e no Striped Bass. Tomava uma taça de vinho e comia uma salada com peixe grelhado ou frango assado. O almoço, naquela época, não consistia em comer manteiga de amendoim enquanto Oliver cochilava, tirada direto do vidro e lambida nos dedos porque não havia nenhuma faca limpa porque nem ela nem Steve haviam ligado a máquina de lavar louça.

— Estávamos pensando que gostaríamos de algumas fotos suas em seu ambiente de trabalho e outras de você em casa, com seu bebê...

Merda. Merda. Merda, merda, merda. Ela teria de fazer faxina — o chão da cozinha já passara de nojento há muito tempo; Steve derramara a mamadeira na frente da geladeira e não fizera um bom trabalho na limpeza. Ela precisava de flores frescas, precisava passar o aspirador, precisava fazer Steve limpar o escritório e encontrar algum lugar para guardar as sacolas com roupas de bebê de-zero-a-três-meses que vinha querendo doar para a caridade. Móveis. Também ia precisar disso. Ou talvez pudesse dizer a eles que seus móveis estavam sendo limpos ou algo assim ou que os haviam tirado porque ia trocar o carpete...

— ... e o seu marido.

— Marido? — Kelly repetiu.

— Isso — Amy Mayhew falou, rindo um pouco. — Você sabe, o núcleo familiar.

— Hmm, meu marido viaja muito a negócios.

— O que é mesmo que ele faz?

— É consultor para lançamentos de negócios na internet — as palavras voaram para fora de sua boca como um bando de pássaros malévolos. "Ah, meu Deus", pensou, "e se Amy Mayhew jogasse o nome de Steve no Google para verificar?" — Ele só está começando... ainda não é nada oficial, nenhum *website* ou escritório nem nada, mas ele viaja muito. Está trabalhando com alguns amigos da faculdade de administração — "*Cale a boca*", disse para si mesma. Era assim que ela sempre sabia quando suas irmãs estavam mentindo. Em vez de uma resposta simples, você recebe o solilóquio de Hamlet. — Portanto, pode ser que ele não possa participar das fotos.

— Ah, bem, que tal sexta-feira?

— Perfeito! — Kelly disse. Elas marcaram um horário. Amy Mayhew disse que estava ansiosa para conhecê-la. Kelly disse que também estava. Aí, desligou o telefone e carregou o bebê para a cozinha. Steve estava deitado no sofá.

— O que era? — Steve perguntou.

— Uma pesquisa — Kelly falou. — Vou levar Lemon para dar uma volta. Pode dar cereal de arroz para Oliver?

— Claro — disse Steve.

— E será que podia se vestir?

Steve olhou para baixo como se estivesse surpreso por estar vestindo apenas cueca samba-canção e uma camiseta.

— Por quê? — ele perguntou. — Não vou a lugar nenhum.

Ela engoliu os insultos que queriam desesperadamente sair de sua boca.

— Sei que você não vai a lugar nenhum, mas são cinco e meia da tarde e é dia de semana... — ela deixou sua voz sumir.

— Tudo bem — ele falou, pegando um par de *jeans* do chão. — Calças — ela o ouviu resmungar. — A sua mãe é uma travada! — gritou para Oliver.

Kelly massageou as têmporas. Podia sentir sua costumeira dor de cabeça da madrugada chegando mais cedo. Engoliu dois analgésicos, botou uma carga de roupas na máquina de lavar, prendeu o cabelo de volta em um rabo-de-cavalo e foi para a sala de estar.

Lemon estava sentado perto da porta da frente, com o rabo balançando, e Oliver estava sentado em sua cadeirinha alta, com cereal espalhado pelo rosto. Steve estava na cozinha, alimentando o bebê.

— Era uma vez — Steve disse — um príncipe corajoso que morava em um castelo. — Oliver balançou as mãos no ar e deu um arrulho de prazer. — O príncipe era tão corajoso que podia atravessar a nado fossos cheios de tubarões e jacarés e fãs dos Dallas Cowboys — Steve continuou. — Ele podia matar dragões com um só golpe da sua terrível espada e estacionar paralelo até na vaga mais minúscula e podia resgatar a linda princesa de feitiços e encantamentos — Steve suspirou. — E Então, ele foi dispensado, e a linda princesa não quis mais falar com ele.

O coração de Kelly se retorceu. "Me desculpe", ela começou a dizer — mas desculpar pelo quê? Desculpar pelo fato de ele ter sido dispensado? Ela lhe dissera isso e não fizera diferença alguma. Desculpar porque ele se sentia tão mal? Bem, não se sentiria tão mal se encontrasse um emprego e Kelly já havia lhe dito isso mais vezes que devia e, se ele tivesse feito isso, eles estariam bem e ela podia parar de andar por aí fantasiando sobre matá-lo e fazer parecer um acidente enquanto fazia a barba para que o seguro de vida dele pagasse o prêmio.

Ela limpou a garganta. Steve olhou para cima.

— Ei — falou.

— Ei — ela disse de volta, prendendo a coleira de Lemon. — Como ele se saiu?

— Metade da tigela do negócio de arroz, duas mordidas da gororoba de ameixa — Steve relatou, deslizando a bandeja da cadeirinha para fora e carregando-a para a pia.

— Ótimo — ela disse. — Eu vou... — seu coração parou enquanto Oliver inclinava-se para a frente. — Steve! — ela gritou e se lançou para a frente. Não rápido o suficiente. O bebê caiu de cara no chão. Houve um barulho seco e um segundo de silêncio. Aí, Kelly pegou o bebê nos braços. Oliver abriu a boca e começou a berrar.

— Ah, meu Deus, ah, meu Deus! — Kelly disse.

— Ele está bem? — Steve perguntou, parecendo aflito.

— Eu não sei! — Kelly gritou por cima dos berros do bebê. — Por que ele não estava com o cinto?

— Eu me esqueci! — Steve falou. — Ele está bem?

Kelly lançou-lhe um olhar duro e passou por ele carregando o bebê para a cozinha para pegar o telefone, notando, no caminho, que Lemon havia, sem dúvida, feito xixi no chão novamente. Discou o número do médico que estava escrito na geladeira, apertando 1 e 1 e 1 de novo até ser atendida pela enfermeira de plantão.

— Oi, aqui é Kelly Day. Meu bebê se chama Oliver. Ele tem cinco meses e acabou de cair de sua cadeirinha alta...

Steve bateu em seu ombro.

— O que eu posso fazer? — ele sussurrou. — Ele precisa de gelo ou alguma coisa? Devemos chamar uma ambulância?

Kelly o empurrou para o lado. Ela sabia que, se olhasse para o rosto dele por mais um segundo, alguém em sua casa ia precisar de uma ambulância, e não seria Oliver.

— Acalme-se — disse a enfermeira. — Qualquer bebê que consegue gritar dessa maneira não parece seriamente machucado. Ele caiu em um piso de tábua corrida?

— Não — Kelly disse.

— E não desmaiou nem parou de respirar? Ele está sangrando?

— Não — ela falou. Seus joelhos haviam começado a tremer. Encostou-se na parede. Oliver soluçou e enterrou o rosto no pescoço dela. — Ele só caiu. Meu marido não botou o cinto de segurança.

— Essas coisas acontecem — a enfermeira falou. — E, na maioria das vezes, os bebês ficam ótimos. Se ele está chorando assim e não desmaiou nem vomitou, é provável que esteja bem. Tente não se culpar. Ou ao seu marido. Só fique de olho nele nas próximas horas e nos telefone se alguma coisa mudar.

— Está bem — disse Kelly. — Obrigada. — Ela desligou o telefone e ninou o bebê nos braços, dizendo "Shhh, shhhh", enquanto o balançava. — Coitadinho, coitadinho — disse, carregando-o para a cadeira de balanço, onde levantou a blusa e guiou o rosto dele para seu seio. Oliver ficou olhando para ela, seus cílios ainda pesados de lágrimas, parecendo infeliz e traído, depois deu um suspiro resignado e começou a mamar.

Steve reapareceu.

— Ele parece bem — falou.

Kelly o ignorou.

— Mas é melhor nós o levarmos ao médico, certo?

Kelly não disse nada.

— Eu sinto muito, muito...

— Você sente muito — ela repetiu. — Por que ele não estava preso?

— Eu já disse, eu me esqueci!

— É — ela falou com desprezo. A represa ruíra e o veneno foi se despejando. — Do mesmo jeito que se esqueceu do seu prazo. Do mesmo jeito que se esqueceu de ligar a máquina de lavar pratos. Do mesmo jeito que se esquece de vestir a maldita calça se eu não o lembrar.

Kelly ajeitou a blusa e se levantou, empurrando o marido que ficou parado no vão da porta como se estivesse paralisado.

— Tenho de levar o cachorro para passear.

— Eu levo.

— Não me faça nenhum favor! — ela disse, estatelando um Oliver que berrava de novo no carrinho, prendendo seu cinto com gestos largos, amarrando a coleira de Lemon e levando-os rapidamente para o elevador e para a rua.

Já estava na metade do quarteirão quando Steve a alcançou, parecendo envergonhado e com medo.

— Vá embora — ela disse, apertando o passo.

— Só achei que talvez você precisasse disso — Steve falou. Ele lhe mostrou a sacola de fraldas que ela havia esquecido. — Botei uma mamadeira aí, caso precise.

— Obrigada — ela disse. Empurrou o carrinho até a esquina e parou no sinal vermelho.

— Deixe-me caminhar com você. Por favor? Estou me sentindo péssimo.

Kelly não lhe disse que não devia se sentir, mas moveu-se o suficiente para que ele tivesse espaço para ficar ao seu lado. Steve guardou a sacola de fraldas na parte de baixo do carrinho e ficou atrás da barra de direção. Quando o sinal ficou verde, começou a empurrar e andaram três quarteirões em silêncio.

— Então, sobre o que era aquela pesquisa?

A mentira que ela contara à repórter voltou com toda a força ao seu cérebro.

— Ah, nada demais — Kelly falou, esperando que ele não a visse corar no escuro. — Você sabe, que tipo de matérias acho interessante e se comprei um carro novo nos últimos 12 meses.

— Desculpe tê-la acordado para isso — Steve disse. — Escute, se você precisa trabalhar um pouco, pode ir para casa. Posso passear com ele. Posso tomar conta dele quando chegarmos em casa.

"E deixá-lo cair novamente? Ou ser atropelado por um caminhão?", Kelly pensou. De jeito nenhum. Ela teria de inventar alguma coisa para explicar por que perdera a conferência telefônica que marcara com Elizabeth e uma nova cliente. Um resfriado, um tornozelo torcido, problemas femininos. Algo que fosse relacionado a ela e não ao bebê, porque Elizabeth deixara seus sentimentos quanto ao bebê muito claros.

— Não, está tudo bem.

— Kelly, você está exausta. Deixe-me ajudar — Steve falou.

Ela balançou a cabeça, exausta, sem palavras, e seguiu Steve enquanto ele empurrava o bebê de volta para casa.

LIA

Minha mãe chegou ao Mas antes de mim e, quando cheguei, ela já estava sentada à mesa, de frente para a porta. Carregava uma bolsa preta e quadrada, grande o bastante para levar para casa os exames de uma turma inteira. Estava à sua frente, entre o garfo e a faca, onde o prato deveria estar, e suas mãos estavam enroladas em volta da alça, como se a qualquer minuto pudesse pegá-la e me bater com ela. Ou em alguém. Dar uma bolsada e sair correndo.

— Lisa — ela parecia quase tímida. Preocupada, também. Limpou a garganta. — Você parece... — eu podia ouvir nossa história oscilar no equilíbrio daquela pausa. "Você não vai sair de casa assim. Tire esse batom. Vista um casaco." Lambi os lábios, lembrando-me das duas semanas de silêncio depois que eu fizera mechas louras no cabelo quando tinha 13 anos — enterrei o vidro de água oxigenada bem no fundo da lata de lixo na garagem e disse a ela que suco de limão e sol haviam resultado naquilo. Também enfiava lá os recibos de cada cosmético que comprava, depois que minha mãe menosprezara um vidro de base Chanel e me dissera que devia ser bom ter dinheiro para desperdiçar com bobagens. — Você parece bem — ela disse finalmente, brincando com as alças da bolsa. — Como você está?

— Bem.

Ela olhou em volta do salão de jantar: 16 mesas, metade delas ocupadas.

— É aqui que você trabalha?

— É — eu disse e me sentei.

Eu finalmente descobrira onde iríamos comer. Nas tardes de domingo, o Mas servia chá completo, com bolinhos de pimenta-malagueta, chocolates borrifados com canela em pó, sanduichinhos com camarão ao *curry*, salada de ovos, pepino e manteiga. Eu mesma arrumara a bandeja e fizera uma chaleira de chá de ameixa com gengibre.

— A maior parte do tempo na cozinha. Descobri que não sou muito boa garçonete.

As mãos dela apertaram as alças da bolsa com mais força. Servi-lhe uma xícara de chá, a qual ela ignorou.

— Tenho falado com seu marido — ela me contou.

Quase deixei a chaleira cair.

— Com Sam?

Ela assentiu.

— Viemos nos falando há algumas semanas.

— O que... — engoli em seco e lambi meus lábios ressecados. — O que ele disse?

O rosto dela não tinha expressão alguma.

— Bem, a princípio ele ficou muito surpreso em saber que eu estava viva.

Ah, Deus.

— Ele quer saber se você vai voltar para casa — ela falou. Tomou um único gole de chá e voltou a segurar sua bolsa. — Parece ser um ótimo rapaz.

Era imaginação minha ou ela realmente parecia ansiosa? Coloquei cuidadosamente a chaleira na mesa e enxuguei as mãos no guardanapo.

— O que você disse a ele?

— O que poderia dizer a ele? O que eu sei? — ela perguntou. Suas costas estavam retas como uma régua; suas palavras eram claras e precisas. Ela poderia estar falando com uma turma de alunos da quinta série em vez de estar falando comigo.

— Não acho que você esteja bem. Não sei se vai voltar para casa.

— Mas... — balancei a cabeça. Eu arranjara esse encontro. Eu planejara tudo que iria dizer a ela e agora ela virara a mesa. — Você sabia que eu era casada?

— Lisa. Eu sou sua mãe. E não sou burra. Você não era exatamente invisível, sabe.

Fiquei olhando para meu prato. Eu achava que era invisível, pelo menos no que dizia respeito à minha mãe. Ela nunca ia ao cinema e eu nunca fizera nada que tivesse aparecido na ABC, então como ela podia saber? Será que tinha visto algum dos filmes que só saíram em vídeo que eu fizera? Ou o infomercial que só passava de madrugada, para um abre aspas sistema revolucionário de remoção de pêlos fecha aspas? Eu era a Garota de bigode. Falso, é claro, mas Sam nunca me deixou esquecer.

— Então você sabia que eu era casada.

— Lia Lane — ela disse. Seus lábios, com o batom já começando a passar do contorno, curvaram-se para cima.

— Parece nome de super-herói. Muito melhor do que Lia Frederick.

— E você sabe sobre Caleb.

Ela engoliu em seco. Uma vez. Duas. Quando falou de novo, sua voz soou frágil e rachada como um espelho antigo.

— Eu não sabia o nome dele.

Procurei dentro da minha bolsa. Eles tiravam fotos de todos os bebês na maternidade do hospital e uma das enfermeiras me entregara a foto de Caleb quando estávamos indo para casa. Eu a enfiara na sacola de fraldas e me esquecera dela até voltar para a Filadélfia e encontrá-la de novo. Ou ela tinha me encontrado. Era a única coisa que eu nunca tivera a intenção de dar; a única coisa da qual não podia me desfazer. O rosto de Caleb estava vermelho como um tomate na foto, enrugado e vesgo. Estava embrulhado em um cobertor do hospital e usava um gorro listrado de azul e rosa.

Puxei-a para fora, alisei os cantos e a passei pela mesa, para as mãos de minha mãe.

Ela pegou a foto e, de repente, todos os membros dela estavam tremendo — as mãos, os lábios, a pele frouxa do pescoço.

— Ah — ela sussurrou. — Ah.

Curvei a cabeça. Meus olhos estavam a ponto de transbordar. Achei que estava preparada para tudo — raiva dela, o escárnio, a rejeição fria, as perguntas de "Em que tipo de drama você se meteu agora?" com os olhos revirados. Mas esses barulhinhos doloridos de filhote de passarinho que saíam de sua garganta? Não.

— Mãe. Ei, mãe, pare com isso. Está tudo bem.

Ela estava segurando a foto com mais força. Eu podia ouvir o papel começar a amassar.

— Mãe!

Estiquei a mão para o outro lado da mesa, mas ela foi rápida demais para mim. Levantou a fotografia no ar. E aí, começou a chorar. As pessoas na mesa ao lado da nossa rapidamente desviaram os olhos. Um dos outros garçons apareceu e olhou para mim. "Guardanapos", fiz com a boca. Ele assentiu e voltou correndo com uma pilha de guardanapos limpos.

Minha mãe enxugou os olhos com um guardanapo, os ombros sacudindo enquanto chorava sem fazer nenhum barulho. Quando seus dedos afrouxaram um pouco, retirei lentamente a foto das mãos dela e a coloquei de volta na bolsa.

Ela olhou para mim. Seus olhos estavam vermelhos e cheios d'água e os lábios, tremendo. Fiquei imaginando se alguma vez ela teria tentando me telefonar. Imaginei o que teria dito a ela, se tivesse ligado.

— Eu queria saber — ela disse. Suas palavras foram engolidas por um soluço.

— Saber o quê?

— Queria saber o que eu fiz que a levou a me odiar tanto.

Senti o ar fugir de mim.

— Você me odiou primeiro — eu lhe disse. "Porque ele me amava mais que amava a você", pensei.

Ela piscou para mim.

— É isso mesmo que você pensa?

Dei de ombros, sentindo-me subitamente incerta. Eu acreditara nisso, da maneira... bem, da maneira como uma criança acredita em Papai Noel ou na Fada dos Dentes. Era a história que contava para mim mesma, a que construíra quando era adolescente e que nunca questionara durante todos os anos em que estivera fora. E eu lhe telefonara e a convidara aqui determinada a perdoá-la, a abrir minha mão e seguir em frente. Mas... a possibilidade girava em minha mente como uma folha presa em um ralo. E se eu estivesse errada? E se não houvesse nada para perdoar? E se eu tivesse tanta culpa quanto ela?

Minha mãe apertou os lábios, falando devagar, como se cada palavra a machucasse.

— Lembro-me de quando você era bebê. Era eu que a alimentava, eu que trocava sua fralda e a ninava e cantava para você dormir, mas quando seu pai entrava pela porta... — ela fechou os olhos, balançando um pouco a cabeça — seu rosto simplesmente se iluminava. Era difícil para mim, um pouco. Eu a amava tanto, mas sentia como se você só sorrisse para ele.

Não, pensei. Ah, não. Eu não quero ouvir isso, não quero pensar nisso, não quero me lembrar... mas não conseguia evitar. As imagens estavam vindo, espontaneamente — eu na cadeira de balanço, com uma camisola manchada, balançando e balançando enquanto Caleb gritava. Eu usando a calça de moletom de Sam porque nenhuma das minhas roupas pré-gravidez cabia e eu não agüentava usar as roupas de gestante de novo, marchando como uma prisioneira pelo corredor curto demais, ida e volta, enquanto as horas se acumulavam, a noite inteira. Eu segurando Caleb enquanto ele berrava na banheira, eu segurando Caleb enquanto ele berrava no trocador... e Sam pegando Caleb nos braços durante cinco minutos no fim da noite, erguendo-o no ar e cantando "*Sweet Baby James*" para ele e Caleb sem berrar nem um pouco.

— Eu o perdoei muito porque você o amava tanto.

— Perdoou-o de quê?

Ela suspirou novamente sem olhar em meus olhos.

— São águas passadas — falou. — Já faz muito tempo.

Revirei todas as lembranças de meu pai na minha cabeça — o zoológico e as exposições de flores, os almoços nos restaurantes e as casquinhas de sorvete no parque. Não estava gostando muito do que via pelo outro lado. Quando eu tinha 8 e 9 e 10, alguns dias voltava para casa da escola e ele estava lá. Fugíamos de casa para ir a matinês e nos enchíamos de alcaçuz e hambúrgueres depois. "Não conte para sua mãe", ele dizia, dando um sorriso conspiratório enquanto tirava uma nota de 20 dólares da carteira dela e a passava para a dele. "Esse é o nosso segredo." Nunca me ocorrera, naquela idade, pensar por que ele estava em casa o tempo inteiro, mas agora eu ficava imaginando.

E tinha mais. Às vezes, havia uma mulher que ia conosco ao cinema ou ao McDonald's ou ao Friendly's ou ao Nifty Fifities depois. "Esta é Susan", ele dizia. Ou Jean ou Vicki ou Raquel. A mão dele deixava-se ficar no fim da coluna dela. "Uma amiga minha, do trabalho." Susan ou Jean ou Vicki ou Raquel era sempre mais jovem que minha mãe, e mais bonita. Jean tinha cabelo louro-platinado e uma risada arfante. Vicki me dera um batom que vinha num tubo dourado com sulcos. Será que eu sabia o que elas eram naquela época? Será que soubera o tempo todo? Ela sabia?

— Ele tinha namoradas — eu falei. Esperei que ela dissesse não, mas ela não disse nada.

Seu suspiro atravessou a mesa como um vento frio.

— Esperava que você não soubesse disso — ela disse. — Esperava que pelo menos ele tivesse tido o bom senso de não lhe contar.

— Então, por que você ficou com ele? Por que ficou, se sabia?

Ela apertou mais as mãos em volta da alça da bolsa.

— É diferente quando você tem filhos. — Pensei em Ayinde e Richard e vi como isso podia ser verdade, como um bebê podia fazer com que você perdoasse até mesmo as piores transgressões.

"Eu não queria me divorciar dele porque sabia que, se o fizesse, você nunca mais o veria. Ele simplesmente iria embora e começaria tudo de novo em outro lugar, com outra pessoa, e lhe diria que viria visitá-la, mas não viria. Eu o conhecia bem o bastante para saber disso.

— Mas foi isso que aconteceu.

— Uma de suas namoradas lhe deu um ultimato — ela falou. Sua voz era baixa e inexpressiva.

— Eu ou sua esposa. Ele... — ela lambeu os lábios e tomou mais um gole de chá. — Bem. Você sabe o que ele escolheu.

"Não fui eu", pensei. Ele não tinha me escolhido. Lembrei-me, com um rubor de vergonha, como depois que eu e Sam havíamos nos casado, eu tinha ido a uma loja chique de artigos de papelaria na Rodeo Drive, famosa por seus convites de casamento escritos a mão. Eles me fizeram uma prova, mas nunca voltei para fazer meu pedido. Um era tudo o que eu queria. Só havia uma pessoa que queria que recebesse um pedaço de papel cor de creme anunciando que Lia e Sam haviam se tornado marido e mulher. Eu o enviara para o último endereço que tinha de meu pai: um condomínio de apartamentos no Arizona. Três semanas depois, recebi uma carta de volta, um bilhete, na verdade, escrito em uma folha pautada arrancada de um bloco. "*Parabéns*", estava escrito em sua familiar caligrafia inclinada para trás. "E, agora que você é um 'grande sucesso' em Hollywood, talvez possa dar algo para seu 'Velho Pai'." Eu nunca contara a Sam sobre isso. Nunca contara a ninguém. Bem, é isso aí, eu havia pensado, e guardara o bilhete. É isso aí.

— Ele a amava, do jeito dele. Provavelmente melhor do que jamais amou alguém — ela me deu um sorrisinho. — Você era a garota dele. Lembra-se de como ele costumava dizer isso? Ele chegava em casa...

— ...em casa do trabalho e me balançava no ar — eu disse. Minha voz parecia vir do fim de um túnel. — Você é minha garota.

— Bem, trabalho — minha mãe falou. — Às vezes era trabalho e, às vezes... — sua voz sumiu. As mãos esvoaçaram no ar. — Sinto muito — disse. — Sinto que tenha de ter sabido disso sobre ele. Sinto muito pelo seu... — ela tropeçou nas palavras. — Seu filho.

— E a colcha?

Ela olhou para mim, as sobrancelhas franzidas em perplexidade. Era a menor das minhas perguntas, a coisa menos importante que havia entre nós, mas era a única coisa que me ocorria perguntar.

— Aquela colcha. A colcha da Moranguinho. A que você não queria comprar para mim. E aí, ele a comprou para mim e ele a deixou e você nunca me deu uma colcha nova. Você dizia que não tínhamos dinheiro.

Ela abaixou o olhar, olhando para as mãos, e pude ver em seu rosto o esboço de como ela seria quando ficasse velha. Provavelmente como eu também ficaria.

— Aquela colcha foi a única coisa que ele jamais lhe deu — ela falou. — Eu queria que você a tivesse para que pudesse se lembrar do seu pai.

— Isso não é verdade. Ele me deu muitas coisas. Minhas Barbies, meu aparelho de chá... meus patins...

Minha mãe estava balançando a cabeça.

— Mas... mas... — ah, isso doía. Estava me lembrando de meu pai se inclinando sobre mim quando eu estava deitada na cama, colocando uma sacola ou uma caixa ao lado do meu travesseiro, sussurrando "Olhe o que o papai trouxe para a sua garota número um!".

— Sinto muito — ela disse. — Eu queria que ele fosse um pai melhor, um homem melhor, na verdade, e, quando ele não podia, acho que não via mal em fingir. Então, eu comprava coisas para ele lhe dar e as embrulhava para presente e ficava feliz apenas em saber que você tinha gostado delas. Eu queria lhe dar tudo o que você queria. Toda mãe quer isso, acho. — Ela enxugou os olhos com o guardanapo. — Eu queria lhe dar um pai melhor, acima de tudo, e, quando não pude lhe dar isso...

Eu não sabia o que dizer a ela. Não sabia se podia dizer alguma coisa.

— Todas aquelas peças — eu finalmente disse. — Todas aquelas peças no segundo grau. *Bye Bye Birdie* e *Mame* e *Gipsy*. Você nunca foi...

— Você nunca quis que eu fosse — ela falou. Ela sorriu um pouco.

— Acho que suas palavras exatas foram que você se mataria se visse meu rosto na platéia.

Encolhi os ombros e consegui dar um sorriso também.

— Bem, eu era uma atriz — lembrei-me daquelas brigas. "Não vá", eu disse a ela, batendo a porta fina do meu quarto. "Não vá, eu não quero que você vá!"

— Então, você nunca viu o meu rosto. Mas eu estava lá. — Minha mãe afrouxou as mãos nas alças da bolsa tempo suficiente para procurar algo lá dentro. Retirou uma pasta parda que eu podia apostar ter sido roubada de algum almoxarifado na escola. Deslizou-a pela mesa. Eu a abri e encontrei um panfleto amassado, um folheto da primeira trupe de comédia para a qual eu havia entrado. Tinha dez anos e havia sido dobrado e redobrado e o papel nas minhas mãos era tão macio quanto linho.

— Onde encontrou isso?

— No eBay — ela disse. Debaixo do panfleto havia uma página recortada do *Guia da TV*. Era uma matéria sobre um seriado que se passava em um colégio e que fora ao ar há sete anos. Eu era uma figurante com crédito, o que significava que você podia me ver em todos os episódios que foram transmitidos. Na foto, dava para ver um dos lados do meu rosto.

"Isso não é do eBay — ela falou. — Eu tenho uma assinatura. Disso e da *Enterteainment Weekly* e da *People*. E de todos os tablóides também — o mesmo sorriso fantasma revisitou seu rosto. — Eu as levo para a sala dos professores quando acabo de lê-las. Elas me deixaram bastante popular.

Dei uma olhada na pasta. Lá estava eu num anúncio para um filme feito para a TV que fora ao ar em um canal que a operadora de TV a cabo da minha mãe nem tinha. Havia fotos minhas de vestido e de *jeans*, de minissaia e biquíni e, finalmente, uma em que eu estava em meu vestido de noiva em Las Vegas. "O ator de comerciais de lâminas de barbear, Sam Lane, e sua noiva, Lia Frederick." Meu cabelo louro-hollywood estava empilhado no topo da cabeça no penteado que eu deixara a cabeleireira do hotel me convencer a fazer. Minha barriga ainda estava seca e eu podia ver, no fundo, as brilhantes penas verde-garrafa de um dos pássaros na gaiola no saguão.

— Olhe — ela disse. Suas mãos estavam tremendo. — Aqui. — No fundo da pasta havia uma pilha de programas amarelos. Ela os abriu em leque na minha frente. Meu nome estava na capa, meu nome antigo, meu nome do colégio. Lisa Urick. — Cada um deles. Todas as noites.

Agarrei com força as beiradas da mesa.

— Você não queria que eu fosse para Los Angeles.

— Não queria que você fosse quando tinha 18 anos — ela disse. — Queria que fosse para a faculdade primeiro. E eu não sabia como falar com você. Estava tão zangada comigo, tão zangada o tempo todo...

Não falei nada. Eu tinha estado zangada. Talvez tivesse ficado zangada com ela porque ela estava ali, e não podia ficar zangada com meu pai porque ele não estava.

— Mas eu segui seus passos — minha mãe falou. — Ficou mais difícil depois que você mudou de nome, mas acho que vi tudo o que fez na vida. Quando esteve no *The Price Is Right*...

— Ah, meu Deus — eu disse, gemendo enquanto me lembrava de minha tarefa de cinco dias, substituindo uma das beldades de Barker que ficara doente. — O valor de mercado dessa vitrine...

— Mas aposto como você perdeu minha estréia na televisão — ela falou com um sorriso maroto.

— O quê? Não...

Ela assentiu.

— *Jeopardy!*

— Ah, mamãe! Seu sonho se realizou! Você ganhou?

— Três dias seguidos. Dezesseis mil dólares. Não foi o suficiente para voltar para o Torneio dos Campeões, mas mandei consertar o telhado — ela abaixou a cabeça. Típico, pensei. Dê a qualquer outra mulher nos Estados Unidos 17 mil dólares e ela os gastará em jóias ou férias em um *spa*. Dê para a minha mãe e ela conserta o telhado.

"Foi difícil voltar para casa depois — ela admitiu. — Sabendo que não teria nada para desejar. E fiquei imaginando... bem, se você talvez aceitasse me ver e pensasse em manter contato.

Meu olhos se encheram de lágrimas novamente. Lembro-me de como Sam uma vez mudara o canal para *Jeopardy!* — isso fora na nossa lua-de-mel, naquele hotel enorme em Las Vegas — e eu ameacei jogar o controle remoto no vaso sanitário se algum dia ele me sujeitasse a qualquer tipo de *game show*.

— Deus é testemunha — eu lhe dissera. — Tive de assistir a *Jeopardy!* cinco noites por semana durante 18 anos e nunca mais vou assistir *Jeopardy!* — ele concordara sem pestanejar, ainda que talvez o fato de eu estar usando o espartilho de renda branca, o que era cortado abaixo dos mamilos, que uma das minhas amigas me dera como brincadeira, tivesse algo a ver com aquilo.

— Você conheceu Alex Trebek?

Ela deu uma risadinha — uma risadinha de verdade — enquanto suas bochechas ficavam cor-de-rosa, como uma colegial apaixonada. Pude ver sua história em seu rosto naquele momento, a garota esperta e bonita, de olhos brilhantes que havia se casado com Fred Urick e que esperara a vida inteira pelo amor, mas que acabara sendo professora da quinta série, com um marido que não trabalhava e que pulava a cerca e uma filha que havia desaparecido.

— Mãe — eu falei. — Eu sinto muito. Sinto tanto por tudo.

Ela assentiu.

— Eu sei — disse baixinho. — Eu também sinto.

“Era um começo”, pensei. Talvez algum dia eu fosse capaz de mostrar a ela as outras fotos que eu tinha de Caleb, a impressão do pezinho que levara do hospital para casa, as fotos que Sam tirara de nós dois na banheira, o gorrinho branco de tricô que eu fizera para ele. “Era um começo”, pensei de novo, enquanto esticava o braço para o outro lado da mesa e pegava a mão de minha mãe.

BECKY

Becky sentou-se na cama e foi tomada por uma onda de tontura que a puxou imediatamente de volta para o colchão. "Intoxicação alimentar", pensou enquanto o quarto girava. Eram ossos do ofício. Datilógrafos tinham lesões por esforço repetitivo, executivos tinham úlceras, *chefs* tinham 48 horas de vômito, tremores e diarréia. "Bem feito por eu ter comido aquelas ostras", ela pensou e fechou os olhos, gemendo. Seria um azar se ficasse doente. A vida estava boa. Não tinha notícias de Mimi desde a Tragédia do Presunto de Natal. Andrew também não. Nem um único telefonema, nem um *e-mail*, nem uma página, nem uma única roupinha indecente de bebê em um pacote endereçado a uma A. Rabinowitz. Às vezes, Becky sentia-se como se estivesse vivendo sob uma nuvem radioativa que se abriria ao meio e derramaria uma chuva de veneno a qualquer momento, mas na maior parte do tempo era maravilhosamente tranqüilo, adoravelmente silencioso.

Andrew emergiu do quarto de Ava com o bebê, ainda em seu pijama cor-de-rosa, nos braços.

— Não está se sentindo bem?

— Ugh — ela falou ofegante, enquanto outra onda de tontura a assolava.

— Acho que estou doente — falou e afundou-se novamente no colchão. Andrew sentiu sua testa e as glândulas em seu pescoço.

— Não está com febre, mas pode ser um vírus estomacal. Quer ligar para o médico?

Claro, Becky pensou. E ouvir um sermão sobre os cinco — não, sete — quilos que não conseguira perder desde o nascimento de Ava?

— Vou ficar bem — ela disse. — Temos *ginger ale*?

Andrew carregou Ava para a cozinha e subiu novamente, cinco minutos depois, com *ginger ale* sem gás e um prato de *cream crackers*. Becky bebeu um golinho e mastigou.

— Muito melhor — falou. — Nham. Sabe, acho que não como um *cream cracker* desde que estava... — sua voz sumiu. Ela olhou para Andrew. — Ah, merda.

Andrew teve a ousadia de parecer feliz enquanto carregava Ava para o quarto.

— Acho que Rosna-Rosna e eu vamos dar uma volta — falou.

— Ah, merda — Becky repetiu.

— Não vamos botar o carro na frente dos bois — Andrew disse. Ele estava sorrindo enquanto carregava Ava para fora do quarto. Becky o ouviu dizer "Você quer um irmão ou uma irmã?"

"Ah, merda", ela pensou de novo e puxou a colcha por cima da cabeça.

Quinze minutos depois, Andrew e Ava estavam de volta, com uma sacola da farmácia.

— O que essa criança está vestindo? — Becky resmungou, vendo o conjunto de sua filha, vestida com calças de veludo cotelê xadrez vermelho e amarelo, uma camisetinha verde-limão, um casaco cor-de-rosa e um gorro de esqui azul. Andrew era um homem adorável, mas também era daltônico. Pelo menos, evitara os *leggings* rosa-*shocking* com debrum de pêlo falso que Mimi havia mandado, junto a mules de penas de marabu combinando.

— Não mude de assunto — Andrew falou enquanto a ajudava a sair da cama e a empurrava em direção ao banheiro.

— Isso é loucura — Becky disse. — Peguei um vírus, uma gripe, sei lá. Acha que não saberia se estivesse grávida?

— Faça esse favor para mim — ele disse de novo. — Vamos descartar os cavalos antes de começarmos a procurar as zebras.

— Não — ela murmurou, entrando no banheiro, onde Não virou um Sim azul brilhante.

— Como isso pôde acontecer? — ela perguntou cinco minutos depois, balançando o palitinho no ar.

— Bem, Becky — disse Andrew, com um sorrisinho satisfeito no rosto e Ava nos braços —, acho que nós sabemos como aconteceu.

— Mas eu ainda estou amamentando! E usei o diafragma! — "Na maior parte das vezes", ela pensou, lembrando-se das 26 noites que haviam passado no sofá-cama e não se sentira motivada o bastante para subir as escadas na ponta dos pés e arriscar-se a acordar Mimi a caminho do banheiro.

— Bem, nada é cem por cento garantido — Andrew falou.

— Não acredito nisso. Como é que eu vou fazer isso? Como? Mal consigo dar conta de um bebê e agora vou ter dois? Com quinze meses de diferença?

— Como assim, mal consegue dar conta de um bebê? — Andrew, para seu crédito eterno, parecia confuso. — Está fazendo um ótimo trabalho.

— Você não sabe... — Becky jogou-se na cama e puxou a colcha por cima da cabeça. — Eu gritei com ela uma vez. Estávamos voltando da South Street. Eu tinha de ir ao Mercado dos *Chefs*, estávamos sem açafrão no restaurante e ela começou a berrar na esquina da Quarta com a Pine e simplesmente não parava; berrou com todas as suas forças durante oito quarteirões. E eu fiz tudo em que pude pensar: peguei-a no colo, tentei amamentá-la em um café, ela simplesmente não parava de chorar, e eu gritei com ela. Enfiei o rosto dentro do carrinho e disse "O que você quer que eu faça?" As pessoas estavam olhando.

— Ninguém estava olhando.

— Estavam olhando, sim. — Becky virou para o lado, apertando mais a colcha em volta de si. — E não vou poder trabalhar por algum tempo. E, Andrew... — ela olhou para ele e enxugou os olhos. — Eu gosto de trabalhar. Eu amo Ava... quer dizer, eu a amo completamente a maior parte do tempo, quando ela não está berrando por oito quarteirões, mas fico tão feliz quando a deixo no hospital e vou trabalhar. Alguns dias, parece que estou em liberdade condicional. Como se eu fosse Sísifo e finalmente pudesse parar de empurrar a pedra — ela torceu um cacho de cabelo. — Sou uma mãe horrível.

— Ah, yah — Ava gorjeou, como se concordasse.

— Não dê ouvidos a ela — disse Andrew. — Você não é uma mãe horrível.

Ela suspirou novamente e fungou.

— Eu amo o restaurante. Nunca vou conseguir trabalhar com dois bebês. Provavelmente devia ver se Sarah quer comprar a minha parte.

— Não seja boba — Andrew falou. — Não é para o resto da vida. E há coisas que podemos fazer.

Becky enxugou os olhos com a manga.

— Acho que é melhor eu resolver isso de uma vez — ela disse. — Vou ter o quê? Mais dois ou três anos de fraldas e amamentação e depois acabou. Chega. Câmbio e desligo.

— A não ser que tenhamos mais um.

— Ah, não, senhor. Você vai fazer uma vasectomia.

— O quê?

— Vasectomia — ela repetiu. — Não vou correr o risco de isso acontecer de novo.

Ele botou Ava na cama e inclinou a cabeça para a barriga dela.

— Olá, bebê — sussurrou. Os olhos de Becky encheram-se de lágrimas. Em vez de sentir-se empolgada como se sentira quando descobriram que estava esperando Ava, ela se sentia triste e confusa e de certa forma desleal. Ava era o bebê. Agora ela seria a irmã mais velha com um ano e três meses de idade. Becky não queria que fosse assim. Ela achava que teriam anos juntos, só os três, anos para que Ava fosse o centro do mundo deles, sua pequena estrela. Agora, eles seriam quatro. E ela ficaria exausta.

"Você tem a irmã mais maravilhosa do mundo — Andrew disse, enquanto acariciava os cabelos de Becky com uma das mãos e alisava sua barriga com a outra.

Becky colocou a mão no alto da cabeça de Andrew, acariciando seus cabelos. Como ela poderia amar outro bebê tanto quanto amava Ava? Como seria capaz de lidar com outro bebê? "*Deus*", pensou. Seria uma daquelas mulheres com carrinhos duplos, carregada como um Xerpa com mochilas e sacolas de fraldas, tigelas cheias de cereais, bolsos cheios de chupetas e chocalhos e cupons de desconto para Pampers.

— Você tem a mãe mais linda do mundo — Andrew falou. Becky fechou os olhos, sentindo uma onda de tontura e náusea e, pior do que tudo, *déjà vu*. Eles já tinham feito tudo isso antes. Andrew esfregava manteiga de cacau na pele dela, suas mãos movendo-se em círculos lentos e, em seu nono mês, ele lera *Goodnight Moon* para sua barriga. Fora tudo tão especial, tão novo. Como seria desta vez?

— Becky — disse ele. Ele passou os braços em volta dela.

— Percebe que vou ter de usar aquelas roupas horrorosas para gestante de novo? — ela perguntou. Encostou sua testa na dele. — Prometa-me que isso vai ser bom — ela falou. — Prometa-me que vai ser.

— Podemos contratar uma babá, se decidirmos que é necessário — Andrew disse. — Ou podemos chamar a faxineira duas vezes por semana. Eu sei que não é perfeito, mas, sério, nós temos sorte, se você pensar bem.

Sorte. Ela fez com a boca a palavra contra a pele quente do pescoço dele e soube que era verdade. Se havia uma lição que aprendera com sua maternidade recente e com suas amigas, era que qualquer bom auspício devia ser considerado sorte... e que sempre, sempre, havia alguém em situação pior do que a sua.

KELLY

A campainha tocou às 10h na sexta-feira de manhã, uma hora depois de seu marido ter saído, meia hora desde que ela havia tirado as calças de moletom e a camiseta e se espremido no conjunto de terno perfeitamente passado que trouxera escondido da lavanderia para casa no dia anterior. Kelly calçou os sapatos de salto, colocou um cobertorzinho limpo por cima do ombro e pôs Oliver, vestindo uma jardineira Oshkosh e uma camiseta listrada de branco e vermelho, em cima. Então, verificou o batom e abriu a porta.

— Ei, Kelly!

Amy Mayhew era ainda mais jovem que parecera ao telefone. Vinte e quatro, no máximo, Kelly pensou. Usava a saia até o joelho, suéter azul-marinho e botas de cano alto com saltos finos e baixos. O fotógrafo era um homem com aparência de urso, de uns 50 anos, de calça cáqui e boné de beisebol. Suas mãos estavam quentes quando ele apertou a dela e fez cócegas debaixo do queixo de Oliver.

— Que sujeito bonito!

— Obrigada — ela disse e os guiou para dentro, pela sala quase vazia que levantara às 6h para limpar. — Posso oferecer um café para vocês?

Tanto Amy quanto o fotógrafo, que se chamava David, disseram que adorariam uma xícara.

Kelly colocou Oliver — que já comera, arrotara, trocara de fralda e tomara um conta-gotas inteiro de Tylenol infantil 45 minutos antes para garantir seu bom comportamento — em seu andador e entrou na cozinha brilhante, cantarolando enquanto servia café e colocava as xícaras na bandeja que Becky viera naquela manhã para arrumar. Havia um açucareiro cheio de cubos de açúcar, uma jarra de leite, um prato de biscoitos em forma de meia-lua salpicados com açúcar de confeiteiro. "Perfeito", Kelly pensou, carregando a bandeja para a sala de estar, admirando a forma como a luz do sol se derramava pelo chão recém-encerado, a forma como o ar ainda recendia ligeiramente às velas com cheiro de pêra que ela acendera na noite anterior. Mal dava para ver como o sofá de favelado era horrível debaixo da grande manta de caxemira cor de creme que Ayinde lhe emprestara, e as caixas de papelão cobertas com uma toalha de mesa de renda antiga serviam como um substituto perfeitamente aceitável para a mesa de centro que Kelly ainda não possuía.

Sentou-se no sofá e sorriu para a repórter.

— Então — falou. — O que eu posso lhe dizer sobre a minha vida?

O som da risada de Amy Mayhew parecia de admiração. Kelly ficou imaginando o que teria achado desta aconchegante cena doméstica quando era solteira.

— Deixe-me lhe dar uma base. Minha matéria é focada em uma nova geração de mulheres, aquelas que se recusaram a aceitar a dicotomia mulher profissional/dona-de-casa e encontraram formas inovadoras de equilibrar suas famílias e suas carreiras. Por que não começamos com a sua biografia?

Kelly sorriu enquanto recitava os nomes de seus irmãos, a cidade onde crescera, o ano em que terminara a Penn, a firma de consultoria de investimentos que a fizera viajar 200 dias dos dois anos em que trabalhara lá. Oliver dava pulinhos em seu andador, gritando "Brrr!" de vez em quando, enquanto Kelly lhes contava sobre a infância em Ocean City e como ela começara sozinha uma mania de gerbos em sua escola.

Amy Mayhew riu apreciativamente enquanto Kelly explicava como levara seu próprio gerbo para sala, fazendo carinho e alardeando sua presença e, quando a demanda cresceu, comprara mais gerbos a preço baixo nas lojas de animais e os vendera para seus colegas de classe a cinco dólares cada um. E aí, dera a sorte de comprar uma gerbo grávida, e ganhara mais de cem dólares antes que sua mãe dissesse que estava cansada de morar com gaiolas cheias de ratos peludos e pusesse um fim à indústria de roedores de Kelly.

Ela contou a Amy como planejara suas próprias festas de aniversário e as de seus irmãos desde que tinha 5 anos, deixando de fora que suas habilidades precoces de planejamento eram em grande parte resultado de sua mãe estar bêbada ou desinteressada demais para se importar. Cobriu a história de sua família o mais rápido que pôde, demorando-se em Maureen, que estava fazendo mestrado, e pulando Doreen, que fora demitida do departamento de Transportes Urbanos.

— E seus pais? — Amy perguntou.

— Meu pai trabalha nos correios. Minha mãe já faleceu — Kelly disse. A repórter fez sons de compreensão e não perguntou "De quê", o que poupou Kelly de ter de encontrar um jeito chique de dizer *cirrose* ou dar qualquer sinal de que sua morte fora um alívio.

— La la la, ga ga ga, pa pa pa — Oliver falou, balançando seu urso de pelúcia acima da cabeça.

— Papai? — perguntou a repórter, com um sorriso.

Ela se inclinou na direção de Oliver, sorrindo para ele, sentindo seu coração flutuar quando ele sorriu de volta e a câmera clicou bem a tempo de capturar a cena.

— Papai está viajando a trabalho! — falou alegremente. Papai, na verdade, fora despachado para o Sam's Club com uma lista de compras do tamanho de seu braço, depois de Kelly explicar seu frenesi de limpeza dizendo que havia convidado suas amigas para almoçar, mas o pessoal da *Power* não precisava saber disso.

Oliver gorgolejou, mostrando as gengivas e seus dois dentes. Esticou os braços para Kelly e a câmera clicou enquanto ela o levantava no ar.

— Ótimo — David murmurou enquanto Kelly o erguia acima da cabeça. Neste exato momento, houve um barulho agourento de gargarejo. Oliver abriu a boca e despejou um vômito aguado e cor-de-rosa, ensopando a roupa de Kelly e formando uma poça no chão.

— Ah, meu Deus! — Amy Mayhew disse, dando um passo para trás tão rápido que quase caiu em cima, e através, da caixa de papelão que se passava por um móvel de verdade.

— Ah, Deus — disse Kelly, botando Oliver, que gritava, encostado em seu ombro. — Dê-me só um minuto. Nós voltamos já.

"Merda", pensou, andando rápido pelo corredor. Devia ter sido o Tylenol. Correu para o quarto do bebê, arrancou a roupa dele e olhou em volta furiosamente à procura de outra. "Claro, eu lavo as roupas do bebê", Steve lhe dizia havia três dias. Ela abriu a secadora. Estava vazia. Abriu a máquina de lavar e gemeu quando viu todas as roupas de Oliver ainda encharcadas. Manteve uma das mãos no bebê que chorava no trocador e abriu várias gavetas com a outra, antes de perceber, com uma fúria crescente, que as únicas roupas limpas que o bebê poderia usar eram a roupa do batizado ou pijamas. Pijamas, decidiu, enfiando um par limpo de pijamas azul-marinho nas pernas do bebê enquanto ele gritava e esperneava.

— Está tudo bem aí dentro? — Amy Mayhew gritou por cima dos berros do bebê.

— Tudo bem! — Kelly gritou de volta. Ela fechou os botões de pressão, encontrou um cobertor limpo, carregou Oliver para seu quarto e o colocou na cama, em cima do cobertor. Despiu a roupa encharcada e pegajosa e tateou os cabides no *closet*, empurrando os ternos abandonados de Steve para o lado até encontrar uma saia limpa que achava que iria caber. Oliver choramingou. Ela limpou suas bochechas e seu queixo com um lenço umedecido e discou o telefone com a mão livre.

— Oi, aqui é Kelly Day. Estou ligando a respeito do meu filho, Oliver... — chutou os sapatos para longe e puxou o zíper, que não queria fechar, com força, inclinando-se para a frente para pressionar a testa contra a barriga de Oliver, para que ele não se balançasse para fora da cama. — Eu lhe dei um pouco de Tylenol há mais ou menos uma hora e ele acabou de vomitar...

— Ele estava com febre?

"Graças a Deus", Kelly pensou, "era uma enfermeira diferente da que atendera depois que Oliver caíra da cadeirinha."

— Perdão, o que disse?

— O Tylenol — disse a enfermeira. — A senhora disse que lhe deu Tylenol.

— Ah, hmm, os dentes dele estão nascendo... — uma completa mentira, mas o que deveria dizer? "Estou medicando meu filho para que ele se comporte durante uma entrevista para uma revista?" Entre isso e o acidente da cadeirinha, ela perdera oficialmente sua chance de ser eleita Mãe do Ano. — Sabe de uma coisa? Ele parece estar bem agora. Vou tentar amamentá-lo e ligo mais tarde. — Ela desligou o telefone antes que a enfermeira pudesse dizer algo e vasculhou o guarda-roupas. Seu suéter favorito estava na pilha "a ser mandado para a lavanderia", coberto de pêlo de cachorro. Seu segundo suéter favorito agora estava tão apertado que a fazia parecer uma *pin-up* de calendário depois de um longo fim de semana em um restaurante rodízio. Passou a mão direita sobre a prateleira empoeirada de cima, batendo finalmente na caixa da Lord & Taylor que Doreen lhe mandara de Natal. Ela a agarrou e a jogou na cama. O suéter dentro da caixa era cor de lavanda. Decotado. De angorá. Mas pelo menos estava limpo. Enfiou-o pela cabeça e voltou correndo para a sala de estar com Oliver nos braços.

— Desculpem-me por isso! — falou, sorrindo alegremente. — Já está tudo sob controle.

A repórter e o fotógrafo trocaram um olhar de dúvida. Kelly reprimiu um espirro quando um pouco de angorá entrou em seu nariz.

— Então, você voltou a trabalhar quando o bebê tinha que idade, exatamente?

— Quatro meses — ela mentiu. Na verdade, eram três, mas achava que quatro soava melhor. — E eram apenas alguns dias por semana, algumas horas por dia no princípio. Minha gerente foi ótima me deixando voltar aos poucos — outra mentira. Ela voltara com tudo, basicamente espremendo 40 horas de trabalho em uma semana de 20 horas de trabalho para evitar ter de recorrer às suas economias. E para lhe dar algumas horas por dia longe do espetáculo de seu marido de papo para o ar, com o zíper aberto, longe do bebê que exigia toda a sua atenção e ambas as mãos.

— E você tem uma babá enquanto trabalha?

— Meus parentes me ajudaram por algum tempo e agora uma amiga minha toma conta dele — disse Kelly. — Sei a sorte que tenho de tê-la — isso, pelo menos, era verdade, desde que Steve contasse como parente. E ela tinha sorte, comparada à maioria das mulheres no país que tinham sorte se conseguissem seis semanas de licença depois de terem um bebê, que tinham de pôr seus filhos na creche ou esperar que houvesse um parente disposto e responsável que morasse por perto. Ela tinha sorte de sua família ainda ter seguro (verdade, eles só o teriam por mais seis meses, até o plano de saúde de Steve acabar, e era absurdamente caro, mas era melhor do que nada). Tinha sorte em ter amigas que, num aperto, tomavam conta de Oliver se surgisse uma emergência.

"E a minha chefe me deixa trabalhar de casa, então normalmente estou logo no final do corredor — ela concluiu, virando Oliver habilidosamente antes que ele pudesse realizar seu mais recente truque, que consistia em agarrar o decote do que quer que ela estivesse usando e tentar se içar para cima — e, conseqüentemente, puxar sua roupa para baixo. Essa era a mentira número três, mas ela não podia lhes dizer que trabalhava de um *laptop* em um café porque seu marido tomara seu escritório, do qual ele aparentemente precisava para coordenar seu número cada vez maior de times imaginários de futebol americano e beisebol.

— Conte-me como seus clientes reagiram — Amy pediu. — Eles se incomodam por você não estar disponível oito horas por dia?

— Na verdade, descobri que sou capaz de estar tão conectada quando estava quando trabalhava no escritório. Carrego um telefone celular, é claro, e tenho um bipe para emergências.

— Mas, e se você tiver algum problema e sua amiga não estiver aqui? O que você faz com... — Amy deu uma olhada rápida em seu caderno. — Oliver?

Kelly mordeu o lábio. Nesses casos, o que ela fazia era entregar o bebê a Steve, junto a uma pilha de livros e brinquedos.

— Eu o levo para passear! — falou triunfante. — Ele sempre fica feliz quando está no carrinho e eu falo no meu fone de ouvido, portanto posso usar ambas as mãos para empurrar...

Amy estava olhando para ela ceticamente.

— Mas e se você precisar consultar um documento? Ou um memorando ou alguma coisa? Não é difícil trabalhar quando não está na frente do seu computador?

— Bem, se houver algo de que eu realmente precise, posso imprimir e consultar enquanto estamos passeando...

É. Sei. Ela se imaginou andando pela Walnut Street, Oliver em seu carrinho, celular no ouvido, tentando ler uma página amarrotada dobrada contra a barra de direção.

— Ou quando estamos sentados no parque. Ou posso esperar enquanto ele está cochilando ou dormindo ou... bem, eu tenho amigas, elas também são mães e nós damos cobertura umas às outras quando há um problema. Posso pedir para uma delas ficar com ele. Se houver algum problema que eu realmente precise resolver. — Pronto. Isso ficou bom. Aconchegante, até. Meio *Mulherzinhas*, todas aquelas jovens mamães trocando bebês e bolo de café feito em casa por cima da cerca de madeira branca. Ela enxugou as mãos sub-repticiamente na saia quando ouviu a câmera clicando. Seu coração estava acelerado. Se fingir ter tudo era tão difícil, realmente ter tudo devia ser impossível. — E muitos dos meus eventos são à noite, depois que o bebê está dormindo e meu marido está em casa, portanto dá tudo certo.

— Eu acho impressionante — Amy falou. — A idéia de tomar conta de outra pessoa... na maioria dos dias, mal consigo tomar conta de mim mesma.

"Você não sabe nem da metade, irmã", Kelly pensou.

— Divirta-se agora — ela disse. — Você vai estar aqui logo, logo.

Amy Mayhew sorriu, mas Kelly podia ver que ela não havia realmente acreditado. Ou talvez achasse que o mundo teria se reinventado quando ela estivesse pronta para se reproduzir, que a ciência e a sociologia teriam produzido alguma solução perfeita, permitindo que bebês e empregos existissem em perfeita harmonia.

— Então, conte-me como é um dia da sua vida — Amy falou.

— Bem, eu acordo por volta das 6h... — Kelly começou, descrevendo suas manhãs, deixando de fora as partes sobre arrastar um *golden retriever* infeliz pelo quarteirão.

David começou a desempacotar caixas de equipamento, colocando uma luz em um canto.

— Sua vida é como você a havia imaginado? — Amy perguntou. — Como quando você estava na faculdade. Era assim que você imaginava que as coisas seriam?

— Umm. Bem. Hmm — Kelly tentou se lembrar exatamente do que havia imaginado. Um marido que ganhasse pelo menos o mesmo que ela, para começar. Ela previra alguns anos de 14 horas de trabalho por dia, viagens, trabalhando a noite toda, finais de semana, o que fosse preciso para se estabelecer. Imaginara seu casamento, é claro, e um apartamento igual a esse, só que com mais móveis, um quarto de bebê perfeitamente decorado com um bebê perfeito e silencioso deitado no centro de um berço perfeitamente instalado. Ela se imaginara empurrando um carrinho, o cabelo brilhante, as unhas pintadas, usando *jeans* do mesmo tamanho que usara no colegial, fazendo as mesmas coisas para as quais não teria tempo como mulher profissional: tomar um café com leite, olhar coisas em livrarias e butiques, encontrar as amigas para almoços durante os quais o bebê ficaria quietinho como um anjo em seu carrinho ou, talvez, sentado em seu colo para que suas amigas pudessem admirá-lo. Ela se vira na cozinha, preparando jantares caseiros enquanto o bebê cochilava. Sonhara com um quarto iluminado por velas, um marido com o qual ainda desejaria dormir, com sexo luxuriante e criativo. Imaginara toda a bagagem da maternidade — os protetores e lençóis do berço, o carrinho que empurraria —, mas não a realidade. Não a realidade de um bebê que, em suas fantasias, aparecia como pouco mais que um tipo de acessório chique, o objeto a se ter nessa estação. Não a realidade de um marido que não era o que ela pensara ser quando dissera seus votos e fizera suas promessas.

— Kelly?

"Eu estava enganada", ela pensou. Tão enganada.

— É muito mais difícil — falou. Sua voz era inexpressiva. Amy Mayhew estava olhando para ela. Kelly limpou a garganta, expelindo mais um pouco de pêlo cor de lavanda.

— Isso é tão mais difícil que eu cheguei a imaginar que seria — ela limpou a garganta. — Porque o problema é que, mesmo que você esteja trabalhando meio período, sua chefe vai esperar o equivalente a uma semana inteira de trabalho, não importa quanto seja compreensiva. É a natureza do mercado de trabalho; as coisas têm de ser feitas, com bebês ou sem. E, se você é como eu, se você é como qualquer mulher que se saiu bem nos estudos e que se saiu bem em sua profissão, não quer decepcionar um chefe. E quer fazer um bom trabalho na criação do seu filho — empurrou as mangas para cima. — Não é como você pensa que vai ser.

Amy Mayhew parecia profissionalmente compreensiva.

— Qual é a diferença?

— Os bebês precisam de você. Precisam de você o tempo todo, a não ser que estejam dormindo, e você tem sorte se dormirem por uma hora, no máximo, e aí você tem de decidir o que vai fazer com aquele tempo. Você quer trabalhar? Retornar telefonemas? Esvaziar a máquina de lavar pratos? Tomar um banho? Tirar leite com a bomba para as mamadeiras quando você não vai estar em casa? Normalmente, acaba fazendo cinco coisas ao mesmo tempo.

— Multitarefas — Amy Mayhew disse, concordando com a cabeça.

— É. Multitarefas — ela falou. — Então, acaba ligando de volta para os clientes enquanto está com a bomba de leite no peito, mas não pode tomar notas porque está usando um braço para segurar o telefone e o outro para manter as ventosas no lugar. Ou você põe o bebê sentado no seu colo e lê para ele propostas de trabalho com a mesma voz que usa para ler *One Fish, Two Fish, Red Fish, Blue Fish* e reza para que ele não perceba a diferença. E você come muita comida de restaurante. E não dorme muito.

Kelly fez uma pausa para respirar, não gostando muito da expressão de Amy Mayhew, que estava começando a se parecer bastante com pena.

— E seu marido? — Amy Mayhew perguntou. — Ele ajuda?

A palavra *marido* trouxe Kelly de volta à realidade... ou melhor, de volta à falsa realidade que estava tentando vender aos inocentes leitores da revista *Power*.

— Bem, ele é muito ocupado — ela começou. — Ele viaja...

— Incomoda-se se eu enfiar isto aqui? Só para tirar do caminho para as fotos? — o fotógrafo estava segurando seu casaco e apontando na direção do *closet*, o mesmo no qual Kelly enfiara seis meses de lixo, jornais, revistas, um pacote semivazio de fraldas que haviam ficado pequenas para Oliver, os tacos de golfe de Steve, as sandálias que ela não usava havia meses, a ração e os brinquedos de Lemon, um saco de lixo cheio de roupinhas de bebê, uma caixa de sapato cheia de fotos diversas, livros da biblioteca, um único e ridículo balão meio murcho escrito É UM MENINO!...

— Ah, espere! — em câmara lenta, Kelly o viu esticar a mão para a maçaneta. Ela colocou Oliver no chão e levantou-se, mas não foi rápida o suficiente. Houve um estrondo lento conforme a porta se abriu e então, num piscar de olhos, sua vida havia caído como uma avalanche no chão recém-aspirado.

— Opa — disse o fotógrafo, enquanto a cascata continuava (um disquete de experiência de seis meses da AOL, um saco preso com elástico cheio de contas atrasadas, um par de óculos escuros quebrado, uma edição do livro do Dr. Ferber *Resolva o problema de sono do seu filho*, uma edição do livro do Dr. Sears *A solução para um sono sem choro*, uma edição do livro do Dr. Mindell *Dormindo a noite inteira*). — Ah, rapaz, eu sinto muito. — David falou.

— Não se preocupe! Sem problema! — Kelly começou a enfiar as coisas de volta no armário, mas, quanto mais ela empurrava, mais coisas caíam para fora (duas cópias do *Philadelphia Chickens*, três cópias de *Where the Wild Things Are*, o xale ridiculamente horroroso que Mary tricotara e que ela não tivera coragem de jogar fora ou dar para alguém, uma caixa de protetores de sutiãs, uma lata de leite em pó). Inclinou-se para baixo, respirando com dificuldade, empurrando com os pés, pegando as coisas às braçadas. Não estava adiantando nada. Para cada coisa que conseguia botar de volta na prateleira ou espremer no chão, havia três outras coisas esperando para tomar seu lugar. E, ou ela estava imaginando um clique alto, ou tudo isso — incluindo sua bunda empinada para cima, espremida, mais ou menos, em uma saia com um zíper meio fechado — estava sendo fotografado para a posteridade. Finalmente ficou ereta, soprando cachos de cabelo para longe de seu rosto suado.

— Vamos deixar para lá.

"Isso é bobagem", disse a si mesma, afastando-se dos detritos dos últimos seis meses de sua vida.

— Isso é bobagem — disse em voz alta, pensando em suas amigas. Um bebê que havia morrido, um bebê que estava doente, um marido que estava sendo infiel, esses eram problemas sérios. Um armário bagunçado e um marido desmotivado? Bobagem.

Então Oliver começou a chorar de novo e Lemon estava latindo e a porta da frente se abriu e Steve entrou, vestindo uma camiseta de mangas compridas, barba por fazer, o cabelo formando cachos por cima do colarinho, com um olhar confuso no rosto e os braços cheios de fraldas em promoção.

— Kelly?

Não. Ah, não.

— Você deve ser o Steve! — Amy Mayhew disse animadamente.

Ele assentiu, olhando para os dois.

— E onde está o seu bebê? — perguntou.

Amy riu, descartando a idéia.

— Ah, não, não, nada de bebê para mim!

A testa de Steve franziu enquanto ele olhava para Kelly.

— O que está acontecendo?

"Minta, minta, pense em uma mentira."

— Você voltou cedo!

— É, o Sam's Club não tinha metade das coisas que você queria, então pensei em voltar para casa e dizer oi para todo mundo.

— Pensamos que você estava viajando! — disse Amy.

— Hein? — disse Steve. Ele olhou para a esposa. Kelly engoliu em seco.

— Estes são Amy Mayhew e David Winters. Eles são da revista *Power*.

Steve ficou olhando para eles, a testa enrugada.

— Vieram conversar comigo — Kelly falou.

— Sobre o quê? — ele perguntou.

Ela colou seu melhor sorriso de boa garota no rosto e rezou com todas as suas forças. "Me dê cobertura", pensou. "Se um dia você me amou, me dê cobertura."

— Trabalho e família — ela disse. — Ter tudo.

— Ah — ele falou, repetindo devagar. — Ter tudo.

— Eu lhe disse, lembra-se? — ela falou, sentindo-se desesperada. — Sei que mencionei isso. Você deve ter se esquecido. Ele é tão ocupado — explicou para Amy e David.

— Bem, ele deve ser — Amy Mayhew disse. — Consultoria é um trabalho pesado.

Steve ficou olhando para sua esposa. "Consultoria?", ela praticamente podia ouvi-lo pensar. "Por favor", implorou telepaticamente. "Por favor, vá embora."

— Estarei no escritório — ele falou. Deu meia-volta, passou por cima da bagunça que saía do armário como se não a tivesse visto e saiu da sala.

— Steve, espere! — seus dedos roçaram na manga de sua camiseta quando ele passou por ela.

— Podem me dar licença? — Kelly disse para David e Amy e então correu pelo corredor, colocou o bebê no berço e correu para o quarto. Steve estava de pé de frente para o armário do quarto. Já havia uma mala aberta em cima da cama.

— O que você está fazendo?

— Ah, nossa, sei lá. Acho que estou fazendo uma consultoria. Se é isso que está dizendo às pessoas atualmente — ele disse.

— Bem, e o que eu deveria dizer? — ela chiou. — Que você está desempregado? Como acha que isso ficaria por escrito?

— Sabe de uma coisa? Não estou nem aí. É você quem é ligada em aparências — ele falou, juntando camisas e *jeans* do chão, onde as havia deixado.

— Steve...

Ele a encarou e então atravessou o quarto até a cômoda, pegando punhados de cuecas e camisetas sem manga, as mesmas que Kelly catava do chão ou pescava de debaixo dos lençóis, as mesmas que ela lavava, secava, dobrava e recolocava nas gavetas. "O que ele pensa?", lembrava-se de perguntar à Becky. "Que há uma Fada das Cuecas que voa por aí repondo magicamente suas cuecas todas as noites?"

— Está bem, quer saber? Pode ir, então — ela disse. — Ligue-me quando tiver um novo telefone. Ou melhor ainda, ligue-me quando tiver um novo emprego. Acho que não vou ficar esperando sentada.

— Volte para a sua entrevista — ele falou, apanhando mais roupas do chão. — Por que você simplesmente não diz a eles que é mãe solteira?

— Eu bem que poderia ser! — ela gritou, enfiando-se entre o corpo dele e a cama. — Pela ajuda que recebo de você, eu bem que poderia ser mãe solteira! Acha que eu queria voltar a trabalhar três meses depois que nosso bebê nasceu?

— Pela centésima vez, Kelly, você não tinha de voltar a trabalhar. Você voltou a trabalhar porque quis. E, se me deixasse ajudar...

— Se eu o deixasse ajudar, você deixaria o bebê cair! — ela berrou. — Se eu o deixasse ajudar, você me diria que a fralda dele está seca quando está molhada, e me diria que ele não precisa arrotar, quando precisa, e eu precisava voltar a trabalhar, sim!

— Não — ele falou com uma voz melodiosa irritante, como se estivesse falando com uma criança burra. — Não, não precisava.

— Precisava, porque não queria gastar todas as nossas economias! — ela gritou. — Porque, diferente de você, eu não consigo ficar sentada de papo para o ar o dia inteiro! Sabe de uma coisa? — disse. — Quem me dera eu fosse mãe solteira! Porque mães solteiras não têm de catar os pratos sujos e as garrafas de cerveja vazias de seus maridos todas as noites. Mães solteiras não têm de lavar a roupa suja de ninguém, ou arrumar a bagunça de ninguém ou, ou abaixar o assento da privada à noite porque seus maridos não se preocupam em se lembrar...

— Abaixe a voz — ele chiou.

— ...porque estão ocupados demais assistindo às novelas!

Ele se contraiu como se ela tivesse lhe dado um tapa.

— Ah, é, eu sei tudo sobre isso. Achou que eu não ia ver que, de repente, o TiVo está gravando todos os episódios de *As The World Turns*?

— Não fui eu! — ele gritou. — Eu vi aquilo uma vez e a idiota da máquina começou a gravar sozinha!

— Certo, sei — Kelly falou. — Estou fora trabalhando, fazendo todas as compras, lavando toda a roupa, fazendo toda a comida, limpando tudo, fazendo tudo de tudo...

— ... não porque tenha de fazer.

Ela o ignorou.

— Estou criando nosso filho sozinha, a não ser pelos dez minutos por dia em que você pára de navegar na internet tempo suficiente para ler um mísero livro para ele e eu... FAÇO... TUDO! E estou cansada! — ela deu um puxão no suéter, que estava subindo pela cintura. — Estou bastante cansada.

— Então, tire uma folga! — ele berrou. — Tire uma folga! Tire um cochilo! Largue o seu emprego! Ou não largue! — ele jogou as mãos para o ar. — Se você quer ter tudo, vá em frente.

— Não posso tirar uma folga — ela falou, enquanto começava a chorar. — Você não entende. Eu *não posso*. Porque daí o quê? E se você nunca voltar a trabalhar? O que acontece quando não tivermos mais dinheiro? O que vai acontecer com a gente então?

— Kelly... — ele estava olhando para ela, sua expressão entre confusa e... que olhar era aquele? Ela soube imediatamente. Era o mesmo olhar que Scott Schiff, seu velho ex-namorado, lhe dera quando haviam parado o carro em frente à sua casa em Ocean City. Pena. — Não vai acontecer nada com a gente — ele esticou os braços para ela e a puxou contra si, e ela deixou-se encostar nele, deixou-se fechar os olhos. — Do que está falando? Nós temos dinheiro suficiente. Eu já lhe disse um milhão de vezes.

— Não basta — ela falou e enxugou o rosto de novo. — Nunca é o suficiente.

— É o bastante.

— Você não entende — ela o empurrou para longe e enxugou o rosto com uma das camisetas em cima da cama. — Você não me entende nem um pouco.

— Então, deixe-me entender — ele esticou os braços para ela, os dedos bem afastados. — Diga-me. Converse comigo.

Ela sacudiu a cabeça. No colegial, todos os oito O'Hara tinham sido qualificados para receber uniformes doados e almoços gratuitos. Mas, para ganhar seu almoço grátis, você tinha de dar à moça da cantina um cartão amarelo, em vez do vermelho pelo qual as crianças pagavam. No primeiro dia do primeiro ano, Mary tomara seu cartão amarelo, rasgara-o e enfiara uma lata de Coca Diet em sua mão.

— Beba isso — Mary havia lhe dito. — Não precisamos da esmola de ninguém.

Durante anos ela vivera sob aquele código, abrindo seu próprio caminho, pagando suas próprias despesas. "Não precisamos da esmola de ninguém..." e acabara casada com um homem que estava recebendo seguro-desemprego, passando os dias no sofá e propondo que vivessem de suas economias.

— Eu me enganei — ela sussurrou, enxugando os olhos novamente. — Eu me enganei com você.

— Não — ele falou e balançou a cabeça. — Não, Kelly, você não...

— Eu me enganei — ela disse de novo. — Por favor, vá.

Ela enxugou os olhos novamente e saiu pela porta do quarto, de volta à sua sala de estar perfeita e para o quarto de bebê perfeito onde seu bebê perfeito esperava, de volta para a vida que parecia quase exatamente da forma como ela pensara e que sentia totalmente diferente do que havia imaginado.

Carregou Oliver para a sala de estar. Amy e David estavam sentados no sofá, seus rostos tão cuidadosamente inexpressivos que ela não podia dizer — e não se importava — se haviam ouvido cada palavra ou absolutamente nada.

Fevereiro

LIA

Sam me disse que não precisava ir encontrá-lo no aeroporto.

— Não tem problema. Posso pegar um táxi.

— Não — eu disse, sentindo um soluço subir pela garganta ao ouvir o som familiar de sua voz, com um ligeiro sotaque texano. Eu só queria apertar o telefone contra o ouvido e ouvir sua voz para sempre. Mas eu queria fazer um gesto, dar-lhe um sinal. Queria estar lá quando ele chegasse à Filadélfia. Andei até a estação da rua Trinta e peguei um trem para o aeroporto, com uma hora de antecedência. Andei de um lado para o outro na frente da esteira de bagagem, pensando melancolicamente sobre os dias antes do 11 de setembro, quando você podia ir direto para o portão e receber alguém que amava.

O tempo se arrastava. Observei pessoas passando, senhoras em cadeiras de roda, estudantes com mochilas, famílias com ar exausto empurrando carrinhos de metal com pilhas de malas mal equilibradas. Uma família passou por mim com gêmeos em um carrinho e um bebê, um recém-nascido, sendo carregado de encontro ao peito do pai. Quando a mãe me viu olhando, eu sorri para ela.

— Boa viagem — falei.

Eu podia ver os círculos escuros debaixo de seus olhos, a forma como seu cabelo fora puxado casualmente em um rabo-de-cavalo, como ela andava como se seus ossos doessem. "Eu me lembro disso", pensei.

— Vou tentar — ela disse. E então eles se foram e eu senti um tapinha no meu ombro e lá estava Sam.

— Ei.

Ao ouvir o som de sua voz, meu sangue ficou mais quente e minha pele também, como se eu estivesse com frio antes e não tivesse percebido e alguém finalmente tivesse vindo e me oferecido um suéter.

— Sam!

— Shh — ele disse, olhando-me de esguelha. — Não queremos começar um tumulto — ele baixou a voz num sussurro. Segurou-me com o braço esticado, me inspecionando.

— Então, aqui está você.

— Aqui estou eu.

E aqui estava ele, mais alto que eu me lembrava, os ombros largos em seu casaco forrado de lã, um gorro de tricô puxado para baixo por cima da testa, a cicatriz em forma de estrela no meio do queixo, de quando ele se esborrachara em seu velocípede quando tinha cinco anos. Olhei para sua testa, onde a mendiga havia jogado uma maçã, depois para suas mãos, que haviam ajudado a retirar nosso filho do meu corpo. "Parabéns, papai", as enfermeiras haviam dito, e Sam inclinara-se para beijar minha testa, pousando os lábios em mim sem dizer uma palavra.

Senti meus joelhos fraquejarem quando ele pegou uma mecha do meu cabelo entre os dedos e a examinou debaixo das luzes brilhantes do aeroporto.

— Você mudou o cabelo.

Encolhi os ombros.

— Bem, ele meio que mudou. É o que acontece quando não se faz manutenção dos reflexos.

— Quer dizer... — ele pôs a mão em cima do coração — que você não é loura natural?

Eu me senti enrubescer — enrubescer por causa de uma coisa tão boba. E por causa de todas as outras coisas que eu dissera a ele e que não eram verdade.

— Desculpe-me por decepcioná-lo.

— Eu vou superar. De alguma forma. É bonito — ele encolheu os ombros e passou a alça da mala pelo ombro. — Já existem louras o suficiente em Hollywood.

— Eu... — minhas mãos e joelhos estavam tremendo. Havia um milhão de coisas que eu queria perguntar a ele. "Você está bem?" e "Você me perdoa?" e "Você entende por que fui embora, por que tinha que ir?" E, é claro, "Você me quer de volta?" Mas só o que consegui dizer foi:

— Há um trem de volta para a cidade.

— Não, vamos voltar com estilo. Pedi um carro para nós.

— Sério? — queria passar meu braço pelo braço dele, abraçá-lo ou lhe dar a mão, mas não tinha certeza se tinha o direito de fazer isso ou se jamais o recuperaria. Eu podia estar diferente, mas, para mim, Sam estava com a mesma aparência de sempre, bronzeado e forte e seguro de si mesmo. — Isso é bom.

— Não me agradeça, agradeça à emissora. Eu lhes disse que passaria na estação local para dar um oi e eles ficaram felizes em pagar a viagem. Passagens de avião, carro com motorista, quarto de hotel no... — ele fez uma pausa para puxar um envelope de passagens do bolso de trás e consultar um pedaço de papel que enfiara lá — The Rittenhouse Hotel. Sabe onde fica?

Respirei fundo.

— É na mesma rua do meu apartamento.

— Ah — ele falou. Foi tudo o que disse. Olhei para seu rosto familiar e tentei descobrir o que ele estava sentindo. "Raiva", pensei, enquanto meu coração afundava. "Deus, ele deve estar com tanta raiva de mim. Perder um filho e a esposa em menos de um mês..."

— Eu sinto muito — falei, sabendo como as palavras eram totalmente inadequadas.

Ele encolheu um pouco os ombros. Seus olhos estavam opacos, ilegíveis.

— Você quer... — comecei a dizer. Então, parei. Fiquei imaginando onde ele estava morando, se havia se mudado ou se ficara no lugar onde

Caleb havia vivido, no final do corredor de onde ele havia morrido e senti meu coração se partir por ele. Pelo meu filho. Por todos nós.

O motorista, de quepe e casaco escuro, segurava uma prancheta com as palavras JAMES KIRK. Sam abriu a porta para mim e então escorregou para o meu lado e nos afastamos do meio-fio.

— Belo pseudônimo — falei.

Ele assentiu.

— Agora, o que você estava tentando me perguntar?

Havia muitas coisas que eu queria perguntar — você quer ficar na minha casa estava no topo da lista —, mas o que saiu da minha boca foi:

— Você ainda me ama?

— Ah — ele disse. E então eu estava em seus braços, apertada contra ele, e o cheiro do seu sabonete e da sua pele me cercavam e eu podia ouvir seu coração. — Ah, Lia — peguei sua mão, querendo segurá-la na minha... e querendo responder a uma pergunta. Ele ainda estava usando a aliança. Eu podia senti-la com a ponta dos dedos. Então, havia isso. Pelo menos, havia isso. — Você é a mãe de Caleb — ele disse — Sempre vou amá-la por causa disso. — Ele acariciou minha cabeça novamente. — E o cabelo novo é bem sensual.

Beijei suas bochechas, seus lábios, sua testa, seu cabelo debaixo do gorro. Ele me abraçou apertado.

— Então você desaparece por nove meses, depois estica o dedinho e me faz vir correndo? — ele murmurou com a boca encostada no meu cabelo. — Isso é a versão radical de bancar a difícil?

As palavras vieram aos trambolhões para a minha boca, mas eu as mantive lá. Escorreguei para o colo dele e o beijei mais um pouco.

Ele se afastou para me olhar.

— Então, acho que você sentiu a minha falta. — Sua voz estava sem fôlego, quase arfando e eu podia senti-lo tremer enquanto me abraçava. Não fazíamos amor desde que Caleb morrera. Havíamos tentado uma vez, numa noite em que nenhum dos dois conseguia dormir, mas acabamos chorando e perdemos nossas boas intenções.

— Eu senti tanta saudade — falei, antes de abaixar minha cabeça para beijá-lo de novo. — Tanta.

Ele apertou um botão e uma janela de vidro fumê se fechou entre nós e o motorista.

— Não quero causar um escândalo — ele disse, atrapalhando-se com meu casaco, meu suéter, meu cachecol. — Todas essas roupas. Meu Deus. Esses garotos da Costa Leste devem passar por maus bocados.

— Não há nenhum garoto da Costa Leste — sussurrei. — Só você.

Inclinei-me para trás e, com um só movimento, tirei o casaco e o suéter por cima da cabeça. Senti meu coração disparar enquanto ele olhava para mim.

— Isso foi de grande ajuda — ele falou. — Aqui, deixe-me... — ele desabotoou sua própria camisa. Seus dedos estavam tremendo. Sua pele estava tão quente.

— Venha cá — ele disse, me puxando contra si. — Eu preciso senti-la.

Levantei-me de seu colo e desci meu *jeans* e minha calcinha até os joelhos. Arfei quando senti seus dedos em mim. Queria dizer algo sobre como eu esperara por ele, como eu pensara nele, como não houvera mais ninguém, mas aí ele estava me levantando em seus braços, me segurando como se eu não pesasse nada até que nos encaixamos como peças de um quebra-cabeça. Balançamos juntos, devagar no começo, depois cada vez mais rápido...

— Senhor? — veio a voz do motorista pelo interfone. Olhei pela janela, vendo as árvores e vitrines e calçadas.

— Chegamos — sussurrei.

— Continue dirigindo! — Sam falou ofegante. Não consegui me controlar. Comecei a rir. — Vá... para algum lugar!

O carro parou. Então, o sinal abriu e estávamos andando de novo. Eu me balancei em cima dele, minhas mãos agarrando seus ombros, olhando em seus olhos, devagar no começo, e então mais rápido, enquanto nossa respiração deixava os vidros cinza.

— Ah — disse Sam. Suas pálpebras estremeceram. — Ah.

No último momento, no último instante quando ainda tinha fôlego e controle suficiente para perguntar, eu o ouvi sussurrar a pergunta em meu ouvido.

— É seguro?

Eu podia ter lhe dito que nada era seguro e que, independente de quanto você fosse cuidadoso e de quanto se esforçasse, ainda haveria acidentes, armadilhas escondidas e ciladas. Você podia morrer em um avião ou atravessando a rua. Seu casamento podia desmoronar quando não estivesse olhando; seu marido podia perder o emprego; seu bebê podia ficar doente ou morrer. Eu podia ter dito que nada é seguro, que a superfície do mundo é bonita e sã, mas debaixo é cheia de falhas geofísicas e terremotos latentes. Em vez disso, só sussurrei a palavra "sim" em seu ouvido. Um minuto depois, ele estava grunhindo uma palavra que não consegui entender. E aí, tudo ficou silencioso, exceto pelo som da nossa respiração.

AYINDE

Três semanas depois de Ayinde e Richard terem trazido Julian de volta do consultório do cardiologista, Clara bateu na porta do quarto de Ayinde.

— Há alguém aí para vê-la — falou.

Ayinde olhou para ela com curiosidade.

— Quem?

Clara deu de ombros. Então suas mãos desenharam uma barriga no ar.

— *Embarazo* — disse.

Grávida. Ayinde sentiu os cabelos em sua nuca formigarem, enquanto pegava Julian nos braços e seguia Clara escada abaixo.

A mulher estava de pé no vão da porta usando um vestido envelope rosa e branco leve demais para o inverno da Filadélfia. Pernas pálidas riscadas por grossas veias azuis, saltos altos nos pés e uma bolsa cara de couro cor-de-rosa pendurada no pulso. O cabelo louro puxado para trás do rosto que Ayinde reconheceu dos tablóides. Nenhum casaco de inverno, porque você não precisava de um casaco de inverno em Phoenix.

O ar fugiu do corpo de Ayinde como se ela fosse um pneu furado.

— Clara, leve o bebê — ela disse, entregando Julian enquanto a mulher — a menina, na verdade, Ayinde viu — ficava ali de pé tremendo na varanda.

— O que você quer? — Ayinde perguntou, olhando a garota de cima a baixo, vendo como ela estava desconfortável no frio e não se importando. — Richard não está aqui.

— Eu sei disso — a voz de Tifanny era suave e tinha um sotaque forte, as vogais alongadas. Sua roupa, cabelo e maquiagem eram velhos demais para ela, mas sua voz fazia parecer que tinha 12 anos. — Vim ver você, Ayinde — pronunciou o nome cuidadosamente, como se tivesse treinado.

— Por quê?

Ela envolveu seu corpo com os braços e enfiou o queixo no peito.

— Vim dizer que sinto muito pelo que fiz.

Ayinde piscou. O que quer que estivesse esperando — algum tipo de confissão melodramática, um pedido de mais dinheiro —, não era isso.

— Eu sinto muito — a menina disse novamente.

— Como você chegou aqui?

— Na noite em que conheci Richard... — "Bem colocado", Ayinde pensou. — Ele foi dormir e eu vasculhei seu celular. Encontrei o telefone de casa e consegui o endereço a partir daí. Pensei, se algum dia eu precisasse entrar em contato com ele.

— Eu diria que você entrou em contato com ele direitinho — Ayinde falou.

A garota engoliu em seco.

— Então, eu tinha o endereço dele e aí... — ela estremeceu, lutou com o zíper de sua bolsa chique e puxou uma página de computador impressa. — O mapa.

— Como você é inteligente — Ayinde disse friamente. — Seus pais devem estar muito orgulhosos.

A garota estava tremendo.

— Não, senhora, não estão — ela ergueu o queixo. — Sei que provavelmente não vai acreditar em mim, mas eles não me criaram para... — ela olhou para a barriga. — Para isso. Estão com vergonha de mim. — Ela abaixou a cabeça novamente e suas palavras quase se perderam no vento. — Eu estou com vergonha de mim mesma.

Ayinde mal podia acreditar no que estava fazendo quando abriu a porta.

— Entre.

Tiffany andou como se suas pernas pertencessem a outra pessoa e ela as tivesse alugado por um dia. Sua barriga balançava com cada passo que dava enquanto seguia Ayinde até a sala de estar e se sentava empoleirada na beirada do sofá. A cozinheira entrou na sala com uma bandeja de chá e biscoitos e depois saiu apressada com a cabeça baixa.

— O que você quer de verdade? — Ayinde perguntou.

— Eu só queria lhe dizer que sinto muito — ela disse. — Sinto por seus problemas.

— O que sabe sobre os meus problemas? — Ayinde perguntou.

— Li que seu bebê estava doente — disse a garota.

Ayinde fechou os olhos. O TERROR CARDÍACO DO BEBÊ TOWNE, diziam as manchetes dos jornais sensacionalistas, e o hospital lhes escrevera uma carta prometendo investigar o incidente a fundo e descobrir quem havia violado o sigilo do paciente.

— Para que algum assistente perca o emprego — Ayinde dissera exausta para Richard. O estrago estava feito e pelo menos não havia fotos. E Julian estava bem.

— Eu queria lhe dizer — disse a garota. Ela abaixou a cabeça por cima da xícara de chá, pôs o pires na mesa e esfregou as mãos nas pernas, deixando riscos cor-de-rosa na pele.

— Sei que isso parece estranho vindo de mim, mas seu marido é um bom homem.

"Pelo que ele vai lhe pagar, você devia estar andando para cima e para baixo da Quinta Avenida com uma placa dizendo isso", Ayinde pensou.

— Perguntei se queria me ver de novo, você sabe, quando fosse jogar na cidade, e ele me disse "não". Ele disse "Eu amo a minha esposa". — Ela limpou a garganta e olhou para Ayinde. — Só achei que você devia saber disso. E sinto muito pelo que fiz. Acho que eu queria o que você tinha, sabe? Como você parecia em todas as fotografias, você e ele. Tão felizes.

Ayinde descobriu que não podia falar.

— Mas ele a ama e essa é a verdade — Tiffany disse.

— Isso não o impediu de... — "foder", ela queria dizer — dormir com você — ela falou.

— Acho que ele não pretendia — disse Tiffany.

Ayinde sentiu o riso, alto e selvagem, subindo pela garganta.

— Então, o que houve? Ele caiu aí dentro?

— Mais ou menos — a garota disse cautelosamente. — E eu sinto por isso. Sinto ter falado com os repórteres também. Isso foi um erro. Eu meio que fiquei com a cabeça virada. — Ela sacudiu a cabeça e esfregou as pernas novamente. — Minha mãe diz isso.

"A minha também", Ayinde pensou.

— E sinto... — Tiffany passou os braços em volta do corpo e se balançou para a frente e para trás. Ayinde olhou para ela, imaginando de quanto tempo ela estava grávida e se estava dormindo ou se ficava acordada à noite, sozinha, sentindo o bebê chutar. — Sei que cometi um erro com o que fiz. Cometi um monte de erros e quero melhorar, sabe? Pelo bebê?

— Pelo bebê — Ayinde repetiu. Ela não podia acreditar, mas sentia (poderia ser?) simpatia pela mulher que lhe trouxera tanta infelicidade. Seu filho não teria uma vida fácil: nem preto, nem branco, nem uma coisa nem a outra, com uma mãe solteira, ainda por cima. O mundo não mudara muito desde que os pais de Ayinde haviam lhe dito que ela era uma pioneira. Não melhorara rápido o suficiente.

Tiffany enxugou os olhos.

— Vou voltar para a faculdade — disse com uma vozinha trêmula. — Acho que esse negócio de dança não vai dar certo a não ser que eu vá para Nova York ou Los Angeles e agora... — ela apertou uma almofada bordada no colo. — Estava pensando em sociologia, talvez. — Suas frases viravam como cumbucas rasas no final, transformando afirmações em perguntas. "Vinte e um", Ayinde se lembrou. Ela só tinha 21 anos.

— Acho que é uma ótima profissão — falou.

— E eu pensei que talvez... — suas palavras estavam saindo rápido agora, se atropelando uma em cima da outra. — Não sei como você se sentiria a respeito disso, mas eu gostaria que meu bebê conhecesse o pai. E o irmão. Meio-irmão, na verdade. Quero que o bebê saiba que tem um.

Ayinde prendeu a respiração.

— Será que posso ligar para você alguma hora? Depois que o bebê chegar? Não quero incomodar você ou seu marido, mas eu só...

Ayinde fechou os olhos contra a trêmula visão cor-de-rosa que era Tiffany. Era demais. Era pedir demais à qualquer mulher, pedir demais a ela. O que Lolo diria? Ora, ela levantaria uma de suas sobrancelhas finas como lápis, viraria os molares só um pouquinho e murmuraria algo que soaria agradável na superfície, mas que era devastador por baixo.

Ayinde podia ouvir Tiffany respirando, podia ouvir o sofá estalando de leve conforme ela mudava o peso de lugar. Lembrou-se de seus pais falando com ela enquanto estava deitada em sua cama de dossel, inclinando seus rostos para perto do dela, dizendo-lhe como ela era uma garotinha de sorte por viver tão bem, por freqüentar uma escola tão boa e viajar para lugares bonitos nas férias, e que era sua obrigação, como menina de sorte, ser gentil com aqueles que não tinham sorte. Lembrou-se de como eles a instruíram a sempre ter alguns dólares no bolso para os mendigos que viviam do lado de fora de seu prédio, como, se ela não terminasse seu jantar, deveria botá-lo em uma caixa e deixar a caixa ao lado de uma estação do metrô porque sempre havia alguém pobre e alguém com fome que precisava do que ela pudesse dar. Você tem de ser corajosa porque você tem sorte, Lolo havia lhe dito. Ela ainda tinha sorte... mas será que poderia ser corajosa?

— Desculpe-me — Tiffany disse, depois que a pausa havia se prolongado tempo demais. — Acho que eu não deveria ter vindo. É só... bem, estou um pouco assustada, eu acho, em ter um bebê... Sei que provavelmente devia ter pensado nisso antes — sua voz sumiu. — Minha mãe não quer falar comigo — disse suavemente. — Ela disse que me meti sozinha nessa confusão e tenho de sair dela sozinha. Diz que é minha culpa pelo que... você sabe. Pelo que eu fiz.

Ayinde podia ouvir o clique na garganta da garota quando ela engoliu. Podia ouvir Julian balbuciando para Clara no andar de cima, fazendo sons que às vezes pareciam palavras de verdade e às vezes pareciam chinês e às vezes uma linguagem própria. Seu coração ia acabar se curando, os médicos haviam lhes dito. Ayinde não acreditara. "Você pode viver bem com um buraco no coração?" O Dr. Myerson encolhera os ombros de uma maneira esquisita. "Você ficaria surpresa com o que as pessoas podem viver", ele disse.

— Tiffany?

— Sim? — a outra mulher disse ansiosamente.

— Acho que eu não me sentiria confortável com você vindo aqui.

— Eu imaginei — ela falou com tristeza. — Acho que eu também me sentiria assim.

— Mas talvez você possa me dar o seu telefone — Ayinde disse. — Eu poderia ligar para você.

— Sério? Você me ligaria?

— Vou ligar para você — ela disse. — Cuide-se, está bem? Cuide do bebê.

— Obrigada! — disse a garota. — Muito obrigada!

— De nada — falou Ayinde.

Quando Tiffany havia partido, ela subiu as escadas devagar. Clara estava ninando o bebê nos braços. Entregou-o sem dizer uma palavra e Ayinde o ninou e beijou suas bochechas.

— Você vai ter um meio-irmão ou uma meia-irmã — falou para ele. Ele gorgolejou e agarrou os brincos dela. Ela fechou os olhos. Sorte, seus pais haviam lhe dito. Pensou que talvez pudesse ser verdade.

BECKY

Nos anos de casamento e paternidade de Becky e Andrew, Mimi Breslow Levy *et al.* nunca lhes mandara uma carta.

Telefonemas, sim. *E-mails* — muitos deles marcados URGENTE e enfeitados com pontos de exclamação vermelhos, certamente. Centenas de fax, dúzias de pacotes para A. Rabinowitz. Mas nunca haviam recebido uma missiva de verdade, escrita com caneta no papel até a quinta-feira à tarde em que Becky voltou para casa do trabalho e encontrou Andrew sentado no sofá olhando taciturno para um par de páginas escritas a mão.

— O que é isso? — ela perguntou. "Más notícias", pensou, só de olhar para o rosto dele.

— É Mimi — ele disse pesarosamente. — Ela está nos deserdando. Diz que nunca mais quer nos ver.

Com um esforço colossal, Becky foi capaz de conter seu instinto inicial, que era começar a bater palmas e dançar alegremente enquanto cantava "Happy Days Are Here Again"* a plenos pulmões.

— Como assim?

Sem falar nada, ele tirou Ava dos braços de Becky e entregou-lhe a carta. Becky afundou-se no sofá e começou a ler.

---

*Os dias felizes voltaram. (*N da.T.*)

Andrew,

Não sei se posso encontrar palavras para expressar como suas ações no mês passado me magoaram. Obviamente, você e sua esposa decidiram que não querem que eu faça parte de suas vidas ou tenha um relacionamento com minha neta. Não consigo imaginar o que fiz para que se sintam assim...

— Ah, por favor — Becky murmurou e deu uma olhadela de lado para onde Andrew estava sentado no sofá, parecendo que tinha perdido muito sangue.

...mas desde o seu casamento, e especialmente desde que minha neta nasceu, você não fez nada além de me tratar com uma vergonhosa falta de respeito.

Sempre tentei fazer o que era melhor para você, mesmo quando não era fácil ou à minha própria custa. Sacrifiquei meus próprios desejos para que você sempre pudesse ter tudo o que queria e tudo de que precisava.

"Sacrificou o quê?", Becky ficou imaginando. Pelo que já vira de Mimi em ação, houvera alguns sacrificiozinhos afetados e muito de fazer exatamente o que ela queria, acompanhado de uma porção de "eu mereço respeito", e culpa de sobremesa.

Ela continuou lendo.

Seu comportamento foi, no mínimo, vergonhoso. Você é uma decepção como filho.

— Andrew, isso é ridículo — ela falou. Ele apertou os lábios e não disse nada. — Você é um filho maravilhoso! É tão bom para ela. É paciente, gentil e generoso. Você é tão melhor do que qualquer outro homem que eu conheça seria. Foi bonzinho com ela, você a incluiu...

— Você leu tudo? — ele perguntou.

Becky deixou que seus olhos varressem os últimos parágrafos.

Deserdando-o... os advogados entrarão em contato... me afastou... fez piada do Natal, o qual, como deveria saber, é tão importante para mim... nunca mais quero ter nada a ver com nenhum de vocês.

Uma frase pulou da página e praticamente lhe deu um tapa no rosto.

Você me rejeitou em favor de sua esposa e da família dela, que vêm do nada e não fazem idéia de como se comportar na presença de gente decente...

Era suficiente. Becky dobrou as páginas. Andrew se endireitou.

— Sabe de uma coisa? — ele disse — Talvez devêssemos simplesmente deixá-la ir.

Ela piscou para ele. Seu queixo caiu.

— O quê?

Ele ficou de pé e passou as mãos pelo cabelo, percorrendo o comprimento da sala de estar.

— Você está certa. Ela é horrível. Ela é horrível comigo, é horrível com você e provavelmente é horrível com a Ava quando não estamos por perto. — Tirou a carta das mãos dela e a enfiou de volta no envelope com tanta força que o papel rasgou.

— Ela quer nos deserdar? Ótimo. Já vai tarde. Estaremos melhor sem ela.

Becky fechou os olhos. Era isso o que havia desejado, sonhado, rezado e agora aqui estava, entregue a ela em uma bandeja de prata. Então por que parecia uma vitória vã?

— Andrew... — ela falou.

— O quê? — ele perguntou, dobrando o envelope e enfiando-o no bolso.

— Talvez devêssemos pensar sobre isso.

— O que há para se pensar? — ele perguntou. — Ela é manipuladora, é exigente, é carente...

— Mas é a avó de Ava — Becky disse, mal acreditando que aquelas palavras estavam saindo de sua boca.

— E do próximo bebê — deu tapinhas na barriga. — Ela é a avó do bebê também.

Seu marido olhou para ela como se ela tivesse duas cabeças.

— Está defendendo Mimi?

— Não, é claro que não. Você está certo. Ela fez coisas terríveis e, quanto a dizer que você é uma decepção como filho, bem, isso é simplesmente inacreditável. Mas... "Deus do Céu", ela pensou, "o que eu estou fazendo?" — Sinto pena dela — falou. — Imagine quanto vai se sentir solitária sem ter a nós para importunar.

Andrew franziu os olhos.

— Você foi abduzida por alienígenas?

Ela lhe entregou o telefone.

— Ligue para ela — disse. — Precisamos resolver isso.

Mimi condescendeu em encontrá-los numa tarde de domingo. Três dias depois de a carta haver chegado, Becky e Andrew deixaram Ava com Lia e fizeram a viagem até Merion, subindo o caminho de entrada longo e tortuoso que levava à minúscula Tara. Mimi não atendeu à campainha e, depois de Andrew ter aberto a porta com sua chave e os guiado para dentro, eles a encontraram sentada em uma cadeira alta e dourada, com a cabeça empinada, usando um *top* de caxemira.

— Eu não vou — ela começou, apontando para Becky e levantando o nariz no ar como se tivesse sentido um cheiro ruim — falar com ela.

— Minha esposa tem nome — Andrew disse.

Mimi olhou para ele como se o estivesse observando através de um microscópio.

— Não tenho nada a dizer a nenhum de vocês. — "Nenhum de vocêz". Becky prendeu o riso. A rainha Mimi, grande dama de um reino que só existia em sua própria imaginação. — O único motivo para ter concordado com esta reunião é porque eu gostaria de ver minha neta.

— Sua neta *Ava* — Andrew falou. Becky apertou seu joelho.

— Fui insultada — Mimi disse, golpeando o ar com um dedo. — Eu fui ameaçada. Fui ridicularizada. Eu fui mais que generosa com vocês dois. Mais que generosa — repetiu, no caso de eles não terem ouvido da primeira vez. — E minha generosidade foi retribuída com nada. Você é uma decepção como filho — concluiu.

— E você — disse, varrendo Becky com seu olhar, aparentemente esquecendo-se de que não tinha nada a dizer a ela. — O modo como falou comigo é imperdoável. Você está abaixo do meu desprezo.

Dito isto, ela se levantou.

— Eu devia ter cozinhado a porcaria do presunto — Becky murmurou. Então, ela levantou a voz.

— Mimi, volte. Sente-se — falou.

O passo de Mimi não diminuiu.

— Se não quer fazer isso por mim ou por Andrew, faça por Ava — Becky engoliu em seco e forçou-se a dizer as palavras. — Sua neta.

A pausa pareceu se prolongar para sempre. Ela terminou com Mimi dando meia-volta.

— O quê? — disse friamente.

Becky não havia preparado um discurso. Não havia se preparado para fazer nada a não ser sentar-se em silêncio ao lado de Andrew.

— Deixe que eu falo — seu marido dissera, e ela concordara porque, se havia uma coisa que ficara clara no decorrer de seu casamento, era que ela não fazia idéia do que se passava na cabeça de Mimi ou como dar sentido àquilo e Andrew, pelo menos, podia lidar com ela, mesmo que sua sacola de truques somasse uma única e velha estratégia: "Dê-lhe o que ela quer." Mas ou Andrew não queria fazer isso ou não podia. O que dava a vez a Becky.

Ela olhou para Mimi, que voltou para seu lugar e estava olhando fixo para os dois. A mulher que arruinara sua festa de casamento, insultara a ela e à sua família, esnobava sua mãe, fazia seu marido sentir-se culpado e vestia sua filha como a menor prostituta do mundo. Ela respirou fundo pelo nariz. "Sinta sua ligação com todas as coisas vivas", lembrou-se de Theresa lhes dizendo na aula de ioga, na época em que ela e suas amigas eram futuras mamães. Forçou-se a respirar lentamente e a não ver a mulher à sua frente, com seus ossos de passarinho e seu cabelo negro e quebradiço, suas ameaças e exigências e pretensão. Em vez disso, forçou-se a imaginar Mimi como um bebê, uma Mimi do tamanho de Ava, de pé em seu bercinho, chorando, segurando as barras com suas mãozinhas. Chorando e chorando sem que ninguém viesse pegá-la no colo, ninguém viesse ajudá-la.

A visão ficou tão clara que Becky quase podia se esticar e tocá-la — a fralda encharcada e o pijama molhado, as lágrimas no rosto do bebê. E ela podia ouvir os gritos do bebê, o mesmo tom indignado, virtuoso que se acostumara a ouvir de Mimi... só que imaginar esses gritos vindos de um bebê faziam-na ouvi-los de maneira diferente. Imaginou o rosto molhado da Mimi bebê, o arco trêmulo de seus lábios, o jeito como a respiração virava um soluço na garganta antes que começasse a chorar de novo. Chorando e chorando sem ninguém vir para ajudar.

— Eu sinto muito — disse baixinho. E sentia muito pelo bebê na imagem. Onde estavam seus pais? Andrew não lhe contara muita coisa sobre o pai e a mãe de Mimi. Haviam morrido antes de ele nascer, quando Mimi era adolescente, um ano antes de ela embarcar em sua série de casamentos. O pai de Mimi fora tremendamente bem-sucedido por um período curto e então perdera tudo: maus investimentos, um sócio que roubara, algo sobre fraude. E prisão. Para o avô ou o sócio? Andrew não tinha certeza. A mãe de Mimi fora estranha. "Estranha como?", Becky havia perguntado e Andrew sacudira a cabeça, encolhendo os ombros, dizendo-lhe que Mimi não era o que você podia chamar de narradora confiável e que ele provavelmente jamais saberia qual era realmente a história. A única coisa que tinham eram os indícios à sua frente e aqueles indícios sugeriam danos. O que Lia tinha lhe dito, todos aqueles meses atrás? "Ela é assim porque foi magoada."

Becky ergueu os olhos.

— Eu sinto muito — falou de novo.

Mimi a encarou, parecendo pronta para cuspir.

— O que foi que você disse? — perguntou estridentemente.

Becky olhou para ela ainda sem enxergá-la. Ainda estava vendo aquela menininha abandonada no berço. "*Venha cá, bebê*", ela diria e a pegaria nos braços, do jeito que fizera com Ava milhares de vezes. Trocaria sua fralda, a vestiria com roupas limpas, a alimentaria, a acalentaria e cantaria para ela dormir. "E então, e então, a Lua é metade de uma torta de limão."

Os dedos de Andrew estavam apertando seu joelho com tanta força que ela tinha certeza de que deixariam marcas. Becky tentou imaginar pássaros com asas quebradas, cães com patas esmagadas e o bebê no berço, berrando sem parar, chorando pelos pais que não viriam. Pensou em como seria crescer sem a única certeza que todo bebê merecia — "*quando estou machucado ou com frio ou com medo, alguém vai vir cuidar de mim*" — e como aquela ausência podia deformá-lo a ponto de fazer você descontar nas pessoas que amava, afastando-as quando tudo o que você queria fazer era trazê-las mais para perto. E, naquele momento, estava sendo sincera em cada palavra de seu pedido de desculpas.

— Sinto ter tido uma reação exagerada em relação ao Natal — falou. — Agora posso ver quanto significava para você.

Os lábios de Mimi se abriam e se fechavam como os de um peixe.

— Acho que nunca vou me sentir confortável com uma árvore na minha casa, mas no ano que vem ficarei feliz em ajudá-la a fazer uma ceia de Natal aqui — Becky disse. — De qualquer modo, você tem mais espaço. E dois fornos.

— Eu... você... já perdemos o primeiro Natal da minha neta — Mimi disse. Suas mãos bem-feitas estavam agarrando os braços da cadeira convulsivamente. Ela parecia confusa, pequena e velha e desesperadamente infeliz. — Você estava visitando a sua mãe!

— Estava — Becky disse calmamente. — Mas só porque visitamos a minha mãe não significa que não gostamos de você. Ava pode ter seu primeiro Natal no ano que vem — ela falou. Enrolou os dedos dos pés dentro dos sapatos e tentou desesperadamente manter a imagem da Mimi bebê na cabeça, tentando se lembrar de quanto Mimi devia ter sido magoada, em vez de se lembrar das formas como Mimi os havia magoado. — Andrew e eu sabemos quanto você ama Ava — disse. — Ela tem sorte de ter uma avó como você.

Mimi abaixou a cabeça. Becky observou a outra mulher agarrar os braços da cadeira. E, então, viu uma imagem que nunca teria imaginado. Os cílios de Mimi estavam batendo rapidamente. Ela ergueu uma mão magra até o rosto e a puxou para trás, olhando para a umidade em seus dedos como se tivesse começado a vazar. Becky ficou imaginando há quanto tempo Mimi não chorava nada que não fossem lágrimas de crocodilo.

— Tenho de retocar minha maquiagem — ela disse e saiu às pressas.

— Está bem — Becky disse para suas costas. — Feliz ano-novo! — e então, sem querer abusar da sorte, puxou Andrew de pé e o empurrou porta afora.

Estava frio, mas ensolarado, e o vento soprava com força contra as bochechas de Becky enquanto atravessavam a varanda gelada até o carro.

— O que foi aquilo? — Andrew perguntou, parecendo tão desnorteado quanto um homem algemado e amordaçado esperando a metralhadora de seu executor, só para descobrir que ela atira balas de chiclete.

— Sei lá. Leite de gentileza humana? — ela sorriu. Essa era a piada de Sarah sobre o bolo de *tres leches* que serviam no Mas. Quando os clientes perguntavam quais eram os três leites, ela dizia:

— Evaporado, condensado e o leite da gentileza humana.

— Leite da gentileza humana — Andrew repetiu.

— Não tem de ficar com essa cara de chocado. Eu realmente sinto por ela, sabe. — Ela agarrou o braço de Andrew enquanto desviava de um pedaço de gelo. — Deve ser bastante solitária. E provavelmente não faz idéia de como são as meninas pequenas ou o que elas querem, então talvez seja por isso que fica comprando todas aquelas roupas de vagabunda para Ava...

— Todas aquelas o quê?

Ah, meu Deus.

— Bem, você sabe, todas aquelas coisas escrito SEXY ou GOSTOSA ou sei lá o quê.

— Ela deve pensar que está na moda.

— Eu sinto por ela. Sério — Becky falou. Andrew abriu a porta para ela e a ajudou a sentar no banco do carona.

— E acho que estava pensando nas minhas amigas. Se Ayinde pode perdoar Richard e conversar com aquela garota de Phoenix. E, se Lia... — suspirou e baixou a cabeça.

— Nós temos uma vida ótima, sabia? — ela bocejou e se espreguiçou no banco. — É claro que você deve se sentir à vontade para me lembrar disso da próxima vez que ela fizer algo ultrajante.

Mas, mesmo enquanto estava falando, ela não tinha certeza de que haveria uma próxima vez. Suspeitava — ou talvez apenas tivesse esperanças — de que toda a vontade de brigar houvesse evaporado de sua sogra.

Ou talvez fosse demais esperar isso. Talvez ela tivesse que agüentar um dia, uma semana, um feriado de cada vez, capotando de uma crise e uma explosão para a próxima em um ciclo interminável de recriminação e fúria. Talvez Mimi fosse uma infelicidade para eles até o dia de sua morte. Mas com tanta alegria em sua vida, talvez, Becky decidiu, fosse necessário um pouco de infelicidade. Era como o rábano no prato da Páscoa — o amargo que nos lembrava de como a vida era doce.

Andrew entrou na auto-estrada.

— Então você vai cozinhar a ceia de Natal no ano que vem?

— Por que não? — Becky falou. — Não vou morrer se cozinhar um presunto, se é tão importante assim para ela. E, quanto às coisas que são importantes para nós — como aonde vamos nas férias ou onde moramos ou no que gastamos nosso dinheiro ou o nome que damos aos nossos filhos...

— Vamos fazer o quê? — ele perguntou. — Mentir para ela?

— Nós lhe diremos o que ela precisa saber — ela disse. — E então faremos o que quisermos. O que for melhor para nós e para Ava — ela deu um tapinha na barriga com a mão dele. — E para o feijãozinho.

— Ah. O feijãozinho — ele sorriu para Becky. — O que vamos dizer à Mimi sobre a chegada iminente?

— Vamos esperar um pouco, está bem? — independentemente de quão carinhosa e complacente estivesse se sentindo com relação a Mimi, ela sabia que cinco meses e meio de perguntas sobre dieta e ganho de peso e por que ela ainda estava amamentando porque certamente isso não podia ser saudável seriam mais que poderia agüentar.

— Acho que você é incrível — Andrew falou. Ele limpou a garganta. — No dia em que Ava nasceu, achei que nunca poderia amá-la mais que aquilo, mas eu amo.

Inclinou-se para perto, tocando o rosto dela, e a beijou suavemente.

— Você me deixa admirado.

— Eu também amo você — ela murmurou. Inclinou o banco para trás, ajustando a ventilação para que o vento quente soprasse em cima de seus joelhos.

— Estou tão cansada — disse, bocejando.

— Tire um cochilo — ele falou e limpou a garganta. — E obrigado. Se eu me esquecer de lhe dizer mais tarde. Muito obrigado.

— Não foi nada — disse Becky. Ela cruzou as mãos em cima da barriga e fechou os olhos. Em algum momento, adormeceu e, quando acordou, Andrew estava dando ré em uma vaga.

— Andrew?

— Hmm? — ele perguntou, olhando por cima do ombro enquanto manobrava.

— Acha que vamos ser bons pais?

Ele botou o carro em ponto morto e virou-se para a esposa.

— Eu acho que já somos.

KELLY

No vigésimo terceiro dia de sua separação, Kelly abriu a caixa de correio e encontrou duas contas, um aviso de atraso da biblioteca e um grande envelope pardo contendo uma cópia da revista *Power*.

Kelly subiu para o apartamento e ficou sentada com o envelope no colo por algum tempo enquanto Oliver engatinhava pelo chão com seu macaco de brinquedo preso nas rodas do carrinho. "Bah!", ele gritou. "Bah!" Então, virou-se para olhar para ela, que acenou, encorajando-o, e tentou sorrir. Ele gritou "Bah!" de novo e continuou engatinhando para a frente. Finalmente, Kelly abriu a aba do envelope. E lá estava ela, na capa, com seu horroroso suéter cor de lavanda e uma fralda de pano passada por cima do ombro, de pé na frente do armário, atolada até os joelhos nas ruínas de sua vida. O olhar em seu rosto, por baixo do cabelo com escova e da maquiagem cuidadosa, só podia ser descrito como desnorteado. Desnorteado e arrasado. "Ter tudo?", perguntava a capa. "*Por que uma garota que trabalha não pode ganhar.*"

Ela fechou os olhos e a revista escorregou para o chão. Oliver arrastou-se para perto e tentou pegá-la com o punho gorducho. Ela a capturou com as próprias mãos, tirou-a de perto dele, puxou o cartão de assinatura da boca de Oliver e abriu na página que Amy Mayhew marcara com um clipe de papel. Havia um bilhete anexado. "Querida Kelly.

Muito obrigada por sua ajuda com a matéria. Como pode imaginar, acabou não sendo a celebração que meus editores haviam imaginado, mas acho que o que escrevi é muito mais honesto — e pode ser mais útil para a geração de mulheres que vier a seguir."

— Útil — ela disse e deu uma risada rouca. Colocou o bebê na cadeirinha alta e abriu um vidro de aveia com pêssegos para o jantar dele e um para si própria. Aí, baixou os olhos para a revista e leu as frases de abertura, debaixo de palavras em negrito entre aspas. Levou um minuto para reconhecer suas próprias palavras: "ISSO É TÃO MAIS DIFÍCIL QUE JAMAIS IMAGINEI QUE SERIA."

Kelly sentiu seus olhos se moverem quase que inadvertidamente para o terceiro armário da cozinha, no qual guardavam o uísque e a vodca. Um belo copo de suco cheio de qualquer um dos dois — completado, talvez, com um dos Percocet que haviam sobrado da cesariana — e nada disso machucaria tanto. Fizera isso na noite em que Steve partira, quando não havia conseguido encontrar Becky ou Ayinde ou Lia e não conseguia parar de chorar. Mas era só um passo de vodca e analgésicos para *bourbon* e Tab. Estava determinada a não seguir esse caminho, mas começava a entender como sua mãe podia tê-lo seguido. Quando sua vida se transforma em uma grande decepção, um borrão frenético de trabalho e bebê como uma roda de exercício para *hamster*, sem ter ninguém para amá-la ou para lhe dizer que você está indo bem, *bourbon* com Tab começa a parecer um tanto atraente.

Ela suspirou e começou a ler.

"Com toda a justiça, Kelly O'Hara Day deveria ter o mundo a seus pés."

— É, ela deveria — Kelly murmurou, botando uma colherada de gororoba doce na boca.

— Ghee! — gritou Oliver. Ela lhe deu um bocado da gororoba dele e continuou lendo.

"*Magna cum laude* em economia pela Universidade da Pensilvânia. Uma carreira promissora no mercado financeiro, seguido pelo sucesso em planejamento de eventos sofisticados. Casamento com um menino prodígio de Wharton. Mas o bebê criou problemas."

— Ah, você não criou, não — Kelly disse, enfiando outra colherada de aveia e pêssego dentro da boca de Oliver. — Não foi culpa sua. Nem leia isso, querido. A imprensa mente.

"O'Hara Day voltou a trabalhar depois de escassas 12 semanas de licença-maternidade. Inicialmente, todos ficaram empolgados — a chefe, os clientes, a própria Day, que iria manter um pé no mundo profissional enquanto criava seu filho, Oliver.

Mas, nos três meses desde que O'Hara Day voltou ao trabalho, nada está indo conforme o planejado. Colegas e clientes reclamam que O'Hara Day, 27 anos, está distraída e confusa, ausente e difícil de contatar."

Ui. Kelly fechou os olhos bem apertados. Sabia que seu trabalho não andava perfeito e que havia conferências telefônicas demais que ela havia perdido ou conduzira de casa com Oliver no andador (o que freqüentemente se transformava em Oliver no seu colo ou Oliver gritando em seu ouvido ou Oliver tentando mastigar o telefone ou puxar o seu cabelo ou fazer as duas coisas ao mesmo tempo). Também houvera, é claro, a malograda festa de Dolores Wartz e a "não tão festiva" fralda suja de Oliver. Mas, ainda assim, não havia nada igual à dor de ver o que seus colegas de trabalho realmente pensavam de você, escrito preto no branco.

"Pessoalmente, O'Hara Day, uma loura baixinha e animada, é simpática e extrovertida e, em dez minutos, estávamos conversando como velhas amigas. Mas, de perto, ela parece uma mulher à beira do proverbial ataque de nervos — extenuada além dos limites, esgotada, dependente de uma frágil rede de babá e um marido que trabalha em casa para possibilitar os dias de trabalho dela. 'Isso é tão mais difícil do que pensei que seria', ela diz, sentada em uma sala de estar perfeita só porque alguns meses de bagunça foram enfiados dentro do armário. E, se O'Hara Day, com sua inteligência e astúcia e seu diploma de uma das melhores universidades do país, não consegue integrar a família e a carreira, isso não sugere que as coisas para outras mães que trabalham serão muito diferentes — ou que trinta e poucos anos depois que o feminismo pregou a tão chamada revolução, o local de trabalho tenha se tornado um local mais complacente e gentil para as mulheres que irão seguir seus passos."

Kelly enxugou o queixo de Oliver. Percebeu que não se importava muito com as mulheres que iriam seguir seus passos. E nem se importava com quão tola parecia na revista, em como estava ridícula na foto, com as coisas indelicadas que seus colegas de trabalho haviam sussurrado no ouvido de Amy Mayhew. Estava desgastada demais, sobrecarregada demais e cansada demais para se importar com qualquer uma dessas coisas.

— Sabe com o que as mulheres que irão seguir meus passos deveriam se preocupar? — ela perguntou a Oliver. — Com seus maridos perderem o emprego.

E que porcaria era aquela sobre "uma loura baixinha e animada"? como se algum homem na história do tempo registrado já tivesse sido descrito dessa forma na imprensa. E "conversando como velhas amigas"? "Nos seus sonhos, Amy Mayhew", pensou. "Minhas amigas não me esfaqueiam pelas costas."

Passou a próxima hora e meia em uma névoa — dando banho no bebê, vestindo-o com o pijama, lendo *Curious George* para ele enquanto ele esmurrava as páginas e tentava mastigar a contracapa, amamentando-o, ninado-o, colocando-o no berço enquanto ele arqueava as costas e enrijecia o corpo e berrava pelo que havia se tornado seus dez minutos habituais antes de finalmente adormecer. Aí, ela voltou para a cadeira de balanço e sentou-se ali com os pés no tapete do Peter Rabbit, os lençóis de algodão xadrez vermelho e branco combinando com a colcha vermelha e branca, a luminária e o reposteiro pintado com o nome de seu filho, seus cobertores e suéteres todos dobrados e guardados. Tudo parecia perfeito. Como ela havia imaginado, sentada aqui balançando, quando estava grávida. Que piada.

Não podia continuar trabalhando na Eventives. Isso estava claro. Não depois que eles a haviam chamado — como era? "Distraída e confusa." Anonimamente, é claro. Os covardes nem tinham tido coragem de afixar seus nomes aos insultos. Mas, se ela não continuasse trabalhando, não haveria possibilidade de manter o apartamento. Mesmo que Elizabeth estivesse disposta a lhe dar uma indenização e pagar em dinheiro pelos dias de férias que nunca havia tirado, entre o seguro-saúde e as prestações do carro, seria questão de meses antes que ela pudesse pagar o aluguel.

Então eles se mudariam. Ela podia encontrar algo mais barato. Aí teria de encontrar outro emprego. Tempo integral, provavelmente, porque estava claro que não tinha constituição para equilibrar um emprego de meio expediente e, se iria ser a única fonte de renda de Oliver, meio expediente não pagaria bem o bastante.

Talvez Becky a contratasse, agora que Lia ia voltar para Los Angeles. Ou a ajudasse a encontrar algo. Talvez ela pudesse ser consultora de restaurantes, ajudando-os com seus planos de negócios, descobrindo que bairros seriam receptivos a que tipo de estabelecimento. Kelly começou a se levantar da cadeira de balanço, para procurar um bloco e começar a fazer uma lista e descobriu que não conseguia. Sem energia. Sem motivação. Sentiu-se como um brinquedo cujas pilhas haviam sido arrancadas.

Tateou pelo telefone com os olhos fechados, discando o número de cor.

— Alô? — disse Mary. — Kelly, é você? Há algo errado?

Kelly balançou-se para a frente e para trás.

— Há.

— Vou chamar as meninas — Mary falou. Houve um clique quando botou Kelly em espera. Um minuto depois, ela estava com Doreen em Nova Jersey, Maureen em San Diego e Terry em Vermont na linha.

— O que houve? — perguntou Terry.

— É o Steve — disse Kelly. — Bem, na verdade, é tudo.

Pelo menos daquela vez, nenhuma de suas irmãs estava rindo dela.

— O que está acontecendo? — Mary perguntou.

— Steve foi embora — silêncio horrorizado. — Ele perdeu o emprego.

— Eu sabia! — Terry exultou.

— Terry, isso não está ajudando — disse Doreen.

— Quando? — perguntou Terry.

— Antes de Oliver nascer — Kelly falou.

As irmãs engoliram em seco de forma idêntica.

— Tem sido difícil — Kelly disse. — Tenho trabalhado e tomado conta do bebê e Steve tem só... bem, não sei o que Steve tem feito.

— Steve é um fracassado — disse Mary.

— Vamos matá-lo! — disse Terry.

— Terry, cale a boca — disse Maureen.

— Ele não é um fracassado — Kelly falou. Ela se balançou para a frente e para trás mais rápido, sabendo que esta seria a parte difícil. — Só não foi feito para trabalhar em uma empresa grande, eu acho. Ele queria ser professor, acho, e eu não quis deixar.

Ela sentiu sua garganta apertar.

— E ele queria ajudar com o Oliver e também não o deixei fazer isso. Eu achava que era a única pessoa que podia fazer isso direito.

— Nem vem — Mary disse sarcasticamente. — Você, não.

— Por favor, não goze da minha cara — Kelly falou, enxugando os olhos. — Por favor, não.

— Desculpe-me — Mary disse, rindo sua risada estrondosa. — Desculpe-me.

Kelly segurou o telefone com força, imaginando o rosto de suas irmãs.

— Tem sido horrível. Eu estava com tanta raiva do Steve e tenho andado tão cansada e... — ela fechou os olhos. — Achei que tinha tudo sob controle.

— Você sempre achou — disse Mary, mas não parecia reprová-la. Só parecia triste. — Precisa de dinheiro? Ou de um lugar para ficar, só para se dar uma folga? Temos o quarto de hóspedes.

— Onde está o Steve? — perguntou Doreen.

— Ele foi embora — Kelly disse. — Ele me deixou.

— Então, vamos encontrá-lo! E matá-lo! — Terry disse.

— Não está ajudando, Terry. Oliver precisa de um pai — disse Doreen.

Mary murmurou, concordando.

— Devia ligar para ele — ela falou.

— Eu sei — disse Kelly. Não queria ter ouvido aquilo, mas sabia que era verdade. — Ligar para ele e o quê?

— Diga-lhe que sente muito — disse Maureen.

Kelly sentiu sua cólera crescer. "Sinto muito pelo quê? Sinto muito por nos sustentar? Por pagar as contas?"

— Tem de deixar as pessoas serem quem elas querem ser — Terry falou. — Mesmo que não seja o que você quer que elas sejam.

— Terry, isso é profundo — disse Kelly.

— Eu sei! — disse Terry, parecendo satisfeita consigo mesma. — Tipo, lembra-se do verão em que queria que eu trabalhasse na Scoops com você, só que eu queria ser conselheira de colônia de férias? É a mesma coisa!

— Bem, mais ou menos — disse Mary.

— Estamos aqui se você precisar de nós — Maureen falou. — E não tem de ser perfeita para nós — ela fez uma pausa. — Nem tudo é "felizes para sempre", Kay-Kay. Só é fácil assim nos contos de fadas.

— Mas eu tenho de tentar — Kelly disse, sabendo que estava falando consigo mesma tanto quanto com suas irmãs. E foi Terry, a irmã mais nova, que respondeu por todas elas.

— É — ela disse —, você tem de tentar.

Mary concordou em tomar conta do bebê sábado à tarde. Steve estava esperando na porta do café onde ela costumava suar e praguejar em cima da porcaria do *laptop*, e Kelly foi jogada de volta à primeira vez em que o vira, usando aquele terno e gravata inadequados, inclinando-se por cima dela no bar. Nada de terno hoje, viu. Steve estava usando um suéter azul que ela não reconheceu, calças cáqui e botas com neve pingando das solas.

— Oi — ela disse.

Ele olhou para cima. Seu rosto era ilegível.

— Oi, Kelly — ele limpou a garganta. — Você está bem.

"Não estou, não", ela queria dizer. "Não estou nada bem." Fazia cinco semanas desde que ele fora embora e ela sentia a falta dele com tanta intensidade que parecia que estava com dor de cabeça todos os momentos em que estava acordada. Por meses e meses, desejara que ele sumisse, quando não estava sonhando acordada sobre formas de matá-lo e fazer com que parecesse um acidente enquanto ele se barbeava. Nada mais de louça suja para recolher, nenhum sapato para catar e botar de volta no armário, nada de arrumar bagunças que não fossem feitas por Lemon ou Oliver. Ela não pensara no silêncio, na forma como, depois que Oliver adormecia, o apartamento ficava tão silencioso que podia ouvir o farfalhar quando virava as páginas da Bíblia que sua mãe lhe deixara.

"Tente", lembrou-se de suas irmãs lhe dizendo. "Você tem de tentar."

— Vamos entrar. Está frio — ele falou, segurando a porta aberta.

Ela ficou parada na calçada. Steve a olhou com as sobrancelhas erguidas.

— Não — ela disse. — Eu tenho de lhe mostrar uma coisa antes.

— Mostrar a mim...

— Temos de dar uma volta.

Steve só se encontrara com toda a família dela uma vez antes de seu casamento, no dia da formatura de Kelly. Ela planejara o dia meticulosamente, fazendo a reserva no Hikaru com meses de antecedência, comprando *blazer* e gravata novos de Natal para seu pai, levando Terry e Doreen para comer *sushi* quando foram visitá-la na faculdade naquela primavera. Dera meia dúzia de telefonemas na semana da formatura, instruindo suas irmãs no que iriam vestir, lembrando Terry e Doreen para praticarem com os pauzinhos, pensando que havia aprendido a lição com Scott Schiff e seus familiares iriam agir como honrados cidadãos de classe média e não bebedores de Coors e fumantes inveterados de alguma cidadezinha costeira de Nova Jersey.

É claro que o dia fora um desastre. Seu pai cutucara o *sashimi* com a ponta de um pauzinho, erguendo as fatias de enguia e de linguado como se fossem evidências na cena de um crime. Suas irmãs ficaram rindo e cochichando umas com as outras enquanto comiam tigelas de frango *teriyaki* e aí saíram para fumar perto do lixão e seu irmão Charlie ficara bêbado com o saquê que Kelly pedira para a mesa e não conseguira chegar ao banheiro antes de vomitar. Os pais de Steven olhavam para eles como se fossem um bando de ratos, enquanto Kelly sentava-se à cabeceira da mesa usando as pérolas que Steve lhe dera como presente de formatura, sorrindo e balançando a cabeça até começar a se sentir como uma boneca de mola. "E o que você faz?", Kenneth Day perguntara a seu pai e Kelly prendeu o fôlego até seu pai recitar o que ela lhe havia aconselhado a dizer. "Eu trabalho para o governo."

— Ele entrega cartas — Kelly falou, enquanto dirigia para a rodovia expressa.

— O quê?

— Meu pai — ela disse. Suas mãos apertaram o volante. Não contara muita coisa sobre sua família para Steve e certamente nunca o levara à casa onde havia crescido, mas, se iam continuar como marido e mulher, ele tinha de entender. A verdade, toda a verdade e nada além da verdade.

— Kelly? Aonde estamos indo?

— Para casa — ela disse, o pé pressionando com força o pedal do acelerador. — Estamos indo para casa.

Uma hora e quinze minutos depois, eles encostaram o carro na casa sombria de Cape Cod no fim de um beco sem saída. Ela deixou Steve absorver a imagem pela janela do carro: o gramado irregular, a pintura descascada, a caminhonete semidestruída no caminho da entrada e o desbotado adesivo preto e dourado escrito O'HARA na caixa de correio verde.

Ela olhou bem para a frente com as mãos no volante.

— Nunca fui bandeirante — falou. — Sabe por quê? Porque você precisa ter um uniforme para ser bandeirante e meus pais não tinham dinheiro suficiente para comprar um para mim e não queriam aceitar caridade.

— Ah — a voz dele saiu baixa no carro grande demais.

— Sempre que éramos convidados para as festas de aniversário das outras crianças, levávamos algo da loja de um dólar embrulhado nos quadrinhos do jornal de domingo, então finalmente começamos a inventar desculpas para explicar por que não podíamos ir. E, todo

Natal... — A voz dela ficou presa na garganta. — As senhoras da igreja traziam uma cesta com peru e quaisquer brinquedos que pedíssemos. O que nós quiséssemos elas traziam, e embrulhavam também. E os cartões diziam "De Papai Noel", mas descobrimos de quem eles eram realmente e paramos de pedir, porque nós todos sabíamos que aceitar caridade era ainda pior do que ser pobre.

Sua voz era inexpressiva. Suas mãos estavam horrorosas; as unhas lascadas e roídas, as cutículas rachadas e sangrando.

— Eu odiava essa casa, odiava tudo a respeito dela. Odiava vestir as roupas usadas da minha irmã. Odiava como tudo tinha cheiro de fumaça de cigarro e como nunca havia nada bonito ou novo e como... — Ela enxugou os olhos. — Quando nós nos casamos, prometi a mim mesma que, se eu tivesse um bebê, seria capaz de lhe dar tudo o que ele precisasse. Ele sempre se sentiria seguro. Nunca teria de sentir como se estivesse crescendo em uma casa como um barco fazendo água, onde o fundo podia simplesmente cair. — Virou-se e olhou seu marido nos olhos. — Por isso eu queria que você saísse e arrumasse um emprego. Por isso era tão importante. Fiquei maluca pensando que teríamos de mexer em nossas economias porque... — ela ergueu as mãos no ar. — E depois? — Ela olhou para além dele, através da janela, em direção à casa. — Isso?

— Kelly — ele procurou as mãos dela. — Eu não fazia idéia. Se você tivesse me dito...

— Mas eu não podia — ela sufocou um soluço. — Não queria que você soubesse, não queria que visse... — enxugou os olhos e olhou para ele de novo. — Achei que você não ia mais me amar.

— Ei.

Ele esticou os braços para ela, puxando sua cabeça em direção ao seu ombro.

— Eu vou amar você para sempre. Vou tomar conta de você. E de Oliver. Eu só... — ele soltou o ar. — Achei que tínhamos o dinheiro, não havia pressa, eu podia ficar em casa com o bebê.

Ele sacudiu a cabeça pesarosamente.

— Eu não conseguia entender por que você estava tão frenética — esfregou uma das mãos para cima e para baixo no queixo. — Agora acho que entendi. E, apesar do que você estava pensando, nunca foi minha intenção ficar deitado no sofá para sempre.

— Mas era o que você estava fazendo.

— Por seis meses, é — Steve falou. Ele começou a balançar a perna.

— Não recebi a história da demissão muito bem. Realmente me derrubou. E pensei em dar um tempo, tirar uma folga, passar algum tempo com o bebê, me recuperar.

Ele fez uma pausa, olhando pela janela.

— Meu pai nunca estava presente — Steve falou. — Eu queria ser um tipo diferente de pai.

Deu um sorriso enviesado.

— Se eu soubesse disso, se tivesse me dito, teria voltado a trabalhar. Mesmo que significasse que eu não veria Oliver — sua voz ficou mais baixa. — Se é isso que é preciso para ficar com você.

Ela descansou sua bochecha contra ele. Podia ouvir os barulhos do motor esfriando e, em algum lugar, não muito longe, uma mãe chamando seu filho para dentro.

— Achei que tinha lhe dito. Sei que tentei... — mas mesmo enquanto falava, uma parte dela imaginava. O que ela dissera, exatamente? O que havia dito em voz alta e o que havia apenas pensado?

Ele passou os braços em volta dela.

— Nós cometemos erros — ele disse. — Nós dois cometemos. Mas temos um menininho agora, Kelly. Temos de resolver as coisas.

Ela fungou.

— Queria ter sabido — falou. — Queria ter sabido como iria terminar. Queria ter sabido o que ia acontecer...

— Ei — ele disse. — Nós não botamos uma bola de cristal na lista de casamento. Mas disso eu sei. Não sou Scott Schiff e não sou o seu pai.

Apontou para si mesmo, dando seu sorriso enviesado. Ela se lembrou de olhá-lo de baixo, meio bêbada em uma pilha de folhas. Ele lhe trouxera batatas fritas. Ele lhe dissera que ela era linda. E ela acreditara nele.

— Está vendo? — ele perguntou, apontando. — Nenhuma sacola de carteiro. Zíper fechado... — fez uma pausa para verificar. — A maior parte do tempo. Mesmo que eu acabe dando aulas ou fazendo sei lá o que, vou cuidar de você e de Oliver.

— Você promete? — ela perguntou. Sua voz tremeu. Ele aproximou sua cabeça, roçando a bochecha dela com os lábios.

— Vai acreditar se eu prometer?

Ela assentiu.

— Quero que as coisas sejam diferentes — sussurrou, meio para si mesma.

— As coisas podem ser como você quiser — Steve falou. Ela se apoiou no corpo dele com os olhos fechados, deixando-o agüentar seu peso, deixando-o acariciar seu cabelo, deixando-se ser abraçada.

Março

LIA

Sentei-me no parque com a mala azul de minha mãe e o almoço que Sarah embrulhara aos meus pés. Minhas amigas estavam reunidas à minha volta — Kelly, que empurrava Oliver em um novo carrinho vermelho; Becky, com Ava em um canguru nas costas; e Ayinde, alta, firme e linda, como se tivesse sido esculpida, seu rosto uma máscara de argila finalizada no calor de uma estufa, segurando Julian nos braços. O céu estava cinza-ardósia, a temperatura por volta dos quatro graus, mas o vento tinha um quê de suavidade e eu podia ver os botões nos cornisos e nas cerejeiras, pequenos nós de vermelho e rosa, o sinal da primavera que viria. Sam voltara para a Califórnia há duas semanas para começar a mobiliar a casa que havia escolhido e eu ficara na Filadélfia para empacotar as coisas, fechar o apartamento e fazer minhas despedidas. Sam estava voltando à tarde para me levar para casa.

— Você percebe que está partindo o coração do Dash, o lavador de pratos? — Becky perguntou.

— Ele vai superar isso — falei.

— Vamos sentir saudades — Kelly disse, soando pequena e desamparada. — Tem mesmo de ir morar lá?

— É onde Sam está — eu disse. — E o trabalho, se algum dia eu trabalhar novamente. E... — eu não tinha certeza se podia ser capaz de confiar na minha voz. — É onde Caleb está enterrado. Acho que sempre vou querer morar perto o bastante para poder ir visitá-lo.

Todas as três assentiram. Becky limpou a garganta.

— Tenho novidades.

— Notícias boas? — Kelly perguntou.

— Acho que sim. Espero que sim — levantou Ava, vestida com um casaco de lã cor-de-rosa e calças de moletom cor-de-rosa, nos braços e ficou ereta.

— Eu estou. Umm. Um pouco grávida.

— Ah, meu Deus, está falando sério? — Kelly gritou. — Você transou, não foi?

— Não dá para esconder nada de você — Becky disse com um sorriso.

— Você transou e agora está grávida!

— Quem é você? Minha professora de educação sexual da oitava série? — Becky resmungou, mas estava sorrindo. Estava resplandecente, na verdade.

— É meio assustador, mas estamos felizes. A maior parte do tempo.

Olhou para Ava, que franziu o nariz e riu.

— Não sei como esta daqui vai se sentir.

— O que Mimi falou? — Kelly perguntou.

Becky revirou os olhos.

— Ainda não contamos a ela. E a trégua ainda está de pé, apesar de que, a esta altura, eu tenha de morder minha língua tantas vezes que estou surpresa por ainda estar no lugar — ela encolheu os ombros. — Mas tenho de fazer isso, se quiser que meu casamento dê certo.

Nós três nos viramos inconscientemente na direção de Kelly e, com a mesma rapidez, nós três nos viramos de volta. Ela notou, porém.

— Acho — disse numa voz baixa, com a cabeça curvada por cima do carrinho. — Acho que vamos ficar bem.

Sentou-se no banco, empurrando Oliver para a frente e para trás em seu carrinho vermelho.

— Acho que tanto Steve quanto eu tínhamos uma imagem na cabeça quando nos casamos, uma imagem de como seria.

— Todas nós tínhamos — Ayinde disse baixinho.

— Então, agora vai ser diferente. Vamos nos mudar para um apartamento menor — ela disse e sorriu. — Com móveis de verdade. Steve vai começar a dar aulas como professor substituto e a fazer entrevistas para empregos de período integral para o outono e... — ela limpou a garganta. — Vou voltar à faculdade para estudar decoração de interiores na Drexel. Eles têm um ótimo curso.

Olhou timidamente para nós.

— Vocês gostaram do quarto de bebê do Oliver, não é?

— Ah, é uma graça — Becky disse. — Isso vai ser perfeito para você!

Kelly pegou Oliver nos braços e plantou um beijo no topo de sua cabeça.

— Não me importo mais com perfeito. Só quero que seja bom o bastante.

— Ah, Kelly — eu disse. Botei minha mão no braço dela e apertei e então, incapaz de me controlar, estiquei a mão e peguei uma das coxas de Oliver.

— Ei, Oliver.

Eram os pãezinhos com os quais me acostumara — desde que eu o conhecia, Oliver tinha pernas como sacos espremidos de pão de fôrma —, mas parecia que um ou dois deles haviam sumido. Inspecionei cuidadosamente o bebê. Ele estava mais alto e seu rosto tinha ficado mais magro. Também tinha mais cabelo. E, de repente, eu percebi: ele estava deixando de ser um bebê, estava virando um menininho.

Pisquei para conter as lágrimas. Eles todos tinham mudado tanto. Ava tinha seis dentes e, para grande alívio de Mimi, finalmente algum cabelo. Com 10 meses, Julian era alto e observador, com um ar sério, como um banqueiro avaliando uma aplicação de hipoteca. Eu não conseguia evitar pensar em Caleb e em como eu não veria isso, o crescimento, o preenchimento, as mudanças, a progressão das mamadeiras para a comida de bebê, para comida de verdade, de rolar para engatinhar para andar, para correr.

— Olhe só para ele — disse Kelly. Seu tom uma mistura de orgulho e arrependimento — Está ficando mais magro.

— Ele está crescendo.

— É tão inacreditável — disse Kelly. — Acho que, quando estava muito ruim; sabe, quando Steve ficava o dia todo em casa e eu estava enrolada; achei que seria sempre assim. Que ele sempre seria um menininho. Bem, um menininho grande. Mas ele está mudando — falou, segurando o bebê contra o peito. — E eu também estou.

— Nós todas mudamos — disse Becky. — O milagre da maternidade — ela revirou os olhos.

Kelly olhou para mim.

— Você virá em julho, não é? Para o aniversário de Oliver e Ava?

— E depois vai ter de voltar no outono — disse Becky. — Para o meu aniversário.

— Claro que vou — falei.

Ayinde limpou a garganta.

— Lia — ela disse. — Acho que sua mãe chegou.

Vi Sam e minha mãe andando na minha direção, vindos da Walnut Street, de braços dados. "As surpresas nunca terminam", pensei enquanto me levantava.

— Sou péssima para despedidas — comecei.

— Cascata — disse Becky, passando os braços em volta de mim. — Vamos sentir saudades.

— Também vou sentir saudades de vocês — falei, e agora nem me esforçava para fingir que não estava chorando. — Meninas, vocês... vocês nem sabem, mas salvaram a minha vida.

— Acho que todas nós salvamos umas às outras — Becky falou.

Abracei-os todos juntos por um momento — Becky e Kelly e Ayinde, Oliver e Julian e Ava.

— Adeus, adeus, adeus, mamães — cantei.

— Pare com essa maldita música — disse Becky, enxugando os olhos com a manga.

— Adeus, adeus, adeus, bebês — falei.

Ava ficou olhando. Oliver mastigava solenemente seu dedão.

— Tchau! — disse Julian, abrindo e fechando o punho. — Tchau tchau tchau tchau tchau.

— Ah, meu Deus, — disse Kelly, os olhos se esbugalhando —, vocês ouviram isso?

— Sua primeira palavra! — disse Becky. — Rápido, Ayinde, você trouxe o seu livro *O sucesso do bebê! Histórias de sucesso* para anotar?

— Não, está em casa, eu... ah, deixe para lá.

— Senhoras — disse Sam, cumprimentando minhas amigas. — E senhores, é claro — falou para Oliver e Julian.

— Tchau tchau tchau tchau tchau — Julian balbuciou e acenou com o punho no ar.

— Vamos — eu disse —, antes que eu desista.

E dei o braço para meu marido.

— Lia?

— Mmmm — eu disse. Sam me dera o assento da janela e eu estava enroscada ao lado dele, com um cobertor puxado até a cintura e minha bochecha descansando contra o vidro frio. Estávamos em algum lugar acima do meio dos Estados Unidos. O céu estava escuro com as nuvens e eu estava semi-adormecida.

— Quer beber alguma coisa?

Balancei a cabeça, fechei os olhos e tive, quase que instantaneamente, o velho sonho, aquele que vinha tendo desde que voltara à Filadélfia. Eu estava no quarto que fora do meu filho, carpete branco e paredes cor de creme e uma cortina transparente esvoaçando na frente de uma janela aberta. Meus pés estavam descalços enquanto eu andava pelo quarto, e podia sentir o vento soprando a cortina contra minha bochecha — quente e suave, como a promessa de uma coisa maravilhosa, o tipo de vento que você só sente à noite na Califórnia.

Só que, desta vez, o sonho foi diferente. Desta vez, havia barulho vindo do berço. Não choro, o que teria sido realista, mas um arrulho suave, sílabas sem sentido que eram quase palavras. *La la la* e *Ba ba ba*. Barulhos que eu ouvira Ava e Oliver e Julian fazendo enquanto tomava conta deles.

— Shh, bebê — falei, andando mais rápido. — Shh, eu estou aqui. Agora, eu vou olhar para baixo e o berço vai estar vazio, pensei enquanto me curvava por cima da lateral do jeito que fizera centenas de vezes em centenas de sonhos. Agora, eu vou olhar para baixo e ele vai ter sumido.

Mas o berço não estava vazio. Inclinei-me e olhei, e lá estava Caleb, vestindo seu pijama azul com um pato na frente, Caleb como seria com esta idade, os olhos brilhantes, sua pele rosa e corada, bochechas e pernas e braços gorduchos e robustos, cabelo castanho-avermelhado na cabeça, sem parecer mais um velho zangado e mal nutrido, mas um bebê. O meu bebê.

— Caleb — sussurrei, erguendo-o nos braços, onde ele se encaixou como uma chave em uma fechadura bem oleada. Ele me era familiar, como Ava, como Oliver, como Julian, mas não como qualquer um deles. Como ele próprio. Meu próprio filho. Meu bebê. Meu menino.

Naquele momento, eu estava tão dentro do sonho quanto fora dele, no quarto e no avião, e podia ver tudo, podia sentir tudo — meu marido ao meu lado, a mão quente no meu joelho, a janela contra minha bochecha, fria por causa do ar que batia contra ela, salpicada com gotas de chuva, o peso do bebê nos meus braços.

E então, e então
Meu querido bebê, não chore não
A Lua ainda lá está em cima na colina
As nuvens macias se juntam na imensidão

— Caleb — eu disse.

O país se abriu debaixo de mim como uma saia de mulher, retalhos de marrom e verde costurados com perdão, com esperança, com amor. Ouvi o vento soprar pela janela aberta do quarto do bebê. Ao meu lado, senti meu marido virar seu corpo na minha direção, sua respiração suave na minha bochecha, sua mão quente em cima da minha. No meu sonho, nos meus braços, meu bebê abriu os olhos e sorriu.

AGRADECIMENTOS

Pequenos terremotos é um trabalho de ficção, mas, como Becky, Kelly e Ayinde, tive a sorte de entrar em um curso de ioga para gestantes com um grupo de mulheres maravilhosas que têm sido minhas amigas e salva-vidas durante os nove meses de vida de minha filha e que foram generosas o suficiente ao partilhar suas histórias de parto, casamento e maternidade comigo e me apoiarem enquanto eu mesma fazia essa jornada. Obrigada a Gail Silver, Debbie Bilder e ao bebê Max, Alexa Hymowitz e Zach, Kate Mackey e Jackson e Andréa Cipriani Mecchi e Anthony e Lucia.

Sinto-me admirada e humilde com o trabalho árduo de Joanna Pulcini, cujos esforços em nome deste livro incluíram ler o manuscrito em cafés e quartos de hotel de Los Angeles a Nova York. Sua revisão diligente, atenta e rigorosa, e seus serviços ocasionais como babá, foram inestimáveis. Tenho sorte de tê-la como minha agente e mais sorte ainda de tê-la como amiga.

Minha editora, Greer Kessel Hendricks, vale mais que rubis, por sua leitura habilidosa e compassiva e centenas de gentilezas, grandes e pequenas. Também sou muito grata à sua assistente, Suzanne ONeill, e a todos na Atria, especialmente Seal Ballenger, Ben Bruton, Tommy Semosh, Holly Bemiss, Shannon McKenna, Karen Mender e Judith Curr, a melhor editora que qualquer escritor poderia querer.

Kyra Ryan fez uma leitura criteriosa e revisões inestimáveis de um dos primeiros rascunhos e Alison Kolani ajudou a polir o produto final. Tenho uma dívida de gratidão com ambas e com Ann Marie Mendlow, cuja generosidade para com o Planejamento Familiar do Sudeste da Pensilvânia lhe garantiu um lugar na posteridade (à medida que este livro constituir a posteridade).

Sou grata a amigos próximos e distantes: Susan Abrams Krevisky e Ben Krevisky, Alan Promer e Sharon Fenick, Charlie e Abby Glassenberg, Eric e Becky Spratford, Clare Epstein e Phil DiGennaro, Kim e Paul Niehaus, Steve e Andrea Hasegawa, Ginny Durham, Lisa Maslankowski e Robert DiCicco, Craig, Elizabeth, Alice e Arthur LaBan e, mais especialmente, Melinda McKibben Pedersen, uma das melhores e mais corajosas mulheres que conheço.

As mães do grupo de brincadeiras Hall-Mercer partilharam suas histórias e ouviram as minhas. Fico tão feliz por Lucy e eu termos andado com Linda Derbyshire, Jamie Cohen e Mia, Amy Schildt e Natalie, Shane Siegel e Carly e Emily Birknes e Madeline.

Obrigada aos consultores de lactação do Pensilvania Hospital por me ajudarem tanto com meus bebês fictícios quanto com o real, e à equipe do Society Hill Cosi pelo café gratuito e por nunca ter má vontade em ceder a mim e ao meu *laptop* uma das mesas perto da janela e uma tomada elétrica.

Um agradecimento especial a Jamie Seibert, que entrou na minha vida como um presente dos céus e que toma conta de Lucy maravilhosamente bem quando estou escrevendo.

Nada disso teria sido possível sem minha família. Meu marido Adam, minha mãe Fran Frumin e minha avó Faye Frumin, Jake, April, Olivia, Molly e Joe Weiner, e Warren Bonin, Ebbie Bonin e Todd Bonin me deram amor, apoio e material (e, no caso de Olivia, roupas usadas). Minha filha Lucy Jane tornou este livro possível e minha vida maravilhosa.

E sempre serei grata pelo apoio e amor de uma de minhas primeiras editoras, minha amiga Liza Nelligan, que morreu na primavera passada.

Acho que nunca serei capaz de expressar quanto a fé de Liza em mim tornou possível minha vida de escritora, mas acredito que seu espírito e seu amor pelo riso e pelas boas histórias vive dentro desta história e em todas as outras histórias que irei contar. A canção de ninar que Lia canta é do *The Rainbabies*, um dos livros que Liza mandou para Lucy alguns dias depois que ela nasceu. Eu a usei neste livro em homenagem a Liza.

Este livro foi composto na tipologia Goudy Old Style,
em corpo 11,5/15,5, e impresso em papel
off-set 90g/m², no Sistema Cameron da
Divisão Gráfica da Distribuidora Record.